老云 著

上海文艺出版社

比起日升之往复，月落之轮回，我更爱云的变幻和率性！烈日当头，它不躲不闪；皓月当空，它不依不偎；风再怎么撕扯，即使成絮，絮亦悠然。本无常形，谈何千姿，本无定所，谈何漂泊……没有阴晴圆缺的矫情，没有朝起暮落的借口，晴天它是点缀，阴天它是主宰，或清稀，或浓烈，或高爽，或低沉，有山雨欲来之激昂，有月朗星稀之淡雅，时而飘忽、缠绵，时而惨淡、厚积，行走于天地之间，悬浮于尘埃之上，唯有匆匆才是它真正的累，唯有无形才是它真正的形……如影相随，由东至西，老云，追云……

目 录

序章：没有喝彩的远行　　　　　　　　　1

万事开头难　　　　　　　　　　　　　　9

阿勒玛勒的四零泉　　　　　　　　　　　28

心有不甘的人才写书　　　　　　　　　　47

我骂扬州人，因为我是扬州人　　　　　　65

满格信号带来的灵感　　　　　　　　　　83

11年11月11日11点，那拉提机场起飞　　100

潜能是逼出来的，也是架出来的　　　　　116

移动的宾馆　　　　　　　　　　　　　　129

新能源 新源能　　　　　　　　　　　　147

我这不是作，是受，受想行识　　　　　　165

中国式奶奶	184
满是斑痕的夜空	201
坏女人生动,好女人生厌	216
我们一家,都是人嘛!	233
有奖竞猜式取款	249
你不是你,我不是我	267
否定之否定	284
大城市嘛,三个:北京、上海、伊犁	301
萨哈的小汐	320
换个活法	334
后记	348

序章：没有喝彩的远行

"援疆？援几年？"

"三年。"

"你别告诉我是你自己要去的！宝宝一百天还没到，你们交通局没人了？领导怎么忍心的？"

施淙摸出一支烟，刚想点上，看看熟睡的女儿，一个人来到了阳台。

"符合条件的人都要报名，报了名的人都视为自愿，自愿的人都要接受组织的挑选，然后结果就出来了……"

夫人没再说什么，陪着他看那熟悉得不能再熟悉的前楼，一家家窗户上透出暖暖的灯火。

"我们明天带宝宝去拍百日照吧！"

"好！然后去趟超市，我把米呀油呀这些你拎不动的东西都给你扛回来……"

"儿子，我要去援疆了，你在家把你妈照顾好，听到没有？"夏鸣一边削着苹果，一边跟儿子说。儿子一听，立马放下手中的作业，"爸，你去多长时间啊？"

"三年。"

"哇！太棒了！妈，老爸终于不再烦我们了，他要去新疆了！"

"哇！真的吗？真的吗？新疆太美了，我也要去，我也要去，我还会跳新疆舞，你们看哦……"夏鸣看着裹着围裙当头巾的夫人，鼻子一酸。夫人产后抑郁症越来越严重，每年都要去精神病院住上一段时间，上初二的儿子更不省心，叛逆到只有他能"镇压"……

夏鸣把苹果一片片切好，插上牙签，然后拿出一张纸递给儿子，上面有亲戚朋友的电话，有财政局领导的电话，还有司机和医生的电话，他告诉儿子如果妈妈发病了，可以打这些号码。

"你前两天说单位组织报名援疆的时候,我就预感到是你。"

"你怎么知道,我们农委那么多人呢。"

"我就知道是你,因为你老实。"夫人这句话让张骏脸一红。"去就去呗,领导说了,这是第一批,三年一换,晚去不如早去,这样可以早点回来生二宝呢……"

"我支持你!我就发现你每次都是傻人傻福,这次说不定又是好事!"

"啥好事?带个新疆姑娘回来?"

"你敢!这几天把公粮交完才放你走……"

"你哭什么呀？实话跟你说，是我主动要求去的，想去的人多呢！"

"人家想去就让人家去好了，建设局那么多人就你唐乐能？"

"头发长见识短！我有了这段阅历，不是更有优势吗？"

"你已经援过川了，为什么还要再去援疆啊？"

"吃得苦中苦方为人上人！我们俩都是外地的，在扬州没有根，只有抓住机会，才有可能翻身……"

"官迷！你从来不替我们母子俩想！"

"我做的一切不都是为了你们吗？行了，你在家吃点苦，三年熬一熬就过去了……忘了跟你说了，这次去新疆的总领队是陈达伟书记，我跟他很熟……"

"孙子上大学了，儿媳妇离婚走了，你要去新疆了，家里就剩下我老太婆了。"

"妈，我都给你安排好了，这个小推车是可以爬楼的，你买菜的时候拉着，上六楼就不用拎了，另外水电气的费用不要去交了，都在我工资卡上扣……家里的座机我给停了，省得你楼上楼下跑，我给你买了个老人手机，等一会儿我教你用……"

"你们发改委去几个人啊？"

"就我一个，还有其他单位的，指挥部一共七个人。"

"新疆不是内地，要小心啊！"

"没事，放心吧。"

"你在部队上二十年，回来才几年，又要去新疆了，等于又去当三年兵啊……"

"你身体好的时候我尽忠，你身体不好的时候我回来尽孝，保证不耽误。"

"哦，你不能在新疆谈对象啊，娶回来天天要吃牛吃羊的，到哪块去买啊……"

"哈哈哈……晓得了。"

老太太是我妈，我是故事讲述人周弈。

万事开头难

新疆我去过。在部队的时候，我出差到过乌鲁木齐、库尔勒和库车，还游过博斯腾湖，但新源没去过。乍一听，一个毫无民族特色的名字，再一看，地图册上一拃都够不着的地方。我们指挥组7个人早晨5点钟出发，从扬州坐车到南京，从南京飞乌鲁木齐，从乌鲁木齐飞伊宁，从伊宁再坐车到新源，用了16个小时才到，中途在墩麻扎蹲着吃了几片西瓜。这一趟下来，大家都有个共同的感受，以后还是少往家跑吧。

热情洋溢高潮迭起的欢迎晚宴把疲惫不堪的扬州人喝得狼狈不堪。我问对口陪同的县发改委主任，你们这儿没有小酒杯吗？主任说，我们这儿都是50克的杯子。我又问：你们这么敬酒难不成想给我们个"下马威"？主任说，什么"下马威"，这是"下马酒"。

援疆楼还没盖好，县里把贵宾馆二楼的一侧全部腾出来给了援疆干部。到了房间，此起彼伏的呕吐声，从每个房间传出来，合成了一曲带有浓浓酒糟味的援疆序章。

第二天早晨是被太阳刺醒的。新疆的太阳一点不婉约，一点不柔情，用当地人的话讲，直——直——的像梭镖一样射过来，瞬间穿透你。起来撒了泡酒糟尿，打开水龙头接了杯水准备刷牙，发现水是浑的，拿到阳光下一照，只见水里各种暗的亮的杂质悬浮着翻腾着，星星点点，密密麻麻……这应该是矿物质和微量元素吧，顿时心情大好！心理学有个观点，心态影响能力，心态好，生理健康，则能力增强。除了心理暗示以外，能凑合也很重要。我上军校的时候因为嫌整理内务麻烦，上课用的教学包就成了我睡觉的枕头，书多的时候，"枕头"就高，书少的时候，"枕头"就低，几年下来，包的皮面光可鉴人。

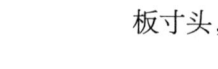

我们是2010年10月5号到的，10月8号上午就是揭牌仪式。按计划，扬州市代市长率党政代表团第一天晚上飞到伊宁，8日上午7：00从伊宁出发，10：30左右抵达新源。总指挥陈达伟、副总指挥李洺川7号下午已赶到伊宁准备接机了。8号凌晨，陈总指挥放心不下，专门打来电话，让我们一起到人民广场督查会场布置情况，每个细节都不能有丝毫的马虎。领导的良苦用心我们都知道，但这是新源县委县政府的事，相信他们肯定会做好，我们没必要越俎代庖。没听说过人家请你吃饭，你派个人先去看看准备得好不好。心里这么想，腿还是讲政治的。

新源人民广场是伊犁州最大的广场，可容纳几万人。偏偏天公不作美，一场阵雨让搭建工作停了下来。背景墙上还挂着"热爱伟大祖国，建设美好家园——庆祝中华人民共和国成立61周年歌咏比赛"的喷绘，台上两侧站着几个背着手，叼着烟的工作人员，寒暄以后才知道，建设局郝局长，县委办孙主任都在。这时，老夏也给我递了根烟，他悄悄告诉我：我们是各地所有援疆指挥组第一个到的，省指（注：江苏省对口支援伊犁州前方指挥部简称。下同）的人还没到呢。我问他为啥？他说市长节后要外出学习，提前把我们送过来了。老夏比我小六岁，一脸的苦大仇深，一头的劳心费神。我说，我们倒无所谓，少休了半个国庆，但这么顺势的积极让省指被动了。老夏让我别瞎说，然后摸了摸板寸头，皱起了疙瘩眉。

次日清晨，天空依然乌云密布，各单位的参会人员，早早列队完毕，偌大的人民广场彩旗飘舞，万头攒动，"感恩伟大祖国 感谢扬州人民"的红色气模拱门与几个挂着红色条幅的大气球遥相呼应，主席台背景墙的巨幅喷绘上写着"扬州市对口支援新源县前方指挥组揭牌仪式"……就在这时，天空的云突然淡了，透了，散了，一跃而起的太阳，将一片金黄铺洒在雨后的广场上，身后不知谁说了一句：老天攒劲得很！

送走扬州党政代表团后，指挥组召开了一次会议。对人员进行了分工，进一步明确了各自的工作职责。按上级要求，总指挥陈达伟任新源县委常委、副书记；副总指挥李洺川任新源县委常委、副县长。唐乐任办公室主任，夏鸣任财务审计处处长，张骏任科技人才处副处长（主持工作），同时协助唐做好后勤保障工作。规划建设处成了最大的处，我任处长，重点负责援疆项目的前期工作，施淙任副处长，重点负责项目的施工建设。用 CCTV 的话说，会议还研究了其他事项。

散会以后，小施问我，"刚才书记讲的让我们了解代建制的事我们怎么弄？"我说，当年援川工程就是用的代建制，我们了解一下，看看他们是怎么做的。结论应该没有疑问，我们规划建设处坚决支持代建制模式，专业的人做专业的事，我们管面，他们管点，对指挥组就是个费用的问题，对你我则多了一道防火墙，省了好多烦心事。"选哪个单位呢？"小施递了根烟过来，我看看他，他看看我，我把头转向了那把椅子。

新疆与内地有两个小时的时差，一到晚上，援疆人就难受了。下了班了，天还亮着；吃过晚饭了，天还亮着；散过步了，天特么还亮着……其实对我这个晚睡晚起的夜猫子来说，可谓正合我意。回到宿舍打开电脑，写写博客，玩玩圈子，那里又是一个世界。

来新疆前，我写了篇《没有喝彩的远行》，文章结尾我抒情了一把：

走吧，人是需要一种精神的，不要豪言壮语，只要给自己一个向往。漂泊在天似穹庐，笼盖四野的边疆，抖落世俗的尘土，挣脱情感的桎梏，踩一片坚实，揣一个信仰，望一抹亮色，绘一个自己的天堂……

晚上打开博客一看，下面几十条评论。有位叫紫漫的才女特赋《离亭燕》一首：

云外登临送目，正是花开秋复。月满枫红离似念，天气微凉初肃。独步古琴扬，茫野追风逐。
暮雨潇潇吟读，漫落青丝一簌。多少华年随风事，不过尘烟扑扑。惟有日轮出，晓楚暖心曲。

万事开头难

这首词把我的博客名"云外独步"巧妙地嵌入其中，颇有一番意趣。一位刚通过的好友"心随晚汐"留了句很不友好的话："你的天堂里不能有别人……"我想去看看她的博文，结果显示只有她自己可见。大部分留言都是想了解新源究竟怎么样，我把这十来天的感受写成博文发了上去：

来到新源以后，我们听到这么一个说法，"太阳落山时，如果有人从你毡房门前经过，是你一辈子都洗不清的耻辱。"我们都无法理解。原来，在地广人稀的牧区，居住分散，行旅不便，如果天黑前你不留下客人，客人就会有鞍马之劳，饥寒之苦，风雪之灾，所以，每个毡房都成了行路者的投宿之处。哈萨克人对客人可谓恭敬备至，礼节周到，他们认为客人是安拉赐予的，不可有丝毫怠慢。

新源人让我们见证了哈萨克民族的热情好客。每次喝酒前他们总是让客人先吃个半饱，然后主人端着50克的酒杯，斟满酒，开始一段长达10分钟的致词。会说的不会说的，都是那么认真和诚恳，真情可触，实感可及。这样的酒你能不喝？连端三次以后，发言权就交给了第二主人，以此类推……主宾一般要等到对方几个主要领导依次提完酒以后，才有答谢的机会，可是能撑到这个时候还能回敬的扬州人又有几个……

这里的气候远比我们家乡的好，夏天太阳底下晒得滚烫，只要往树荫下一站，立马就会凉爽。没有污染没有噪音，白天可以大口呼吸，夜晚可以酣然入睡。天永远是瓦蓝瓦蓝的，早晨太阳快出来的时候，云就像被蹁开的棉絮，散落在天地之间，让我们有一种跳起来想去扯一块的冲动。

这儿的路是笔直的，两边是白蜡树，深秋季节，金黄的树叶飘落在人行道上，当人们快步走过时，一片片落叶会旋舞着脚前脚后地簇拥着你。路两侧的建筑都不高，也不漂亮，憨憨的排成一列，而在这一排排低矮的背后是连绵起伏的雄伟，天山用它的轮廓线勾勒出新源的旷达与俊朗。

到了新源以后，结识了好多哈萨克族干部，他们的名字很长，我们常常按汉族人的习惯，第一个字加职务来称呼他们，比如莫县长、跃主任、夏主席、阿局长等。后来跃进主任跟我们讲：

哈萨克人的名字一般是本名加父名，名字用词几乎不受任何限制，有关自然现象、畜牧业、山水、地名、品德的词都可以作为人名。比如古丽就是花的意思，江布尔是雨的意思，吉别克是丝的意思等等。过去，哈萨克族男子名后加"汗"的是达官贵人;名后加"巴依"的是财主富豪;名后加"巴特尔"的是英雄好汉……熟悉的朋友见面,在名字后面常加个"肯"字,"肯"就是"老"的意思。哈萨克族妇女通常选用花卉、宝石、金银、彩虹、月亮等命名。对40岁以上的妇女,一般不能直呼其名,要叫一声"碧霞",意思是"夫人"。如不相识,称"琴格",意思是"嫂子"……李县长说:你名字后面应该加"汗",你是贵族血统,哈萨克族的儿子娃娃!新疆说的儿子娃娃可不是孙子,是对男人的一种夸赞,相当于特爷们的意思。

实地调研,掌握第一手资料是开展援疆工作必不可少的环节。在县委、县政府主要领导陪同下,指挥组全体人员用了半个月左右的时间,走遍了全县11个乡镇。也正是通过这次调研,我对即将工作生活三年的地方,有了一个大致的了解。

原来"新源"是新开拓之原野的意思。它还有一个极富民族特色的名字"巩乃斯"。新源地处新疆伊犁河谷东端的巩乃斯草原腹地,素有"塞外江南"的美称。东与南疆巴州和静县为邻,南与巩留县搭界,北与尼勒克县接壤,三面环山,西部敞开,东高西低,海拔高程为780—4380米。新源是新疆西部联接南北疆的中冲,全县东西长约196公里,中间宽约65公里,总面积9336平方公里,总人口只有30万左右。其中哈萨克族人口13万多,占全国哈萨克族总人口的十分之一。汉族近12万,维吾尔族不到3万,另外还有回族、柯尔克孜族、蒙古族、锡伯族等十多个民族。

从地图上看,新源就像一条张着嘴的鳜鱼。最东边即鱼头部分就是那拉提镇。在被那拉提如诗如画般的景色震撼后,我们也被破烂不堪的镇区给雷倒了。镇书记李宇鹏在介绍时特地提到了阿尔卑斯山,我不知道他去过没有,我去过,人家的因特拉肯小镇绝不是那拉提镇可以比的。会议室里,我在笔记本上写下这么几行字：景区管辖权及营销分配比例？景区内外统一规划？镇区旅游地产开发？镇基础设施建设？哈萨克民族风情园？牧民定居示范区？

我有个习惯，如果一味地听上面人讲，很快就会昏昏欲睡，我一般只记主要的几句话，或关键的几个词，要想保持清醒，只有一个办法，就是把领导讲话作为一种提示，然后进行发散思维，快速记下一闪而过的灵感，回去以后再过滤、推敲、论证、思考。这样还有个好处，随时可以发言，且言之有物，言之有理，言之有新。

调研沿218国道自东往西，第二天到了坎苏。这是全县经济基础最薄弱的乡，地理位置也很尴尬，去往那拉提的人或车一经而过，因地势平坦，冬季每天都有八、九级穿镇而过的大风。这里有原始风貌的坎苏沟，有鱼儿山、泉水河，还有中草药种植，就是缺资金……我在本子上记下了：错位发展？自驾游宿营地？我觉得，援疆资金是不会投到这里的，除非乡里有很好的富民项目，除非领导有超前的眼光，坎苏迟早要并入那拉提，援疆资金如果在坎苏落一子，那一定是那拉提旅游项目的扩充和延伸。

途中，儿子给我发了条短信：老爸，晚上帮我写八个字"国贸国贸 绝对盖帽"，我们有用，毛笔字帅帅的那种哦！儿子挺争气，考了个985大学，他到哪都是活跃分子积极分子那种。我笔墨纸砚都没带来，还不知道新源有没有文房四宝卖呢。

到了阿热勒托别镇已经是下午了。这里的交通优势非常明显，国道218线贯穿全镇，交通便利，是连接南北疆的交通重镇。我们去看了一处两年前刚建好的牧民定居点，竖成列，横成行，整齐，干净，但空空如也。镇书记苏军解释道：游牧民族根本不适应定居的生活，他们逐水草而居，夏天在夏牧场，春秋天在春秋牧场，冬天住冬窝子，所以他们把分到的定居房租给了汉族人，有的甚至卖了，买酒喝了……县里领导立即纠正了他的说法，但还是圆不起来。陈书记说，本来我们还准备做一个整村推进的示范，这还做不做呢？看来改变一个民族的生活习惯不是一蹴而就的事，正如李县长所言，不改变劳动方式就无法改变生活方式。

因领导开会，调研中断了几天。晚上吃饭时，两个领导的闲聊，透出了一些信息。

陈书记：今天会上老乔的那些话是说给我们听的。

李县长：不错，我也听出来了。

陈书记：不是我们不想把电影院改造项目纳入笼子里，省市领导一再强调以安居富民、定居兴牧和重大民生工程为主，优先考虑学校和医院，我们今年就9900万，省里划走了300万给霍尔果斯，就剩9600万，掰开花也不够啊！

李县长：我们巴不得把电影院建好呢，晚上弟兄们也有个地方去。

陈书记：但他那句话说的我不爱听，没有援疆资金我们贷款也要上！这话让我们坐不住啊！

李县长：他是一把手书记，他的意见我们也不能不听。

陈书记：按道理援疆项目要物中主人意，但我们说了不算啊，前方有省指，后方有市委市政府，我看啊，明天还是跟发改委援疆办通个电话，看看后方领导是什么意见，你说呢？

唐主任：好！（拍手）

小唐这突如其来的鼓掌，连陈书记自己都笑了。

李县长：明天我也跟省指通一下，省指的人到伊宁了吗？

唐主任：已经到了。另外几件事跟领导报告一下，后天可以提车，县委办帮我们找了两个驾驶员。党校给我们腾了三间办公室，明天就可以搬。按书记的指示党政代表团来新源揭牌的情况跟市长的讲话已编成简报，加了两天班赶出来了……

陈书记：小唐最近辛苦了，你们都要像小唐一样，手上的事要往快了做，往好了做，只有努力才会改变，只要努力就能改变！

好！（拍手）施淙学小唐的动作，把大家都逗乐了。

小唐是安徽人，扬州话能听懂，讲不好，圆圆的脸，戴副眼镜，脑子转得飞快，表情变化适时，是个有远大志向的年轻干部。浙大研究生毕业后进了扬州市建设局，在扬州娶了个漂亮媳妇，生了个大胖小子。曾参加过汶川地震灾后重建，很得陈书记的赏识。

陈书记收住笑容说："这两天调研先停一下，把手上的急事先做了……我这个膀子上长了个东西，你们有没有啊？"

他把袖子撸起来以后，大家发现他胳膊上鼓了一个包，用手推还移动……我们都看了看自己的胳膊，好像都没有。老夏说可能是水质的问题，我说是水土不服的原因。

陈书记原来是维扬区的副区长，分管城建口，年龄比我小一岁，曾当过武警，义务兵退伍，然后从文书一级一级干到了副处，来援疆前调了正处。身高177，魁梧结实，留着毛式发型，一口扬州普通话。比他小四岁的李县长上海师大毕业，从一名教师做到江都最大的乡镇的书记，来新疆前提拔为江都市（县级市）副市长。李县长身高180，一表人才，出口成章。两个人原来没有交集，到了新源配合还算好，李县长总是给陈书记留足面子。但因为喝酒的事，两个人有了点不愉快。

"到新疆来不喝酒，怎么开展工作？怎么增进感情？"

"陈书记，我不是说不喝，我是说我们俩分开行动，你去我就不一定去，我去你就不一定去，这样可以减少喝酒的频率，对自己身体也好。"

"你们的身体是身体，我的身体不是身体吗？从酒风能看出一个团队的作风，我们扬州人就那么怂吗？"

"行行行，听你的！"

晚上回到房间，小施跟了进来。"周处啊，才来了几天就杠起来了，隆嘎的，让我们为难了，以后听哪个的呢？"

"老陈的脾气有点太杠了，个性也强。要说军人作风，我当兵的时间比他长很多，我怎么就没有？作为部下，我们只能去适应他，他不会迁就我们。你们年轻人被他骂几句，骂就骂了，我跟你们不一样，一把年纪了，还是识趣一点为好……"

两台丰田霸道提回来了，购车款是维扬区和江都市出的，还有一台商务别克是发改委援疆办拨的款，过几天才能到货。我们忽视了一个细节，没人知道购车款是不含在援疆资金里的。陈书记是个比较讲究的人，他让小唐买了两挂长鞭，找了个空地，围着车噼里啪啦一通放，他也就想图个吉利罢了。结果，第二天就满城风雨了，"先把自己武装起来了""买个车也要显摆一下""看来对我们保障的车不满意啊"……这些话出自于谁的口不重要，重要的是给我们提了个醒，我们所做的一切都有无数双眼睛在盯着！

为确保援疆项目快速有序地推进，按照上级的要求，我到县发改委任党组成员、副主任；唐乐到县建设局任副局长；夏鸣到财政局任副局长，小张和小施因为职级原因，暂不在当地部门任职。这种任命尽管有效期只有三年，但这次是任职，不是挂职。可话又说回来，尽管是任职，还是要以指挥组的工作为本业，以援疆项目为中心，轻重有别，拿捏得当。正如以前挂职干部总结的三句话：一点不干不够意思，干一点意思意思，干太多什么意思。

原来我一直担心这么大的投资，这么多的援疆项目，县里各部门的配合度能不能达到我们的要求，能不能跟上我们的节奏，很快这种担忧就烟消云散了。县发改委援疆办的拼命三郎小万、小邵、小吴用他们的行动刷新了我对新源干部的印象。他们业务娴熟，态度谦和，干劲十足，比内地的干部一点都不差。后来我只要见到宋主任就会聊到他们，只要聊到他们就会问一句：提拔了没有？

宋主任比我年轻十几岁，光看脑袋，我们俩年龄差不多。他也不能喝酒，没事的时候经常到我宿舍泡泡茶，聊聊天。我说等我专用账户的经费到了，把委里的办公条件改善改善，也让委里人知道，有个扬州来的主任就是不一样。宋也没谢我，也没催我，只是总叫我一起"坐坐"。

在新源接待客人的最高标准是"三哈"，哈萨克的全羊，哈丽玛的主持，哈别克的段子。一般烤全羊上来以后，有一套仪式，比如要给主宾换上王爷服，戴上王爷帽，再配上一根象征着权力的马鞭，其他随从套个马甲，戴个小帽子都成了巴依老爷。一道程序一杯酒，直到主宾拿着刀，自己切一块尝过以后，主持人哈丽玛会问主宾：能不能评价一下我们哈萨克烤全羊呀？主宾为表赞美，有的说：名不虚传！有的说：外脆内嫩，唇齿留香！这时，哈丽玛就使坏了，"按照我们哈萨克的礼节，一个字一杯酒，请！"两位哈萨克姑娘托上斟满的八杯酒，端到主宾面前，就在主宾左右为难之时，哈别克站起来了，他学着湖南口音说：这个羊娃子啊，还是个童男子，为了欢迎各位，他把自己变成了一道菜，男人吃了女人受不了，女人吃了男人受不了，男女都吃床受不了……大家想吃吗？想！钱嘛纸嘛花嘛，酒嘛水嘛喝嘛，干了它……

扬州教育系统的专家为了二中项目专门飞来新源，县委县政府给予高规格接待。席间，我突然发现老夏没在，李县长跟我说，老夏晚上接到电话，老父亲过世了！他连夜赶到伊宁，坐明天早上的那班飞机。

我走到毡房外面，给他打了个电话。他声音很平静，但每句话都很沉重,"老周啊,我可能陪不了你们三年了,老父亲走了,老婆发病住院了,儿子没人管成绩一塌糊涂……我每天心都是揪着的,就怕家里出事……"

我挂了电话,长长地吐了口气。雪后的新源,繁星如织,冷月清照。扬州也冷了吧,老太太肯定舍不得开空调,这会儿抗日神剧该看完了,估计在反锁铁门,一遍不放心,打开又来一遍……小兔崽子不知道在干吗呢?以前在家天天逗奶奶开心,不知不觉突然就长大了,好像还没细细看过他,还没好好陪过他,一转眼就飞走了……

在得知其他县的援疆干部都已搬进援疆楼的消息后,陈书记带着大伙又一次来到了援疆楼工地。记得第一次来看的时候,盖了一层半,说快了快了,明年上半年肯定能住进来。这次再一看,还是一层半,工地上连个人影都没有。一问才知道,停工了,没钱了。这可是我们在新源的窝呀!总不能一直让我们住宾馆吧,更何况马上还有十几个专家人才过来。陈书记脸阴着,李县长脸绷着,唐主任脸青着,我等其余心里哇凉哇凉的。

"这是哪个部门负责的?"

"书记,是我们援疆办负责的。"

"你不是组织部的吗?"

"是是是,我们组织部也有个援疆办。"

"援疆办倒不少……现在资金缺口有多大?"

"缺口大概在400万。"

"你别大概,数字要准确!"唐主任看不下去了。

"你回去让你们部里写个情况说明,赶紧报过来。"陈书记说完转身走了。

"还有,你们怎么连个脚手架都没有,就用竹竿子搭啊?"

这是唐主任以前分管的领域。

"我们这里都这样。"

回来的路上,小施嘀咕了一句:盖援疆楼的钱拿去翻修电影院了,隆嘎的,里外里还是羊的毛。大伙都听到了,大伙都没吱声。

由陈书记和唐主任加班加点赶出来的《扬州市对口支援新源县五年项目规划》已基本成型了,要说做规划发改委的人太清楚了,援疆一届三年,我们做"五年规划"这本身就值得商榷,因为规划是随着形势而变的,随着政策而调的,更是随着领导的更替而改的。我更关心的是《扬州市对口支援新源县2011年项目实施计划》,这是眼前实实在在需要落实的,这个年度实施计划回答了一个大家都关心的问题:我们来干什么?

2011年我们的援疆资金要用在以下几个方面:4个安居富民、定居兴牧项目,全县16个基层组织阵地建设,干部人才周转房项目,干部人才培训及交流,专业技术人员和未就业大学生的培训,城市建设规划编制,购置救护车,以及设施农业和招商引资。

安居富民、定居兴牧工程是全面落实中央新疆工作座谈会精神,推进新疆社会稳定和长治久安的民生工程,是解决广大农牧民生产生活最紧迫、最现实问题的优先工程。简单地说就是帮农牧民盖房子。但盖房子的钱不全部由我们出,具体情况是这样的:

安居富民项目,"一般户"户均补助2.85万,其中:自治区补助1.85万;援疆资金补助1万。"四类人员"(低保户、农村分散供养特困人员、贫困残疾人家庭、建档立卡贫困户)户均补助4.32万,其中:中央补助1.52万;自治区补助0.8万;援疆资金补助2万。

定居兴牧项目,每户建筑面积原则上不少于80平米,畜圈建设面积不少于80平米。"一般户"补助5万,"贫困户"户均补助6万。其中:"一般户"中央补助3万,自治区补助1万,援疆资金每户补助1万;"贫困户"中央补助4万,自治区补助1万,援疆资金每户补助1万,其余通过银行贷款、县市配套、农牧民自筹方式解决。

"基层组织阵地建设"是指每个行政村建一幢综合楼,改善基层组织办公条件,提升便民服务质量、丰富群众文化生活。主要设置服务大厅、电教室、文化活动室、会议室、值班室、警务室等功能用房。

"干部人才周转房"也就是上面提到的援疆楼。援疆干部是三年轮换一次,援疆教师和医生是一年半轮换一次,铁打的营盘流水的兵,所以叫"周转房"。

万事开头难

所谓"交钥匙项目"是指由支援方出资,从设计到建造、安装、调试全部完成后,交给受援方运营管理。援疆工程中,交钥匙项目都是投资大、体量大、影响大的重点工程。

新源二中项目和新源中医院项目就是本轮援疆两个重点"交钥匙"项目。为确保"设计高水平,施工高质量,管理高效率",前方指挥组邀请市教育局、市卫生局、市规划局、市中医院、规划设计院、建筑设计院的专家汇聚新源,共同解决以下几个问题:一、他们理想的期望值,我们能达到的最大值,规范所要求的标准值;二、这三者之间的差距如何靠拢;三、工程概算不能突破的前提下如何取舍;四、双方都认可的最终设计指标。

新源二中项目建设用地201亩,总建筑面积约4.4万平米,建设内容包括行政楼、图书馆、实验室、教学楼、室内外操场、宿舍等。项目总投资10522万元,其中援疆资金8776万元。其实二中项目原来预算是1亿元,后来根据省指要求,从二中项目中又抽调624万援建霍尔果斯口岸,经省指和县领导同意,又调了600万建援疆楼,所以用于二中项目的援疆资金变成了8776

万元。

新源县中医院项目建设用地约27亩,建筑面积约1.3万平米,建设内容包含门诊楼、病房楼、急诊楼、行政后勤楼等,项目总投资4500万元。也就是说用援疆资金13276万元,加上其他配套资金,共计1.5亿元建两个大项目,这本身就捉襟见肘,左支右绌了。

更让指挥组始料不及的是,原本以为1746万元配套资金(其中地方政府债券资金931万元,中西部农村初中校舍改造费用815万元),可以与援疆资金合起来一并使用,但县里各级领导都说不行,因为上面有规定,不能捆绑使用,一经发现追回资金,追究责任。更奇葩的是815万元初中工程资金又分:400米的跑道、500平米的食堂、150平米的厕所、100平米的浴室、3000平米的学生宿舍;931万元地方政府债券资金只能用于6200平米单食堂楼建设,还要单独设计,单独报批,单独施工。这样势必造成整体效果不协调、单体项目布局凌乱、工期不同步、施工现场管理混乱、建设成本加大等诸多问题。更何况我们设计的二中方案中,食堂、锅炉、淋浴房、学生宿舍等已远远超过上述国家资金规定的建设规模和标准,也就是说交钥匙工程的建设内容已涵盖上述单体项目。这件事来来回回讨论了好几次,陈书记让我准备了一份措辞强硬的发言稿,会上我先开炮,然后他再定调,几番交锋,各执一词,谁也说服不了谁,谁都觉得对方无理,最后只能矛盾上交。

后来我渐渐明白了,其一,我们如果将13276万元全部投到二中项目上,中医院项目留给下一轮,我们的资金就不会紧张,肯定是又有面子又有里子。其二,援疆资金盘子一旦确定了,就等于是受援方的钱了,如果项目资金有缺口,他们当然希望由支援方另行增补。其三,新疆与内地最大的不同是项目资金主要靠向上争取，能要到钱的干部是最牛的，所以，要来的钱就要按规矩花，因为以后还要要。其四，交钥匙项目的设计、施工招投标全部在后方，这就落人口实，扬州援疆的钱又让扬州人挣走了。其五，扬州并不发达更不富裕，除了援疆，还要援川、援藏、援青、援陕、援鄂，所以指挥组绝不会也绝不敢再让市里兜底。

有些事双方都不好明说，只能通过暗暗地角力，表达不满，亮明底线，模糊本意。

天天开会，实在是无趣无奈。一回到住的地方，心情大好，不仅是有了烟火味，更有了儿女情。贵宾馆大厅的一隅有家"山山旅行社"，可能是租借的场地，办公条件很简陋，一个大班台，两台电脑，两个姑娘。因为每天进出都要经过，往返的机票都是在她们这里订的，所以慢慢就熟了。小满是满族，小马是回族，一个花容月貌，白皙娇嫩，一个双瞳剪水，亭亭玉立。她们每天都会在大班台上放一捧鲜花，芬芳四溢，幽香沁人。

就在我们习以为常的时候，原本放在她们桌上的花，移到了对面的服务台。有天我没忍住，感慨了一句："那花跟你们更搭！"

小马说："那是人家送她的。"

小满面带娇羞道："讨厌死了！我说不要不要，他还送！"

我说："那不是讨厌是讨爱。"

小满给了我一个大白眼。

就在援疆项目千头万绪，百端待举之时，县委党校的校长找到我们指挥组，请援疆领导给党校乡科班和中青班的学员讲一次课。陈书记让李县长讲，李县长请书记讲，最后他们一致决定：还是老周讲吧。

白天跟着李县长到别斯托别、阿勒玛勒、县农业局、畜牧局、

招商局就设施农业、特种种植、牧民定居、招商引资等他分管的工作进行调研,晚上回来要准备课件。我拟定的讲课题目是《以招商引资为抓手 促县域经济大发展》。之所以定这个题目,一则,我在扬州经济开发区招商局挂过职,我有底气说;二则,我在发改委综合处、外经处工作多年,我有东西说;三则,我们连续调研了13个乡镇,又走访了县农牧口、经济口、建设口多个部门,做了很多思考,我有话说。

因为不会制作PPT,我请教了张骏。他一点点教,我一点点学,最后不仅能做出来,还能用上各种动态演示手法,我自己都觉得挺了不起。很多新东西其实不难,只要我们有一种不抵触、不拒绝、不畏难的心态,都能学会。不能因为有了司机,就不会开车;有了秘书,就不会电脑;有了老婆,就不会洗衣做饭。

晚上打开博客,准备把学PPT的经过写出来的,这时弹出来一个小纸条,是"心随晚汐"的头像,"加我",然后是一串QQ号。

汐:我,小汐

我:小汐好!

汐:留言有点刺耳,生气了吧

我:生气了。怎么办?

汐:别以为我是来安慰你的,我就想说,你没那么伟大!

我:咱俩认识吗?

汐:哈哈哈,今天就算认识了。

……

下了QQ,我琢磨半天都想不出来这个小汐是谁,或者,可能是谁……

讲课安排在党校大教室，乡科班和中青班的学员加在一起有70多人，党校领导和援疆指挥组的部分同志也坐在了后排。我从花名册上看到了一个很有意思的地名"四零泉村"，我问那位学员，为什么叫四零泉村？真的有泉水吗？他说真的有，可能是有40个泉眼吧，具体情况他也答不上来了。我做了个记号，然后开始了我的讲课。

为什么要以招商引资为抓手？我用今年新源经济社会发展的考核指标与"十二五"期末新源经济社会发展的预期目标及全面建成小康社会的主要指标进行了对比分析，从大势所趋、形势所逼、机遇所给、民心所向四个方面进行了阐述，提出了"深入了解本区本地的现实情势""深入了解国内国外的经济走势""深入了解周边邻县的发展态势"。在讲第一个"深入了解"时，我把前段时间调研走访后总结归纳的"我们寻求合作的几个方向"投在了屏幕上。

1. 以野生芦苇为原料的无污染或低污染新型纸品研发项目
2. 以野生芦苇为原料的板材加工项目
3. 以野果为主题的高档饮品加工项目
4. 以动物器脏、血液、骨粉为原料的保健品、化妆品、药品开发项目
5. 高科技太阳能光伏项目
6. 旅游、野营、健身用品生产项目
7. 围绕那拉提景区功能提升的服务业项目
（如那拉提影视拍摄基地项目、那拉提纵深旅游开发项目）
8. 马、牛、羊肉制品加工项目
9. 大豆、蓖麻、甜菜等深加工项目
10. 符合产业政策，填补新疆地区空白的项目

11. 面向西亚、中东的出口加工项目

……

"也许你们会问，我们手上的客商资源本来就少，你说的面向西亚、中东的出口加工项目我们怎么招商？有一个办法可以事半功倍，到口岸了解出口货物的清单，如果羽绒服的量大，我们就要看生产厂家是哪里的，另外还要看原料我们能不能解决，如果 OK，那这类厂家就是我们的目标客户。"

然后我讲到了如何包装县域特色、产业特色和项目特色；如何建立项目库、企业库、人才库，又谈到了如何推介地方，如何推介项目，如何推介自己。最后讲了好多招商引资的实例，有成功的，有失败的，成在哪，败在哪。临近下课时，我用板书写了八个字送给他们：“观势 察微 远谋 深研”。在我鞠躬致谢后，掌声，掌声，还是掌声……

这次讲课反响很好，党校两位领导专门到援疆指挥组向陈书记做了汇报，并一再表示感谢，希望以后指挥组的同志多给他们讲讲课，把内地一些好的做法，新的理念传授给他们……陈书记很客气地表示了感谢，亲自将他们送出办公室。

阿勒玛勒的四零泉

"按省指规定，二级以上资质就可以接援疆工程了，就能玩了嘛，我看啊，要么特级，要么一级，扬州就那么几家，我们分个工，联系一下，摸一摸他们对援疆工程有没有兴趣，李县长你看呢？"周例会上，陈书记想到了施工单位的问题。

"按你意见办。"李县长一贯的回答。

"我以前虽然分管城建，对施工企业也不熟，我来问问中跃城建吧。李县长你从江都来的，江建你负责。小唐你是建设局出来的，邗建你来问。高邮兴通是特级资质吧，老周你熟不熟？"

"从来没跟建筑企业打过交道。"

"你这个什么话啊？这个事就是你规划建设处的事，兴通你负责，扬建小施负责。"

"书记，你问的是熟不熟，没问行不行，该我们做的事，不熟也行。"

每个处室都在有条不紊地在推进各自的工作。规划建设处准备好了所有代建制的材料，起草了委托扬州市建筑设计研究院对两个交钥匙项目进行代建管理的请示，并就二中和中医院项目的前期手续办理召开了多次协调会。施淙代表指挥组会同县援疆办、项目办、畜牧局、建设局及有关乡镇就"两居工程"的资金安排、户数统计、实施计划进行了编排。财务审计处老夏料理完老父亲的后事就赶回来了。他是个慢性子,有板有眼,不慌不忙地账户开了,制度订了,出纳找到了,报销正常了,补助也发了……人才科技处张骏成天奔波于组织部、卫生局、教育局、指挥组之间,13个专家人才快到了,去扬州挂职的人要走了,所有的相关事务全是他一个人在忙……办公室在完成了《五年规划》和《专项规划》的编制后,唐主任陷入了大量的事务性工作中,大到会议接待,小到每顿饭的安排。

"书记,晚上想吃点什么?"

"你办公室主任安排我们吃什么?"

"办公室在书记领导下开展工作哎,书记你定,我来安排。"

"宏远餐厅的牛肉烧得不丑……"

"好!按书记说的办哎!"(拍手)

"但老吃就没有意思了,小四川的菜就蛮下饭的……"

"好!我来订!"(拍手)

"别虚哦,小四川太辣了,我这个肠胃吃不消,那个炖蹄子汤的呢?"

"书记,不好意思,上次我们都当成炖猪蹄了,你说的是蹄髈,后来我跟老板娘又交代过了,下次不能再弄错了,书记,要不要去检验一下?"

"想你话说呢,不提前说好,现在哪来得及啊,你们几个呢,想吃什么?"

夏鸣:"别问我,我想喝粥。"

施淙:"有没有做鱼做得好的啊……"

张骏:"我反正都可以,随便。"

唐乐:"李县长,你的意思呢?"

李县长:"晚上有个客商来,老周跟我一起参加,你们随意。"

因为没有固定的住所,没有自己的食堂,所以除了有接待和宴请，指挥组七个人每到吃饭就头疼。每天伙食标准就那么多，各吃各的不现实，只能合在一起吃。新源的小餐馆都成了指挥组的临时食堂。

李叫我一起去吃饭是有原因的。省指最近下发了《关于加强产业援疆与招商引资工作的指示》，要求各援疆指挥组必须由一名领导挂帅，一名专职人员负责，重点抓产业援疆与招商引资工作，这样李牵头，我负责，宴请接待，名正言顺。

李县长主持的饭局，宽松自如，把酒言欢。各种家乡小段子，经常逗得大家捧腹大笑。酒过三巡，他看了看对面坐着的两个姑娘，问大家用什么方法不超过三句话就能套出人家结过婚没有，前提是不能直接问，这样很不礼貌。众人觉得不可思议，他面带笑容很客气地问其中一个：

"姑娘什么地方人呀？"

"我是乌鲁木齐的。"

"娘家还是婆家啊？"

"我还没有婆家呢……"

哈哈哈，只用了两句。他又问另外一个：

"姑娘你是哪里人啊？"

"江苏常州的。"

"娘家还是婆家啊？"

"娘家。"

"婆家呢？"

"苏州的……李县长你真厉害，我们敬你一杯！"

开发区刘明宽主任个不高，牛眼，平头，白发，新源知名人物。他端起一杯酒，一曲哈萨克民歌《故乡》高亢激昂，荡气回肠，听得客商连连鼓掌，最后高音部分，他走到何总跟前，替他斟满，替他举杯，然后和自己的酒杯一碰，一饮而尽……

临结束前，李县长对所有在场的人说：刚才刘主任的一首歌表达了我们对何总一行的感谢！更希望何总把新源当成自己的家，把新源的事当自己的事，上心上劲，常来常往！何总提出的整合草场资源，改良草种品质，农场化运作，标准化养殖，品牌化销售是对我们自古以来一成不变的游牧方式的一种变革，我们的定居兴牧也好，新农村建设也好，共同小康也好，都需要我们对熟视无睹的现象去反思……

星期六下午，指挥组弟兄们在李县长的号召下都去爬山了。我拿上相机，开上车，一个人来到了阿勒玛勒乡四零泉村，我要对熟视无睹的现象探个究竟。老支书一口四川话，年龄约六十开外，身手矫捷，声如洪钟。我给他点了根烟，大概说明了来意。

老支书瞪着两眼看了我半天，然后开了腔："泉水是我们村的宝贝，外人我是不让他们碰的，乡里张书记给我打电话了，说援疆干部要来调研，没说要来看我们的泉水啊？！"

"有那么宝贝吗？"

"我这不是跟你吹的，你看看我们村里的娃，哪个没考上大学！"

"耳听为虚眼见为实，能不能带我去村里转转，我想亲眼看到，亲耳听到。"

"走，你想去哪一家？"

"就去那棵大树旁边的一家吧。"我又给他点了根烟。

老支书叼着烟走在前面。门虚掩着，他推开门喊了一嗓子，里屋出来个四十多岁的妇女。

"支书说得对着呢，咱家哦三个娃，大的是个丫头，中央财经大学毕业了，现在在北京上班着呢，二的是个小子，北航上着呢，毕业以后嘛也想北京留着呢，跟他姐在一起呢。小的考得不好，新疆大学上着呢……"

"其他人家呢?"

"哦,好的多,前几年有复旦的,有南大的,今年还有军医大的……"

"这跟泉水有关系吧?"

"当然有撒!出了我们村哪里有这么多大学生嘛,都亏了我们的神水撒!"老支书接过我递的烟,吹了吹板凳上的灰,示意我坐下。

"这泉水的源头在哪里啊?"

"你先告诉我,你想干什么?"

"一方水土养一方人,既然是神水,一定含有非常稀有的微量元素,为什么不去检测呢?"

"我们不要测,这种事知道的人越少越好,要不然都来抢了……"老头狡黠地斜了我一眼。

"泉水只要不过量开采是取之不尽的,这么好的资源如果让它变成商品,造福更多的孩子,你们既有了收入,也积了大德呀!"

"搞不了,搞不了,就算你们不糟蹋这水,下面养冷水鱼的也不会让你们动的。"

"养鱼的?为啥?"

老支书续了一根烟,跟我道出了缘由。原来这里就是泉水的源头,每家门前屋后的沟渠里都有泉眼,泉水汇聚到村西头的小河里,在小河的下游,有个冷水鱼场,老板很厉害,听说上面有人,他就用这活水养了几个池子的冷水鱼,有哲罗鲑、五道黑、虹鳟、金鳟……多啦,发大财了……一盒烟的工夫,倔老头不再跟我倔了,尤其说到他在新疆当兵以后主动留下来时,我起身敬了个礼,然后一声"首长好!"老支书开心地从兜里摸出了一盒天子烟,"抽根我们四川的烟!"

他陪着我村前村后转了个遍,根本不止40个泉眼,4000个

阿勒玛勒的四零泉

都有！分布在每家每户周边的小河塘里，咕噜咕噜地冒着，像鱼儿吐的泡泡，静谧而清澈，丰沛而甘醇。我用相机拍下了几十张现场的照片。临别前，我握着老支书的手说：我会请乡里张书记尽快取水去检测，如果真的有那么神，咱们就限量开发，把大自然的恩赐变成村民实实在在的利益，让咱四零泉村成为新源最富有的村……

回来的路上我在想，新疆地上地下都是宝，缺少的是发现和包装，如果让所有的人都有事做，有钱挣，人生就有了意义，生命就有了价值，犯罪就要考虑成本，自然而然犯罪率就会降低，社会就会趋于稳定。这么说来，增强新疆当地的"造血"功能，远比杯水车薪的"输血"更有意义！

援疆人的星期天有点尴尬，不能独自外出，不能擅自接受宴请，周围的景点都玩了，什么肖尔布拉克酒文化博物馆，什么野果林，什么野核桃沟……电影没得看，书店没啥书，如果不是唐主任喊掼蛋，张骏多半是在电脑上看下载好的电影大片；施淙盘腿坐在椅子上一边抽着烟，一边跟老婆孩子视频；老夏要么拿着手机教儿子作业，要么在手机上看小说；我在房间里不是练练字就是看看书……

陈书记有规定，打牌的时候都要参加，正常是四个60后打，一个70后和两个80后做好服务，主要怕年轻人趁机单溜，也怕喝多了的在房间出危险。

掼蛋打的是配合，这里面学问很大，拿到牌以后首先要对手中的牌有个定位，如果有上游的机会，尽量稳住，套上家的牌，留着炸用在最后的冲刺；如果手上的牌很一般，没有什么胜算，就要打好助攻，打乱对方的节奏，掩护对家胜出。我和老夏经常在一家，两个领导在一家，两把牌两个人打肯定是赢不了两把牌"一个人"打的。陈书记每次到最后快上游的时候，老夏总是有一个大炸等着他，老陈有次被他炸停了以后，说了句扎心的话：夏鸣，你什么意思？我花点钱你盯着我，打牌也盯着我，你个熊财务处长，就专跟我作对是吧？！话是开玩笑说的，但话里的话不是开玩笑的。

晚上打开博客，圈子里在搞征文，题目是《与孤单结缘》。圈主特地点了我的名，她可能觉得这个题目更适合我吧。我点了根烟，敲敲停停，应付了一篇。

阿勒玛勒的四零泉

自打我一个人盯着没有打开的电视一看就是两三个小时的时候，我便和孤单结下了深深的缘。

每个人都有独处的时候，但，那不是真正的孤单。孤单是从无选择而来，直到自己去选择的与自己相处的一种方式。孤单不是心已死，不是念已灰，孤单是一种境界。

如果说孤单是夜的笼罩，它会把沉沉的夜色当作一床厚厚的被子，轻轻盖在身上，满天的繁星就是被面上的点缀，弯弯的月儿，岂不就是一盏暖暖的床灯……孤单真的很美！

孤单的人，一定是有思想的。不一定是先知先明，不一定是高屋建瓴，但是，凡事都会有自己的判断和感悟。他会挑战所谓的共识，不屑于一般的共鸣，游离于所谓的团体，追寻一种别样的风景。所以人云亦云的人永远不会领略什么叫孤单。

孤单的人，一定是有经历的。他会在无意中搓一搓自己身上的疤痕，然后继续他的事情。也许我们听过他的故事，也许我们质疑过他的过去，也许我们并不看好他，但是我们都不怀疑，他是个有故事的人，而且还会有故事发生。

孤单的人，一定是有所为的。孤单可以是闲适的，但不会愁苦。在纷繁的世间，独留一份清静，做自己想做的一切，做别人无法做的一切，或者别人不能不做，而他可以不做的一切。在灯前月下，让自己丰满，厚实，强大。

孤单的人，一定是有理性的。他会握着茶杯，在热气慢慢升腾，茶叶悠悠下沉的同时，让心归于平静。他会自我修复，他不希望被打扰，他不想被束缚，不愿被左右。在他的精神王国里，他独享并守护着那一片自由的天空。

孤单的人，一定是有感情的。也许他的内心世界是拥堵的，但是他不会轻易让自己和心爱的人成为一个悲剧的男女主角。他会转身，留一个背影，留一个空间。在没有了一丝音讯的未来，他会在冥冥之中念起她的好，用孤单给想象一个完美的交代。

有人说，孤单是闲挂在墙上的琴，是蒙上灰尘的画，是马路上的一片落叶，是空旷的球场上一只无人捡的球……还有人说，孤单是一杯浓浓的酒，一杯淡淡的水，一杯酽酽的茶，一杯苦苦的咖啡……每个人的孤单是不一样的，每个人眼里的孤单也不尽相同。我的孤单是：那个茶几上——那个烟缸里——那支没有掐灭的烟……

上线以后，好多头像在动，我点开小汐的，看到一张合影和一句话："自己看吧，别告诉我你都不认识。"

我点开那张照片，是广陵中学2003届高三（1）班毕业合影，第一排中间坐的是校领导和老师，我前妻就在其中！这个小汐难道是我前妻的学生？这是我万万没想到的，她肯定以为我是离婚后心情不好才来援疆的，所以"没那么伟大"……哈哈哈，有意思！

我大致算了一下，2003年18岁，今年应该是25岁了，要么在读研究生，要么已经工作了。从她的言语看，跟我前妻徐老师的关系应该不错，就是不知道照片里哪个是她。我把合影放大，一个个青葱学子像抽穗期的植株，高高矮矮地排列着，花一样的女孩有的已悄然绽放,有的还含苞吐萼。徐老师历来喜欢白白净净,袅袅婷婷的姑娘,我大概圈定了三个,一个有点皮,一个有点呆,一个有点凶,估计是这个凶丫头!

于是,我在 QQ 里回复了一段话:

小汐姑娘,我来援疆不因为其他,更谈不上伟大,我和徐老师虽已离婚,但没有对错与好坏之分;你的认知导致了你的行为,总之,不管你如何,我不会对你如何,因为你就是个小屁孩。

被这丫头打了个岔,差点忘了正事。我把重新整理的《新源商机分析》分别发给了扬州发改委分管对口支援的吴仓建主任,还有我最佩服的军校老院长老蒲头,以及可能感兴趣的一些客商。

阿勒玛勒的四零泉

新源每年的第一场雪一般在 10 月 20 号前后,这也是供暖的时间。前两场雪化得很快,因为地表温度还比较高,第三场雪开始就会堆积下来,整个新源都裹上了银装,皑皑白雪覆盖了泥泞坑洼,遮掩了凋敝荒芜,宛如一幅水墨山水,一个童话世界。

那拉提镇阿拉善村是哈萨克游牧民最集聚的地方,正对那拉提景区,县委县政府与扬州援疆指挥组决定将这里作为游牧民定居整村推进的示范区,共同打造哈萨克第一村。12 月 11 日,冒着零下 17 度的严寒,县委主要领导带队在这里开了一个现场会。

当地游牧民希望建成的房子可以拿出来搞旅游创收,县乡两级政府希望建成有民族特色的集中定居点,兼顾旅游功能,而指挥组只能按省指的要求,建成定居兴牧整村推进的示范点。经讨论协商,权衡利弊,达成了一个共识,由扬州专家设计三种方案,以集中定居为主,旅游功能为辅,公示,评选。援疆资金由 600

万调增至1250万，指挥组以"交支票"形式参与项目的决策管理，生活设施功能配套由县里筹措资金，确保明年开工，当年完成。在保证游牧民入住率的前提下，后续旅游功能的开发由镇政府拿出意见。

随后，领导们按序发表重要讲话，诸如，处理好生活与生产的关系，处理好定居与旅游的关系，处理好投资与回报的关系，处理好领导认可与群众满意的关系……建立一套班子，制定一个计划，开辟一条通道，打造一个典范……群众是否盼，我们如何干，上级怎么看……

大领导一般最后才讲，估计前面的领导把他想说的都说了，乔书记只能说"援疆干部尽管来的时间短，但讲得很好嘛，啊，啊，我最后就讲讲要注意的一些细节吧"……刚才抢乔书记话说的领导们都在虔诚地做着笔记，我们坐在后排的人都能看出来，乔书记的兴致好像不高了。

按省指要求，各地支教、支医、支农的专家人才22号已抵达伊宁，省指用4天时间专门进行了第七批江苏省援疆干部进疆培训。省指于总是个接地气的领导，听他讲话就能知道。

"……大家来之前对新疆是什么印象，无外乎这么几句：新疆地方很大，水果很甜，姑娘很美，治安很乱……但作为一名援疆干部，我们应该知道，新疆是中国西北部的战略屏障，是我国重要的能源资源战略基地，是西部地区经济增长的重要支点，是我国向西开放的重要门户，也是中国打击民族分裂势力、极端宗教势力、暴力恐怖势力的重要前沿阵地。

"改革开放以后，东部沿海地区得到了高速发展，而中西部地区尤其是新疆，由于自然环境和社会发展滞后等因素限制，相当一部分地区经济发展落后，社会发育程度低，贫困面大，新疆仅国家级贫困县就有27个，占全国国家级贫困县的21.9%。其次，由于境内外'三股势力'的干扰，社会不稳定因素在滋生蔓延，2009年发生在乌鲁木齐的'七·五'严重暴力恐怖事件，更凸显了新疆社会治安的严峻，更印证了稳疆固边的重要，更说明了对口援疆的迫切。在这里我跟大家说，不要以为伊犁就很安全，从公安部门截获的情报，我们不能麻痹大意，维稳永远是新疆压倒一切的首要任务。

"对口援疆的序幕是在1996年正式拉开的，截至2010年，到新疆开展援疆的党政干部达1768名。但2010年以前主要是'干部对口援疆'，从2011年即第七轮援疆开始，中央加大了援疆力度，在干部援疆的基础上，增加了资金援疆、项目援疆、产业援疆。江苏省同时对口伊犁州和克孜勒苏柯尔克孜自治州（当地都简称克州），我把江苏各市对口情况跟大家通报一下，也让大家有个全面的了解……"

他呷了一口水，接着念道："南京对口伊犁州伊宁市、特克斯县；苏州对口伊犁州霍尔果斯口岸、巩留县、克州阿图什市；无锡对口伊犁州霍城县、克州阿合奇县；常州对口伊犁州尼勒克县、克州乌恰县；南通对口伊宁县；徐州对口奎屯市；盐城对口察布查尔县；扬州对口新源县；泰州对口昭苏县；镇江对口新疆生产建设兵团第四师；淮安对口新疆生产建设兵团第七师；连云港对口霍尔果斯口岸。这里要说明一下，宿迁没有援疆任务。另外单靠连云港援助霍尔果斯口岸显得力度不够，所以又把苏州拉上了。"

在谈到产业援疆的时候，他特别表扬了徐州，来了两个多月，已引进了几个项目，总投资达3.7亿元。他要求三年内，全州招商引资要达到100亿元，每家10个亿，这个事情不能等，等是等不来的！最后，他让所有的援疆干部回去后思考三个问题：为什么来？来干什么？留下什么？

扬州来的13名专家人才和我们一起回到了县里，然后由对口单位接走了。13个专家人才中解正高、胡翰生、庄远岭、张亚平、吴新萍5名医生来自扬州三个三甲医院，成迎道、李晓飞、凡凤阳、沈仁斌、缪昊俊5名教师来自不同的五个县乡中学，沈圩加、柏庆荣、肖东生3名专家来自三个机关单位，其中只有一名女的，她是扬州妇幼保健院的主任医师，新生儿科的主任，后来被我们亲切地称为"援疆宝贝"。因为援疆楼还没建好，各对口单位负责他们的食宿安排，指挥组张骏负责专家人才的联络对接。

张骏中等个，瘦瘦的，指挥组小帅哥，他给人的感觉特别随和，谁请他帮忙从来没有二话，领导交代的事从来都是OK，我们随时都能听到他哼着小曲，要么在忙，要么准备去忙。

代建制的报告后方领导已经批复了，仍然由参加过援川的扬州建筑设计院代建援疆"交钥匙"工程。为此，建筑设计院潘院长一行三人，专门赶到了新源。潘院长与我同龄，是个精明而爽快的人。你想不到的事他已替你想好，你想到的事他比你想得更周到，这条路走不通他带你拐弯，这座山翻不了他带你绕，所以跟这种明白人谈事简单扼要。我和老夏小施都算得上老烟枪了，还是招架不住他发烟的频率，一根接一根，一轮接一轮，开会加掼蛋，他一天就烧了大半条。

连续几天在伊宁开会，回来又陪潘院长，连上网的时间都没有。打开电脑一看，我写的征文被评为一等奖。我问圈主，奖品呢？圈主说夏天发。这是什么梗？她说到时候你就知道了。小汐在QQ里留了一段话：

让女人恋恋不忘的是感情，让男人恋恋不忘的是感觉。感情随着时间沉淀，感觉随着时间消失。终其是不同的物种，所以，谁又能明白谁的深爱，谁又能理解谁的离开……我为我的鲁莽道歉！一切与徐老师无关，事出有因，原因在我，请您见谅。

180度的转变反倒让我不明就里，为表示缓和，我说："如果没有徐老师的因素，我们应该算是博友，或者叫网友。从你发来的合影里，我大概能猜到第二排从右边数第六个可能是你吧，如果你实在要问原因，我只能说这个丫头看起来好凶。"

省指通知1月15号到2月24号放假。为确保明年4月1号全面开工，临放假前，各种会连续开，晚上大家都忙着买新疆特产往回寄。伊帕尔汗专卖店相当于我们的购物点，女老板瘦高瘦高的，能说会道，精明能干，活脱脱一个新源阿庆嫂。

"周大哥，给嫂子买盒精油吧，有眼部护理的，润肤补水的，美颜祛斑的……"

"嫂子不要，给嫂子的儿子和嫂子的婆婆买点吧。"

"啊……哦，有有有，羊肚菌给老人吃最好了，全是牧民在山上采的，儿子上中学了吧？大学啊？周大哥好年轻哦，儿子都大学了……上大学肯定有女朋友了，给他女朋友买点薰衣草香囊啊，薰衣草面膜啊，薰衣草精油啊……"

"儿子才大一，哪来的女朋友啊。"

"哎呦，你儿子肯定帅，身边女孩肯定多呀，买点小礼品给小女生一送，哇，不要太招人哦！"我也是服了，没有小男生的礼物，她能炮制出一个给女朋友买礼物的理由，太精明了，不过，说得孩子他爹高兴，买！

赶在我们回家前，组织部把花园小区一个单元的干部周转房腾了出来，我们总算有了个临时的家，再也不用住宾馆了。但在分配房间时，问题来了。

一个单元共6层，一楼是车库，实际只有2楼到6楼5个房间，面积一样大，都是120平米。陈书记说：金三银四，他住3楼，李县长住4楼，小唐办公室主任事情比较多，住他下面，有事也方便。老周，老夏，小张，小施两人一间，住5、6楼。你们看怎么样？所有人都保持沉默，李县长开口了：

"陈书记，能不能做个微调，论年龄，老周最大，论资历，老周是正团职干部，论排序，发改委在前，论需要，老周经常夜里搞创作，小唐年轻，单独住一间，就摆不平了，还有老夏呢？要我说，2楼小唐和小张，小唐忙起来也有个帮手，5楼就给老周，老夏就吃点亏和小施住6楼，书记你看呢？"

陈书记笑了一下，"还是李县长想得周到。就按你说的，小唐委屈一下吧。不过，我们总要有个打牌的地方吧，就放在老周房间吧。"这让我很不爽，我宁愿两个人住，也不想睡在"棋牌室"里，才要发作，李县长赶紧接过话，"蛮好蛮好，就这样就这样……"

晚上收拾停当，有人敲门。"周处啊，我不是到你房间来的，我是来活动室玩的，哈哈哈……隆嘎的，领导眼里只有某人，我们天天忙的有什么意思啊……"小施三十出头，研究生毕业，戴个眼镜，胖乎乎的，从交通局公路处选调来的，有个性，有思想，脑子反应快，爱开个玩笑。我给他递了根烟，小胖子开始神叨了：

"我知道你什么时候开始烦他的。"小胖子吸了口烟，卖了个小关子。

"有次开会，他骂机关的那些处长，虾兵蟹将，成事不足败事有余，你当时把笔往桌上一拍，他瞟了你一眼，我估计你忘了。他什么时候开始烦你的呢？我估计哦，不一定准，看到你的履历表就不舒服了。你是正团转业，他是战士复员，隆嘎的，差一大截子呢！"

"不能这么说，他回来以后提得很快，早就是领导了。"

"不错哎，但每次只要一吹牛逼，你像老班长一样站在旁边，他能舒服吗？"

"哈哈哈……这不能怪我吧。"

"还记得为二中的事让你先开炮的那次，本想让你覆盖射击结果你玩点射，就轰了教育局某个人，还高抬了其他领导，脸也露了，水平也展示了，在指挥组的重要性也凸显了，隆嘎的，你没按套路出牌……"

"哈哈哈……我临时做了修改，争取一切可以争取的力量嘛。"

"后来党校要请他上课，他考虑再三交给你了。隆嘎的，没想到你准备那么充分，在军校还当过教官，又是书法家，我听他们上课的讲，光是板书就把人震住了……不讨喜的是，那些学员个个在他面前夸你，第二天两个党校领导还来感谢呢，连坐都没让他们坐，直接谢谢再见。"

"哈哈哈哈哈哈……"

"你还想住单间，直接请你跟我同居吧，本来这事大家都觉得不妥，但谁也无法说出口，老李突然站出来了……四个论狠了！论年龄，论资历，论排序，论需要，有理有据，无懈可击，真的有水平！按道理他就做个顺水人情算了，隆嘎的，他又玩出个兼打牌的地方，我晓得你要炸了，老夏都说，要不是李县长最后做个拦停，老周就要发作了。"

"我应该感谢他，怕我一个人住寂寞，让大家晚上都来陪我。"

"其实他得罪你大可不必，市援疆办就设在发改委，不看僧面看佛面嘛。"

"我们把手上的事做做好吧，还有三年呢……让你跟我受委屈了！"

"这话就见外了，你是我直接领导，小施听你的。"

阿庆嫂推荐的那些伊帕尔汗小礼品儿子一点兴趣都没有，最爱的是我带回来的新疆马牛羊肉，尤其是马肠子。整个春节，无论谁进门都会闻到一种扬州少有的膻味，可我已经闻不出来了。

一场援疆干部家属大聚会让我离婚的消息不胫而走，一个很少联系的女同学给我打了个电话，先拜年，再关心，然后约吃饭。说好是老同学聚聚，结果去了一看，就她和一个不认识的女人。如果我没猜错，她是想成人之美。

"到这个年龄了，为什么要离婚呢？"这是问离婚的原因。

"孩子呢？孩子可怜了。"这是问孩子的抚养权。

"你家是儿子吧？大了吧？"这是问还要抚养多少年。

"离婚以后你搬出去了？"这是问房子的所有权。

"你父母跟你住一起吗？"这是问经济负担重不重。

"你好像还有个兄弟吧？"这是问养老责任如何分摊。

"你们援疆这么辛苦新疆也要发你们一份工资吧？"这是问经济收入。

"你的书法现在值钱了吧？"这是问工资以外的收入。

"还是要找一个，老了有个伴。"这是说再婚的重要性。

"不能找年轻的，我有个邻居……"这是用事实打消我不切实际的妄想。

"一定要找知根知底的……"这是告诉我她带来的人靠谱。

"女人就要会疼丈夫，会过日子……"这是暗示我她旁边的女人多么好。

……

吃到一半，我提前把单买了，回到座位的时候，两个人在嘀嘀咕咕商量，我说我还要去见一个，没办法，先走一步了。留下两个懵圈的女人，出了饭店的门。

我把这一段写成文字发到博客上以后，好多人有同感，这就是中国式再婚，宛如一杆公平秤，一边吆喝一边秤，如果说有一边轻了，就用"爱"去添加，这种爱只能加引号了。作为男人还应该清楚，女人的年龄、相貌、身材都是有价的，如果画一张表，应与男人的地位、财富、能力相对等。套用流传的一句话"一切不以结婚为目的的恋爱都是耍流氓"。那么"一切以再婚为目的的算计是真流氓"。

碰巧小汐在线，我跟她聊了一会儿：

我：小丫头，我回扬州了，你在哪里？

汐：你不会是想见我吧？

我：不让见吗？

汐：一个那么凶的丫头你见了不是添堵吗？

我：哈哈哈，这次堵的肯定不是我

汐：那好吧，半个小时以后我们在文昌阁金鹰的星巴克见。你把手机号码发给我

我：好……我们能不能换个地方，那一带太堵了……喂……喂喂

头像暗了。真是个雷厉风行的女孩。

我匆匆下楼开上车，等我找到地方停好车，赶到星巴克，比说好的时间晚了15分钟。我把店里25岁左右的女孩挨个看了个遍，没有一个主动认领我的。估计她还没到，我点了杯咖啡，坐在一对情侣的边上，尬等。

这不尴不尬地坐在人家旁边，让我想起个笑话。一男爱慕一女同学多年，屡约屡空，一次以同学聚会名义终如愿。一桌人谈兴正浓，女同学老公不请自到，哥们心里懊恼，仍作若无其事状。忽飞来一只苍蝇，他起身，以掌为扇，一边挥赶，一边念念有词：

"哪个叫你来的……哪个叫你来的……"想到这，不禁哑然失笑，这一笑，男的扭头看看我，女的赶紧低头看看自己的衣服。

半个小时过去了，一个小时过去了，手机响了，一个夹了好多4的号码。

"哈哈哈……哈哈哈……你没被别的丫头领走吧……哈哈哈。"

"别闹了，你在哪儿？"

"我说真话，你不许骂人！"

"看什么事了，说吧。"

"我不是扬州丫头，我在盐城乡下陪妈妈。"

"……你……我……"

"我就想给你添堵，谁让你自以为是的。"

"你赢了，旁边人多，骂人不好，我开车堵、店里堵、心里堵、到处堵开心了吧？"

"我……我下次不敢了。"

"还有下一次？"

"有呢，都说男人经不起诱惑……"

"好，欢迎来诱。"

转眼又到了要出发的时间，我去发改委跟委领导和同事们辞行。到了曜辰主任办公室，我说有两个小小的请求，第一，陈书记要求每个援疆干部都要向原单位争取一点工作经费，同时也把新源发改委办公条件需要改善的事做了汇报；第二，报告了工作分工中增加了产业援疆一项，并希望领导多多关心支持。曜辰主任很爽快地答应了。"工作经费只多不少，其他经费另批另报，产业援疆的事我会交代给相关处室，发改委是你的大后方，有事及时沟通，我们全力支持！"大气度才能管好大部门，大格局才能当大领导。

有段时间,报道说乌鲁木齐机场牛肉面80元一碗,爱吃不吃。我们吃了,一人一碗,640元。吃完以后,桌子一抹,陈书记召集了指挥组机场会议。会议主要讲去了以后如何尽快开展工作,开展哪些工作,并对随行的代建公司李总交代了任务。人还未到,担已压实……

从扬州回来以后,我去了一趟县发改委。办公室小邵给了我一个信封,说是去年单位发的目标考核奖。我接过信封的瞬间,凭手感就知道是个空信封,我估计是小伙子忘了装进去了,怕他尴尬,我谢谢以后,接过来塞进了兜里。回去打开一看,不是空的,里面放了150元。为什么是150呢?我琢磨半天明白了,我是第四季度去的,年终奖估计是600元,四分之一正好是150。这两张脏兮兮的钱似乎在提醒我,该为大家做点什么了。

心有不甘的人才写书

3月1、2号,新源县委、县政府召开"扬州援疆重点项目规划设计方案汇报暨项目推进会",对二中、中医院、那拉提阿拉善牧民定居点等几个重点项目逐一过堂。县里四大班子领导和省指部门负责人出席了会议。

1号全天是两个"交钥匙"项目,2号是牧民定居和其他项目。这个会是统一思想的会,也是所有问题集中爆发的会。扬州方限额设计与新源方期望值的矛盾;配套资金不能与援疆资金捆绑使用的矛盾;征地拆迁上访与工程序时进度的矛盾;集中开工与建材价格上涨无法供货的矛盾;前期手续繁杂与按时开工的矛盾等等等等……

莫拉力县长在大家发言后,就有关争论不休,久拖不决的问题做了表态发言,一二三四五列出了重点,三下五除二做出了决断,第一次让我们看到了一个哈萨克领导的胆识和魄力,至于最终的效果,最终再说吧。陈书记对会议的结果是满意的,他最后提了几点要求,当他说到"一定要花大力气把前期工作推进到位,挂图作战,每完成一项打个趔子……"时,旁边有个新源的干部小声问我:"啥叫 tie 子?"我在本子上打了个勾。"这叫 tie 子?这不是个对号吗?"……

从那天起,一串让非专业人士听了头大的词,变成了一件件让非专业人士甚至专业人士都头疼的事。可研报告、项目建议书、项目用地选址意见书、环评、立项批复、地勘、地震报告、防雷报告、消防报告、方案设计、初步设计、初步设计评审、工程概算、施工图设计、施工图审查、施工图工程量清单、编标、招标、投标、评标、项目实施协议……虽然有了代建公司，不久又有了监理，后来又有了跟踪审计，但毕竟是新来乍到，毕竟是异域他乡。

中国式压力传导机制主要靠各层级的会议传达，部署者也是督查者，那些参加完会议又无法再召集会议的人，就是干活的。州委李书记对援疆工作提出了更高的要求，江苏一定要走在全国援疆的前列，一定要在增强本地造血功能上下工夫……省指于总要求，4月10日全面开工，招商引资3年全州100个亿，援疆干部结对帮扶3年全州100万元……陈书记要求，指挥组3年10个亿招商引资任务，每人每年3000万以上项目一个，结对帮扶每人每年不得少于3000元……我说，招商引资任务到了我们指挥组是不能再分解到个人的，这个任务就是我们这个集体的，也是我们扬州市的。

我早就意识到，输血只能救急，造血才是关键。资金到了，项目建设就是个快慢好丑的问题，单靠建几个学校医院是不能解决当地根本问题的。产业援疆不仅能给当地政府增加税收，家庭增加收入，解决群众就业，盘活各种资源，而且通过企业严格的培训和管理，可以提高当地人口的素质，逐步养成守纪律、有约束、爱学习、讲科学的良好意识，这对维稳也是有利的。

陈书记尽管把招商引资任务分解到了每个人头上，但他在会上强调了一点，由我主要负责。现阶段都在忙开工的事，一旦上面督查到这项工作，临时抱佛脚是没用的。我给阿勒玛勒乡的张书记打了个电话，四零泉水质检测报告应该出来了。他在电话里说，是出来了，下周派人去取。

一天，李县长叫上我和小施一起去肖尔布拉克镇洪吐拜村克孜勒金格勒定居兴牧示范点部署开工奠基仪式的事。车上，李县长问我："老周，你在部队是正团，回来以后怎么没有安排领导职务呢？"

"我是从军校转业的，我是副团职，正团级，相当于你们的括号正处级。转业办有规定技术级职称不能进机关，我就回到原单位，主动要求降了一级，以中校副团职转业。但转业办又给我出了个难题，说我副团职未满三年，我说是未满三年，经百分之一选优，我提前调了技术级正团呀！人家又说了，你技术级正团的任命已经撤销了啊？我说我不撤销不是进不了机关吗？结果，转业办按照副团职未满三年把我降为副主任科员使用。"

"那你亏大了！这个不合理！"老李替我打抱不平。

"政策是为了彰显公平的，但具体到每个人，就是一种无奈，甚至于是一场灾难。这等于把我在部队辛辛苦苦的22年全给清零了，换成你能接受吗？"

"隆嘎的，太狠了！研究生一毕业就主任科员了。"小施也觉得不可思议。

"是啊是啊，对人不负责任啊……"老李只能为之叹息。

"在一个师级单位能提到正团是很难的，更何况我是百分之一选优提前晋级，整个学院就几个人。心心念念想回来，想跟老婆团圆，结果离了；想回来为家乡做点事，人家根本就觉得多余……所以我来新疆了，我给新疆做贡献。"

"隆嘎的，你这个觉悟高了！"

"不是我觉悟高，我是想换个地方做点实实在在的事，提振一下自己，要不然我自己都觉得转业转错了。成就感对我来说不再是图什么，而是想证明什么。"

老李闭着眼，躺在靠背上，我们都以为他睡着了。其实他没睡。

"老周啊，现在所有的项目都是规定动作，规定动作做出来大家都差不多。但产业援疆是自选动作，我们要想有突破，要想做点事，就要在这个上面多做文章。"

李县长这句话与我产生了共鸣，算是想到一块去了。于是，我把前期调研的四零泉的事及泉水检测结果跟他做了个汇报。老李兴奋了。

"真的是弱碱水啊？还有什么微量元素？"

"锶，金字旁，一个思想的思。"

"太好了太好了！这样，马上要到了，今天先不谈了，你回去赶紧准备一份资料，然后向县主要领导汇报。"

晚上，他们在客厅打牌，我在书房坐着，不时传来小唐拍手的声音。看着远处月光下的雪山，我在琢磨，是该有点作为了。在机关我是那种看到"天花板"的人，看到了就没必要去撞了。援疆对他们来说是一种政治阅历，对我来说就是一段生活经历。官场的每个层级不是台阶，是一堵堵高墙，要想上去，一靠自己搬砖垫，二靠上面人来拉，最关键的是，想上去的人不仅是你，垫得再高，要是被人一推，你还得重新再爬。

经历过了，才能理解不可理解的一切。对我来说，最耗不起的是时间。三年漫漫长夜，120平米的房子，静静守望的雪山，悄悄陪伴的月色……写本小说吧！我为自己即将下的决心而激动。我打开房门，看了看坐着打牌的，站着看牌的，然后给他们撒了一圈烟，又为他们加了水，突然之间，我觉得他们都很可爱。陈书记的毛式发型有了一种领袖的范，李县长文质彬彬倒真像个老师，小唐对领导特有的笑容也不再那么让人厌恶，看上去像个孩子，老夏的老谋深算显得再也没什么必要，小施脑袋一动，腮帮子就晃，像我床头柜上的娃娃闹钟，小张有点驼背了，什么时候让他趴着睡试试……我巡视完，哼着小曲回到了书房，你们玩吧，我有事做了！

对一个从来没写过小说的人来说，技巧并不重要，重要的是有东西写。2001年到2010年中国社会最具代表性的时代词汇是"招商"。而人性与情感是永恒的话题，先写起来，同时再开一个小号博客，专门用于连载，拉一些有水平的博友进来，通过互动听听他们的反响，将一个人的苦思冥想变成集思广益，对！就这么干！

四个安定居交支票项目最早开工的是肖尔布拉克的克孜勒金格勒定居兴牧示范点。那拉提阿拉善不同户型的效果图已经公示完毕，牧民对房子里建厕所非常抵触，他们一年四季都在野外排泄，不能对着太阳，不能对着月亮，还要戴上帽子，不能说话。可省指明确要求房子里必须要有厕所。这看似定居兴牧与民族禁忌之间不可调和的矛盾，被一位哈萨克领导一句话给破解了：厕所嘛，要有，人家规定着呢。你们嘛不是要旅游开发吗，口里人嘛要。自己人嘛，外面去，没有人拦着你嘛。

交支票项目的实施主体不是我们，所以相对要省心很多，我们过问得也少。但交钥匙项目是我们牢牢抓在手上的，再烫手也不能扔。指挥组围绕即将召开的初步设计及概算评审会议做了大量的准备工作，由于材料和人工费的上涨，丰满的理想与骨感的现实让我们不得不做减法。减什么？减多少？受援方能同意吗？

果然不出所料，评审会上教育局领导就提出，交钥匙的含义就是进去就可以使用，现在设计标准这么低，地砖变成水泥地面了，景观造型没有，学校的实验配套设备没有，住宿的床也没有，以后这笔钱从哪里支？有专家提出，连廊全封闭就要有消防设施，不封闭雨雪天容易摔倒；还有人指出，室外保温这一项漏标了……陈书记实在听不下去了，他很严肃地重申：二中项目已几番讨论，资金已定死，不能想做什么就做什么，现在是要减规模！

扬州专家和代建公司赶紧接上他的话：阅览室单独变成大空间，柱子去掉，阶梯教室改为小网架，减少用钢量；硬质运动场地太大，新疆日照很厉害，可以缩小；绿化费用还可以下调；连廊实在不行就半封闭，减少预算……

说实话，这个会真的让人坐不住，我们的出发点是好的，想让两个大项目一起上，早日投入使用，服务新源人民。但各种不利因素的叠加，束缚了我们的手脚，使两个援疆项目还未启动，就已底气不足，现在只能用有限的资金先满足其主要功能，以后再作补充。

回过头来看，我们制定年度实施计划时，未能做好充分的市场调研，更没有对建造成本进行前瞻性预判，项目预算明显偏少，导致交付标准一降再降，这一点我们真的要反思。设计单位因"水土不服"，对当地保温、防冻、隔热、遮风等设计要求一知半解，甚至照搬内地的建筑规范，导致两个项目都存在不同程度的瑕疵和缺憾。

不怎么露面的乔书记调走了，来了一位副厅级的新县委书记曾浦江。从陈、李二人的评价看，此人非等闲之辈，在自治州党委组织部、霍尔果斯口岸、自治州外办都有过历练，还在无锡挂过职，与第五批江苏援疆总领队、扬州市委洪书记交情甚笃。李县长很乐观：这是个有魄力有办法的领导，新源大发展的机遇来了！陈书记很客观：我们反正归扬州管，援疆的事才是我们的本分。

白天和夜晚对我来说是两个不同的世界，我创作的计划在悄悄进行。小博客里我添加了三十多个好友，有熟悉的，有不太熟悉的。只要我一发，他们就会围观，无论他们怎么评论，对我都是有益的，因为他们代表了不同性别，不同年龄段，不同欣赏水平和不同的三观。

希言用十年的寂寞悟出了四个字：烟如女人。
有人点了半天没点着；
有的点着了又自己灭了；
有的点着了，拼命吸，一口舍不得浪费；
有的点上吸一口就撂着了；
有的看着手中的烟头，不停地弹着烟灰；
有的不着急点，拿在手里慢慢把玩；
有的吸上几口就掐灭了；
有戒了的；
还有戒了又抽的……

这是小说开头的楔子，我憋了三天才憋出来。有人问我准备写多少字？不知道。有人问男主是不是你？不知道。几天更新一次？还是不知道……所有的不知道是真的不知道，因为这是我写作上的第一次远足。

小汐留言说：

"真正的天才可以终其一生都不曾认识到他是如何写作的。他只知道，有时候必须不计一切代价和后果孑然独处，忍受寂寞，有时候浮想联翩，呆坐终日而无所事事。"这可不是我说的，是多罗茜娅·布兰德。你的楔子已经告诉别人，这是一个男人和几个女人的故事。但愿能有追剧的感觉……

扬州把每年的阳历4·18定为烟花三月经贸旅游节。时值阴历三月，李白那首"故人西辞黄鹤楼，烟花三月下扬州"成了扬州最好的旅游广告词。记得首届经贸旅游节筹办期间，政府部门为了准确地翻译"烟花三月"，还费了一番周折。既不是"烟花爆竹"的烟花，更不是"烟花柳巷"的烟花，有人译成繁花似锦的三月，有人译成琼花盛开的三月，后来经权威人士确认，应该译成"柳絮如烟，繁花似锦"的阳春三月。

原计划是4·18期间新源县政府组织相关部门赴扬州举办一次大型招商活动，方案基本确定了，准备工作也陆续在做了，13号下午，常务副县长张元朴来到指挥组召集了一个临时会议，他说，计划有变，县委曾书记要亲自带队，组织新源党政代表团赴扬，参访与招商合二为一，要求我们尽快拿出一个大方案，报县委县政府，先遣人员做好准备，提前出发，指挥组至少要回去一半人。同时要做一个招商的小方案，意向性协议不能少于5个。

说实话，真的不想新源扬州两边跑，来了不想回去，回去了不想来。途中的那个折腾让人身心疲惫，坐在为小矮人设计的飞机上，整个人只能蜷缩着，腿脚伸不了，胳膊张不开，屁股挪不动，这种只能撑两小时的航程，我们一坐就是7个小时。

先遣组到了扬州，所有任务都交给了政府办和援疆办，领导几个协调会一开，一切走上了标准化会务接待流水线，我们都舒了一口气。坐在车里，看着路边的绿化，小树绑得直直的，小草剪得平平的，小花栽得齐齐的，小车开得慢慢的……精细扬州，细到一草一木，细到一菜一肴。

"扬州包子包打天下，扬州炒饭炒遍全球，来来来，都尝一尝。"会议中心用正宗扬州早茶欢迎新源党政代表团一行，市领导热情洋溢的推介，等来的却是冷场，好多人没动筷子。市领导笑了，"大家放心吃吧，我们专门从北疆饭店请的厨师，包子是牛肉馅的，这叫扬州形，新疆芯！"在座的每个人都动起了筷子，他们理解了"包打天下"的又一层含义。

晚上的欢迎晚宴更为隆重,每个人面前放了一整套餐具酒具。漆器的筷杆套在布袋里,木制的筷头套在另外一个小纸袋里。也就是说每根筷子是分两部分的,开餐前,每个人应该将筷头插入筷杆前端的圆孔里。结果有一哥们吃了一半了,才发现不对劲,"哦……我说嘛,筷子短的嘛见过,牙签这么粗的嘛第一次见。"一桌人全都笑喷……

连续几天的参访,疲劳而又兴奋。曾书记对适合去新源发展的企业格外关注,现场推介,现场邀请,现场交代给随行的相关人员。他能用全州的产业发展规划和一系列优惠政策去打动对方,用新源的各种有利条件和发展愿景吸引对方,用现场办公雷厉风行的务实作风区别于其他领导,用他丰富的阅历和渊博的知识展现与众不同的个人魅力。在参观辉能集团时曾书记对向险峰董事长说,如果你想卖空调就不要去新源了,因为新疆人基本不用空调,做其他的我们欢迎,项目是谈出来的,谈之前,你们要先看。我们需要什么,你们能做什么,我们能给什么,你们回报什么……在天地人会议室,曾书记对董事长陈军说,如果单纯做房地产我们不欢迎,新源可做的项目很多,欢迎你们实地去看看,我们不因循守旧,你们要因地制宜。随行的新源开发区主任刘明宽,新源经信委主任刘瀛,新源招商局局长刘云恺也是第一次近距离接触他们的新书记,"三刘"都觉得新书记攒劲得很!

市委吕书记会见时,曾书记提出了几点建议和请求,希望扬州在城市规划、产业发展、教育医疗、未就业大学生培训、党政干部培训交流、联合办学、文化交流、缔结友好关系等方面给予关心和支持,并邀请吕书记率领扬州党政代表团到新源考察指导。关键是他最后一句话让吕书记很感动,"请书记把新源当成扬州的第八个县,吕书记率队到达新源之日,就是扬州不把我们当外

人之时,我和新源各族人民热切期盼您的到来!"距离感陌生感瞬间没有了,会场气氛一下被推向高潮。

　　刘瀛是个非常有心的女干部,她觉得曾书记这几天实际上是在教大家怎么招商引资,怎么借力发展。云恺局长紧跟在书记的身后,保持随叫随到的距离。明宽主任有自己的观点,把酒喝好,自有朋友。喝酒还真的很重要,尤其在与民族干部交往当中,不偷奸耍滑,敢真干硬上,哈萨克民族会敬佩你是儿子娃娃!

　　洪书记就是哈萨克人心目中的儿子娃娃。他曾任第五批江苏援疆总领队,是援疆干部中的元老,曾踏遍伊犁的山山水水,访遍千家万户,在全国打出了江苏援疆的品牌,深受伊犁各族人民的爱戴。洪书记一斤多的量,自己带头喝,所以,洪书记宴请必定是要喝大酒的。新疆人不适应空腹干杯,尤其是"令狐冲"(拎壶冲)让他们有点忌惮,但老领导带头"冲"了,其他人还能原地不动?来回一冲,感情深了,来回又冲,哥俩好了,来回再冲,舌头硬了……"哦……什么东北虎,西北狼,都不如扬州小绵羊!"

　　高层的交往互动可以润滑两地政府部门间的关系,催熟各种友好关系的缔结和友好协议的签署。新源党政代表团扬州之行可谓收获满满,硕果累累。一场大型招商推介会,让与会人员和电视机前的扬州人民知晓了新源,并被新源美丽的自然风光和哈萨克民族异域风情所吸引,参会企业家有一种立马想去走一走看一看的冲动。

　　送走新源客人以后,我们留了下来,因为5月3日还要到建筑设计院谈交钥匙项目招投标问题,以及准备开工的一系列问题。老太太看我终于闲下来了,跟我叨叨开了:

　　"头两天电视上全是报新源新源的,我怎么没看到你呀?"

　　"镜头一般都对着领导,连这个都不晓得啊。"

　　"我跟老年大学的人都说了,儿子援疆去了,他们在电视上也没有看到姓周的。"

"你跟他们说,后排总要有人坐吧。"

"你这回带家来的那个什么菇,我拿出来晒的,一股骚气味。"

"那是羊肚菌,好东西,你煨鸡汤的时候放一点,鲜呢。"

"哎呦喂,我还怕把鸡汤弄骚了。"

"红枣吃了吗?"

"红枣好!呱呱叫!小孙子现在懂事呢,经常打电话跟我聊聊,要我留级,上到老年大学关门,哈哈哈……把我笑死了。"

"你换个烹饪班,电子琴别学了。"

"你说烹饪班我想起来了,你在那块有斩肉吃啊?"

"不得。"

"明天我去买点肉家来斩斩,你每次把电脑背来背去的,不重吗?"

"我在电脑上写小说呢。"

"哦哦哦,你忙哦。"

老太太说的也有道理呀,电视台的镜头从来都是对着领导的,我们能想得通,也习惯了,家里人想不通啊,同样是去援疆的,怎么就没有你的镜头呢?给个一秒钟的画面,让援疆家属看看有什么呢?更何况领导一直在讲要关心援疆干部,可能这种关心不包括在电视上露脸……

断断续续小说已经写了近万字。

"望笛"说:她看到了 D·H.劳伦斯,看到了杜拉斯,给你一个大大的赞……

"在水之湄"节录了一段:原以为好饭不怕晚,没想到现在又被鬼子吃了。"打倒日本帝国主义!"希言这么一喊,邻座的一对投来诧异的眼光,邱叶笑得趴在了桌上,两个球被压成了饼。"不能笑了,受不了了。"邱叶拍拍自己的心口,两块饼又变成了两个球。然后是一串哈哈哈哈哈哈……

"心随晚汐"说:每个人心里装着无数的故事,有些是听来的,有些是看来的,有些是自己不经意间写出来的,能活在自己编好的故事里,那该多美……

看了这么多的留言,心里暖暖的,这些朋友其实根本不知道我下面会写什么,怎么写,他们只是表达了一种肯定,这种肯定无关艺术水准,无关写作技巧,无关道德评判,他们肯定的是我在做一件有意义的事情。这件事从现阶段看,是我援疆期间的副业,从长远看,说不定是我未来的主业,创作逼着我要不同角度地观察,不同层面地思考,逼着我涉猎不同领域的知识,不同行业的门道,让自己随行于季风,混迹于尘世,抽离于杂务,静思于案牍。

每个人在不同的时间,不同的地点,都有着不同的身份。有次,单位某主任正在小会议室开会,夫人怒气冲冲,破门而入,"下雨不晓得去接我下子啊?买的菜呢?给我!我先回家了。"社会角色与家庭角色在这一刻开始混搭,刚才还在训我们的人被训了,没有比这更让人心花怒放了。那天,说好上午九点开会的,我一下睡过头了,李县长打电话给我,我才醒。"我马上就到,已经在路上了……"就在这时,老太太高调一声喊:"把早饭吃了再走。"

赶到建筑设计院,会议已经开始了。就听招标代理公司的熊总说:"……已经突破1700元每平米了,建议厕所感应器取消,中医院发标等审图结果,对标两天内结束……"一听到厕所感应器,我眼前出现了一幅画面:有人拉完了,感应器没反应,水未冲,人走了；有人一蹲下，水就不停地冲，一直冲到人走；有人擦好以后，要不停地蹲下、起来、蹲下、起来，唤醒瞌睡的感应器……据说第三种人是有责任感的人，比如我。

陈书记布置了近期的任务，中医院准备9号发标，12号下午3点答疑，小唐担任评委。6号上午约谈三家土建公司由周处负责通知，主要谈项目经理、质量保证、资金让利等问题，一个小时一家，6号谈完以后，李县长和周处先回新疆。

"维扬中学38000平米，占地70亩，投资1.2个亿。新源二中43800平米，占地200亩，投资1.05个亿。新疆的用工成本、单方造价、建材价格都高于扬州，这个账是怎么算的？李县长，这是一场苦战啊！扬州有句老话叫贪多嚼不烂，你要站出来说话啊，千万不能留个烂摊子啊！"坐在飞机上，我跟李县长单独交流。

"老周啊，陈书记的脾气你是知道的，他让我管交支票的几个安定居项目，交钥匙项目，由他直接负责，有些话我就不好说了。蛮好蛮好……工程一开工，你这块就交给小施还有代建公司，你重点是招商，没有一两个大项目是过不了关的。"

"小项目靠关系，大项目靠运气，真要想招到商，先练内功，人员要培训，优惠政策奖励政策要制订，招商宣传资料要准备，招商专项经费要到位，像现在这样让我兼，肯定是没时间的，光摸家底就要两个多月。"

"曾书记上任会有一连串动作的，招商引资应该是重点，在扬州的几次讲话就能听出来，不要紧不要紧，我把江都的老板、天地人的陈军、辉能的向总都请过来看看，先动起来。回新源以后，我跟曾书记先汇报一下，看看他有什么想法。"

我和李县长回到新源的当天晚上，财监局的崔局长和接待处的范处长就要给我们接风。这两位美女领导是我们指挥组公认的对我们最好的两个小姐姐,用陈书记的话说:能说会道,能喝能唱,落落大方,热情开朗。在我们一帮援疆干部最难熬的周末或是假日,她们都会约上一些朋友请我们"坐坐",有时在饭店,有时在家里,把我们当亲人一样。

晚上范处长约我们去她家包饺子,李县长爽快地答应了。陈和唐在扬州,只有我们五个人,李说酒适可而止,早点结束,不要影响孩子学习,其实他想回去打牌,崔局长觉得还不尽兴,就提议去卡拉 OK 唱会儿歌。后来,这事让陈书记知道了,拍着桌子说,以后绝不允许擅自参加这样的活动。小施嘀咕了一句:少了两个人的集体是擅自吗?

新疆的春天要比扬州晚一个多月。阳历四月冰雪才慢慢开始融化,原来白茫茫的田野,渐渐露出了湿润的黑土。风不再像刀,像一把扇子,扇落了吐尔根的野杏花,扇开了野果林的苹果花。空气中夹裹着春的气息,夜深时能听到春的萌动。我蹲在椅子上敲着键盘:

烟是吸烟者最长情的陪伴,最温暖的相守。你得意时它悠然轻舞,悲伤时它黯然魂销,孤独中它如影随形,畅叙中它心有灵犀,它永远是你最爱的香型,最钟情的品牌,最适配的价格,在你想到它的第一时间与你深吻,给你火热的心,燃烧的身!

烟于思考者乃灵感之源,于寂寞者乃温情之伴,于失意者乃抚慰之手,于迷茫者乃启明之星。社交中可拉近距离,谈判中可延时思考,困了它可以提神,累了它可以解乏,在对方眼里,你尽可以用拿着不点,点了不吸,吸两口就掐,一口气吸完等不一样的动作表达你不想说的话和想表达的意思。

烟是不会说话的伙伴,也是我等忠实的朋友,它用燃烧自己与你的心情合拍，它用毁灭自己为你带来片刻的悠闲，生命中如此挚友我们说绝交就绝交，说分手就分手，这种男人难道不可怕吗？

就在这时，我听到一种奇怪的声音，一会儿像老鼠啃咬，一会儿像小猫舔舐……这个120平米的房子里难道除了我还有喘气的？我轻手轻脚走到客厅，声音好像在厨房。我打开灯，声响依旧，如果是老鼠就会躲起来了。又听了一会儿，我眼睛盯上了抽油烟机的烟道，对，就是那里，但我不能确定是小鸟还是蝙蝠。

第二天，起床以后，我像往常一样打开客厅的窗户，探出头呼吸了一口新鲜空气，忽然，我有个感觉，在我的左上方，有双眼睛在盯着我。我慢慢转过头，哇！一只周身褐色，散缀细斑，体型偏小，眼睛圆圆的猫头鹰站在排烟口，警惕地注视着我。原来是这个小家伙！我到厨房再一听，里面还有呢呢喃喃的声音。我一下明白了，猫头鹰妈妈在里面生了好多宝宝，站在排烟口的一定是猫头鹰爸爸。我有种家里来客人的兴奋，为怕打搅到它们，我轻轻地带上了门。

下午到发改委几个办公室转了一圈，从大家的客气和热情就能感觉到，我来得少了。宋主任猜到我肯定有事，沏了杯茶，我说，从扬州发改委给你们争取了一点经费，钱不多，但可以解决一些问题，把大家的电脑打印机都换了吧，按4万元做个采购计划，明天你派人去指挥组办手续，把钱转到你们账上。宋主任很高兴，"真给啊？""那必须的。"

两个交钥匙项目的前期准备工作基本就绪，二中项目地块因为拆迁矛盾，少数民族村民阻工，暂时无法进场，后来我们才知道，县里已经有了重新选址的动议。为了不影响总体进度，指挥组决定在中医院工地搞一次集中开工仪式，邀请扬州市领导、省指领导、当地四大班子领导参加，时间定在5月30日上午9:58。为此专门开会研究部署，由我拿出开工仪式的方案，小唐拿出汇报会和市领导考察方案。

我在部队的时候，两次抽调北京，筹办过两届全军性的大型展览。在发改委期间，十余次政府大型活动的方案策划、背景板设计、现场搭建都是我负责的，所以，我有十分的把握不会出问题。考虑到第二天活动比较早，我和小施还有广告公司的人第一天下午就基本布置好了，只剩气模拱门和空飘气球明天早晨一充气就OK了。

下午6点不到，唐主任电话到了，陈书记李县长陪薛书记张县长6点半左右来看现场，让我们做好准备。为慎重起见，我和小施又把现场走了一遍。地面平整做好了，二中和中医院的两块大展板竖好了，奠基石立好了，圆圆的一圈沙子堆好了，18把扎着红绸的铁锹都等距离插好了，主背景板安装好了，主席台上每个人的站位标好了，红地毯已经拉到现场，参加的人员及几个方队都落实到位了，穿什么衣服戴什么帽子也规定好了，参建单位的标识该放的地方都放了，四周的彩旗已经迎风招展了，六台大型施工机械已就位，明天什么时候发动什么时候按喇叭都设定好信号了，培土时放的礼炮也备好了，以防万一的消防车、救护车、警车都安排了，电视台、报社也准备就绪了……

"隆嘎的，还有什么话说呢，抽烟！"小施也没想到，准备这么充分，我们还是被陈书记骂了，他更没想到，这次我没惯着他。

四个领导四台车，威风凛凛地过来了。一下车，陈书记脸就拉下来了。

陈：气球呢？

我：气球拱门明天早上放。

陈：不是跟你说了嘛，全部到位！

我：这里是风口，晚上六级风，不能放。

陈：什么屌风口不风口的，现在就放。

我：陈书记，做这些事，我比你有经验，请你相信我，明天一早肯定到位。

陈：你他妈搞什么屌名堂，让你放你就放。

我：陈达伟！嘴里给我干净点！

陈：什么干净不干净的，你他妈现在就给我放！

我：给你脸不要脸，再妈妈奶奶的信不信我抽你！

薛书记一把抱住我，李县长一个劲喊："老周老周老周！"张县长把陈拉上了车。

一个是新源县委副书记，一个是新源常务副县长，估计这一幕他们不容易看到，老周也不想用这种形象示人，人与人需要相互尊重！我看一个人只注重一条，他是否能平视所有的人！对上不是卑躬屈膝的仰视，这需要强大的内心；对下不是颐指气使的傲视，这需要良好的涵养；对失败者不是视若无睹的狎视，这需要脱俗的修为；对成功者不是顶礼膜拜的媚视，这需要超凡的自信！

老夏事后跟我聊，他要放就放呗，第二天变成啥样与你无关，何必搞这么僵呢。我说气模拱门是靠气模风机不停地工作才能立起来，固定是靠几根绳子和沙包，气模上还粘了字，天气预报晚上有六级大风，你说能不能立？空飘气球的操作要求更严，是靠氢气或者氦气升空，拉绳要绑在很结实的物体上，一夜下来漏气怎么办？被树枝扎破怎么办？条幅上的字被风刮坏怎么办？还有，明天什么风向还不知道，固定在什么位置才能确保四个气球正好位于会场的四个角？你说晚上能不能放？他既然这么不讲理，你怎么能保证第二天不关我的事？就算吹跑一个字，广告公司再去刻，再来粘都来不及，他会承担这个责任吗？老夏没再吱声,晃着膀子出去了。

　　基奠了,会开了,人走了,圆满了,老陈开心了,庆功宴上特地拉开他右边的椅子说:"老周,你无论如何要坐这块,你是老大哥。"小唐在鼓掌,小施在偷笑,老夏眼睛望着天花板。

我骂扬州人，因为我是扬州人

晚上吃过饭，给儿子打了个电话，响了几声没人接。挺羡慕人家有女儿的，一天一个电话腻歪，我这儿子好像不是亲生的一样，鸟笼一开，翅膀一扑腾，没了。小兔崽子像只候鸟，过年的时候才飞回来，暑假一般都和同学结伴出去玩，然后才回家，回到家又是一帮高中同学，天天玩到夜里。这个暑假我要把他弄到新疆来，再次牢牢确立"亲生的"概念。

没等到儿子电话，扬州发改委吴主任电话来了。扬州高邮有个做石英坩埚的陈永善想上单晶硅项目，因为自己投压力太大，所以拉了几个有意向的一道；因为听说新疆的电很便宜，所以准备在新疆投；因为扬州有援疆干部在新源，所以想到新源来看看；因为吴主任是分管对口支援的领导，所以邀请吴主任一路同行。他们先到石河子考察，大约15号左右到新源。

接完电话我想了想，这是个很有价值的信息，上网查了相关资料后，我给李县长打了个电话，把有关情况做了一个汇报。

"这个项目太好啦，为什么你说可能性不大呢？"

"因为今年3月石河子市投资建设了光伏产业园，发展2万吨多晶硅项目，而单晶硅是用多晶硅经单晶炉拉成的，这就有了产业集聚和产业链配套的优势。石河子是兵团城市，政府扶持力度大，招商优惠政策多，又靠近首府，区位优势明显，人才流信息流资金流都优于新源。他们到了石河子，新源就没有机会了。"

"能不能让他们直接到新源呢？"

"不可能，因为石河子光伏产业园里最核心的企业是大荃集团，大荃的老板是扬中人，他们已经联系好了。"

"你不要出题目给我做呀，你有什么办法呢？"

"首先要确保他们能来。你明天给吴主任和永善打电话，代表新源县委县政府，代表扬州援疆指挥组，欢迎他们来。"

"这个没问题，明天我来打。"

"最关键的是，我们要能吸引住他们，让人家愿意在这里投。对他们最有吸引力的就是电价……"

"好，老周你这样，说多了我也记不住，你明天上午到我政府办公室来，我们一起跟曾书记当面汇报。"

一说要跟曾书记汇报，我赶紧又给吴主任打了个电话。我把情况大概说了一下以后，请他无论如何要把人带过来，其他的事不用他管。吴说没问题，只要没有大的变化，我一定把他们交到你手上。

第二天上午，李带着我到了曾书记办公室。书记很客气地招呼我们坐下，很耐心地听完我的汇报。

"洺川，打电话叫薛书记和张县长到我办公室。"

两位领导来了以后，一起换到外间的小会议室，我又把刚才汇报的内容重复了一遍。

"周处，这个项目投资规模大概在多少？"张常务问。

"一期投资4个亿，三期全部建成大概在十几个亿吧。"

"项目有没有污染？"薛书记问。

"多晶硅有污染，单晶硅几乎没有。"

"老张，我们现在大工业电价是多少？"曾书记问。

"这个要看他一年用多少电了。扬州现在多少？"张常务问李县长，李看看我，我说："去年是6角8，书记提的问题非常关键，单晶硅企业是耗电大户，电力成本占了总成本的50%以上，他们就是奔着新疆电价低来的。"

"老张，你想办法了解一下石河子给的电价大概在多少？我们最低可以给到多少？薛书记，我们工业用地指标还有多少？"

"现在西环路有一块现成的，可以看。"

"周边有没有预留？"

"有，整个一块有380亩。"

"这样哦……"曾书记这三个字一出口，大家都拿出了笔记本。"周弈提供的信息很重要，东部发达地区高耗能低污染的产业正在逐步向西部地区转移，我们要敏感地意识到这是一个机遇，我们要抢占先机。他们先到石河子，后到新源，我们更要有针对性地准备，我们第一要打低价牌，电的问题我亲自跑；第二要打亲情牌，洺川你负责全程陪同，接待好，新源就是扬州的第八个县，在新源投资就等于在家乡投资；第三要打服务牌，特事特议，全程服务，薛书记张县长，你们记住，以后是凡大项目都要举全县之力，坚决拿下。光伏产业园我们完全可以搞，别人有的政策，我们也给……但有一条要切记，项目的可靠性和投资方的实力你们一定要给我摸清楚，不要到最后瞎忙。洺川你通过当地的关系，把企业的情况好好了解一下。这个项目由薛书记牵头，张县长主谈，定不了的事直接给我打电话。"

前期各项准备工作就绪以后，6月8日，新源县村级、社区基层组织阵地建设项目全面开工了。体量最大的二中项目，因为拆迁征地矛盾非常尖锐，县里已叫停。中医院项目虽然已搞过开工奠基仪式，但离实际开工还有一步之遥。在周工程例会上，代建、监理以及兴通和中跃城建两家中标施工单位一一进行了汇报，针对两家施工单位存在的问题，我们逐一进行了分析对比，对中跃城建存在的人数不够，分工不清，地情不明，准备不足，进度不快五个方面的问题没留情面，我不会顾及什么背景，什么关系，不能打仗的兵就不是好兵。

快到15号了，吴主任来了一个电话，说他们一行在石河子谈得很好，其中有位随行的教授建议不要再去新源了。说实话，没有比这个电话更让人闹心的了，县里领导那么重视，准备工作都已做好，这个时候说不来了，这不是开玩笑吗！我找到李县长，请他代表新源县委县政府再打个电话邀请一下。

他拨通了吴主任的电话，然后请永善总讲话，"永善兄弟，我是扬州援疆指挥组的李洺川，听说你们在石河子谈得很好，我表示祝贺。你们已经到新疆了，再飞50分钟就到新源了，多看一个地方有什么不好呢？就算来看看我们这些在新源的扬州人也好呀，至于在哪里投资，完全由你们说了算。来了以后我陪你们看看那拉提，尝尝烤全羊，再让你们欣赏一下哈萨克姑娘的舞蹈，这些节目石河子有吗……就是啊，就这么说定了，后天我去机场接你们。"我以为李会在电话里用一些优惠条件吸引他们过来，没想到他一个字没提，全是吃喝玩乐，让对方没有丝毫的负担，我给他竖了个大拇指。

心里一块石头落了地，心情大好。晚上儿子来电话，终于同意来新疆了，心情更好。我打开博客，上次写到男主教育儿子的一段：

儿子放暑假了，看他天天疯玩，希言觉得应该让他去学点什么。一天晚上，父子俩进行了一次对话。

父：你给我坐好！

子：你也坐好！

父：暑假虽然是让你们小朋友玩的，但是有的小朋友既玩了，也学了东西。

子：爸，你又想让我学什么？

父：爸这次不逼你学书法了，你可以学其他方面的，比如萨克斯。

子：为什么让我学这个呀？

父：第一，你乐感好。第二，你手指长。第三，你吹气球可以吹那么大。第四，你嘴小，不容易漏气……

子：哼！其实就是你喜欢听，家里天天都放，你以为我不知道啊？

父：我喜欢听是假的，我就想培养你这方面的兴趣。

子：你都不喜欢，为什么让我喜欢？真是的！

父：……你！

……

"三毛"说："自己的孩子难教，难就难在零距离相处而产生的过分亲近感。"

"冰清玉洁"说："儿子厉害！抓住一句话的漏洞成功逃脱！"

"心随晚汐"说："羡慕这样的家庭，好想有个这样的爸爸……"

趁着兴致正浓，我又进入了角色。创作与现实是两个不同的世界，创作是现实后的虚，现实是创作中的幻，我们无法把控的一切现实都可以在创作中一手操控，这就是作家"心有不甘"之后对世界的再认识与再创造。

吴主任没有让我们失望，光伏项目考察团如期抵达那拉提机场。第一个出来的是矮胖矮胖的永善，第二位是精瘦精瘦的扬州电缆业老大，然后是参差不齐的各位总，最后是高高大大的吴主任。刚准备上车，永善说稍等，还有一位教授。果然，不慌不忙走在后面的是一位西装革履，器宇轩昂的学者。李县长上前握住了他的手，我顺势接过了他的行李。

民族特色的欢迎晚宴让他们感受到了当地的盛情与诚意，那拉提大草原让他们领略了新源的博大与宽广，两个钢厂和两个酒厂让他们增添了信心与力量，站在水域面积58平方公里，水深90多米，总装机容量32万千瓦的恰甫其海水电站，永善问李县长，这里的电价是多少？李县长说，我们今天先参观，明天县委曾书记会见你们，什么问题都可以当面聊。

第二天，当什么问题都聊完以后，永善对曾书记说："我们作为一个企业去哪里投资不仅要看当地的硬件，更要看当地的软件，新源的配套能力、基础设施、地理位置都不及石河子，但新源的领导班子、工作作风、办事效率是一流的，非常高的配合度换来了我们非常高的满意度，我们刚才休会的时候，简单碰了个头，我们想这样，书记你看是否可以：第一，为慎重起见，我们留两位老总下来，继续了解相关情况；第二，我们全体成员盛情邀请曾书记及各位领导到扬州，实地考察我们现有的企业，然后在扬州接着谈。"

"好！知己知彼对双方都有好处。张县长负责安排好他们两位的吃住行，让他们随便转。洺川你负责跟踪好这个项目，同时对园区基础设施建设进行招商，为单晶硅项目做好配套。周弈现在给的什么职务？"曾书记突然问李县长。

"援疆指挥组规划建设处处长，县发改委副主任，老周是正团转业的，来的时候是扬州发改委外经处处长，还在市开发区挂过招商局局长。"李县长如实回答。

"好，我知道了。过两天把他提的泉水开发的事再碰一碰。"没想到结束时曾书记把话题转到了我身上。

真的没过两天就开会了，不是曾书记的会，是陈书记主持的指挥组办公会。会上他传达了省指的会议精神，随即转到了指挥组上半年工作存在的问题，他很严肃地指出：

"对交支票工程抓得不够，对安定居工程抓得不到位，项目推进的进度不一，多个工程因拆迁矛盾受阻，交支票项目的手续还不完善，领导精力不够集中，参与地方工作过多，对指挥组工作过问太少……"我们都知道交支票项目是李县长直接抓的，这等于是点名批评了！大家把目光都转向李县长，李县长沉着脸一言不发。

在讲到人员分工时，陈书记做了一些微调："周处原分工不变，增加招商引资；夏处负责财务审计和合同管理；小施负责建设类项目管理；小张负责非建设类项目管理。"然后他谈到了扶贫济困的标准，"兴通捐8万，代建监理各2万，设计单位4万，招标代理1万，前方编标公司5千，中跃城建4万，个人捐款，领导5千，其余人员3千。"

晚上吃过饭，我和小施走在后面。"周处啊，老李的脸直接挂不住啊，我开始以为带两句就行了，隆嘎的，差点就……那天吃饭，曾书记把他喊成洺川了，乖乖，那个屌火发的……"

"那个事不能怪李，是曾喊错了，但陈就认为，你眼里只有洺川啊，把我陈达伟放哪了。"

"乖乖，复杂呢。还有个笑话估计你不晓得，有天到外面吃饭，小唐说商务车不开了，坐两个领导的车去，结果，你跟老夏往李县长车上一坐，我也跟着挤上来了，张骏不晓得这个车已经满了，也想上来，小唐连忙把他喊到老陈车上了，我估计又要作气了。"

"全是下意识的选择。"

"周处啊，下意识最能说明问题哎。"

"你看老李一个人走到前面去了。"

"晚上牌打不起来了，你安心创作吧，你儿子什么时候来？"

"后天我去乌鲁木齐接他，然后直接去喀纳斯了，项目上的事你多费心。"

"你放心，好好陪儿子玩玩。"

每年夏天是新疆的旅游旺季，也是我们的接待旺季。各单位来慰问的，督查的，交流的，结对子的都选择在这个时候。指挥组家属来探亲也在这同一时间。考虑到援疆干部的家属在家很辛苦，指挥组每年报销一次配偶和子女往返新疆的差旅费。没配偶的呢，他们都起哄说可以报一位女士的路费，还有的说一定要严谨，三年必须同一个人，陈书记意料之中的没松口。其实这就是个玩笑，怎么可能为了这点钱把一个不相干的女人置于如此尴尬的境地，更不用说不同的三个。仅仅开个玩笑而已。

我接儿子从来不用挤到前面，他的脑袋在一堆脑袋的上面，老远就看到了。哇塞！小兔崽子怎么又窜个了……

"不要再打篮球了！"

"干吗？"

"你天天又蹦又跳的长太高了。"

"高了不好吗？"

"你要是太高了，找的对象就会相应的高，两个人都高，将来孙子就高，孙子高，他就要低着头，我就要仰着头，我们这一老一小多难受啊……"

儿子一手推着箱子，一手搭在我肩上，"别虚，我找个矮一点的中和一下不就好了吗？"

"有女朋友了？"

"爸，我们打车走吧？"

"打车。"

新疆旅游最难挨的就是途中。怎么还没到？怎么还没到？在地图上看好像不远，很少有人注意下面的比例尺。我报了一个豪华团，车况、服务、住宿都要好很多。一车人都被单调的发动机声音轰睡着了，我跟儿子说，一个景点玩不了多长时间，途中的时间远远超过景点游玩的时间，所以你要享受这中间的过程。你注意这些现象没有，为什么在江苏隔几十公里口音就不一样了，而在新疆几百公里下去还是一样，为什么新疆山上的树木都在北坡而不在南坡，为什么有的山寸草不生，为什么牧民不允许别人数他的牛羊，为什么在毡房吃饭一定要让客人面对着门……儿子让我给叨睡着了。

喀纳斯用一个湖怪的传说吸引了世界各地的游客，未来谁的故事讲得好，谁就在营销上占了优势。带一个大小伙子出来玩，跟带女人、带孩子是完全不一样的体验。他基本没有拍照的概念，能走，能跑，能吃，能喝，只要有参与性的项目，他看一会儿就上去了。红烧肉块一般大的羊肉串，一口气能吃十串，什么烤鱼、手抓饭、奶茶、马奶子、手抓羊肉、马肠子吃嘛嘛香。买东西从来不讲价，我只要一还价，他就在旁边说：老子，让人家赚点钱嘛……

转了一大圈回到新源，我把途中拍的照片选了一部分发到了博客上，把博友们笑死了……有一张是在五彩滩拍的，门口有三只羊的雕塑，正面拍照的人太多，我就把儿子拉到雕塑的背面拍了一张，当时没注意，回来一看，三个肥大的羊屁股矗立在画面中间，儿子脑袋夹在中间一只羊的屁股里，两边是另两只羊的蛋蛋……我在照片下面还加了一句话：换个角度看问题，就能发现问题的本质。还有一张是在禾木偷拍的一个女孩学骑马，一个哈萨克小伙坐在她后面握着缰绳，可能是贴得太近，夹得太紧，姑娘羞得身体前倾，脸都快挨着马头了。我又加了一句：让驾校教练羡慕的同行。

儿子也用相机拍了几张，一张是在火焰山，照片上我就露了个头，大温度计显示68℃。还有一张是在吐鲁番，一个牧民骑着一辆摩托车，摩托车拉着一匹马，儿子说这就是政经上讲的生产力的发展反映社会的进步。有一张是他最得意的偷拍，一个牧民口渴了，直接跪在河边鹅卵石上，撅着屁股，喝着河水。他说这张照片可以卖钱呢，天池的纯净不是吹的。

小时候带儿子是遛鸟，半大不大是喂鸽子，大了就是放鹰了。躺在那拉提的草地上，看着时而盘旋，时而高飞，时而俯冲的鹰，我跟儿子说：大学毕业以后你就像鹰一样自己飞，自己找食吃了，混得好，以后老子跟你混，混不好就跟着老子混，扬州对你来说就是个怀念的地方，我希望你飞得越远越好，不要再回扬州。

"老子，扬州哪里不好？"

"你在外面待上几年，回头再看扬州人，你就会有新的认识。我写过一篇对扬州小男人的评价，手机里有，我发给你。"

光鲜落魄的混沌历史，造就了夸夸其谈的扬州人；
不南不北的模糊地域，塑造了刚柔不济的扬州人；
闭塞阻隔的交通格局，成就了井底之蛙的扬州人；
盆景假山的造景园艺，默化了故弄玄虚的扬州人；
慢工细活的饮食习惯，养育了刁钻刻板的扬州人；
丰饶富庶的自然禀赋，造设了安之若命的扬州人；
殷实丰厚的祖传家产，惯养了慵懒享乐的扬州人；
前店后厂的小本生意，染织了精打细算的扬州人；
曲里拐弯的狭街窄巷，打造了弯弯绕绕的扬州人。

"老子，你有点嘎夸夸其谈呢。"

"老子也是扬州人呀，多多少少都会沾上一点。给你讲个故事吧，有个老板花钱把儿子送进了一所重点大学，然后每年又给他50万，而且让他必须花掉。他儿子很不理解，老板对他儿子说，凭你的成绩是上不了重点大学的，我花钱让你进去，并没有指望你奋发图强后来居上，你拿着这些钱就是交朋友。圈层对一个人很重要，将来我帮不了你，你的同学能帮到你。儿子，我没那么多钱给你，我只能告诉你，你心胸大，身边就不缺朋友，当然也包括刚才说的老板儿子那样的，你格局大，就不会纠缠于一堆烂事……别躺着了，走，骑马去！"

那拉提，瓦剌蒙古语意为"绿色谷地"，哈萨克语意为"白阳坡"。传说成吉思汗西征时，一支蒙古军队由天山深处向伊犁进发，时值春日，山中却是风雪弥漫，饥饿和寒冷使这支军队疲乏不堪。谁料想翻过一道山岭，眼前是一派新的景象。一马平川的草原，繁花似锦的绿地，淙淙细流，潺潺流动。这时云开日出，光芒万丈，人们情不自禁地高呼"那拉提，那拉提"（有太阳的意思），那拉提以此得名。

那拉提是世界四大草原之一的亚高山草甸草原，当地人称为夏牧场。它是一个山间盆地，面积约400平方公里，平均海拔2200米。正午时分的那拉提，绿草茵茵，繁花点点，一群群的牛羊，吃饱喝足以后在草地上打着盹，无论谁走近它，都懒得搭理。牧羊人骑着马，远远地游弋在草场的分界线上。极目远眺，盆地四周是高低起伏的群山，山脚下已郁郁葱葱，山顶依然冰雪覆盖。雪山融化的水流向洼地，形成一个个浅浅的水塘，饮水的马儿偶尔发出一两声长长的嘶鸣，受惊的乌鸦三三两两腾空而起，结伴飞去。云儿悠闲地悬浮在蓝天绿野之间，时而曲腿，时而伸臂，好似睡眼惺忪的美人。散落在远近高低的牧民毡房，飘出缕缕炊烟，为一幅壮美的游牧山水画卷添上了一笔人间烟火。

因为有个那拉提，我们最多一天接待过七批客人。人手不够，我们就采用分段接待的办法。两个人在县城负责迎接，安排住宿和吃饭；一个人在那拉提景区大门负责疏通关系，报车号，安排晚上不回县城的客人吃饭住宿。空中草原两个人负责陪同游玩，讲解，拍照，骑马等。

最会玩的是一批浙江的客人，女孩子都带了不同颜色的裙子，在油菜花里拍照换上白色的，到了空中草原换上黄色的，到了雪山冰川换上红色的……她们每次从商务车上下来都让人眼前一亮，不仅换了行头，还带了不同颜色的丝巾和阳伞，一会儿剪刀手，一会儿嘟嘟嘴，一会儿躺着，一会儿趴着，最后还请我蹲在土坑里给她们拍了张合影，十几个人手拉手，齐声高呼"那拉提我来了"，然后一跃而起……我第一次咔嚓晚了，第二次咔嚓早了，第三次火候正好。

白天，我们不是在工地，就是在山上，根本顾不上老婆孩子。晚上有招待的时候，陈书记会叫上所有的家属一起参加。一次在接待一位领导时，听说自治区发了文，援疆干部的小孩可以把户口迁到新疆来参加高考。陈、李和我的孩子都上大学了，我们没这个福气享受了。这个政策一旦实行，以后各单位的人都争着来援疆了，当地人不知道会怎么看。

在中国要说最被人诟病的应该是教育，而最能彰显公平（同一区域内）的应该是高考。如果将到处严查的高考移民变成一种援疆福利，于无法享受此政策的援疆人是一种不公平，于支援地和受援地的广大考生更是一种不公平。尽管就简单的几句议论，能看出大家对无法享受到的福利那种羡慕嫉妒恨的心理。这个与在座的人已然没有一毛钱关系的话题，拉近了家属之间的距离，

我骂扬州人，因为我是扬州人

一下子显得亲密了好多,这就是人性,假中带着道义,真里含着违心。

儿子待了几天就待不住了,说要回去陪陪奶奶,看看妈妈。其实经常断网,三天两头停电,没地方打篮球才是他要走的真实原因。我带着他到阿庆嫂店里给奶奶和他妈妈挑了一点礼物,买了机票,送到了机场。儿子转身跟我来了个拥抱,这个曾经被我抱在怀里的孩子,现在把我搂在怀里,说着我在电话里经常跟他说的话:"别老熬夜,注意身体。"

指挥组内部会议几乎是一周两到三次,无外乎传达上面精神,通报左右动态,处理内部事务,督查下面工作。第三部分是重点,一般是每个处先汇报,然后领导总结,部署,提出要求。"市局派来一名同志到县公安局任副局长,人已经到了,吃饭住宿都由单位安排了。但他算指挥组成员呢,还是算专家人才呢?按道理省厅统一派的人应该算公安条线口上的,不是省委组织部正式下文的,不能算指挥组成员,更何况晚到了十个月,不晓得其他市指是怎么安排的,这个事我们再请示一下市委组织部,我的意见是只要没有组织部的认可,我们按专家人才对待,李县长你看呢?"陈书记这么一问,李县长肯定还是那句话:按书记意见办。

会后,小张跟我们说:"来的人姓蒋,从扬州110指挥中心过来的,人家已经来了十几天了,也没人管,每天吃饭在公安局对面的小四川,我见了几次了,每次都吃的一样的,韭菜炒肉丝,番茄鸡蛋汤,不得命了,可怜呢。"

老夏说:"这有什么办法,我们的伙食费和各种补助都是按人头来的,组织部应该发个文,我们向财政再申请一个人的经费,要不然怎么办。"

陈军,一个很普通的名字,一个有故事的人。秀顶小眼睛，迪奥爱马仕是他的标配。扬州瘦西湖隧道十年冠名权被他以1020万元拍得，拍卖所得全部捐给市慈善总会，用于"十大慈善救助项目"，一时间"江苏天地人"五个字轰动全城。他在精打细算的扬州商人中算是一个有情怀的企业家，新源党政代表团在扬招商期间，他就已经表现出了浓厚的兴趣。经李县长邀请，他率集团高管飞到了新源。

几天下来，他像有什么魔法一样，县里领导都很认可他，援疆人都很看好他，女干部都很喜欢他。清晰的目标他能用含混的路数表达，企及的利益他能用谦卑的姿态掩藏，尴尬的谈判他能用幽默的语言融解，美好的未来他能用动人的诗篇描画。他"讲政治"，懂领导话里的话，话外的音；他"讲情调"，懂女人嘴上的话，心里的话。这家伙到哪儿都耍得开，他身上的大气、义气、灵气、匪气混合成了他特有的气质，区别于其他扬州企业家。

我骂扬州人，因为我是扬州人

四天的考察，他们与新源县政府达成初步意向：天地人先在当地注册公司，然后搭建工作班子，再协商建设内容，待新源西区规划出来后，锁定一块土地，供其开发。所有项目没有一轮轮的讨价还价是不可能谈成的，合不合适，可不可行，能不能干，决定权还在当地政府，我们只需要做好两件事，把项目包装出来，把客商引荐过来。

这两项工作都是招商局的职责范畴，可从目前情况来看，招商局在县里是个被轻视的部门，云恺局长从组织部副部长，到镇上当了书记，又从镇书记平调到招商局，大有一种被贬的意思。然而，招商局也是最能锻炼人的地方。除了对大形势的研判，对小趋势的把握，还要对产业结构有所了解，通晓各种政策，学习各种知识，会推介自己，能读懂对方……最关键的是要会算几本账，两本是替企业算的，算过去，算现在；两本是替政府算的，算现在，算未来。

很快，李县长带回两个好消息，在伊犁举行的江苏"百企千亿"对口支援新疆产业合作签约会上，江苏天地人集团与新源县政府签订了今年注册1亿元，明年增资到3亿元的城投项目协议，近期已到账2000万元。另一个是经县委常委会讨论通过，决定周弈同志兼任新源开发区管委会副主任。

当李县长宣布完第二个消息，陈书记满脸笑容说：老周马上有三个办公室了。我赶紧表态：分量不够数量凑，就是让我多干活，我尽力吧。这个任命就像在我头上又加了一个套，没有这个套，我还是照样干活，但那是分外，有了这个套，那就是分内，这个套既是县委主要领导的一种认可，也是一份责任。

到了办公室，小施关上门，点上烟，开始神叨了。"周处啊，你现在指挥组内部的分工加部门的任职，几条线上的工作啊，我替你理理哦，指挥组两个分工，一块规划建设，一块招商引资，县里实际上是三块，发改委、开发区和招商局。我看那天招商局的刘局来找你，好像要重新起草一系列的规章制度和优惠政策……"

"那是我在会上提的，李县长让刘局找我，我只能应下了。好在项目建设这一块你担起来了……"

"周处，除了白天的三块工作，你晚上还有一块呢……"他做了个写的姿势。

"嗯，估计有8万字左右了，在电脑上写没有成就感，打印出来厚厚的一沓，那感觉真的好。事多不怕，可以互相调节，最怕简单的重复。"

"这次给你加个开发区副主任，老陈好像乐见其成嘛，隆嘎的，按道理这是违背以援疆项目为中心的原则的，蛮奇怪的。"

"咱别瞎琢磨行不行，累脑子。"

"我还是觉得蛮奇怪的……"

"周大处长,近来可忙?我来看看你这个援疆干部。"这个低沉沙哑的南京口音只属于一个人,他就是我曾经的军校老院长,我们亲切地称他蒲头。这个上过越南前线,国防大学虎班毕业,36岁正师职院长,39岁转业到国企,然后又自己下海的传奇人物,年近六旬,依然精力充沛,思维敏捷,他能摸准时代的脉搏,比一般人多往前看五年。

他所在的北京九州洁源是专业从事余热余温余压发电的,是工信部推荐的首批节能服务央企单位,他这次带着公司高管来新源,是与首钢伊犁钢铁洽谈二期工程余热余压发电项目的。按他要求,不惊动县里任何领导,让我陪着转转看看就行。

我骂扬州人,因为我是扬州人

其实我心里清楚,他要看有价值的东西,或者他能看出价值的东西。我们一行开车来到了野果林。改良场场长领着我们漫步在丛林山岗之间,边走边看边讲:

"我们野果林改良场原来叫交吾托海,是哈萨克族部落繁衍生息的游牧中转地带,1958年新疆八一农学院为研究开发野果林资源,创建园艺实验场才命名为野果林改良场,后来一直沿用了这个名字。

"我们所在的野果林改良场是交吾托海野果林的集中分布带,在东西距离长度为10公里多的范围内,有平行并列的南北向河流9条,每条山间小河的间隔距离大约都在2公里左右。由于降水充沛,土地肥沃,气候适宜,成为天山东部最壮观的野果林分布带,在朔拉克赛与可可赛之间的野果林是我们伊犁园艺科学研究所的野果林资源发展中心所在地。这里的海拔在1000—1450米之间,你们看看脚下的土壤,腐殖质很厚……"

蒲头随手捡起根树枝拨拉了一下,土质呈黑棕色,疏松多孔,肥力较高。场长说:"土壤里富含碳酸盐和盐基物质。"他领我们走到一处较高的土坡上,指着远处一片片丛林说,"这里是天山北坡冬季逆温层的最佳地带。新疆野苹果共有84个类型，而我们这里就有67种。野果林主要物种有野生果树52种，其中野苹果、野杏、野樱桃和野核桃4种就有163个种下类型，还有野生食用植物、野生药用植物、野生蜜源植物、野生饲用植物、野生观赏植物、野生香料植物。其中野苹果、野杏、野生樱桃李等9种已列入中国珍稀濒危、利用价值大的Ⅱ级保护植物。上世纪80年代，当地野苹果已被列为国家具有生物多样性国际意义的优先保护物种，还被载入《中国植物红皮书》。"

我们转了一圈，回到了改良场办公室前面的一片空地，大家围坐在一个小桌子旁，吃着甜甜的西瓜，聊着这片不是景区胜似景区的地方。一位女士问：树上的苹果能吃吗？场长说，可以吃，但很酸。蒲头问：我看到好多树上都挂着瓶子，插着管子，是为了防虫吗？场长苦笑着说：病虫害非常严重，害虫都在树洞里，喷洒除虫剂效果不好，最有效的办法是啄木鸟……

蒲头叹道：太可惜了！国家没有专项保护资金吗？场长说：杯水车薪，解决不了问题。现在伊犁河谷剩余的野果林面积顶多只有原来14万亩的三分之一，数量、种类和从前也无法相比，不少物种已经消失。世界野苹果天然基因库恐怕迟早有一天会徒有虚名……

第二天，我带着他们一路向西，到了新源最西边的一个乡喀拉布拉。这里与巩留接壤，盛产桃子和苹果，还有极其宝贵的20万亩苇湖湿地。站在湖边，望着野蛮生长，一望无际的芦苇，郑皓书记给蒲头点了根烟。

"这些芦苇的产权属于谁？"

"谁用谁取，芦苇是砍得越多，来年长得越多。"

"芦苇可以造纸呀，你们现在都用来做什么了？"

"最近的造纸厂离这里也有几百公里，运过去不划算。现在有几个小的苇帘厂,用不了多少。"

"多好的资源啊!周大处长,你有什么想法?"

我说:"老领导,我们就算有想法也没有办法,想听听你的高见,咱们等一会儿找个地方慢慢聊。"

"老领导您累不累,要不我再带您看一处跟这里完全是两个世界的地方?"郑皓适时地递上一句话。

"走,看看去。"

当几辆车爬上山,停在一片开阔地的时候,尘土从打开的车门涌了进来。出现在大家眼前的是荒无人烟的不毛之地。"这里就是加乌尔山,因为缺水,寸草不生,面积大概有几千亩,而山下就是恰普其海水库和库尔乌泽克水电站。老领导,您看看这里能干点啥?"

老领导点了根烟,看了一圈,"有地图吗?"郑书记让驾驶员从车上取来了地图。此刻他仿佛又回到了战场,确定了站立点,按比例尺算出了到重要目标的距离,然后让随行人员拍下了地图。"郑书记,我现在回答不了你的问题,我带一点土回北京检测一下,然后再给你个参考意见,怎么样?"郑书记当然高兴啊,赶紧让驾驶员取来了工兵锹。

我找了个塑料袋,跟着老领导走到了空旷的地方。他让郑书记推去上面的浮土,取了50公分以下的土,装进塑料袋里……送他到机场的时候,他把土拿出来单独过了安检,然后再小心翼翼地包好,放进背包,挥了挥手,走了。

满格信号带来的灵感

8月初,指挥组两位领导从省指开会回来后,召开了全体人员会议。会上陈书记通报了市委吕书记率扬州党政代表团5号来新源实地检查指导援疆工作的消息,并对相关工作做了安排部署。李县长通报了上个月在新疆发生的一系列暴恐事件。

指挥组再次重申了相关要求,一个人不得外出,严格请销假制度,晚上11点前必须回到宿舍,短时间之内不得去南疆旅游,援疆干部不得私自驾车,绝不允许酗酒……所有人的安全意识再次加强了。

市委吕书记率扬州党政代表团如期回访了新源。高层的互访有力推动了援疆工作的全面开展,"扬州一定要走在全省援疆的前列",吕书记的这句话不仅是对援疆人寄予了很大的希望,也对扬州后方各县市区各部门提出了更高的要求,扬州将在教育、医疗、文化、旅游、园区建设、产业转移等多方面加大支援力度,让新源与扬州同步迈入小康。

激动人心的几天一过,我们又回到了事无巨细的工作之中。规划建设处约谈了中跃城建项目负责人,主要是项目经理的问题。中标的经理以身体不行为由,拒绝进疆。公司总共8个一级项目经理,一个萝卜一个坑,想换人,扬州招标办不同意,陈书记也不同意;不换人,人家又不肯来,公司也拿他没办法。项目已经

开始动工了,年底要争取封顶,这个时候连项目经理都没有,这不是笑话吗?房间里烟雾缭绕,代建、监理、项目负责人都说这是个死结。我说死结也要解开,援疆工程是政治任务,必须确保。通知公司立马开除此人,从根上解决问题,复杂问题简单化,新的项目经理十天内到位,就这么定了,有问题我扛。

事后小施跟我说,中跃城建的事要不要请示一下陈啊?这个你懂的……他没再往下说。"这个事已经拖了好长时间了,陈早就一清二楚,他既然让我们来处理,一定有他难处,事前没有给我们任何暗示,我们就当断则断,轻了他加码,重了他安抚,如果反过来说我们错了,以后由他直管,我们不再过问。"小施看看我,竖了个大拇指。

新源电影院改造工程顺利完工,从此可以与全国同步看新片。吃过晚饭,他们都去看电影了,我到超市买了点瓜子、花生、青豆,为了减少烟量,嘴巴还不闲着,只能用这些磨牙的东西陪我熬夜了。

打开电脑,才准备接着写,忽然想起明宽跟我要字的事,我到客厅把地上收拾干净,铺上毛毡,拿出从扬州专门带来的笔墨纸砚,这时,手机响了……

"忙吗?"

"小丫头今天怎么无精打采的?"

"心里堵,想找人说说话。"

"心里堵最好的办法就是给别人也添堵……来吧。"

"我笑不出来,有些事没有人讲,一直藏在心里……"

"说说,我听听。"

"那你不许写进书里!"

"放心,你说吧。"

"那年我大二,暑假不想回盐城乡下了,就和其他同学一样在校门口举了个家教的牌子，想勤工俭学来着。举了两天也没人搭理，心里空落落的。第三天下午，一个四十多岁的男人走了过来，戴个眼镜，看上去挺斯文挺干净的，他都没问怎么收费的，直接问每天晚上6点半到8点半可以吗，我想都没想就说可以。我们互相留了手机号码，他就先走了……你在听吗？"

"一直在听，刚续了杯茶。"

"第二天晚上，我按他发给我的地址，找到了他家。家里收拾得很整洁，他在厨房忙着做饭，让我在客厅坐一会儿。我没见到他孩子，电视柜上放着他们一家三口的合影。夫人很漂亮，闺女估计上初中了吧，如花似玉，招人怜爱。他把饭菜端上来以后，招呼我吃饭，我很好奇，问他夫人孩子呢？他笑了笑说，他们在美国。我当时就懵了……简单吃了两口，我就想告辞了。他恳求我，让我教他英语，他要去美国和他们团圆。他说，愿意出双倍的学费，每天还给我做一顿饭，求我留下来。我虽然学的是英语专业，可辅导成人出国英语的网校很多，比我教得更好，我给他推荐了几家，他笑笑摇了摇头，然后带我进了他女儿的房间。房间不大，非常温馨，粉色卡通的床单被套，一个萌萌的布娃娃，书柜里放着各种工具书和复习资料，玻璃门小衣橱里还挂着一套校服和几件外套，写字台上课本、文具、日历、台灯、闹钟一应俱全，就像女儿马上就要放学回来一样……你在听吗？"

"在听。一种不好的预感。"

"他从女儿书包里拿出了一本高一的英语课本，翻到第五课对我说：就从这开始吧。课本的扉页上工工整整写着：英才中学高一（3）班　文汐。好好听的名字，让我想起了沈祖棻的'断续乡心随晚汐'。前面几页写满了注释，还用彩笔划出了重点，后面都还新新的，看样子他女儿是学完前四课才走的。他坐在床边上，让我坐在椅子上，还给我削了水果，冲了咖啡。我很忐忑地开始了我的第一次家教。一周过去了,半个月过去了,我渐渐放松了很多,他没有一点不轨的行为,每天还为我做不同的饭菜,待我像女儿一样。那天,我回到学校才发现钥匙丢了,我想打电话问问是不是落他家了,偏偏手机没电了,我又返了回去。楼道黑黑的,他家里好像有灯光,可敲了半天,没人。就在我不知是走是留的时候,听到下面楼道里他在说话:我们家汐汐回来啦,爸爸今天给你做了绿豆汤……我惊讶得差点叫出声来,晚上没听他说母女俩要回来呀……情急之下,我转身就往楼上跑,躲到了楼梯拐角的地方……"

"有点惊悚,你喝点水,慢慢说。"

"他一边开门,一边对屋里说,思悦,赶紧热饭,汐汐接回来了……门打开的瞬间,你猜我看到了什么?就他自己!背着他女儿的书包……我坐在楼梯上一个劲哆嗦,他是不是太想孩子了?还是有夜游症?他老婆刚回来?还是一直躲在家里?他不会是离婚了吧?我慢慢站了起来,蹑手蹑脚地一层一层地往下走,我要赶紧跑出去,太吓人了。就在我经过了他门口,刚准备往下跑的时候,我听到了开门的声音,回头一看,一个人站在我身后……我一声尖叫,脚下踏空了,从楼梯上滚了下去……"

我点了根烟,继续听她没有说完的故事。

"他把我送到医院,腓骨远端骨折,做了石膏固定处理。我不敢告诉妈妈,宿舍同学放假都回家了,只能住他那里了。他很内疚,他那天开门出来是想给我送钥匙的,没想到我就在门口。我只能当什么都没看到,接受他为我所做的一切。他是个心很细的人,给我买了双拐,煲了排骨汤,每天帮我按摩受伤的腿,还帮我洗衣服。看着他忙来忙去的样子,完全是一个正常的人,有情有义更有担当,我换上他女儿的睡裙,躺在他女儿的床上,享受着父亲都没有给过我的这种关爱,心里暖暖的。有一天,他端

着一碗银耳红枣羹进来，顺嘴一句：汐汐一会儿趁热喝了。说完他意识到了……我说，谢谢你把我当女儿一样，如果你愿意就叫我晚汐吧……晚汐……惋惜……他轻声地念了两遍，转身出去了。

"在他家住了一个多月，从没见他跟美国通过电话，他最开心的是拿着相册一张一张跟我讲他妻子他女儿，一遍又一遍，一遍又一遍，我渐渐有了种不祥的预兆。拆了石膏以后，我开始恢复性训练，一天走到英才中学门口，我拐了进去。一个中年女老师接待了我，当她听到文汐这个名字的时候，打量了我一下，再三问我是她什么人，我只能说小学同学，现在在外地。女老师长叹一声说，你见不到她了，两年前一辆渣土车把她们母女都带走了，太惨了，天妒红颜啊！

"我不忍心揭穿这个秘密。眼看快开学了，我的腿也好得差不多了，可我突然发现有点放不下这个男人了。他听说我要走，开始变得烦躁起来，他显然没有合适的理由再留我，但他真的想留我，在我收拾东西的时候，他突然号啕大哭，终于说出了一个他一辈子都不想承认的事实：她们都已不在了……我紧紧搂住这个微微战栗的男人说：晚汐不想你一直这样……把我当你女儿吧！"

……

电话那头一丝丝轻微的鼻息，不一会儿，长长地嘘了口气，"不好意思……我现在轻松多了……我先挂了。"

我拿着挂断的手机，坐那儿半天没动。

在摸清了本地基本情况，参阅了大量相关文件，吸取了内地及州内其他县市一些好的做法后，经过半个多月的反复修改，我起草的《关于进一步加强招商引资工作的建议》《新源县招商引资奖励办法》等文件相继完成，修订的《招商引资工作规程》《招商引资工作考核办法》《重大项目联席会商制度》等文件也接近尾声，一套完整的招商引资制度基本健全。我跟云恺讲，这些文件不能帮我们招到项目，但可以帮我们挡掉我们不想要的项目，最主要的是，一个从来没有声音的局开始发声了！

　　在开发区刘主任的办公室，他先是一通"前途是光明的"，华尔单晶硅、天地人城投、物流园、钢结构等一系列的项目都在洽谈中。然后又是一通"道路是曲折的"，华尔融资的问题，厂房代建问题，电价的问题，天地人协议的排他性问题，回报率的问题……一连串的问题让人想到了两个根本问题：华尔一家搞不了这么大的项目，天地人只想做政府优质项目。

　　这两个问题其实是共性的问题，商人是逐利的，都想让风险最小化，利润最大化，而政府追求的是社会效益最大化，责任风险最小化。这中间就有了很大的回旋余地和操作空间。政府用什么换什么，企业重什么轻什么，另外还要加上一条，援疆领导想什么图什么，谈嘛，吵嘛，要么喜结良缘，要么分道扬镳，所有项目与恋爱概莫能外。明宽和我确认了一下眼神，然后各忙各的了。

　　"我们这次来援疆指挥组审计的目的是保政策措施到位，保资金安全，干部安全，项目安全；审计的对象是援疆资金和相关单位；审计的重点是政策措施的落实情况，规划执行情况，资金的筹集、下发情况，项目招投标情况……"县委五楼会议室，"扬州市审计局现场审计进点会"正在召开，讲话的审计组组长是扬州市审计局的李局长。指挥组这方面的工作主要是老夏负责的，因为很多内容牵涉工程项目方面，小施的工作量比老夏还要大。

　　经过近三个月的反复磋商，多次往返，华尔单晶硅项目终于尘埃落定。这期间，华尔老总和副总来新源三次，李县长陪同新源县委薛书记去高邮一次，李县长和张常务陪同县委曾书记去一次,明宽、云恺和我也去了两三次。在华尔项目领导小组协调会上,李县长就供电计划及电价申报,项目选址、征迁、报批等提出了明确要求,对参会的建设、人社、交通、银行、税务、科技、环保、安监、公安、招商、经贸等职能部门如何服务好大项目提出了不同的要求。曾书记最后说:各部门要熟悉政策,解读好政策,利用好政策,在与客商接触中不允许说"不",以后开会说不清楚情况的不要来……我们要以服务重大项目逼机关作风转变,解放思想,咬定青山,全力以赴,坚决拿下。

在项目引进获得重大突破的同时,迟迟不能开工的二中项目也有了重大进展,久拖不决的征地拆迁矛盾得到了有效解决,为防止再有变化,县里决定,15号夜里统一行动,强行进场。

夜幕下,所有人员机械集结完毕。县委薛书记现场作了行动部署,并带领公安、特警成先头部队开进,陈书记李县长率扬州施工队伍和各种施工机械随后跟进,建设局、教育局组织的支援力量以及各种应急保障车辆负责押后。

到达预定地域后,公安、特警迅速完成了警戒部署,几辆工程车的车顶探照灯将项目现场照得如白昼一样。推土机清除了道路上设置的各种路障,数台挖掘机同时开挖临时围墙的基槽,运送彩钢板的货车全部到位,施工人员用最快的速度竖起彩钢板围墙……

天亮的时候,400亩项目用地四周的围墙及临时大门已搭建完成,标志着扬州援疆项目全部开工。尽管晚了五个月,体量最大,手续最复杂,矛盾最尖锐的二中项目能进场施工,对我们援疆人来说可谓如释重负。

陈书记带着新源党政代表团去扬州了。主要是对接未就业大学生培训的事,以及联系新源党政干部到扬州挂职培训的事。

李县长主持召开了新源县工业经济发展动员大会。这样的会在新源历史上还是第一次,在援疆干部参与分工并亲自主导下还是第一次。

他以《理清思路 科学定位 策应天山北坡经济带建设 推动新源工业经济跨越发展》为题,做了主题发言。"……大家注意了,在今年8月份公布的西部百强县市中,全疆入围11个县市,其中伊犁州的伊宁市和奎屯市成功入围,排名分别是47名和66名;而那些原来基础不太好的地区,也在积极转型,策马扬鞭进位赶超,比方说特克斯县、昭苏县,虽说他们的经济总量没有新源高,但是经济增幅却不断的上升,1—8月份统计数据表明,特克斯县的全口径财政收入增速是101.3%,比新源的57.4%高43.9个百分点;昭苏县的全口径财政收入增速是61%,比新源高3.6个百分点。标兵越来越远,追兵越来越近……对照'州直首县、西部百强'的战略目标,我们与今年西部百强县市排名第100位的云南省开远市进行比较,我县要将地区生产总值、工业总产值、财政一般预算收入的增速从明年起分别提升到40%、87%、55%,才能赶超开远市。"

会场上所有人都屏住呼吸在认真地听。"……县域工业的发展就是靠一个个实实在在的项目来支撑的,大项目大变化,小项目小变化,无项目无变化……从现在起,我们将对各项考核细则进行有机整合与调整,加大创新、发展在考核评比中的权重,使考核成为共谋跨越发展的'指挥棒',更具实效性,从而在全县上下形成'干事创业者有激励、创新实干者得实惠、无所作为者有鞭策'的正确导向,进一步催生激情、激发活力。会后,我们将会把《新源县招商引资考核办法(讨论稿)》《新源县招商引资(智)奖励办法(讨论稿)》发给大家,各单位要对照指标、项目,制订好序时进度表、技术线路图,把压力传递到位,把项目落实到人,把进度细化到天……"

一旦动真碰硬,各单位各乡镇都有了压力,散会的时候,大家都有点忧心忡忡,毕竟搞经济工作不如政治工作来得顺手。回来的路上,李县长跟我说:"从下个月开始,经济口建立月度例会制度,你准备第一个发言。还有一件事,你知道就行了,曾书记今天跟我说,陈书记到他办公室谈援疆干部国庆放假的事,曾没同意,曾的意思新源的建设施工期很短,二中项目刚进场,你们应该抢进度,援疆干部春节可以早一点走,节后晚一点来。结果,老陈来了一句,这是省指统一安排的,我是来告知的,不是来请示的!乖乖……这个脾气太杠了,曾是一把手啊,不能这样啊!"

一天上午,我和刘主任一帮人正在开发区 B 区看地,小施电话来了,"周处,你赶紧过来一下,中医院工地的工头被河南公安带走了,他手下的农民工要闹事。"我放下电话,最快速度赶了过去。了解了情况以后,我给薛书记打了电话,他是县委副书记、政法委书记,请他无论如何把人扣下,我和小施马上就到。

在公安局审讯室里,我见到了有点面熟的工头,他一脸苦笑地背着手,我再一看,已经被铐上了。亮明身份后,一个带队的公安随我到了楼梯口,他把详细情况告诉了我们。工头是个逃犯!他常年在外打工,老婆耐不住寂寞,红杏出墙了,他知道以后,把那男人给打残废了,自己逃到了新疆。这次全国网上追逃,我们要把他缉拿归案。

我说,你们把他带走了,他手下那么多农民工还没拿到工资,项目部一直认他说话,考勤、定岗、工作量统计、工资结算都是他管的,农民工不要闹事吗?公安说,那没办法,我们在执行公务。我说,援疆是政治任务,稳定是新疆各级政府的首要任务,一旦农民工闹事,责任谁担?后果谁负?能不能这样,先把他羁押在新源看守所,等他处理完手上的事再带走?公安说,不行,我们马上就要返回。小施说,他这种情况是不是属于激情犯罪啊,我们还挺同情他的。公安也承认,他情节是不严重,关键是他要归案,应该用不了多长时间就可以放他出来了。我把这个情况向薛书记做了汇报,薛书记说让他把相关资料留下,由项目部的人接手,人让他们带走。

我们回到审讯室,工头的眼里满是期待。我说,每个人都要为自己所做的一切负责,我们同情你的遭遇,但无法改变结果,等一会儿项目部的人来,你们做个交接,回去以后配合调查,早一点完事,早一点回来……

国庆节我们还是按时回去了。小施留了下来,两个工地在抢工,没有人管肯定是不行的。回到扬州又掉进了"皮包水,水包皮"里,战友聚会,同学聚会,同事聚会,正常都要到夜里10点才能回家。打开QQ和小汐聊了一会儿,问她现在是上学还是上班,她说上班呀,问她在哪儿上班,她说"等我准备好了再告诉你……"

如果一直待在扬州,我肯定是写不了小说的,因为心定不下来,自己都进不去,怎么能把读者带进去呢。上次写到男主带着好苏到北京出差,见到了蚌埠大姐,相谈正欢,老婆来电话了……

刚坐上车,希言手机响了。"哈哈哈,哈哈哈,老公,你知道我在哪里喽?""不知道。""哈哈哈,我和牛总在床上!""什么?"希言的脸开始发青。"哈哈哈,太刺激了!""混蛋,你想干啥?""啊……啊……老公,你听到声音没有喽?啊……啊……"希言火冒三丈:"朱彩霞,想死啊!到底在干吗?""我们在漂流哎,啊……啊……床快翻了啊……""你这个猪!那个字念船!船!船!"

"梦羲之"说：哈哈哈……脸都笑歪了

"刘小喵"说：你越是用心写的越僵硬，越是随意写的越生动。

"盛开的琴键"说：不许让蛮婆退场，彩霞太可爱了！

我本来是想让彩霞早一点退场的，我说出这个想法以后，大家一致反对。因为彩霞这个角色浓缩了中国式婚姻中女主人的所思所想所言所行，如果说好苏远在天边，那么彩霞近在眼前。

回到新源，李县长主持的经济口月度工作例会如期举行。按照预先的安排，由我讲第一课。针对经济口的工作特点，以及近一年的观察总结，我以"如何放大对口支援的效应"为题，谈了我的一些看法。首先我讲了"五个改变"。变友好往来为紧密协作，变参观游览为实地调研，变物质馈赠为项目援助，变感情联络为信息沟通，变领导互访为人才交流。友好往来、参观游览、物质馈赠、感情联络、领导互访这五个方面都是援疆期间司空见惯的事，如果我们有意识加入后五个方面的内容，变华为实，效果就会明显不同。然后我又讲了"五个借力"。即借助支援方的优势申报重大项目，申请国家资金，实现产业转移，引进智力资源，扩大新源影响。扬州的优势并不在资金或者项目，扬州最大的优势是渠道。如果我们看不到这种优势，不会利用这种优势，那就丧失了最好的资源。最后我建议年底前由李县长带队组织一次外出招商，为明年开门红储备项目，大家一致赞同。

为收集新源在外干事创业的政商精英的信息，切实加强与他们的联系沟通，用足人脉资源，在积极鼓励他们回报家乡的同时，依托他们，拓展招商信息，畅通引资渠道，在李县长的主导下，招商局经过近两个月的走访征集，整理出了《四海新源人》，这也是我所说的摸家底的一部分。如何唤起这些精英对新源的记忆，如何催生他们为新源添砖加瓦的激情，卷首语的任务交给了我。没过几天，曾书记在全县干部大会上当众朗读了我写的这段文字：

一川草色青袅袅，极目青天日渐高。

曾几何时，这里有你蹒跚学步的憨态，有你风华正茂的英姿，有你废寝忘食的身影，有你翻山越岭的足迹……曾几何时，你忐忑过，失意过，翘首过，祈福过……当你走出这片大地时，那拉提山默默凝视着你，巩乃斯河静静追随着你……

也许在你的记忆里，这里已是一张褪色的老照片，发黄的旧日记。低矮的房，狭窄的路，昏暗的灯，憨厚的人……然而你的父老乡亲没有懈怠，你的兄弟姐妹没有驻足，他们硬是靠一锄一镐，一砖一瓦把这里变成了伊犁州八县之首，大西北塞外江南。

小老窖迎来了四海宾朋，冬不拉迷住了八方商贾，黑走马的蹄声犹如铿锵的鼓点，激荡起三十万同胞奋起的热血，开启了千里追赶的征程。

这里的水养育了你，这里的山托起了你，今天，这里的乡亲在召唤你……

因为我们都有一个共同的名字——新源人！

曾书记念完以后停顿了一下，"周弈是个援疆干部，他如果不爱新源，是写不出这样文字的。试问我们在座的各位，你们对自己的家乡是什么样的感情，你们为自己的家乡又做了什么？"

书记在上面讲话的时候，我在笔记本上写下了四个字：文化援疆。新疆是一个多民族地区，很多人甚至都不会写汉字，不会说普通话，这是一个让人费解，又令人深思的现象。刚到新源的时候，看到那么多双语学校，我很是震撼，后来才知道双语是民族语言加汉语，而汉语成了他们的第二语言。一个国民如果连自

满格信号带来的灵感

己的国语都不会说，怎么能融入中国这个大家庭中？怎么能对国家有认同感？怎么能与其他民族的人交流交融？怎么能与时代同步同行，与国家共生共荣？文化的荒芜，必将导致教俗的肆虐，科学的匮乏，必将滋生愚昧的疯长。文化援疆绝不是派几个老师来上课那么简单，那是一个浩大的系统工程，是随风潜入夜的弥漫，是润物细无声的滋养。

交支票的16个基层阵地建设绝大部分已接近封顶，在到处都是清真寺的乡村里，这十几幢建筑是基层党组织的一线阵地，也是政府为民服务的一线窗口，如何让这16个风格一样，功能一致的建筑有一个共同的形象标识，我为此琢磨了一个月。

我第一次接触 LOGO 设计纯属偶然。当时抽调到某部筹建武器装备陈列展，筹备组在一定范围内征集了展馆的 LOGO 设计方案，入围的三个，大家都觉得不太满意。我在旁边用笔随手画了一个。我用"武器"两个字的拼音声母"WQ"设计成一个坦克形状，W 在上，Q 在下，将 W 左边的一笔演绎成坦克的炮管，中间部分演绎成炮塔，右边一笔演绎成天线，再将 Q 扁平化处理成坦克履带，Q 的小尾巴处理成车辙，担任总设计师的解放军艺术学院的一位教授一眼相中，"就它了！"从此我对小小的 LOGO 像着了迷一样，买了好多专业书，系统地学习了 LOGO 设计的理论，前前后后为公司、学校、企业设计了几十个标志。

基层阵地建设，是一个比较空泛的概念，内涵又太丰富，一时真的无从下手。我先后设计了几稿都不满意，只能等灵感降临了。一天晚上，新闻联播后面的天气预报让我听了觉得"不过瘾"，我就在博客里又"播"了一遍：

根据"细细体味"气象台站测定，今天晚上到夜里，东北地区西南部，西北地区东南部中雨转小雨并渐止转阴到多云；东南地区中西部，西南地区中东部多云转阴有时有小雨局部中雨，部分地区雨量大。今天夜里到明天，东北地区西南部，西北地区东南部多云转阴有时有小雨局部中雨，部分地区雨量大；东南地区中西部，西南地区中东部中雨转小雨并渐止转阴到多云。预计明天白天到夜里，上述地区的部分地区有小到中雨，局部地区雨量大。后天中部地区的西南部以及西部地区的南部晴到多云转阴有时有小雨，中部地区的东北部以及东部地区的北部小雨渐止转阴到多云到晴。

满格信号带来的灵感

  发了没一会儿，儿子电话来了，可能是信号不好，老是卡顿，儿子说他的信号是满格，我赶紧看了看我的，只有两格，这时，我眼睛一亮……挂了电话。我拿出笔和纸，简单画了张草图，拍了照片，发给了扬州浩通建设的海波。电话里我大概描述了一下我的构思，请他明天用 Photoshop 帮我制作一下。

  标志很简单，四根一样粗细的红色箭头，呈左低右高排列，远看像一面面旗帜，像一座座山峰，像一片片风帆，更像一格格满满的信号，喻示党的声音能穿越千山万水，传遍千家万户。图案下方是一条深灰的色带，镂空七个白字"新源县基层阵地"。

  政府办临时通知，伊犁州办公厅李主任要到中医院工地调研，我匆匆赶了过去。与其说中医院竖在身后，不如说项目装在心里，面对领导和来宾，我说新源中医院项目是"五心"工程，第一是"精心谋划"，我们邀请扬州市卫生局、中医院的领导多次来新源，又组织新源相关部门去扬州，就是解决"建一所什么样医院"的问题；第二是"匠心设计"，我们在限额限时的前提下，如何体现中医特色，如何表达扬州元素，通过一轮又一轮的修改和初步设计评审，我们解决了"建成这样一所医院"的问题；第三是"公心运作"，为确保工程质量，我们要求必须是排头兵企业才能参加施工投标,在工程建设中,我们采取第三方全过程跟踪审计,解决了"怎么才能建好医院"的问题;第四是"倾心打造",我们在全州援疆工程中率先采用代建制模式,让专业的人做专业的事,管理规范,程序合规,解决了"如何确保建好医院"的问题;第五是"协心推进",县里成立了专门的领导协调机构与指挥组相互配合,共同推进,施工单位自我加压,目标明确,力争荣膺"天山杯",解决了"如何又快又好建成医院"的问题……掌声响起的那一刻,我知道如此汇报很对领导的胃口,以后如法炮制就可以了。

在手项目的洽谈进入了胶着状态。天地人又不想来了,刘主任问陈军:我们和你在乌鲁木齐和霍尔果斯都已经签了协议了,而且当着省长市长的面,如果你不来,考虑过影响没有?陈军勉强同意了,但条件很苛刻,坚持锁定2000亩土地作为置换条件,坚持和政府商定供地区域,坚持不和第三方打交道,县里原则上同意了。天地人承诺用三年时间,投资打造三个项目:一、园区建设含单晶硅厂房代建共1个亿;二、县委、政府、人大、政协及综合会议大楼5栋建筑,共40000平米1.5个亿;三、第二热源建设1.5个亿。

干涸贫瘠的加乌尔山不知什么原因受到上面的重视。州委李书记有意将这里打造成冶金工业园,专门请新疆大学经济学院的院长和新疆有色金属设计院的总工做了调研,为慎重起见,县、州两级需再次进行认证。李县长带领我们一行,在郑皓的陪同下整个转了一圈,他们听说我已来过,都觉得很奇怪。山上天凝地闭,飞沙走砾,所有人都眯眼缩颈,呵手跺脚,直到钻进山口的一家小饭馆才缓了过来。

围着餐桌,李县长召开了一个现场会,郑书记用"大中小"概括了在加吾尔山上这个项目的优势。大,指面积大,可用能源量大，周边有 70 万千瓦的装机容量；中，是指加吾尔山处于矿带的中心位置；小，指成本小，征地成本低，还有专项政策的扶持。但劣势也很明显，引水长度达 47 公里，3 条 30 公里长的专用道路需要建，铁路运输还是空白，大量的基础设施配套要投入，还有水污染和粉尘污染需要防治，这么大的体量谁来投？李县长认为，需要进一步调研和测算，能否利用当地芦苇的资源，同时上一个大型造纸项目作为支撑，大家再慎重地认证一下。通过几次接触，我发现郑皓是个有思想的人，与其他乡镇干部不一样，比别人多看一步，比别人多留一手。

就在李县长安排好上午准备见一下唐山冶金矿山机械厂两位高管的时候，陈书记通知开会了。他很严肃地通报了省指项目督查和项目审计情况。他说会上唯一被通报批评的就是扬州！我们交支票项目存在问题最多，尤其是三证不全的问题。他希望大家以援疆项目为主，在确保援疆项目进度、安全、资金可控的前提下，兼顾当地政府部门的工作。在谈到招商引资时，他客观分析了当地的实际情况，认为三年时间如果全靠我们去招商是不现实的，项目从洽谈到落地需要漫长的过程，真正成功的概率极低。"老周不是兼任开发区副主任吗？你要协调好两边的关系，我们招的可以算他们的，他们招的也可以算我们的，我们要集中精力把自己的事做好……"

他这话一出口，小施看了我一眼，然后捂着嘴坏笑，看来他的预感是对的。我说：书记，我懂了……

陈书记手上始终攥着缰绳，稍微歪一点，他就扯一下。有一次他跟小唐在里面办公室闲聊，我和小施在外面办公室能听到……当领导就是要开会，开会的时候领导说什么下面都得听着，不点名地批评某个人，谁都知道批评的谁，但效果不一样，其他人都会有触动。会上做的决定，一般不会有人站出来反对，所以当领导一定要会开会，开会才能树官威……

会议确实多，指挥组一会儿二中项目过堂会，一会儿迎接省指检查预备会，一会儿省指检查情况通报会，县里一会儿经济口工作务虚会，一会儿富民安居督查会，一会儿税源经济座谈会……

我经常利用会议的废话期，溜个号，走个神，或者有什么奇思妙想就在博客发上一条，比如：

男人对服务员的态度就是婚后对老婆的态度，女人对出租车司机的态度就是婚后对老公的态度。

又如：

唐正东拿到球不敢运、不敢传、不敢投，要等其他队员过来双手接过去，奇了怪了！我戴上老花镜凑近一看，他NND，捧的是南疆的西瓜！

再如：

成天不想动，晒晒太阳，吃吃零食，男欢女爱都嫌麻烦，过悠哉悠哉的生活，慢条斯理，不慌不忙，晃晃悠悠地走，稳稳当当地坐，最好有人养着，想吃吃，想喝喝，长再多肉肉，都招人稀罕，偶尔出国旅个游都是包机，一帮人在身边伺候着，一亮相就被围观，从来不差钱……这是多少中国人一生的梦想，熊猫替我们实现了！

11年11月11日11点，那拉提机场起飞

　　2011年11月1日8点20分，相当于内地早晨6点，伊犁州伊宁县与巩留县交界发生6.0级地震。地震造成218国道新源县境内黑山头段严重塌方，交通中断。当天上午接到情况通报后，由李县长带队，我和相关部门负责人一起赶到了现场。

　　黑山头是新源到伊宁的必经之路，为啥叫黑山头？当地人告诉我，新疆日照时间长，辐射强度高，一般植物都生长在山的阴面，如果阳面阴面都没有植物，这种山一定是土层薄的石头山。218国道是劈开黑山头，从中间穿过去的，两边陡峻的峭壁上裸露着嶙峋的巨石，遇到地震，松动的石头就会滚落下来。然而，我们没想到横在路上的石头如此巨大，养护段的工程作业车都奈何不得。两个方向的车堵成长龙，路边蹲着一群人，像是在商讨解决方案。李县长拉开一种指挥架势，我赶紧抓拍了几个镜头，然后他又与等待的司机和救险人员攀谈了几句，我又咔嚓了几张，就赶紧开车返回了。因为陈书记的顶头上司来新源了，我们还要参加中午的接待。

　　由于正好赶上了地震，扬州维扬区项区长在新源四大班子举行的欢迎仪式上当场表态，捐赠100万元用于援助当地贫困学生和抗震救灾。这种时效性和针对性由一位美女领导用临时决定的方式表达，激起全场热烈的掌声。

11月11日光棍节，李县长、刘主任、刘局长、黄秘书和我，一行五人，乘坐11点的航班，开始了为期半个月的外出招商，第一站就是康师傅（西安）饮品基地。

为此，我提前设计制作了一本画册，里面有新源的概况，新源的交通图，四零泉水质检测报告，四零泉村的实地照片等，封面是苦思冥想的一行字："新源——新概念饮品之源"。为了提前做好功课，我请扬州招商局的朋友找到康师傅扬州顶津食品公司的老总，再请老总联系了总部，总部说新疆业务拓展归康师傅西北片区负责，然后又找人要到了康师傅（西安）饮品基地负责人的电话。

到了以后，负责人出差了，西北片区设厂专员接待了我们。李县长说明了来意，并介绍了新源的基本情况。专员说：我们在西北片就有7个厂，西安、兰州、银川、西宁、酒泉、石河子、库尔勒。康师傅1992年起家，1999年做饮料，2006年开发矿泉水，我们长白山基地一天产量10万箱……天然水是我们寻找的方向，但新源没有铁路，一毛钱一瓶的运输成本加在酒上可以忽略不计，加在矿泉水上我们就没有价格优势了……

我说：农夫山泉的广告语是"我们不生产水，我们是大自然的搬运工"，那谁在生产水？生产的水还是水吗？优质的泉水资源对你们这个行业来说太珍贵了。我们四零泉所在的这个村，家家户户都出大学生，这在新疆是极其罕见的，透过这个现象，我们找到了其本质。康师傅是我们拜访的第一家，我们推荐的水不是一块钱一瓶的矿泉水，西藏5100冰川水，可以让人体验零下9度不结冰的神奇，而我们的天山四零泉水可以让孩子变得越来越聪明，我们的水既来自大自然，又纯净无污染，而这些都不是我们的卖点，我们的口号是"有灵性的水"……专员说他要向上面汇报，尽快安排寻水专员去现场踏勘。

准备了几个月,交流一小时不到结束了。在去邯郸的路上,明宽说:欲速则不达,我们先造声势,来个姜太公钓鱼。云恺说:周处费尽心机,结果对牛弹琴,哈哈哈。李没说话,领导经常会深谋远虑。

我说:"讲个故事吧。有次去商场逛,适逢床上用品打折,我相中一个枕头,服务员说我们要卖就是六件套,我才准备走,服务员让步了,把两个枕头包好,准备开票。我说我只要一个!服务员这次不干了,说哪有买一个枕头的,要买就是一对。我说这样吧,我付两个枕头的钱,但我只要一个。她说那怎么行,我们不能这样做生意。我说不是我钱多,也不是我傻,因为我买了两个枕头就会想起我老婆……她一脸同情地看着我。我留了个电话号码,然后对她说,这个世界上不需要两个枕头的人肯定有,如果碰上,请把另外一个枕头连同号码送给她。她似乎明白了,我回去以后就没关过机。"

"后来呢?"黄秘书问。

"两个月过去了,我假装逛商场又来到那个柜台,服务员老远看到我就笑了,她说那天来了个男的跟你一样要买一个枕头,他老婆死了……"

哈哈哈哈哈哈……

"我考考你们,跟邯郸有关的成语你们知道多少?"历史系毕业的李县长又给大家出难题了。

"邯郸学步,负荆请罪……还有啥?"云恺抢先答了两个。

"毛遂自荐,完璧归赵也是吧。"明宽补充了两个。

"老周,你说说看。"李县长点将了。

"胡服骑射,一枕黄粱,破釜沉舟都是的。"

"小黄呢,你是正儿八经的大学生啊。"

"暗度陈仓是不是啊?"

"暗度陈仓的陈仓在陕西宝鸡。还有一个大家都经常用的——纸上谈兵。你们知道不知道这个典故？不知道吧……战国时期，赵国有个大将的儿子叫赵括，从小熟读兵书，跟他老子谈起兵法一套一套的。他老子心里有种预感，这小子将来带兵打仗肯定要吃亏，因为他没有实战经验，只会纸上谈兵。后来，秦国真的打过来了，赵国派老将廉颇统军阻击。廉颇让军队凭险固守，他知道秦军人马众多，粮草供应不上，撑不了多长时间。秦军相持一段时间以后，进退两难。这时有人献计秦军统帅，让他派人到赵国散布流言，说秦军根本不怕廉颇，就怕赵括。赵王不知是计，就撤了廉颇，换了赵括。结果他到了前线，改变了原来的策略，按兵书上的一套与秦军展开交锋，最后怎么样，一败涂地……"

"县长，我们到了，老邓在下面迎接你了。"

我从车窗往外一看，一个长、宽、高基本相等的老板腆着像鼓一样的肚子迎了上来。如果新源要授"城市贵宾"，邓总当之无愧排第一。他在新源投资了矿山开采，准备筹建宾馆大厦和物流中心，做煤和铁矿砂的运输。我们来到的金鼎铸业2010年加入河北钢铁集团，单件铸造达50吨以上，在印尼有投资，在国外有矿山，2010年年产量127亿元，中国民营企业500强，河北省百强（省35名）。精密铸造是金鼎的强项，其技术、设备、人才优势是其他同行望尘莫及的。

第二天上午，邓总及其合伙人与我们详细商谈了金鼎铸业准备在新源投资的项目。这个项目主要生产生铁铸造件，为矿山机械配套。他们提出成本价供地，两个钢厂每年提供3万吨生铁，或者允许他们自己建铸造高炉。钢铁产业链的项目我们是欢迎的，李县长表了个态，协调工作他来做，具体条件县里开会商定。

午饭后，我们马不停蹄向太原进发。因为邓总的五星级酒店项目不好立项，经再三斟酌，同意李县长的提议，将酒店改成园区服务中心，一楼为行政服务大厅，二、三楼给开发区管委会，四楼以上一部分做写字楼，一部分做宾馆。赶到太原的目的是找到邓总委托的设计院，讨论修改方案，提出我们的要求。

晚上李县长的朋友为我们接风。云恺酒量不行，酒胆大，敢冲敢拼，如果再刺激他一下，他会奋不顾身。当所有人都拦不住他的时候，离抬不动他已经不远了。果然，车到宾馆门口，任怎么喊怎么拽，他都没有一点知觉，小黄急中生智从大堂推来一辆行李车，几个人喊着号子把他抬到了行李车上。明宽喝得最多，醒得最快，主动承担了夜里照顾他的任务。

第二天吃早饭的时候，明宽一个人下来了。他说，没事没事，让他再睡一会儿。我们真以为没事了，吃了一半，他自己笑起来了：

"妈妈的，睡到半夜，他起来了，摇摇晃晃推衣柜的门，我以为他嫌冷，是不是想再拿床被子……柜门是推拉的，这哥们推了一会儿没推动，往旁边一拉，拉开了，然后开始解裤带……我一看，不好！赶紧跑过去把他扶到厕所……妈妈的，等他上床以后，我连忙把衣柜的灯给关了。"

哈哈哈哈哈哈……李县长笑得一个劲儿擦眼泪。

从太原到北京是专程拜访老领导所在的九州洁源科技的。公司不大，基本都是年轻人，墙上挂满了专利证书，老领导说，我每天要赶他们下班，都不肯走，自愿加班。在会议室坐定以后，蒲头介绍了公司的大概情况，谈到首钢伊犁钢铁的余热余温发电项目时，项目负责人说，新疆电价太便宜了，我们回收期太长，最近还想去宝钢伊犁钢铁和中粮集团的新源糖厂看看。蒲头没有再接续刚才的话题，他聊到了在新源考察的情况。

"李县长，我去野果林看了，情况非常糟糕，如果不赶紧封闭修复，这片林子就要毁了，这可是中世纪遗存下来的啊……我倒有个想法，在向国家争取资金的同时，能不能做个网站，让全国的人都了解这片林子，让有爱心的认养每棵树，这个办法可以救急……我只是提个建议哦。第二个我要说的是芦苇，这个资源太好了，而且越砍越多，我们能不能用它来生产宣纸。制浆造纸不行，污染太大，宣纸不一样，是用传统手工工艺生产的，没有污染，这个事我替你们盯着，我也要为新疆做点事情。"

老领导的这个表态，感动了我们一行所有的人，李县长再次站起来跟他握手，表示感谢。

"下面我再说的话可能就不中听了，你们不要见怪哦。我去了喀拉布拉的加乌尔山，后来听说州上要在那里搞冶金工业园，我是坚决不赞成的。下面就是水库啊，怎么能上污染这么大的项目呢？而且要引水，要通电，要修路，这个代价不得了啊，千万不能松口啊！我从山上背回来的土，送到土壤研究所做了检测，确实不适合种粮食，但可以大面积种树啊，你们这批援疆干部肯定是看不到成果了，前人栽树后人乘凉，老百姓会感谢你们的。我把当地的气象资料也拿到了，我再找专家讨教，什么树耐旱抗风，因地制宜嘛，这对当地气候的改变，对环境的保护都有好处，如果试种成功，我从北京带苗带人带钱去，你们只要给政策就行……"

李县长听说老领导从加乌尔山把土背到北京来检测，很是惊讶，"不得了不得了不得了！我没听周处说呀，你让我们援疆人脸红啊，都是我们应该干的啊！"

从九州洁源出来，大家对老领导的身世产生了浓厚的兴趣，我说他的故事多了，先讲一段吧：

1991年6月，蚌埠遭受百年不遇的特大水灾，瓢泼大雨一连下了十几天。当时正值学员快放假的时候，回家的车票都买好，只等下午6点一到就可以各奔东西了。蒲头是院长，从下午上班开始就站在办公室，看着窗外的大雨，一根接一根地抽烟，3点半钟，他让秘书通知召开团以上干部紧急会议，连政委都不知道他想干什么。会上，他说作为军人就应该在最危险的时候站出来，最需要的时候顶上去！蚌埠遭遇百年一遇的洪灾，2000多平方公里被淹，200多万人口受灾，淮河大坝全线告急，这个时候我们能躲开吗？能装看不见吗？我命令：所有学员取消放假，统一退票，原地待命，抗洪能用到的工具立即派发到每个学员。同时向防总报告，我部1500名学员整装待发，随时听从防总调遣。这时，政委提出了不同意见，其一，上级和防总并没有给我们任务；其二，所有学员都已买了票，该让他们正常休假；其三，即使防总给我们下达任务，我们还有留守的教练团战士……蒲头不耐烦地站了起来，我是军事主官，我做决定我负全责，执行吧！

到了下午5点多钟，防总电话到了：京沪线小溪河段发生溃坝，直接威胁铁路大动脉的安全，请求部队予以支援。从蒲头下达命令，到登车完毕，到开赴蚌埠站站台，到登上工程抢险列车，整个用时才40分钟……后来从中央台新闻联播里我们看到，几百名官兵跳进湍急的洪流中，用人墙挡住了缺口，用沙包加固了溃坝，缓缓驶过的列车鸣笛向军旗致敬，旅客们打开车窗向泡在水里的官兵挥手……深夜，省委书记专程赶到现场，向连续奋战的子弟兵表示慰问。小溪河抢险使我们部队一战成名。

"这种政治敏锐性，这种对形势的判断，决策的果敢，真是将帅之才！了不起了不起！机会稍纵即逝，弟兄们，我们也要把握机会啊，不能空手回去啊！"李县长一番话，无形之中又给我们增添了压力。

从邯郸到太原，从北京到唐山，我们穿行在雾霾里，整个华北都是模糊的，朦胧的，让人透不过气的感觉。只有在小空间里，一切才变得清晰起来，不仅是视界还有思维。

晚上我拿出随身带的本子，将这几天品茶学到的知识结合小说的情节用笔写了下来。

走在霓虹闪烁的街头，他心里怎么也闪烁不起来，索性拐进了一条昏暗的小巷。走进去不远，有一家茶馆，他抬头盯着门匾看了半天，"嚼苦茶馆"四个字还是海老所题，他不由得跨了进去。

三十出头穿旗袍挽发髻的女主人领着他上了阁楼。木楼梯很陡，踩在上面还发出吱呀的声响。女主人走在前面，从两侧裙衩处露出的大腿丝丝滑滑，希言的眼睛不觉闪烁起来。

阁楼很小，两间榻榻米的雅座。黑红相间的坐垫，木栅羊皮的吊灯，矮桌上摆放着壶、碗、杯、盘、托一套青花瓷茶具。墙上两个镜框，一幅是行草"茶爽添诗句，天清莹道心。只留鹤一只，此外是空林"。另外一幅是草书"九日山僧院，东篱菊也黄。俗人多泛酒，谁解助茶香"。

女店主端了茶罐和水壶进来，她双膝跪地，一边优雅地表演茶道，一边介绍她推荐的最上等的君山银针……

唐山冶金矿山机械厂的前身是傅作义的军械厂，1935年建厂，其烧结机、环冷机、皮带机、减速机在国内处于领先地位，目前正迁址曹妃甸，估计明年才能搬完。陈总说，我们上次专门去新源看了，很美的地方，我们不排斥去新疆，等搬迁完，资金缓一缓再说。客套完，我们从天津准备飞威海，结果航班没赶上，大家一番讨论，留在天津不如飞烟台，从烟台到威海就很近了。可让素不相识的爱威药业董事长派车去烟台接我们有点不合适，于是又一番讨论。

这其实就不是个事,坐个大巴或者包个车就OK了。但有领导在就不妥了,不是钱的问题,牵涉到身份、面子、外交能力、朋友资源……我说,如果你们实在解决不了,就我来吧。并不是我卖关子,实践证明,多一事不如少一事,接下来发生的事,让他们津津乐道了好几年。

飞机降落在烟台巴掌大机场。出来以后,路边两个美女,两辆香车,其中有一位专门给我带了我在博客里曾经提过的最爱吃的哈根达斯冰激凌蛋糕,更夸张的是,还用保温杯给我带了一杯又浓又香的巴西热咖啡。别说他们没想到,我自己也没想到。到了威海宾馆,应大家"好东西要分享"的强烈要求,我把蛋糕给他们分了,明宽一边吃一边学李县长的话说:不得了不得了,蛋糕下面还粘上了,怕路上晃翻了……李县长问我,这个姑娘对你这么好,你们什么关系啊?我说,我也是第一次见,但神交已久矣。众人连叹:不得了不得了不得了……

单晶硅是我们跟踪的重点项目,倒数第二站我们来到了华尔。永善已经没以前那么乐观了。他说现在整个光伏的国际环境都不好,多晶硅价格从400—500万美元/吨,一下降到20万美元/吨,原来准备一起跟投的辉能也退出了……"只有倒闭的企业,没有倒闭的行业",他又一次喊出了他的名言警句,"去新疆是盘活我们扬州的死资产,合作方退出不为奇怪,不能因为他的退出就改变我的方向,规模可以缩小,500台炉子可以变成200台,要是能找个当地的合伙人就好了……"他话一出口,明宽给我递了个眼神,又出幺蛾子了!

李县长说:在当地找合伙人是个新话题。如果你决心变了,我们以后再谈,如果你决心没变,我们可以放慢节奏,但好多事要定下来……州里要报明年的重大项目,一旦报上去就不能再变了……

二年十一月十一日十一点,那拉提机场起飞

永善说:我去新疆是为了做大做强,现在合作伙伴已经放弃了,我在找新的合作伙伴,万一找不到怎么办?还有,你们要我12月份去,去了还是不能决定,去了干吗?我想在新源最冷的时候去,我要考察最冷的时候环境怎么样。

明宽又给了我一个眼神。

李县长说:这个项目是新源上上下下都关心的项目,你讲的情况我们非常理解,这样,我们再明确一下,一、12月中下旬你去新源;二、有关合伙人我们帮你找找;三、如果没有人与你合作,你怎么办?

陈永善说:我们可以采用一种新的模式,政府成立一个公司和我合作,我一个人去投不放心,你们三年走了,我又走不了……我希望你们入股,我投2亿占70%,你们投9000万占30%……

刘说:那么地和厂房都应该算。

陈永善说:地不能算。

……

这时手机里收到一条短信:"小汐有事请教,方便回个电话呗。"

这一趟我们跑了11个城市,行程一万多公里,历时半个多月,回到新源已是11月底了。唐主任通知,抓紧时间写年终总结,过两天指挥组开会。

陈书记办公室有两张单人沙发,一般是李县长和我坐,陈书记坐在大班台后面,唐主任坐在大班台外侧,老夏、小张、小施一人一张椅子,依次排开在沙发的对面。发言按规划建设处、财务审计处、办公室、科技人才处、副总指挥、总指挥的序列进行。

施:……二中项目于9月15日正式进场施工,截至2011年底,已完成了场地内的"三通一平"、教学区的基础工程、永久性围墙和大门的基础工程，完成了现场临时设施的搭建，启动了主要建材的预订和采购工作，为明年全面施工奠定了基础。中医院项目截至2011年底，主体结构已封顶，完成投资达1680万元，超额完成年度目标任务。2011年实施的4个安居富民、定居兴牧示范项目计划新建定居房300户、安居房120户，以及部分功能配套和基础设施配套工程，截止2011年底，这4个项目已全部竣工，部分农牧民已搬进新建的安定居房。干部人才周转房项目已基本竣工。基层组织阵地建设项目累计完成援疆资金投资1250万元，超额完成600万元，其中13个基层阵地组织建设项目主体结构封顶，部分已经投入使用，16个项目争取一年半之内全面完工……

周：我首先汇报了这次外出招商的情况，及已经签约或准备签约的项目，汇报了工作分工以外所做的一些事情，谈了自己的感受和规划建设处明年的工作思路……

夏：汇报了省指财务工作会议的相关情况……今年我们出台了援疆项目资金管理办法、资金拨付等相关规定，进一步规范援疆资金的拨付、使用和监管，确保援疆项目资金使用安全高效。配合扬州市审计局完成了援疆项目资金的现场审计。安排援疆资金50万元，为县人民医院配备2辆救护车，2011年10月份已交付使用。出台了扶贫济困活动实施方案，动员组织援疆干部和专业技术人才以及参建单位主动献爱心，通过个人、企业自愿捐款的方式筹资达30多万元，用于帮助当地特困家庭解决生活难、上学难、就医难等问题，今年已对新源一中、二中27名学生进行资助，帮助他们实现了继续求学的梦想……

唐：我们在2010年底启动编制对口支援新源县专项规划并获批。由扬州规划设计研究院编制的新源县老城控制性详规、扬州建筑设计院编制的工业园区规划方案顺利通过评审。先后印发文件30多份、工作简报18期，及时向领导及有关方面汇报援疆工作进展情况。另外，办公室还完成了大量的接待工作。

张：2011年共组织266名未就业大学生分三批赴江苏扬州等地培训，组织105名党政干部分三批赴扬州学习培训和挂职锻炼。积极邀请江苏知名专家、教授来新源授课，累计培训新源党政干部及专业技术人员近3000多人……我市13名专业技术人员在各自岗位上尽职尽责，充分发挥技术特长，通过传、帮、带，为当地教育、卫生和农牧水等社会事业发展贡献智慧和力量。一年来，我市援疆医疗专家总计接诊13000多人次，累计开展各类手术500多台次，为受援单位赢得了良好的经济效益和社会效益……

各处讲完以后轮到李县长了，他讲了四个方面的问题：一、年度工作的完成与科学处理；二、财务工作的完成与科学处理；三、软件资料的完善与整理；四、明年工作的创新安排。在创新安排上他要求将指挥组招商引资经费打到县招商局，另外，每年年底办一次援疆成果图片展……

陈书记微笑着环顾了一圈，开始了他的总结陈词：基本建设类项目完成得不错，还有几项工作你们再抓一抓……招商引资工作县里很重视，指挥组要一起重视，一起参与，一起努力，只有努力才会改变，只有努力才能改变……小唐负责的规划要出成果，总结、思路要拿出文字材料……只要是援疆项目必须要竖标牌……年终搞援疆图片展不合适，招商引资礼品费尽量不要支，招商经费不能全转到招商局，适当给个三五万块钱就可以了。下面我把年底收尾工作做个安排……

开完陈书记召集的会，县委办通知我参加薛书记召集的会。我赶过去以后，发现到会的有宣传部的，广电局的，招商局的，经信委的，旅游局的……薛书记开门见山说：请大家来开一个短会，州里明年要在江苏省搞一次高层人士参加的产业援疆推介活动，各县市要报送一部推介短片，要有艺术性，更要有针对性，这就需要有一个好的脚本。县里决定请援疆干部周弈同志牵头，各部门协助，收集最好的资料，提供最好的条件，拿出最好的作品，争取一次成功，一炮打响，以后两三年不要作大的变动……

　　我说：尽管我以前没有写过脚本，但凡事都有第一次。我相信自己，更相信大家，我考虑一下，先立意，再框架，谋而后动。麻烦有关单位给我提供县里的十二五规划，近期县领导的系列讲话，其他地方的推介片，以及相关的视频、图片、音乐、文字资料，另外请薛书记跟指挥组领导打个招呼，熬夜可能就会睡懒觉。

　　大家都笑了，薛书记说没问题。

二〇一一年十一月十一日十二点，那拉提机场起飞

　　连续两天，我在网上看了几十部推介片，我有一个感觉，观众在看的同时，很少注意听，除非看不懂。画面的冲击力、表现力远胜于语音，过多的旁白是一种干扰，少而精的旁白，要有美感……然后我考虑的是，给谁看？看什么？再考虑的是客商关心什么？不关心什么？他们能接受什么？不能接受什么？

　　我打开窗户想散散烟味。顿时一阵寒风扑面而来，我打了个冷颤，忽然想起了千里之外的小汐，我拿起手机，拨通了她的电话。

　　"讨厌，吓我一跳……这么晚还没睡呀？"

　　"没呢，就是突然想……到你了，也没啥事……睡了？"

　　"你要是想我了，我就陪你一会儿，你要是想……到我了，我就跟你拜拜。"

　　"喂喂喂，那就陪一会儿吧。"

　　"想我了？"

　　"咳咳咳，有艳淑女在闺房，室迩人遐毒我肠……"

　　"哈哈哈……酸死我了，还能好好聊天吗？"

"话说,你能漏点你的基本情况吗?"

"我不该讲的都讲了,还想听啥?"

"你不知道男人是视觉动物吗?"

"哈哈哈……你不是已经看过照片了吗,最凶的那个。"

"没经你确认呀。"

"那你就再猜一次吧。"

"哇……看来不是那个凶神啊。"

"你不想想,你老婆我老师会喜欢一个凶丫头吗?"

"那倒也是,我们俩都盼着生个女儿,偏偏出来个小子。"

"小子好呀,高高的,帅帅的……"

"你见过我儿子?"

"我还见过你呢。"

"啊?不会吧?"

"你穿着军装,一脸严肃地贴墙站着。"

"哈哈哈……你就说看过我照片不就得了。"

"不过真的很帅……所以我才认为你花心。"

"等一会儿,这话有毛病,看到我帅,应该你花心才对。"

"我那不叫花心,叫羡慕,羡慕咱徐老师……我问你,你小说里那些事是真的吗?希言是不是你?徐老师知道这些事吗?认识里面的人吗?"

"鉴于你问的问题一言难尽,我们见面聊。"

"哼,那你现在飞过来呀。"

"谁问谁飞,你应该飞新疆来。"

"这个主意也不错……新疆什么季节最美?"

"6789。"

"好吧,安心睡觉吧。"

……

华尔永善按上次见面说好的时间如期抵达新源,因为要写脚本,我没参加这次的接待和谈判。听李县长说昨晚永善喝惨了,直接送医院了,因为怕出事,李就留在医院陪着。挂了两瓶水以后,永善已经能说话了,他趁护士不在,跟李县长说,这个护士眼睛好漂亮,能不能让她把口罩摘了,看个全脸。李想了想,作为客商提这么个小小的要求,不为过分,还是满足他吧。于是,李就跟护士讲,躺着的这位是县里请来的客商,曾书记晚上请他吃饭,喝多了,他不是传染病,在我们内地,戴口罩跟人说话是不礼貌的,你能把口罩摘了吗?护士很大方地取下口罩,对着永善莞尔一笑,永善立马把眼闭上了。等护士出去了,永善跟李县长说,怎么还有胡子,还是让她戴上吧……李说你喝多了,汗毛重了点怎么就是胡子呢。但一想到他是客商啊,为这事跟他较劲有意思吗,于是灵机一动,对进来的护士说:你们马院长很重视,马上要亲自过来,你还是戴上口罩吧,不能让你违反医院的规定。护士说,谢谢李县长!重新戴上出去了。永善再次睁大两只眼……

脚本的关键在构思,不在格式。镜号、景别、镜头运用、时间都不是我这个门外汉一时半会儿可以学会的,而我的任务是画面内容(含字幕)和音效。书画重在留白,文字重在想象,而影视讲究的是跳跃。

短片的开头可不可以这样:一支驼队行走在狂风呼啸,飞沙走石的沙漠中……风声逐渐消失,鸟儿在欢唱,太阳升起,蓝天白云下一支迎亲的马队向我们走来,雪山、河流、鲜花、绿草、牛羊、毡房,一片生机盎然……画外音(男中音):一川草色青袅袅,极目青天日渐高。这就是塞外江南,草原明珠——新源。

这就把人们想象中的新疆,与眼前真实的新疆做了鲜明的对比,同时也诠释了"那拉提"地名的含义,从大漠边关到田园风光,仿佛把人们带到了印象江南。我大概列了一个清单给广电局,

二年十一月十一日二点,那拉提机场起飞

需要哪些镜头画面，请他们提前准备，如果没有，就准备补拍。

新源县基层阵地的 LOGO 组织部已经制作好了，李县长打电话给我，请我去现场指导安装。数九寒冬，北风凛冽，太阳照在身上，宛如手电筒的光，没有一点热量。因为走得急，没换保暖鞋，在零下 20 度的室外，一会儿工夫两脚已冻麻木。

全部装完，正好夜幕降临，李县长赶来了，我们打开标志的内发光灯，他近看远看，左看右看，连夸"呱呱叫！呱呱叫！"这个安装在大楼正中间的标志，为整个建筑注入了内涵，为十几个一样的建筑标注了统一的身份，也为偏远的乡村增添了一抹亮色。"呱呱叫呱呱叫！比喻党的声音穿越千山万水，传进千家万户，信号都没有一点衰减。是这个意思吧？"我说包括但不限于。在场的人全都逗笑了。李县长说一定要拉曾书记过来看看。

潜能是逼出来的，也是架出来的

岁末年初，指挥组全体走访慰问特困老党员、城乡五保户、低保户、因病致贫家庭、特困家庭中学生。我们每个人都有挂钩的村和结对的户。巴合提汗的右腿摔断了，老婆生孩子大出血，送到医院已经晚了，留下三个娃娃和体弱多病的老两口。我每次来看他，都能闻到他身上的臭味和嘴里的酒味。进了房子，大白天漆黑一片，只有烟道口的大窟窿透着光的同时窜入一阵阵寒风。墙壁还是毛坯的，头顶上横七竖八地拉着电线和绳子，地上的毯子能洗黑一条河的水，小娃娃是个男孩，坐在地上，手里拿了个铲煤的铲子，怯生生地看着我。

老两口在外面晒太阳，和我一起去的发改委吴铁军把米面、清油搬到了屋里，我把慰问金给了老太太。巴合提汗被我叫到一边，"你有什么打算？总不能一直这样啊？老的小的都需要你来养，你不能一蹶不振啊！"怕他听不懂，我改口说，"人摔跟头不怕，但要自己爬起来！"

"哦……这个腿嘛摔了，断了，这个嘛也摔了，没有断。"

"我的腿当兵的时候也摔断了，我照样来新疆了。你是个男人，不能躺着，做你能做的事，没有人会一直帮你的，你必须靠自己！"小吴把我的话用哈萨克语给他翻了一下，巴合提汗看着我，有点不太高兴。

"这个钱不是给你喝酒的,要先保证娃娃上学,老人看病,你可以养点鸡,栽点树,种点菜,不会就跟汉族人学!把家里衣服被子毯子都洗洗干净,院子里收拾收拾,说不定哪一天哪个女人就看上你了。"提到女人,巴合提汗笑了。

回来以后,我把这一段写成短文,配上几张现场的照片发到了博客上。

有人说我做得对,不能救济懒汉;有的说授人以鱼不如授人以渔,让他去学一点技能;有人说我过分了,这么重的负担无论如何一个残疾人是背不动的……日本同学邱雯看了以后很心酸,她让我也帮她找一个特困家庭的中学生,她一直供到他大学毕业。小汐留言说,坐在地上的小男孩可怜兮兮的,他们有学上吗?有老师吗?我一一给他们做了回复。

小施看到我的博客后,晚上到我宿舍坐了一会儿。"周处啊,我发现你很多想法跟老李惊人的相似。"我知道他又有什么料要爆了。"今天我陪李县长去慰问,老李把一个哈萨克族小伙子训了一顿。他问他除了放羊还会干什么?不放羊的时候干什么?为什么不学点其他的本领?如果将来牧场公司化了,不需要那么多人放牧了,你们怎么办?乖乖,现场有县里的其他领导,乡村干部,还有好多老乡……老李说,我们在建的县中医院和县二中工地,因为缺农民工,在劳动力市场拿着现金招人,一个大工一天450,一个小工一天250,没有一个哈萨克族兄弟愿意去!为什么?瞧不上这种工作,太苦了,太丢人了,我们只会放牧,放牧才是哈萨克族男人引以为豪的神圣职业……这种观念不改变,我们怎么能改变我们的生活?一个人均年收入7800元,村集体收入5万元的村队要想翻两番达到小康,你们不加油肯定不行啊!"

"鲁迅说的,哀其不幸,怒其不争。一个民族如果不能与时代发展同行,必然与落后为伍,如果不能与现代文明同步,必然与愚昧为伴。扶贫不是我们能解决的问题,牵涉到国家政策、思想观念、劳动方式、就业技能、二次分配,还关系到生育、教育、医疗、交通、税收、保险……方方面面,没那么简单。"

"周处啊,李县长现场跟郑皓交代了,组织富余劳动力进行就业培训,先做个试点,然后再推广。隆嘎的,老李做的事好像都不是陈书记关心的事,反倒是曾书记喜欢的事,有点意思哦……"

"曾书记喜欢的事,不一定是老李分管的事,县里其他领导会怎么想?"

"对的,吃力不一定就讨好!"

小施走了以后,我打开博客,上次写到三个大叔是怎么被一个女孩教育的。

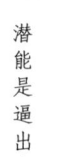

"……我们每个人都有爱和被爱的自由。一个人一辈子可能会被N个人爱,这才是最宝贵的财富。我爱他,绝不需要用破坏一个家庭或组建一个家庭为结果,我没有那么俗。爱可以是单行道,可以是巴士站,在我人生的这一段旅程中,我爱的是他……"

禾禾走了。留下三个叔叔,像下了课还在教室里发呆的学生。

没想到评论区有那么多的留言。

"淡淡云裳"说:这个女孩儿好厉害,她用她的犀利戳破了长辈引以为豪的给孩子的所谓的"家",她说的没错,那不是"家",是一个"房子",一个填满了家具和电器,唯独没有爱的房子。

"绝地歌舞"说:我就是那个小姑娘!一个人只有真正地爱一次,不管怎么伤痕累累,千夫所指,死了也值了。

"心随晚汐"说:现在的女孩没有你们那么多瞻前顾后,她要的是现时现刻的感觉，感觉对了，一切皆有可能，感觉不对，一切白搭。

我把小汐的留言又读了一遍，"感觉对了，一切皆有可能"……

写作让我有了第二个世界，这个世界随着夜幕的降临而降临。置身自己布设的情节之中，时而会忍俊不禁，时而会泪流满面，让我意想不到的是，那些情爱镜头的描述竟然会导致身体的亢奋和心理的愉悦，书中的女人仿佛从字里行间飘然而至，以我喜欢的姿态，我幻想的面容，共我缠绵缱绻，握雨携云……

尽管已临近放假，我依然没有一点想回去的意思，扬州冬天的缩手缩脚让我在有了比较以后，更难舍新疆室内的单衣单裤。我有一段发在博客的描述：

这个不像冬天的冬天，每到中午火辣辣的太阳光集束射向我空旷的大床，空气中一点点微小的尘埃在阳光下漂浮炫舞，游离在我的身边。太阳把巨大的能量注入到两斤重的薄被里，在每个夜晚炙烤着我，脱得只剩沙滩裤了，无奈只好对着被褥拿起我浇花的喷壶……谨以此文献给阴冷潮湿地区的朋友们！

负责分管和协助分管最大的不同就是责任心。李是援疆干部，县委常委、副县长，兼工业园区党工委书记，负责分管工业经济。这是曾书记来了以后，率先在伊犁州实行的由援疆干部担任实职，参与具体分工的创新做法。当时给陈书记的分工是城市建设，陈说我首先要对援疆工作负责，我们任期内的所有项目都必须按期保质完成，不允许跨任期移交。陈的观点也不错，但他忽视了一个问题，无处安放的激情不是在内部消耗殆尽就是在外部喷薄而出，所以李县长在曾书记的知人善用和放手信任下选择了能者多劳……

其实李的日子也不好过,他面临很大的压力,既要处理好与县委副书记薛、常务副县长张的关系,还要考虑他分管口上的人事安排。三刘任职年限都不短了,工业园区已经升格为自治区级,眼看就有一个副县的名额,三个人都想上,可想关系多么微妙。最让他心里没底的是单晶硅项目和天地人项目,每一次要价他都会说服县里尽量满足,每一次谈崩他都会两边斡旋,逐渐加码的条件和县里一次次的质疑,使他没有一点退路,只能成,不能败,只能快,不能慢。

潜能是逼出来的,也是架出来的

在放假回扬之前,他一连召开了几个会议,在经济工作会议上,他对2012年工业经济任务指标进行了分解,并要求参会人员对数字的摆放要科学,要把中小企业和新开工企业摆进去,通过理性的分析来看招商引资的压力,因此单晶硅项目6月份必须要投产。在讲到明年的发展思路时,他用"优、新、快、聚"四个字来形容,优,即培育优势产业;新,即重视高新技术产业;快,即加快中小企业和非公有企业发展;聚,讲的是园区经济。

会上他明确了当年开工项目及准备工作,明确了需要跟踪的项目,部署了三天后就要召开的扶持中小企业发展专题会议的相关任务,最后讲的几件事好像都与我有关了:招商引资奖励办法和优惠政策的出台,项目册的编制,新源宣传推介片的制作,招商网站的运行……

本来我只要做自己那一份事就行,但我还是尽量多做,有关的无关的,只要能做的会做的我都做了。人是累不死的,但能闲死,这种"死"源自人的事不关己,抑或高高在上,抑或斤斤计较。

有时我在想,援疆干部的选拔不能单从个人调级提拔、单位人际关系、家庭实际情况等方面考虑,新疆人民盼来的援疆干部,要么能谋大事,要么能干实事,要么能做好事,这里不是原来的单位，总共七八个人，一个人代表一个部门，混日子的人是捱不过去的。

没有大爱的人也不适合援疆。这种大爱不抽象，可以具体到对时差气候的适应，对牛羊膻味的适应，对民族习惯的包容，对民族同胞的亲近，能在异域他乡处上朋友，能在千里之外找到温暖，独居的时候有事可做，有人可聊，把援友当兄弟，把集体当家庭，总想着能为当地做点什么，留下点什么，总想着做点与众不同的事，给自己留个援疆的印记……

有两句话说得很好："人的核心竞争力一半来自于专业以外的不急之务。""人的机缘机遇一半来自于本职工作之外的举手之劳。"每个人都应该丰富自己，要有丢掉专业活得更好的自信与实力，这就是所谓的一专多能吧。因为这样你才有举手之劳的可能，才能赢得本不该属于你的天上掉的馅饼。

按省指规定的时间，指挥组全体订好了返程的机票。原计划是当晚从伊宁飞乌鲁木齐，然后在天缘宾馆住下，第二天上午从乌鲁木齐飞南京，结果赶到伊宁后才接到通知，因机场跑道结冰，当晚的航班全部取消。火车也没有了，只能开车去乌鲁木齐。我们查了一下有690公里，路上结冰按80公里每小时算，需8到9个小时，现在是晚上8点，到天缘宾馆估计夜里4点多了。怎么办？"走！"陈书记一声令下，"好！"唐主任一通巴掌，两台霸道，一辆商务开启了夜间长途行军模式。

陈书记车子开道，李县长车子居中，我和老夏坐的商务别克压阵，未出市区，我就发现我们车的驾驶员不行，至少说是对商务车的操控不熟悉，遇到红灯直接推到P档，远光近光不会切换，跟车跟不上，最关键的是眼神不好。与其提心吊胆一路，不如自己辛苦一夜，我让他靠边换手，这时候生命安全比任何规定都重要。

新疆的高速竟然有平交路口，还是没有红绿灯的那种，三四百米一个缺口，对面大灯一照几乎看不到横穿的行人，我提速跟上了前面的车，换成近光灯，稳稳地保持30米远……老夏怕我开睡着了，过一会儿给我点根烟，剥个橘子，我说我要是你肯定睡得踏踏实实的，团职干部给你开车，你最小也是个将军，放心睡吧……沿途，我只要开点车窗，他们就会被吹醒，然后给我点根烟，剥个橘子，无意袭扰他们美梦的寒风有意驱散了我的困意……新疆的路真的没有尽头……

第二天上了飞机，我靠窗口，中间没人，靠过道是一个年轻妈妈带了一个六个月大的小男孩。女人请我搭把手，她要整理行李整理衣服，我接过孩子，仔细一看，长得像我！再一对眼神，孩子笑了，嘿嘿，好玩。我举着他晃呀晃呀，让他站在我肚子上蹦呀蹦呀，又让他趴在椅背上看呀看呀，三分钟，孩子已经认我了。十分钟，孩子妈也认我了，因为我教了她怎么带好小男孩。

我说，男孩子不要老抱在怀里，要让他动起来；我说以后别叫他宝宝，叫他小伙子；我说满足他的破坏欲，不要管得直手直脚的；我说要想小儿安，常带三分饥和寒……然后告诉她怎么不吃药治好咳嗽，怎么不挂水治好拉肚，一边聊，孩子一直看着我笑。她说这孩子就喜欢疯，不爱睡觉。我说给我两分钟试试，她不信。我把手搓热，挠了挠孩子头顶，然后放在孩子的脑门上，再轻轻的捂着他的眼睛，半分钟，手移开，小伙子睡着了……

扬州人长时间出差回来以后，有三件事要做：吃碗饺面，剁个老鹅，泡个澡。扬州闻名于世的不仅有秦少游、张若虚、朱自清、江泽民，还有遍布全国的搓背师傅。当师傅拿出搓澡巾的时候，我有点失望，这玩意太糙，扬州师傅如果不会用毛巾搓那就彻底歇菜了。师傅说上面有规定，只能如此。只见他马步稳扎，平掌横推,犹如木工刨板,全然不顾生理结构和骨骼走向,根本没有轻重之分和起伏变化,这一推,血痕立现,这一推,奶头荡平……尼玛,那个疼啊!我跃然而起,草草结束……想当年在宝应有个朋友请我洗澡,专门请了位搓背大师,那老头鸡胸干瘦,形如骷髅,可一上手就知是位高人,那毛巾仿佛在身上掸拂,用力于掌心,运气于指间,如踏水而来,似穿雾而过,灰飞不觉中,肤热悄然起,简直是出神入化,登峰造极。后一打听,原来是瘦瘦高高总理的御用搓背大师。

儿子从学校带回来一箱子的脏衣服和臭鞋子,老太太一件件用衣领净搓,我把他几双运动鞋一起送到了金碧擦鞋店,顺便我也擦一下。旁边一位客人拿着店里的《扬州晚报》说,建个大桥还弄几个方案公示,老百姓肯定选最漂亮的了,关键是造价不一样,政府没有预算吗?最漂亮的比最一般的至少高出两到三倍!我接过报纸看了一眼,还真是。不过,他可能有所不知,如果主要领导看中了这个最复杂最豪华最烧钱的方案,其他领导有不同意见的话,把方案公示出来让老百姓投票,不失为一种权宜之计。

晚上,老太太上楼睡了,儿子和同学出去玩了,我继续我的小说。之前写到彩霞与希言离婚去了上海,结果好多博友不干了,他们觉得没有彩霞就没有了看点,更有人说彩霞退场我们也退场……我只好安排彩霞再度返场,于是就有了下面一段:

"老公,告诉你一件事哎,都说上海人难缠哎,我今天就跟他们搞了一下子……哦,是这样的哦,我给一个客户送了一个手机,人家用了两天就坏掉了,我就拿去商场想退掉喽……嗨,没想到哎,只给修不给退哎……我怎么说人家也不理我喽,我说好吧,你们给我写个条子喽。他们在写,我也写哎,等他们把条子给了我了,我也给他们一个纸条,然后我搬起一台笔记本就走哎……我说你们什么时候把手机给我，我就什么时候还你们电脑……哈哈哈……没跑掉哎，被一个保安拦住了，非要抢我的电脑哎……我打110，110很不耐烦哎，问我有没有发生肢体冲突，我说没有哎，110说他们不管，要我们自己解决喽……刚想挂电话，我急了，上去就给保安一个耳光，我说打起来了，你们过来吧……哈哈哈……后来一起去派出所做笔录，商场乖乖给我换了个新手机哎……"

所有的评论都在为彩霞的行为拍案叫绝，"夙夜"的评论却是冷静而理性的：

我一直在看，但很少评论，只是不想扰乱您的思路。小说里彩霞给人的印象是最深刻的。她像彩霞一样浓烈，也像彩霞一样来去无痕，不顾人意只顾自己灿烂。她受过男人伤，凭借一口气逼着自己硬撑着站了起来，是令人佩服的。小时候受父亲的难，成年后受前夫的伤，坠入地狱后又爬起来，为了救赎走了偏颇与极端的路子，因此她的人生路是窄的，而且会越走越窄。真正的救赎是放下、接纳、与自己和解。北方思想界常说"三家相见"即是见自己、见天地、见众生。彩霞见得了自己，为了生存独自异地打拼也算是见了天地，可是见众生……她容不得众生。

年三十的团圆饭是很讲究的，不管人多人少，老太太的几道吉利菜是一定要上的。平平安安的豌（扬州人念安）豆苗，路路通的水芹菜，团团圆圆的狮子头，金元宝的蛋饺，合家欢的大杂烩，还有代代有余的红烧带鱼。每当老太太端着带鱼说"鱼来啦！"，我和儿子就一起高喊："余起来余起来！"这种套路延续了几十年，没人去打破，可也没了新鲜感，于是，新疆带回来的羊肚菌

西凶

潜能是逼出来的，也是架出来的

炖鸡汤、红烧羊排、马肠子就成了新宠,儿子还为这三道菜起了奶奶喜欢的名字"机不可失""喜气洋洋""马到成功"。

中国人的除夕夜很忙,忙完年夜饭,要忙看春晚,边看春晚,还要边忙着发短信,以前春晚的精彩是因为平时文艺节目的不精彩,随着人们业余文化生活的不断丰富,眼界高了,笑点高了,要求自然也高了,而春晚的形式没有变,类型没有变,变的仅仅是具体节目,试想,一家几代人怎么可能同时满足。如果按时间段分,先演小孩的节目,然后演老人的,22点以后全是适合年轻人的,这样恐怕要好一点,因为孩子和老人不能熬夜,中青年可以晚一点。有了智能手机以后,可以尝试分三个年龄层次录制,这样更有针对性,也不至于老歌一出来,儿子去玩电脑了,新歌一出来,老太太睡着了……

比起春晚,更重要的是祝福短信。有些要先发为敬,有些则先来后回,零点左右的祝福一定是给心里最重的人。我的祝福基本是原创的,绝不会用那种"某某某携全家祝您及全家什么什么",当然,也不会为几百人编写几百条不一样的祝福,只能分几类人群,比如给朋友发的是"不管今天是不是如意,都要善待明天;不管过去是不是荒芜,都要培植未来;不管友谊会不会久远,都要紧握真诚;不管容颜会不会改变,都要涂满阳光!"群发完以后,很快会收到各种回复,有的把我发的又发了回来,只是后面加了个"某某某给您拜年!"……

在李咏、董卿、朱军倒计时读秒的时候,手机响了。

"哈喽哈喽……我是小汐。"

"小汐是谁啊?"我有意捏着嗓子逗她。

"哈哈哈……小汐就是……你想她了还假装说想……到她了的那个丫头。"

"哈哈哈……给我拜年啊?好好好,拜吧。"

"是！祝可亲可敬的老周同志龙年龙潜惊天,龙精虎猛,龙姿凤采……咦,干脆我们来成语接龙吧,输了就罚。"

"怎么罚？"

"你是老同志,听你的。"

"好,一言为定。咱简单点,谁输了就亲一下话筒。"

"你是真坏！来吧,还不知道谁输呢。"

"你年龄小,你先开始。"

"好。龙子龙孙。"

"孙……孙……认输……"我对着话筒亲了一口。

"哈哈哈……你有意的,不带这样的。"

"我开始了,虎跃龙骧,马字旁一个土壤的壤右边。"

"你想发球直接得分啊……同音字可以吗？"

"不行,要严格要求。"

"哼！你欺负人！"

"你罚完也可以欺负我呀,愿赌服输。"

"……"一阵寂静,一声轻吻。窗外漫天烟花,姹紫嫣红,争相怒放。

潜能是逼出来的,也是架出来的

一年多下来了,我们援疆人基本掌握了新的生活和工作节奏。在新疆是工作渗透到生活,在老家是生活掺杂着工作。休假期间正好是向各级领导汇报、请示的时间,也是与后方有关职能部门、参建单位对接会商的时间。初七各单位上班以后,我们也进入了半工作状态,一直到正月十六离开扬州。

因为华尔永善找到了新的意向合伙人,他约了华盛天龙董事长冯鑫约先生和安徽中科董事会张信先生2月12号来新源谈增加投资的事,所以一回到新源,李县长和我就开始忙碌起来。

2月11日,县政府李县长办公室开会,谈与华尔有关的电价、变电站、工厂选址、厂房代建问题。

2月12日，就华尔单晶硅项目相关的问题分别约谈电力公司占经理、县建设局郝局长和石总、别斯托别乡书记。

2月13日，县政府领导和相关部门负责人与华尔一行若干人分四个组，分别就电力问题、代建厂房问题、后勤保障问题、扩大投资问题进行对口谈判。

2月14日，参加李县长召开的2012年招商引资项目过堂会，对18亿招商引资任务进行逐一分析、靠实。

2月15日，到广电局、经信委、招商局、旅游局、宣传部等单位挑选为新源招商宣传片《那拉提之风》搜集整理的参考资料。

2月16日，到开发区为新入职人员和经济口相关人员讲课。

2月17日，上午到开发区鑫疆水泥调研，下午到吐尔根新姿源药业调研。在新姿源厂区的马路对面，我们先参观了一排排整洁漂亮的房子，住在里面的是马，准确地说是孕马。厂长介绍说，当地新鲜牛奶的收购价是5元一公斤，而孕马尿的收购价是12元一公斤。从孕马尿里提取的天然混合雌激素，可用于激素补充疗法，防治妇女更年期综合征、骨质疏松等。

会议室里，厂长说：产品是由新疆特丰药业联合新疆医科大学等单位研究开发的，取得三项核心技术的发明专利，获得国家新药证书和生产批件，制定了五项国家新药质量标准，经科技成果鉴定生产工艺和质量控制技术等达到国内领先水平，获得自治区科技进步一等奖。该新药成功上市，打破了美国惠氏公司60多年对这一药物大品种的垄断，我们成为国内独家，全球第二家具有药品生产许可的天然来源的CE原料药及其制剂的制药企业。目前正申请欧盟论证。

这是迄今为止我们在新源见到的唯一一家拥有自主知识产权的高新企业。

后来我问了崔妹妹和范妹妹,她们说是的,产品绝大部分都出口泰国,好多朋友来新源送他们特产都不要,点名要这个。不过她们二位都没试过,这是处方药。

可能是晚上太无聊了,不知什么时候迷上了漂流瓶。捞了一段时间,我发现一个现象,打开瓶子,有诉苦的,有求救的,有挑逗的……然而只要一回复对方立马没了动静。我仔细一琢磨,明白了,女人扔的不是瓶子,是一种心情!她们不需要开导劝慰,也不想倾诉吐露,扔出瓶子便已是结束。这样说来,我捡起来的瓶子,其实就是一堆心情垃圾。

晚上写了一会儿小说,感觉眼睛发胀,不知不觉打开Q又捞了个漂流瓶。

漂流瓶问:有胡子的男人是否更有味道?

一个花季少女说:不会。

我回了一句:有菜汤的味道。

少女狂笑,然后突然感叹:男人真他妈不是东西!

问何故,答失恋;问何因,答失察;问何果,答失身;问恋期,答月半;问芳龄,答初三……

潜能是逼出来的,也是架出来的

移动的宾馆

贵宾馆范总一再请我去给贵宾馆中层以上管理人员讲一课，我说我是外行，酒店管理是一门专门的学科，我一天没学过怎么行。她说：说你行你就行，有啥不行，来撒来撒。

她这么说，我不能就这么去啊。查了好多资料，做了几天功课，然后站在了讲台上。

大家好！我不是专家、不是领导、不是老师、不是内行，我是你们这里的常住客，是你们的老朋友，是个全国各地到处跑的人，所以我只谈感受和感想。

耐心……遇到客人投诉怎么办？做好记录。客人在情绪激动时，说话一定很快，但他意识到你做记录时，会放慢速度，从而激动的情绪会有所减轻；另外，更重要的是记录客人的投诉，本身就说明酒店对其投诉给予足够的重视，传达解决问题的一种态度。

细心……扬州龙飞洗浴中心，客人下池子以后，拖鞋的头部是对着池子的，当泡好上来的时候，拖鞋的头部是对着外面的。不要看这小小的细节，对服务员来说是举手之劳，对客人来说是极大的方便。

用心……客人要一包18元的烟，并希望送到房间再付钱。

如果你用心去做了，那一定是带好 82 元零钱，要考虑到客人可能是 100 元的整钱，或者 50 元的，或者 20 元的，这包烟里就体现了你们的服务质量。

公心……良心……安心……世上最难的事是与人打交道，最有意思的事是与不同的人打交道，我们可以从中学到很多东西。贵宾馆是新源对外的第一窗口，只要你够优秀，就有被发现的机会，单位只要不放你走，就有加薪晋级的机会，在机会到来之前，我们最需要的是安心……我给大家讲一个北京出租车司机的故事……

说是讲课，实际是闲聊，两个小时下来，大家兴致未尽，最后我说：你们做房间保洁的以后注意观察，床上乱糟糟的客人，比床上整洁的客人，创造力平均要高出 50%；大厅服务台的你们注意，经常迟到的客人，比从不迟到的客人，幽默感平均高出 70%；餐厅的你们也留意一下，饭量大的客人，比饭量小的客人，情商平均高出 90%，而那些爱丢三落四的客人更淡泊功利，爱睡懒觉的客人更具同情心……这些都是心理学家研究出来的，以后与客人有话聊了吧……

县委办副主任和建设局郝局长看到我送给别人的书法，有一天专门到办公室找我，请我写"草原明珠　新源"几个字，要刻在人民广场的石头上。我推辞了一番不能再推辞了，否则他们误以为我想要润笔费呢。于是，我用两种字体各写了一幅，算是圆满交差。

这两件事之所以要连起来说是因为某领导把这两件事当成大事，抓住不放了。

"有个别人，擅自外出讲课，擅自题写碑文，这是不允许的，领导还没题呢，你怎么能题呢？"

我说:"书记,你批评得对,我也在想,他们为什么不请你呢?"

"陈书记,周处到开发区讲课是我安排的,到贵宾馆讲课是我同意的,范总专门找过我,写字是薛书记推荐的,这个字不是什么人都能写的,一般都是请书法家写。周处,你以后注意,及时向陈书记汇报好吧。"

尽管李县长把责任担过去了,但他的不满和我的克制都已到了临界点。

晚上,小施到我宿舍坐了一会儿。"周处啊,老陈好像盯着你不放啊,隆嘎的,他以为在文件上签字画圈呢……"

"身处异乡,指挥组加小蒋才八个人,我们又来自不同的部门,相互之间没有根本的利益冲突,何必要分个亲疏近远。作为总指挥,指挥组每个人取得的成绩都是集体的,归根到底都是他的,他应该乐见其成,高兴才对。"

"两个人在聊什么呢?"老夏端着茶杯进来了。

我撒了一圈烟,老夏说:"你写的小说呢?发给我们看看呀,我现在从来不买书,手机上什么小说都有,你怎么不发到阅读平台上呢,按点击率拿稿费多好啊。"

小施说:"周处啊,老夏有两个手机,一个手机专门看小说。"

"我不能保证按时更新,等我写完了,可以试试。"

"领导还没写呢,你怎么能写呢,啊!你是死不改悔啊!"小施学老陈的样子,把我们都逗笑了。

老夏说:"老陈的属相可能跟你犯冲,跟老李也不合。"

我说也许吧……

华盛天龙是常州一家上市公司,主营单晶炉,节后冯董和永善一起来了新源,他很认可这个项目,也看好新源给的一系列优惠政策，他决定投。县委县政府为慎重起见，委派薛书记带队，李县长、开发区刘主任和我一起去常州实地考察。

冯董事长约五十开外，高大敦实，一看就很厚道，这个印象可能来源于他肥厚饱满的鼻子。他说：我们华盛天龙有五个子公司，还有五家个人的公司，我们主要以设备制造为主，LED设备、光伏设备以及最近才研制出来的MOVCD设备……我们准备转移长晶车间，主要考虑是电价。新源是我们主要考虑的方向，当然不排除有江苏援疆干部在的因素……如果我们去，前期还需政府的大力支持，后期我们理当回馈政府。

薛书记感谢董事长及各位高管的陪同和接待，他简要说明了来意，并将华尔项目的来龙去脉作了一个介绍，最后他话锋一转：下面请我们县委常委、副县长、扬州援疆指挥组副总指挥李洺川先生给大家介绍一下新源，他是扬州人，他的话会更有说服力。

李县长立马调成男中音频道，用他总结的几个"最"概括了新源：

"新源是新疆自然环境最好的县，大家注意哦，全疆86个县市最好，没有之一；新源是哈萨克族人口最集聚的县，占全国哈萨克人口的十分之一；新源是区域位置最佳的县，500公里半径可辐射全疆二分之一人口；新源是交通格局最优的县，218、217国道南来北往，东联西出……新源有西域'钢城'之盛名，有新疆'酒乡'之美誉……目前新源的工业发展态势是……"

一切都很顺利，冯董在送别时说：既然要去，就要形成一定的规模，做到国内前五强。我们股东开会再商量一下，组建一个团队，争取中下旬去新源敲定。

从华盛天龙出来，我们直奔扬州，代建厂房的事要尽快确定，天地人想不想做，能不能做，在什么条件下可以做，如果天地人不做，备选方案是什么，这些都需要尽快落实下来。

由于走得太急，忘了给老太太打电话了，等安排好新源领导入住已经晚上10点多了。我不想再惊动老太太，索性找了家足浴店，登记了身份证便住下了。

快到零点的时候，技师才敲门进来。看她睡眼惺忪的样子，像刚睡醒，一问，还真是，今天她值夜班。

"你怎么来这么晚？"小丫头似乎不欢迎我。

"我不来，你夜班上的有什么意义？"

"你不来，我可以睡觉呀，睡的正香呢……"

"呦，下床气挺重啊！"

"你做什么项目？快说。"

"你有什么项目？"

"68的足疗或者保健，98的……"

"行，就68的保健，一个钟多长时间？"

"45分钟。"

"你给我做5个钟。"

"什么？我做不了，你重找人吧。"说完直接摔门出去了。

值班经理重新找了个三十多岁的技师，态度比前一个好多了。她说："先生，您做5个68的不如做4个98的，98的是60分钟，多了头部按摩，这样您正好可以睡觉。"

"好，你做吧，我睡一会儿。"

当女技师的手在我脸上轻轻滑动的时候，困意带着惬意一起袭来，我不禁感慨：女人和女孩就是不一样。

在扬州住了两晚，带老太太到超市买了点米、面、油，又匆匆赶回新源。回到新源的第二天，陈书记召开了新年援疆工作全体人员会议。

首先他传达了江苏省政府对口支援工作会议精神，传达了史省长的讲话，传达了省委书记、省长的批示，重点传达了省指会议精神。于总指挥要求,3月25日组织安定居工程集中开工,4月7日统一组织产业援疆项目开工典礼,另外,于总特别强调了援疆宣传工作要跟上,这方面,江苏与其他省市比差距太大。

在近期工作安排上,陈书记特别强调李、周要过问富民安居的事,按省指要求3.25统一开工;抓好去年四个项目的扫尾、提升、完善;抓好续建项目的复工,中医院入冬前全部交付,二中土建全部结束,16个基层阵地有一部分已经建好,其余的争取向七一献礼,如果来不及就向十一献礼;突出抓好产业援疆,省指要求一年要达10个亿,以前是三年10个亿;抓好援疆人才的作用(突然,他停下了,转头问:小唐啊,这个话好像不通嘛?应该是发挥人才的作用,啊?哦,等于你全用的抓好……也说得通就是了……),要在主动上做文章,围绕影响做文章;抓好队伍自身建设……

陈书记放下稿子,拿起笔记本,补充了几件事:一、扬州公安派来的小蒋同志,正式纳入援疆指挥组援疆干部序列;二、自治州组织部要开展向先进人物学习的活动,下一步我们要评选,不评出来跟哪个学啊?三、县委曾书记准备4.25去扬州,以后新源党政代表团每年都要去,我们要先拿个方案,……四、省指20号以前要对项目进行过堂,到时候小唐跟我去;五、援疆楼争取五一节交付使用,夏鸣你盯紧点。眼看三年援疆快下来一半了,我们的工作量还没到一半,希望大家努力努力再努力,只有努力才会改变,只要努力才会改变。我就说这么多,看看李县长还有什么事。

李县长传达了自治区援疆工作及产业援疆工作会议精神,去年总援疆资金153亿,计划外援了10亿,产业援疆1281亿,援疆的干部人才达3200人……下一步将加强政策支持力度,做大做强特色产业,促进传统产业升级,加紧发展装备制造业,重点

发展战略性新型产业……他要求大家领会内涵，学习榜样，有的地方不一定工作就比我们做得好，但人家善于总结，会宣传，我们这方面就不行。希望大家按陈书记要求的六个"抓好"抓好手头的工作，突出当前，树立形象。县委曾书记在不同的场合说过同样一句话：扬州在江苏经济实力不算最好的，但扬州给我们派来的援疆干部是最好的！

从春节回来基本没闲着，星期几都不知道，除了招商引资、产业援疆一摊子事，还要时不时协调复工、开工的事。一天去贵宾馆看望一位内地来的朋友，出来的时候走到大厅，小满盯着我笑，我回了个笑，她还笑。

"你肯定有事。"

"就是就是，你咋知道呐？"

"笑得有点殷勤。"

"想求你个事，帮我设计个标志呗。"

"你咋知道我会设计标志？"

"哦嘿，你设计的基层阵地那个标，他们领导都夸死了，日能的很！"

"好吧，你先说说为啥叫三山旅行社？"

"那你坐撒，我给你泡杯茶。"

……

我有个习惯，我会把急办的和缓办的事分两张纸记着，放在书房桌子上，急办的事项全部办完以后，把这张纸收起来，缓办的那些事就成了急办的，然后再拿一张纸记缓办的，以此往复。为什么不记在笔记本里呢，因为找起来很麻烦，时间一长就忘了记在哪里了。一年下来，把收集的这些备忘提示纸装订起来，有一种满满的成就感。

晚上回到宿舍，我把小满的事记在了急办页的最下面。

1. 日本陈同学资助哈萨克少年上学的事（男孩）
2. 则克台王春梅书法（爱莲说）
3. 国土局鄂局长办公室书法（横幅，内容不限）
4. 喀拉布拉郑书记邀请去为农家乐把脉
5. 《那拉提之风》后期制作跟踪
6. 招商网站运营前的准备工作
7. 小说的名字？
8. 联系出版社（纸质？网络？）
9. 砷化镓发电项目的再跟踪
10. 老邓园区服务中心大楼功能定位的预案
11. 包装几个项目去国家发改委申报
12. 三山旅行社的LOGO设计

  小说一直在坚持写，有时一晚上就几百字，有时几千字，出差的时候如果时间长就带上笔记本电脑，时间短就带着笔记本，一年下来已有20多万字。那天夜里，写着写着，突然觉得再写就多余了，回头粗粗地翻看一遍，该交代的好像都交代了，只有"蓝姗"还没有一个结局。我躺到沙发上，脑子里把整个情节又过了一遍，突然有了灵感，不直接写她，也不点明是她，给读者一个想象的空间，用悬疑的手法最后来点悬念。

  当我把最后两节写完，已经5点多了，泡了碗方便面，吃完，直接倒在了沙发上。

  3月26日，县里在装修一新的电影院召开了2011年度总结表彰大会，会上扬州援疆指挥组获得"特殊贡献奖"，随即陈书记宣布，将县里奖励的5万元奖金全部捐献给阿热勒托别镇养老院。散会的时候，喀拉布拉郑书记拉着我上了他的车。

  开了约一个小时，车子拐进了一个叫恰海的度假休闲庄园。

聂总领着转了一圈,讲了他下一步的打算。郑皓说:聂总前期投入很大,为喀拉布拉旅游业做了大贡献,是我们镇政府树的榜样。他们准备再建二期,我说先别急,我给你请个高人过来策划一下,所以一散会就把你给劫持过来了。

吃饭的时候,我问了一下详细情况,我最关心的是附近的旅游资源有哪些?有多远?有多少人知道?有多少人来过?去年庄园的接待量是多少?客源主要来自哪里?宣传渠道是什么?可能问得太刁钻,聂总一时回答不上来,郑皓说,干脆这样吧,吃过饭我们开上车去趟萨哈。

萨哈?这还是第一次听说,我跟郑说,指挥组陈书记管得比较严,如果时间太长,我就要请假了。郑没让我为难,直接拿起电话跟陈书记说明了情况。

从庄园出发吉普车一直往大山深处开,大路变成小路,小路变成盘山路,最后停在了一个垭口。山阴坡上的云杉茂密而挺拔,沿着上山的路,紧挨着一侧形成蜿蜒连绵的绿色屏障。向阳坡的下面是一湾湖水,静静地平躺着,怀抱着白云蓝天,坡上是一簇簇懒懒的牛羊,湖边一座白色的毡房,毡房外面拴着马,烟囱里冒着袅袅青烟。横卧在远山前面的是一条大峡谷,山的断面很陡很高,看不到下面的特克斯河,放眼远眺,一层一叠的山峦,由浓到淡,由深变浅,铺向遥远的天边,阳光借山顶的积雪给莽莽群山点上金色的高光。

"看到前面山坡上的那棵独立树了吗?这可不是喀拉布拉的宝贝,是全世界的宝贝。"我们三个人走了约一公里,终于来到这棵大树下。郑皓告诉我:这棵野生苹果树王,树龄有600年,是"国家一级古树",树高12.9米,树径7.13米,每年还开花结果。我们已经把所有资料报上海大世界吉尼斯总部了,这可能是目前存活的树龄最长的野生苹果树。

"太震撼了，阿勒玛勒野果林没有超过它的吗？"下山的路上我问郑。"专家都来调研论证过了，中国目前没有超过600年的，其他国家也没有。"

"听过一句顺口溜没有，吐鲁番葡萄哈密的瓜，叶城的石榴人人夸，库尔勒的香梨甲天下，伊犁的苹果顶呱呱。我们喀拉布拉是伊犁的苹果之乡，全乡果树种植面积将近4万亩，有富士、乔纳金、国光、新红星、伏帅、红将军、嘎啦等，我要用树王做足苹果之乡的文章……聂总，你在前面果园拐一下，请我们周处再看看。"

一片片的苹果园，随着地势高低起伏地分布着，果园里有一些老树，老树下面放着简易的桌椅和一些工具。我接过聂总手上的相机，拍了几张照片。穿过一片果园，不远处有一排红房子，房子里传出孩子们读书的声音。聂总说，这是我们萨哈小学，离县城最远的学校。

我们一起走了过去。学校总共只有四间，两间是教室，一间是办公室，还有一间是女校长的家。门前有一块空地，空地上有一个旗杆，一个水泥砌的乒乓球台在房子的东面，没有围墙，没有大门，这就是学校的全部家当了。

正在上课的女校长看到郑书记来了，很是惊讶，连忙出来招呼我们。趁他们在门口说话的工夫，我进教室拍了几张照片。孩子们坐得端端正正，教室虽然有点暗，但干干净净，后面的墙上用汉语和维吾尔语写着"快乐学习健康成长"，可仔细一看，孩子好像不一般大。我问一个坐在前排的小姑娘，她说7岁，再问一个后排的男孩，他说10岁，这时校长进来了，她告诉我，他们总共才50多个娃娃，三个老师，最近还走了一个，所以只能分小龄班和大龄班两个班上课……

临走的时候，女校长的老公也出来了，这对哈萨克族老夫妻，坚守在这里已经快二十年了，我握着他们的手说：我们援疆人会尽自己的努力帮你们做点事，条件会慢慢改善的！

路上我跟郑书记讲：援疆干部都应该下来走走，光建几个工程远远不够啊，我们应该让援疆效应最大化！聂总，等一会儿我把QQ号告诉你，你晚上就把照片发给我，我在博客里发一下，哦，差点忘了，我一个日本的女同学想找一个品学兼优的哈萨克高中生，最好是男生，她想一直资助到大学毕业，你帮我物色一个。

"太没有问题了！半个月之内，保证完成任务。不过，咱别忘了今天的主题呀，聂总还等着你出谋划策呢。"

"放心放心，马上到了庄园，我撒泡尿，喝口水，跟你们慢慢道来。"

在聂总办公室，我们重新坐了下来。"我随便说哦，不一定对，但肯定有点帮助。喀拉布拉是新源最西边的一个镇，再往西就是巩留，对你们而言，西有库尔德宁，野核桃沟，东有那拉提，你们有什么？我们有芦苇湿地，有萨哈原始风光带，有也等于没有，因为不出名！所以人们不会把这里作为旅游目的地，只会一经而过，这个时候再上二期扩大规模是没有必要的，至少说两三年之内没有必要。"我接过聂总的烟，呷了口茶，继续道：

"要想把喀拉布拉的旅游做起来，政府和企业要发挥各自的优势，协调联动，关键是另辟蹊径，关键的关键是好的策划。我们不能像库尔德宁和那拉提那样建个大门收费，以萨哈来说，我们搞原生态自驾游，住移动的宾馆，拥抱苹果树王，篝火晚会，自助烧烤，躺在帐篷里数星星，山垭口看日出，认养果树，与民族娃娃一起摘苹果，与学校孩子一起搞活动，吉普越野，放马沃尔托托山等等等等，这类模式能释放人的激情，产生冲动消费，用住帐篷的形式留住游客，产生二次消费，变我是游客为我是主人，想怎么玩都行，我们只提供服务。"

"好主意！周处确实厉害！"聂总一边赞叹，一边递烟。

"真老道！你接着说。"郑书记丝毫没有让我走的意思。

"围绕这个项目，政府负责包装宣传，用好218国道这个最好的硬件。聂总把投资二期的预算拿出三分之一，采购各种帐篷，在刚才去的那片果园，我用相机拍了，找不相邻的地块，做简单的平整，我们打的口号是移动的宾馆，但帐篷要有相对固定的地方，然后采购一些移动厕所和太阳能淋浴房，找块大一点的地方方便组织篝火晚会和自助烧烤，发动萨哈村牧民，组建马队、成立歌舞表演组、确立毡房体验点，乡镇配一辆救护车和两个医护人员做应急保障，这就基本齐了。"

"太好了！太好了！你接着说。"郑书记又递了根烟。

"我们所设立的参与项目要充分考虑消费的人群。自驾游是我们主要的客源。那么自驾游的一车人一般是什么关系？一家三口，夫妻，情侣，三四个朋友……我们在选择帐篷类型的时候要考虑，在选择支帐篷的地点上要考虑，同样，项目设计上要考虑中青年男性的喜好，中青年女性的喜好，小朋友的喜好。与学校的互动就是给小朋友和妈妈们设计的，内地来的小朋友在这里能交上哈萨克、维吾尔、吉尔吉斯等不同民族的小朋友，那是件非常兴奋的事，帮扶自然会含在其中，认养果树实际上是帮果农融资，这些活动无形之中就是扶贫，就是助学，还有招商引资的溢出效应。到时候，聂总再把你的二期、三期规划拿出来，说不定就有人看好，愿意来投。"

回到宿舍已经快10点了，聂总发来信息，照片已发QQ邮箱。我打开博客，将萨哈的自然风光编成一组，附了一段文字发了出去。又将萨哈学校的照片挑了10张，每张下面加上文字说明发了出去。

打开小号博客，几十条评论在等着我。看到上次早上5点的更新和最后一节下面的"全剧终",好多人既想让我接着写,因为剧情;又不想再让我写,因为身体。有的说:不要忙着修改,好好休息一个月吧。有的说:你把一天乘以贰了,太辛苦了!有的说:谢谢你让我们见证了一部长篇的诞生,我们看到了执着和坚韧。有的说:新疆是你的福地,你在那里收获了双倍的成果!唯独邰教授想我所想,急我所急,他说:我建议你的小说名字叫《上半生·下半身》……我越琢磨越有意思,越琢磨越想笑,哈哈哈……

4月1日。辉能集团董事局主席向险峰率集团高管抵达新源。这家被曾书记说"如果卖空调就不要来"的企业,这次一下飞机直奔四零泉村考察,这是我没想到的。说实在话,我对扬州的企业来新疆投资都不看好,有战略眼光和胆识的企业家早就走出扬州了,一直没走出来的想一下子跨到新疆,可能性很小。

有次在会上,我向县委曾书记提了个建议,四零泉是新源的优质资源,其开发权最好给全国饮品前十强企业,或者在新源投资10个亿以上的企业有优先开发权。辉能是明显达不到这个要求的,既然是李请来的,我就不好再说什么了。

两天考察结束后,向总在座谈会上主动提出两项善举,其一,向新源无偿捐赠40万元,其二,在新源设立辉能(扬州)奖学基金。然后他提了两个要求,第一,以OEM形式与肖尔布拉克酒业合作,即让肖酒为其贴牌生产。肖尔布拉克酒业是新源的明星企业,是中国白酒百强企业,新疆只有两家,一家是伊力特,一家是肖酒。这个要求被肖酒董事长直接拒绝。向似乎并没有不快,他提出的第二个要求就是新源境内矿泉水资源的开发权归辉能所有。

新源县属于逆温带气候,年降水量在270—880 mm之间,是全疆降水量最多的地区之一，地下水资源总储量为6.4亿立方米，可开采量为3.2亿立方米。尤其是那拉提、坎苏、阿勒玛勒等地有大量的天然泉眼，肖尔布拉克等地储藏有大量的弱碱水，南北山及巩乃斯河沿岸有丰富的野苹果、野葡萄、沙棘等野生浆果资源，是新疆生产矿泉水、弱碱水、果醋、野果汁等系列饮品最佳的宝地，区区40万就卖了？

我注意看了一下曾书记的表情，明显有一种吃人家嘴短的尴尬，李县长则率先表态，欢迎辉能参与新源的开发建设。其他领导对四零泉水几乎毫无认识，一脸茫然，向终于如愿以偿。

次日，隆重热烈的捐赠仪式和签约仪式如期举行，张常务代表新源县政府，向总代表辉能集团签字画押，站在签字台后面的监签领导，用掌声表示祝贺，拍得最响的是李县长。

按道理，走村串户发现的资源，经包装推介，有企业愿意来投资开发应该是好事，但我就是高兴不起来，我有种感觉，这事不靠谱。

与单晶硅的来来回回，天地人的反反复复相比，辉能的豪爽和决断是出人意料的，他们的决策如果仅凭我们提供的水质检验报告是不够的，一个上市公司做事不可能如此草率。能解释得通的只有三条：一、发布利好消息，拉升股价；二、白菜价，不要白不要；三、指挥组急需开门红。

晚上趴在地上用隶书写了"友谊林"三个大字。唐主任说了，是书记请你写的。我说不可能，小唐说，哥哥，哥哥，是真的，下个月我们援疆指挥组准备搞一次植树活动，建设局郝局专门给我们找了个地方，还特地选了块大石头，要提前刻个碑，所以书记请你写"友谊林"三个大字，落款就写"扬州援疆干部"。字刚写好，手机突然响了，响了一声停了。我以为是骚扰电话，拿起来一看是小沙打的，我回了过去。

汐：我被萨哈迷住了，怎么办？

我：过来看一眼呗。

汐：更被少数民族小姑娘可爱到了，怎么办？

我：过来顺带看一眼呗。

汐：不许敷衍我……你跟我讲讲嘛。

我：我不是去玩的，也不是专门去学校的，是喀拉布拉镇书记请我去看一个旅游项目的。

汐：我也想听听，你就说说嘛。

我只好把那天看到的，想到的，建议他们做的都给她叨叨了一遍。

汐：哇塞……比看你小说还精彩！不行了，被你说的给兴奋到了。

我：赶紧睡觉，不早了。

汐：睡不着怎么办？

我：数羊，哈萨克大尾巴羊……

2012年4月4日我和招商局刘局等从新源出发，扬州市政府副秘书长和发改委副主任从扬州出发，华尔永善一行从高邮出发，相聚西安，参加两个活动，5日下午的"第十六届中国东西部合作与投资贸易洽谈会新疆代表团招商项目推介暨签约仪式 第二届中国—亚欧博览会招商招展推介会"，5日晚上的"江苏省代表团重点项目集中签约仪式暨国家东中西区域合作示范区（连云港）推介会 招待晚宴"。回来以后感慨良多，写了篇博文。

西京盛会，奉命前往，长途跋涉，一路向东。

出了机场准备打车，只见出租车一长溜排着，不见一辆动，等车的人好多，不见一个上。再一问，原来都在议价。我走到车队后面，大喊一声：紫荆山谁去？低价者中标！这时围上一群司机："150！""140！""120！""好，就你了。"上了120的车，才发现里面已经坐了一位……

从新疆到内地，尤其稀罕密密麻麻的人，林林总总的货，上午闲来无事，冒雨重游了钟楼。

钟楼还是那个钟楼，却早已没有了原来的沧桑与厚重，贴金镶银，修缮得跟假的一样。在它的四周，缓慢绕行的汽车宛如一条勒紧的绳索，让人晕眩而窒息。钟楼在一圈商业体中就是一个被围观的戴礼帽穿长衫的迂夫子，他不屑地打量身边又高又帅的后生，感叹自己的前世今生……风雨渐加，衣衫渐湿，一时无处可去，拐进了一家商场，在商场的客服中心找了个安放屁股的地方。

"小妹，你们这里买东西可以并起来开票吗？"一个中年男人问。

"可以，你是在一个楼层买的吗？"

"不是。"

"你买什么？"

"这个……"中年男人回头看看我，我报以一个微笑。中年男人说："我等一会儿再来。"难道我坐一会儿还误你事不成？这么一想，我下了决心，老子就坐这儿了，看你到底搞什么名堂，顺带调研一下怎么搞名堂。

约莫半个小时，中年男人来了。这次先看了看我，然后对客服说："我听说你们这里买卡可以开礼品票是吗？"

"是的，但是卡当天不能用。"

"啊？那怎么办？"

"你去跟柜台协商,你把卡给她,她把东西给你,第二天她帮你交了就可以。"

"好的好的,我去问问。"

中年男人又回来了。"她们说可以的,我买1353元卡。"

"对不起先生,我们这里的卡以百位计。"

"你们怎么这样?"中年男人有点不舒服了,他回头看看我,我一脸的同情。

"我买的东西总不会都是整数吧?"说着,拿出一张纸条。

客服小姐接过去一看:"长挂链215,高跟鞋438,天堂伞56,连衣裙644……"

"你看就看,念什么念!"中年男人很不高兴。

这时过来一个经理,她和风细雨地说:"你这样吧,买200元卡,你加15元现金买长挂链;买400元卡,加38元现金买高跟鞋……"

"好吧好吧,这么麻烦!"

"先生请填表。"

中年男人接过表一看,火了:"怎么还要填单位,姓名,身份证?你们这是干什么?"

"对不起先生,这是上面的规定。"

"我不买了!"中年男人拂袖而去。太难为人了!怎么能这样!我用一脸的遗憾配合他的离开。

这一耗,离签约已不到一个小时了。出了商场,雨依然很大。这时过来一辆电动小三卡,"去哪嘛?""香格里拉。""额的天也,太远赖,额不去赖。"这时由不得他了,我拉住门就拽,"你莫拽嘛,额去就是赖。"

"额不想拉你的,太费电赖。""拉吧,大活还不想干?""大啥嘛,25块钱。""好,25就25,没事。""额可说好赖,没票哦。"……

小三卡进了宾馆大门,我连忙喊"停下停下……""额收了你的钱,就该送到位。""天呐……"连喊带吼,小三卡还是停在了香格里拉大厅门口。当我从帘子里钻出来的时候,门童的眼睛瞪得溜圆……

这种大型的招商签约就是个形式,真正的协议没有若干次的往复来回是不可能签的。形式做完了,该来真的了,我们把华尔、华盛天龙和安徽中科三位老总从西安请到了新源。

又是一轮轮的讨价还价,我特么实在看不下去了,"他们这是干什么?有完没完了?新源为了招你们来,已经尽其所能,倾其所有,你们摸着良心问问自己,哪个地方哪个政府能答应你们这些无理要求?说起来是你们投,实际上有一半是新源政府在投!现在一毛未拨就谈什么排他性,我那么大园区就空着等你?我上千万的变电所就你能用?我光伏产业园就你一家?行,你要跟我谈排他性,我就给你列时间表,你一年之内上不了500台炉子,两年之内上不了1000台炉子,看我怎么罚你!别忘了什么叫适可而止,你们好自为之吧!"说完,我转身走了。

刘主任出来跟我说了两句话:"唉,扬州人啊扬州人!""老周,你不像扬州人!"

后来听说签了,改名为"金三鼎新能源"。

新能源 新源能

州里决定4月12日的州直2012年首批工业类重大项目集中开工仪式的主会场放在新源。这是对新源工业经济发展的肯定，对扬州援疆指挥组产业援疆所取得的成绩的肯定，也是对县委县政府大胆使用援疆干部直接分管工业经济和招商引资的创新举措的肯定。

为此县里多次召开协调会，遴选出10个项目同时开工。分别是：总投资20亿元的金三鼎新能源单晶硅棒切片生产线和1000台单晶炉项目，一期计划投资7亿元建设350台单晶炉；总投资1亿元的特耐王包装材料生产线建设项目，建设包装材料生产线4条、瓦楞纸包装生产线1条及冷链物流；总投资1亿元的鄯善东江环保材料30万吨超细粉、20万吨粉煤灰生产线项目；总投资3亿元的伊犁福润德牛羊肉类加工及畜产品检测研发项目，一期完成投资1.6亿元；总投资2亿元的联成生态五星级酒店的建设项目，一期完成投资1亿元；总投资1.5亿元的"汗血马文化主题旅游风情园"及"那拉提草原国际赛马场"项目；总投资3亿元的城西新区基础设施建设项目，一期完成投资1亿元；总投资3.5亿元的园区综合配套服务中心项目，一期完成投资1亿元；总投资3.5亿元的鑫疆物流园项目，一期完成投资1亿元；总投资2亿元的园区基础设施建设项目，一期完成投资

1亿元。这些项目涵盖新源工业、畜牧业、旅游业、服务业、城市基础设施等多个领域，总投资约 40 亿元，今年计划完成投资 16 亿元。

  县里分成几个组，各项准备工作齐头并进。主会场设在单晶硅项目工地，我负责活动总策划和 11 块大展板。县委薛书记对上次中医院的开工仪式很满意，他让我拿一个总体方案供大家讨论。我起草了一份《州直 2012 年首批工业类重大项目集中开工仪式预案》，在仪式流程部分，我安排得比较多，让领导去做减法吧。

  1. 部分方队人员沿主通道两侧站立，手持氢气球，夹道欢迎。同时奏迎宾曲；

  2. 领导下车后，礼仪小姐上前献花；

  3. 领导登上主席台，同时方队人员迅速回到场地站立点；

  4. 迎宾曲停，主持人介绍嘉宾并宣读仪式议程；

  5. 县委主要领导介绍开工项目情况；

  6. 企业家代表表态发言；

  7. 自治州领导讲话；

  8. 江苏省代表团领导讲话；

  9. 领导宣布"开工"，方队人员同时释放手里的氢气球，所有机械、车辆同时鸣笛；

  10. 主持人邀请主席台领导上前培土奠基，此时音乐起；

  11. 领导培土的同时，礼炮鸣，鞭炮响；民族方队登台表演民族歌舞；

  12. 领导培土结束，大型机械开始施工；礼仪小姐引导代表团走到条桌前，由哈萨克姑娘敬奶茶，献民族服饰；方队人员变队，夹道欢送；

13. 代表团乘车离开；
14. 仪式结束。

11块展板的文字撰稿、图片收集、版面设计、制作搭建相对来说工作量比较大。第一块展板是"新源县2012年集中开工重点项目基本情况概述"，也是最重要的一块。过多的文字领导不一定看，但媒体记者一定会拍，因为有了这些现成的文字，回去撰稿就方便多了。李县长认真仔细地修改了我的初稿，最后一段文字也成了他在现场汇报时最精彩的一段：

"此次集中开工的重点项目，是新源近年来投入总量最大、综合效益最高、支撑作用最强、涵盖范围最广的一次集中开工。项目全部竣工后，将使新源产业结构调整有新的突破、园区综合配套服务功能有新的完善、现代畜牧业发展有新的示范、旅游业提质增效有新的亮点、城市品位有新的提升，必将为新源迈入'西部百强'方阵、打造伊犁河谷次中心城市奠定坚实基础。"

伊犁州领导、省指领导、州各部委办局领导对开工仪式、开工项目及现场介绍都予以充分的肯定，活动圆满成功。

次日，陈书记率领全体援疆干部和专业人才与县建设局职工一起参加植树活动，共栽植白桦树、小叶白蜡、火炬、国槐2000余株，活动结束后在"友谊林"纪念碑下合影留念。新源电视台当晚进行了报道，活动圆满成功。

春风十里，烟花三月。为避开活动高峰日，就着援疆干部五一放假，新源党政代表团到扬州参访的时间定在了4月22日至28日。

赶在出发前，喀拉布拉郑书记给我发来了小巴格达尔的相关资料。照片上看，小伙子英气逼人，风华正茂，正在读高一，校三好学生，运动健将，成绩在年级前20名，因父母身体残疾，家境贫困，生活拮据，郑书记希望我日本同学能对他有所帮扶，不胜感激。我把资料转发给了邱雯，没想到她"五一"也回扬州，并通知我2号上午9点半一起去看陶老师。

新源党政代表团22号赶到乌鲁木齐，23号上午飞，下午到南京，抵达扬州迎宾馆已是晚上6点多了。新到任的钱市长主持了简短的欢迎仪式，第五批江苏省援疆总领队、政协洪主席陪大家共进晚餐。

24号上午，代表团游览了个园，常务副市长在西园宾馆主持召开了座谈会，下午由江都区安排参观了扬州泰州机场、滨江新区、软件园等，最后在科技中心举行座谈。

25号上午，维扬区安排活动，下午在天地人集团座谈，金三鼎的三个股东从外地专门赶来，晚上为曾书记送行，他晚上的火车去北京。

剩余的几天，代表团各成员与扬州对口单位对接工作，我陪了发改委宋主任，再陪开发区刘主任，一直陪到他们离开。

5月2日，春风和煦，花明柳媚，走进空无一人的扬中校园，我们十几个同学的声音自然而然就压低了，树人堂下我们永远都是学子，知识的崇高将所有人规束成学生的模样。林荫小道边上竖立着几块标语牌：

人格健全，学术健全，相期自治与自动，欲求身手试豪雄，体育须兼重。

——1916届校友 朱自清

科学重在创新，要开辟前人没有走过的路径。

——1933届校友 吴征镒

青年应树立远大理想，坚持发奋学习，注重锻炼品德，不断开拓视野，勇于进取创新，始终艰苦奋斗。

——1943届校友　江泽民

……

这是一所名人辈出的学府，一百多年风风雨雨，它用德行的厚重垫高少年的梦想，用真理的力量托举雏鹰的翱翔。30年前的教室还在，30年前的树已经成材。空气里似乎还有油墨的味道，一位位恩师从我的博文里向我们走来：

陶先生的魏楷和他走路的姿势一样，内圆外方，颇有法度，让你在书法中读出诗词歌赋的优美，在四方步中寻到私塾的遗风。

为化学而生的"摩尔老头"高度近视，看书仿佛靠闻，他不认识你是谁，但你永远能记住他是谁。他的办公桌只有两个抽屉能打开，一个里面是烟头，一个里面是烤红薯皮。

一双小眼永远盯着窗外，满堂课一个汉字不讲的密司冯，用他的严格要求，把我们英语平均分从80多教成60多，可上了大学的我们却非常感谢他。

一堂课只出一道题的"包平几"，不站讲台，而是坐在教室的最后一排，把我们面对难题的牢骚怪话以及可能会走的弯路，用学生的语言和思维，逐一剖析，深入浅出，在笑声中，用半支粉笔换来我们一把把解题的"金钥匙"。

还有一个老太太，我已经想不起来她姓什么了，但是她的口音我到现在都记忆犹新。因为她是从南京下放到扬州，又有讲好普通话的愿望，所以就有了：角（guo）1等于角（ga）2，角（ga）2等于角（jiao）3。

他们鲜明的个性特征，独特的教学方法，高超的课堂艺术，经典的语言动作，似乎与他们教的那门课融为一体，让你不得不爱上这门课，不得不喜欢上这个老师！

陶先生看上去老了许多，气色倒很好，特有亲切感的陶式发型依然如故，他能叫出好多人的名字，而没被叫出来的只有自报家门了。那个在黑板上涂蜡的调皮鬼他到现在都记得，听说我在援疆，他很高兴，当即吟诵了两句杜甫的边塞诗："戍鼓断人行，边秋一雁声。露从今夜白，月是故乡明。"

记得高中的时候，每次作文全班能得 80 分以上的极少，有次我自我感觉写得不错，还是只拿了 78 分，但那个 7 明显是 8 改过来的，因为最后一句我写的：啊！上帝呀！被陶先生画了一条线，打了个问号，估计"上帝"给拉分了。后来在改写茅盾的《白杨礼赞》时，终于拿了个 87 分。

晚上趁大家觥筹交错之时，我端着酒走到邱雯身边，她对小巴格达尔非常满意，我再次问她是当真的吗？她急得脸都红了，"怎么会不当真呢？我把钱都准备好了。"

回到新源本想联系郑书记去小巴格达尔家看一下，结果唐主任通知于总率省指各职能部门 8—9 号来新源检查援疆项目，请各处室做好迎查准备。省指每个月都会下来检查一次，我们都已轻车熟路了。和往常一样，陈书记和小唐在"磨"汇报稿，李县长在县政府办公室上班，其他人各忙各的，谁也想不到这次会出纰漏。

"刚才其他同志都发表了意见，他们还是给你们留面子了，要我说简直不像话！我到其他地方进了老百姓房子，人家都很热情，都夸我们建的安居定居房好，结果到了新源镇……那个什么村？啊？老百姓围上来吐苦水，说的话很难听！房子不像新的，没有电没有水，没有一条好好的路，难怪入住率这么低，这种房

子让人家怎么住？其他地方有路，有绿化，有宣传标语，你们这里什么都没有！"

会场出奇的安静，县里四大班子领导，各部门和乡镇负责人都齐刷刷地坐着，"新源县对口援建工作汇报会"的横幅可能没有拉直，耷拉了下来，像所有在座领导的脸。

省指于总的火还没有发完，"对今天新源镇发生的问题我们要进行责任追究！资金有没有挪用？招标有没有舞弊？这是高压线啊同志们！安定居是拼盘项目，除了援疆资金，配套资金有没有到位？缺哪一块？缺多少？为什么缺？请县委县政府以书面形式直接报省指。6月底我再来！"

于总这一走，我们立马开始了自查、自纠、督查、督办的系列动作。

指挥组会议上，陈书记承认富民安居和牧民定居工程存在严重的问题，棚圈配套不到位，基础设施不配套，入住率低；16个阵地建设进度不平衡，有一个至今未开工，建造标准太低，指望组织部抓工程看来不行，能力水平太差；交钥匙工程质量上有瑕疵，进度达不到要求，管理有漏洞，代理、监理履职不到位，处室作用没有完全发挥……请李县长调整工作精力的时间分配，以援疆工程为主；老周在精力投放上与李县长一样，把项目管理抓起来；小唐加强协调，这段时间受了不少委屈；老夏工作上要加快节奏，缺少大胆泼辣；小施既无可替代又不可推卸，再大胆一点；小张继续把本职工作做好，尽量少让领导操心；小蒋继续协助唐主任做好工作……

"下一步的工作我再明确一下，交钥匙项目由我负总责，定居安居由李县长和张骏负责，规划建设处对所有建设类项目负总责，四个安居定居点的入住率由李县长负责，6月底前必须达到要求……请小唐和老夏把援疆楼的办公用品和生活必需品配齐，争取尽快搬进去……同志们2012年已经下来快一半了,大家把手上的事赶紧做,往快了做,往好了做,还是那句话,只有努力才会改变,只有努力才能改变。"

"好!"小唐鼓起了掌,看看没人跟上,也不再拍了。

次日,李县长叫上我和小施还有黄秘书,直奔新源镇玉什布拉克村富民安居点。路上我跟李县长说:安居项目自治区补1.85万,援疆资金补1万,四类人员户均补助4.32万,中央补1.52万,自治区补0.8万,援疆资金补2万。这种资金拼盘项目,我们只要该给的钱给了,按道理应该由县里安居办负责,就算我们抓在手里,也不是难事,责任分解,落实到人,中国的治理机制是自上而下的决策执行机制,只要曾书记喊一嗓子,用不了一个月,全部搞定。

李县长说:对,一定要举重若轻,怎么说也比招商容易多了。

当我们赶到的时候,新源镇领导班子、县效能办、县建设局、县安居办等负责人都已等候在路口。

问题确实严重,有屋顶漏水的,有焊接不牢的,还有缺项的,环境配套、道路硬化、绿化、入住率都是问题。

效能办说:我们定期不定期地督查了,我们业务上不懂,只能看表面进度,农民自筹资金交不上,资金上就有缺口……

建设局说:每次来检查都糊弄我们,查出来的问题都不了了之,乡镇没有人在场,监理没有人在场……

安居办说:每次发现问题都口头通报了,我们只有4个人,走遍所有的点确实有难度……

新源镇说:玉什布拉克村是自治区级贫困村,农民自筹资金这一块确实有难度,但不管怎么说,出现这么多问题,主要责任在我们,昨天晚上我们班子成员开了会,列了个时间进度表和责任分工表:

1. 目前62户才入住2户,6月30日前确保90%入住率;

2. 住户电线电表安装,6月10日前完成;

3. 室内刷白6月5日前完成;

4. 道路铺设,目前只能做到沙石化,6月5日前完成;

5. 绿化月底前争取大的改观;

6. 自来水如果从县里接过来要8公里,我们准备先把山泉引过来,争取6月10日完成;

7. 漏水、漏光问题6月1日前整改完成;

8. 外部宣传要体现援疆元素,我们准备……

"这个事你不要管了,所有安居定居点的统一标识由我们周处统一设计,指挥组统一制作。你接着说。"李县长插了一句。

9. 门和吊顶的问题分别在20号、30号前完成;

10. 资金筹措方面,我们让每户贷1万元;

11. 下次省指于总来,把这次提问题的农民再叫过来,让他谈前后的变化。

"好,非常好!玉什布拉克村是四个安定居示范工程中离县城最近的一个点,也是将来重点对外展示的一个点,有问题不怕,后来者居上,我们就要把这个反面典型打造成正面的样板。你们不是有个村民活动室吗,你们好好动动脑筋,请教请教我们周处,他是策划大师,看看能不能弄出个亮点,然后包装一下,大力宣传,变被动为主动。明天我们去阿热勒托别镇的孕马基地定居点,后天去那拉提镇阿拉善村定居兴牧点,你们的整改措施对他们都有借鉴意义。下次我来就要看成果了,有没有信心?"

"有!"

连续跑完几个安定居示范点,我和小施以规划建设处名义约谈了负责二中项目的卞总和吴总。围绕工程创优应该怎么办,遇到不定期的停水、停电怎么办，围绕复查有哪些改进措施，怎么用项目资金调动施工单位积极性，援疆工程怎么宣传造势……

第二天，陈书记到二中工地开了现场会，兴通集团、承建方、监理公司、跟踪审计、代建公司如数到场。陈重申：工期一定要往前赶，绝不允许跨任期；该到岗的人员必须到岗，吴总离岗要报指挥组，创优要确保！

援疆楼在援疆20个月后终于建好了。每人一间，两室一厅一卫，面积都是80平米。拿到钥匙以后，一开门，卧槽，正对厕所，厕所是用毛玻璃推拉门隔的，外面是洗脸池。厕所紧挨的就是主卧了，放了一张双人床，双人床那边是阳台，要想去阳台晾个衣服，必须从床上翻过去，因为床尾离墙只有20公分。客厅、餐厅、厨房和碉堡在一条直线上，碉堡在围墙的那一边，有武警站岗，后来才知道是看守所。

我用电水壶想烧点水，厨房台面的墙上就有个插座。我拿着插头轻轻一插，没插进去；用力再插，还是没插进去；两手使劲推，依然纹丝不动。我用打火机一照，插眼里全是水泥……于是端着电水壶，插遍房间所有的"眼"，最后在卧室的墙上，离地两米高的空调插座上，插上了。我举着电水壶，宛若托着炸药包，没等水开，拔了，坐在床上一个人笑成猪叫……

突然想看看开灯的效果，我按了一下客厅的开关，厨房灯亮了……到厨房按下开关，卧室灯亮了……到了卧室再一按，客厅亮了……

"老周，走，看看办公室去。"李县长住我楼下，我楼上是小施，对门是老夏。李县长一喊，我们几个全都下楼了。办公室在食堂的上面，二楼是我们处室办公，三楼是书记，四楼是李县长和大会议室。书记办公室就是气派，大班台、老板椅、皮沙发。看我们都过来了，书记很高兴，他坐在老板椅上转了一圈，发现转得不自如，他问小唐，是不是桌子要往前移一点。小唐说：我来！走到大班台前用力一拉，桌子一下子散了……陈书记脸一沉，这是很忌讳的事！原来，桌子不是整体的，桌面是搁在上面的。我们所有人一起帮忙，重新拼好，托底抬，直到书记满意。

陈说："过两天我要带队去哈萨克斯坦参加贸易洽谈会，人数受限，这次让夏鸣跟我去，主要考虑是做好资金保障，小唐下次再去。我不在的时候把门窗都打开吹一吹，我觉得还是有股味道。"

在大家陆陆续续开始搬家的时候，我没搬。我找来二中工地的吴总，让他找人帮我把客厅与餐厅之间加一道拉门，我要变客厅为主卧，将原来的主卧变书房，同时把所有的电路理顺，加一个洗拖把的龙头……找来发改委的吴铁军，让他按书房的尺寸帮我订一套办公桌椅，统计一下房间需要的绿植，然后又列了个清单，台灯、衣架、茶几、茶杯、床上用品，还有辟邪的大香包……大家都笑我，又不是你的家，能住多久啊，这么考究干吗？我说，不管住多久，我要的是生活！

这句话说出来的时候大家觉得我是个有情趣懂生活的人，没过两天，他们开始笑我了，老周要的生活来了……

一下来了两个女人，一个是去年要给我发奖品的圈主，一个是她的闺蜜小富婆。我从机场接到她们以后，直接送到了贵宾馆。结果刚进房间，小富婆就跑出来了，"哇，好难闻的味道，我受不了……"圈主说还真是，一股膻味。两个人非要住我宿舍，让我住宾馆。

好在还没搬家，120平米容得下三个人。到了宿舍，我把主卧让给圈主，次卧给了她闺蜜，客厅沙发留给了自己，我问圈主，这就是你给我发的奖品？圈主大笑，两个美女来陪你，还不算最大的奖赏？

5月底的新源，野杏花谢了，苹果花落了，漫山遍野叫不出名的花儿开了。圈主的闺蜜是个摄影高手，一起陪着上山的发改委同事说，她把我老婆拍这么漂亮，对我有啥好处？有道理啊，我赶紧叫小富婆给他来了几张，小富婆笑得花枝乱颤，我说你光顾着为他们服务了，让我也为你服务一次吧。于是她侧卧在草地上，把长发拢到一边，遮盖了四分之一个脸，然后很妩媚地瞄了我一眼……咔咔咔咔咔，我一连抓拍了好几张，再一抬头，圈主已一脸愠色。

我让他们赶紧安排骑马，效果不错，一圈跑下来，气氛和谐了。下山以后参观了国王帐，然后到我们援疆工程"哈萨克第一村"转了一圈，一直到进饭店都挺好，明宽主任很热情地邀请她们上座，没想到小富婆坐在了主宾位，我想坐到对面去，可明宽非让我坐她们俩中间，我能明显感到一边是火焰一边是海水。

第二天我找了辆车，陪她们去肖尔布拉克酒文化博物馆，为了方便小富婆沿途拍照，我把副驾的位置让了出来，坐在了后排，结果她也跟我坐在了后排……第三天我开车带她们去察布查尔、果子沟、霍尔果斯口岸、赛里木湖，尴尬的是小富婆又坐在了副驾的位置……

回到新源那天晚上，她们早早洗漱完毕，然后各进各屋，各睡各觉。我把画毯铺在地上，准备写几幅字送给她们，早就答应了的。房间里没有书案，餐桌太小，宣纸一铺，笔墨砚就没地方放了，倒是客厅空间很大，在地上写更放得开些。

突然，门响，小富婆起夜。从厕所出来以后，她没回房间，而是站在旁边看我写。画面是酱紫的：一个男人拿着毛笔趴在地上挥毫落纸，一个女人披散着长发，露着长腿，风仪玉立。

女问：写的啥？

男指着草书一个一个念道：春水春池满，春时春草生。春人饮春酒，春鸟拚春声。

女：怎么全是春啊？

男：喜欢吗？

女：不喜欢。

男：你喜欢什么内容，我写幅送给你。

女：我没你文化高，哎，你看我这样适合什么？

男抬头，女掩住胸口，腰身一晃。

男速回头，说：我大概知道了。

女连忙拉住他：等一下，我拿相机。

男蘸墨凝神，女下蹲对焦，男目有斜视，女浑然不知……

当男人写完"含笑出芳丛"时，又一声门响，圈主起夜。

小富婆按住裙摆，速速起身，丢下一句：你也早点睡吧，别熬坏了身子……

须臾，圈主炸！

次日，找车找人，送二位去伊宁机场。小富婆先上车坐后排，圈主道别后上车坐副驾，突然，左后门开，闺蜜跳下车，飞奔而来，一个熊抱，一声"委屈你了！"洒泪而别……

车渐远，神未还。

我是最后一个搬进援疆楼的，开发区来了一帮小伙子，一会儿工夫全部搞定。我跟他们道谢的时候，李县长叫我过来一下。

"老陈情况不好。"

"他不是在哈萨克斯坦吗？怎么了？"

"可能是胃癌，提前回国在伊宁友好医院做的检查。"

"现在人在哪？"

"小唐赶到伊宁陪他回扬州了。"

"老夏呢？"

"夏鸣直接去巩留开会了。"

"严重不严重?"

"在哈萨克斯坦就胃疼,提前一天坐飞机到乌鲁木齐,然后转机到伊宁,还是老夏建议他不要急着回新源,到友好医院查一下,结果做胃镜的主任说,我就可以确诊了,胃癌晚期。"

"……"

"看上去他身体最结实,怎么一下子就胃癌了,还是晚期……"

"好像听他说当兵的时候就有过胃溃疡出血,不会是喝酒的原因吧?"

"他一直胃不好,一疼就吃奥美拉唑,吃了就不疼了,他没有从根上治。你知道就行了,看扬州会诊的情况吧。"

回到宿舍,我用脚拨弄了一下满地的东西,看了看刚挂起来的红色大香包,又看了一眼窗外的岗楼,从一堆杂物中找到了一面小镜子,然后到北面小房间,将镜子对着岗楼放好,拉上窗帘,心里这才踏实。

单晶硅项目的硬件设施已全面开建,而软件方面最主要的是人,是一批懂技术、会操作的专业员工。为此,开发区面向全州专门招录了近30人,金三鼎公司联系了河北逐鹿公司代为培训。在欢送他们的大会上,李县长让我先讲……

"你们是新型产业化基地的成长型人才,是太阳能光伏行业的专业性人才,是园区产业工人的中坚力量,是新源经济结构转型发展的施行者,是新源大工业化、现代化背景下蓝领的代表。园区将以你们为先例,探索一条两地结合,产学结合的培训模式,急企业所需,解企业所难,尽企业所能,扬企业所长,贴近服务,按需服务,跟踪服务,终身服务。"其实说这么多就已经多了,结果,我又展开了一下……

"刚才周处讲得很好,很全面,下面我就讲一讲'学习'两个字"……哈哈哈，我估计李县长尝到了当初县委乔书记的滋味，以后我们作为部下只能就某个方面说一说，大而全留给领导，别做这种吃力不讨好的事了。

陈书记确诊了，情况不容乐观，唐主任电话里说近期就安排手术，请省人医最好的医生到扬州苏北医院来主刀。陈自己不知道严重性，情绪还算稳定，他电话里叮嘱李县长，一定要以援疆工作为重，交钥匙工程不能有任何闪失。

让一个人担责唯一的办法就是给他权力。陈以为自己很快会好，很快会重返前线，所以他对李只是拜托，至多是委托，唯独不肯放权。而李心里很清楚，陈已经不可能再回来主持工作了，他必须让一切保持正常运转，并力求有所突破，有所创新，有所作为。

单晶硅项目是州里的重点项目，也是扬州援疆指挥组自选动作中最大的亮点，围绕项目开工，李召开了多次协调会，环评、污水处理、借款、质押、注册、办公地点等一系列的事逐一落实。为协助企业办理前期手续，县委同意调招商局书记哈别克去公司任职，同意公司名称变更为"那拉提新能源有限公司"。

6月初，在南京举行的伊犁州项目推介会上，扬州与新源再度联手，近14亿元的三个项目尘埃落定。三个项目分别是：总投资5亿元的高品质矿泉水生产及农业产业化项目，总投资7.6亿元的钢结构生产项目，以及总投资1亿元的石英坩埚项目。同时新源招商推介片《那拉提之风》首次推出，获各方好评。

6月7日，自治区援疆工作督查组到新源检查指导工作，在情况通报会上，再次提到了安定居房的入住率问题，对产业援疆工作予以高度肯定。

6月8日，由扬州援疆指挥组邀请的江苏省委党校两位教授，为新源230多名干部授课，课题是《提高领导经济社会科学发展的能力》和《社会转型与文化认同》。

6月9日,由指挥组主办、援疆医生庄远岭具体策划承办的"苏伊论坛·耳鼻咽喉头颈外科新理论学习班暨2012年伊犁州耳鼻咽喉头颈外科学术年会"在新源成功举行,16名全国专家和70多名伊犁州同仁参加,在全州反响很大。

6月12日《伊犁日报》以《探寻招商引资新方向》为题,用整版的篇幅报道了我们扬州援疆指挥组在产业援疆、招商引资方面做出的优异成绩,充分肯定了我们非资源性、优势互补、环境优先、可持续的招商理念。

……

李县长知道我有潜能,也摸到了我的生活规律,他用"老周上午不用按时上班"这个最廉价也最人性的办法,换来了我熬夜熬出来的成果。

我设计了四个安定居工程的统一标牌。标牌分两层,一层是不等边四边形的墨绿色大理石,上面是"新源县某某村富民安居点"几个字,一层是凸出的长方形不锈钢拉丝,上面是镂空的"2011'扬州援疆项目"及哈萨克文。晚上通电以后如霓虹灯广告牌,好多人在此拍照留念。

申报国家发改委的项目提纲也列好了,我发给了宋主任,让他们围绕我的提纲内容,包装十个项目,内容尽可能要详尽,最后由我来筛选。

小说第三稿已修改完成,基本做到没有错别字。

最有成就感的是为那拉提新能源公司撰写的广告语。想当年,山东即墨面向全国公开征集旅游口号,要求16字以内。我利用谐音创作了一条"即墨不再寂寞",结果光荣落选。得奖的是"拥抱人文即墨,领略山海风情""品即墨老酒,赏山海风光""阳光海岸,魅力商城——中国即墨"。我只能呵呵了……

苦思冥想了好多天，没有一条满意的，那天晚上，我在纸上反反复复写着"新能源新能源新能源……"几个字，写着写着写丢了个"能"，变成"新源"了，咄！新源不是我们这儿吗？在新源后面加个"能"，不就是新源也能……的意思嘛！"新能源新源能"这广告语就像千古绝对一样，新能源企业正好落户新源，新源也能生产新能源，哇塞！太特么绝了！

我兴奋得在房间乱窜，在床上翻跟头……不行，我要找个人分享，我拨通了小汐的电话。

"我天呐……几点了……你咋还没睡？"

"起来起来，我太兴奋了，你听我说……"

"说完了？"

"你没觉得这是个伟大的时刻？"

"这是个睡觉的时刻，大叔！"

"你让我想到了猪。"

"哈哈哈……骗你的，我除了兴奋还特佩服，你这脑子怎么长的，就是与众不同！"

"嘿嘿，这还差不多，好了，睡吧。"

"我也告你个好消息，本想过几天说的。"

"啥好事？"

"我下个月去你那里玩！"

"说完了？"

"你不欢迎啊？"

"哇！太好了！想死我了！你要是不来我都觉得这一天天过得一点意思都没有，你喜欢吃什么，喝什么，我提前买好……"

"哈哈哈……太假了，我问你，人家问我们是什么关系，你怎么说？"

"咱俩没关系呀，为什么要骗人？"

"切,你就说我是你侄女。记住了吗?"

"你姓什么叫什么,长什么样,干什么的,我什么都不知道,有这样的侄女吗?"

"ZT870408 我博客密码。"

"ZT870408……猪头87年4月8日。"

"你才猪头呢,周恬,恬静的恬。"

"你也姓周?"

"对呀,要不就让你说是侄女了嘛,你把你地址告诉我。"

"不用,我去机场接你。"

"不是,我先寄点东西过来。"

"啥都别带,我们经常回扬州。"

"我自己的东西。"

"好吧,我短信发给你吧。"

挂了电话,我进了小汐的博客。将近300篇文章,好在都不长,有的一篇就几句话,最新的一篇是前两天刚写的:

6月30日快点来吧,结束一种已知的模式,开始一段未知的生活。我这不是作,是受,受想行识!

打开她的相册,眼前一亮,看上去有点瘦弱,却也活力满满,一会儿长发飘逸,一会儿发髻高挽,每张照片里,眼睛似乎都在说着不同的话,精巧的口鼻宛如雕琢而成,清秀明朗,嗅不出泥土的芬芳,却有"万树寒无色,南枝独有花"的暗香。

从一张穿制服的照片看,好像是一家高档楼盘的销售员。

我这不是作，是受，受想行识

在李县长回扬州看望陈书记的时候，州委李书记来到了新源。他先到创业园视察了打火机厂和特耐王企业，随后到了单晶硅工地现场。我奉命恭候，奉命汇报，效果很好，李书记勉励了几句便离开了。其实他根本不知道工地上有多乱！永善让他哥负责现场监管，天地人负责施工，政府出资代建厂房，由开发区负责实施，开发区借我们的代建公司替他们现场管理，而监理公司是县里找的，施工队伍是天地人在当地招的，指挥组是项目招商方更是"一手托两家"代表着扬州官方，如此混搭，岂能不乱。

一会儿三号拉晶车间151根水泥柱子59根底部粗糙，还有一个梁下沉，还有两个柱子里有木棒了；一会儿宿舍楼屋面钢筋露头了；一会儿30公分的围墙钢筋变40公分了；一会儿项目立项因为110变电所的事给耽误了；一会儿瞬间的虹吸让外部空气往内部去，影响拉晶了；一会儿管道的焊接没用滤网了……推卸、指责、怀疑、叫骂、群殴，消耗了我们很多精力，也暴露了扬州人无法抱团的特性。李县长每次都能用"斩斩剁剁"的方法让大事化小，小事化了，我和刘主任就负责把要"断"的人和事放在案板上，让李来"斩"来"剁"。

接省指通知，近期将组织"疆苏情"摄制组到各地采访拍摄，要求各援疆指挥组提前安排好拍摄计划，全力配合这次活动。宣传报道一直是扬州援疆指挥组的短板，李县长自然不会放过这次难得的机会，他让我全权负责，并在会上宣布，从现在起由周处兼顾文化建设和宣传工作。这一直是办公室的业务范畴呀，可他不管这些，"其他人都不懂，你就辛苦一点，能者多劳吧。"

"能者多劳"这句话谁都不会自己说，而别人说出来于情于理都站不住，除非加一句"能者多得"。我大概理了一下援疆的总体情况，又给援疆医生所在的医院领导和援疆教师所在的学校领导通了电话，妇幼的唐院长在电话里跟我聊了好长时间，让我第一次听到"援疆宝贝"吴新萍的感人故事。

"周处，吴院长真的不简单，她白手起家给我们院创建了新生儿科。妇幼保健院原本就破旧狭小，计划在县中医院新建搬迁后迁到现在的中医院，这个你知道的。吴院长自从有了创建新生儿科这个想法，就一直在筹划新生儿病房的事，她先盖了彩板房搬迁了治疗室，再腾空理疗科，然后在腾出的有限空间里设置改造出无陪新生儿重症监护所，包括普通婴儿室、早产儿室、隔离室、洗澡间、配奶间、治疗室、处置室、医护值班室、探视室，还合理区分了污染区、洁净区。再改造水路、电路，设计出各种方便操作的台面和置物柜，她简直成了设计师兼工程监理，全程负责改造到位。又根据建立无陪护新生儿重症监护病房的基本要求购置了所需设备和设施用品，另外还附设了有陪护儿科病床10张，这样，较大的有陪护要求的患儿也能得到救治。新生儿科开始正常运转后，伊犁州卫生局李书记在检查我们妇幼保健院工作时，大加赞赏，他说，我在新源看到了援疆工作的亮点，小小的新源妇幼保健院，因为来了个援疆专家，把新生儿科搞得这么有声有色。周处，你们可要好好宣传我们的吴新萍院长啊！"

县医院马院长说，"解正高博士你们要重点宣传，他到新源以后，发现白内障是当地最为多见的病症，在他建议下我们进了一套超声乳化仪和手术显微镜,他带领眼科医护人员已经开展了超声乳化白内障吸除联合人工晶状体植入手术40多例,患者术后视力基本都达到0.5以上。伊犁州友谊医院想挖他去,我怎么能放呢,结果辛苦他了,每周坐车去一趟伊犁,有时这边才下手术台,就往州里赶,以前玻璃体切割术治疗糖尿病性视网膜病变和视网膜脱离手术都要去乌鲁木齐,他去了以后填补了州级医院的空白……"

我们援疆的医生、教师在各自的岗位上默默无闻地奉献着,因为居住分散,平时很少见面,我们对他们的情况缺乏更深的了解,但受援单位和他们救治过的病人、教过的学生会记得他们的好,他们用精湛的技术和高尚的职业道德赢得了新源人民的爱戴。

晚上琢磨了好长时间,给正式定名为《脱色》的长篇小说写了篇前言。

是夜。很远很远的地方似乎有一支坦克部队开来,这股钢铁洪流以排山倒海之势碾碎了夜的宁静,一种闷闷的浑浑的声音,穿透一切阻挡,宛如在支解着这个世界……呻吟下的痉挛,喘息中的颤动,借着微弱的大气辉光,我的眼睛无法在一个点上聚焦,有一种穿着轮滑,荡着秋千,骑着木马,看着水波纹的眩晕……摇晃夹杂着起伏,颠簸伴随着倾斜,我就像一个碗里的骰子,直到慢慢停了下来……

"地震?""是地震吗?""地震啦!"所有人都打开门相互确认,确认完以后有的下楼了,有的躲在厕所里,有的站在墙角处……想当年,防震抗震住帐篷等了一两年都没震,这次终于体会了一把,人生又向完美跨进了一步。我看了一下时钟,5∶20。

半个小时左右,县里通知到了,据中国地震台网测定2012年06月30日05时07分在新疆维吾尔自治区伊犁哈萨克自治州新源县、巴音郭楞蒙古自治州和静县交界(北纬43.4度,东经

84.8度）发生6.6级地震，震中位于天山山区，距离震中最近的两个牧业乡镇是新源县那拉提镇与和静县巩乃斯沟乡。目前人员伤亡情况不详，县委县政府领导正在赶往那拉提的路上，请援疆指挥组通知所有援疆人员做好防护，明天上午将援疆工程受损情况逐一查明并汇总报告。

李县长随即召集指挥组成员开会，面对突发情况，李做出如下安排：小施负责通知代建公司和两个工地，老夏负责援疆楼，小蒋负责联系单晶硅工地，老周和小张开车往西负责查看西边的所有援疆项目，他和小唐往东先到那拉提，回头的时候负责查看东边的所有援疆项目。我建议每个组带一个代建公司的专家，便于勘验、定损。李同意我的建议。

车刚出县城，儿子电话到了，我把大概情况跟他讲了一下，放心了。他让我先给奶奶打个电话，别等奶奶从电视上看到了你才说。另外告诉我两个好消息，他被评为优秀学生干部，还拿了一等奖学金，去黄山玩的钱有了，让我别再汇钱给他了。我说老爸说话算数，一比一配套奖励，开学兑现。

太阳似乎也起了个早，露着笑脸跟我们打招呼"不好意思，给你们添麻烦了！"我们首先到了肖尔布拉克镇洪吐拜村克孜勒金格勒定居兴牧示范点。让我们吃惊的是，一切都很平静，人们该干啥干啥，没有一处聚集的人群，就像根本不知道地震这回事一样，反倒是我们的到来让他们感到意外。

村长领着我们进了一户人家。房顶是钢架和彩钢瓦搭建的，没有任何异常，但北墙有一条长达一米多的裂缝，裂缝最宽处有3厘米，我问代建公司的刘工，要不要紧？有什么办法？这时主人说话了：

"哦，这个嘛，没有事，用泥巴嘛堵上，好得很！"

"老乡，我们是来援疆的，这是援疆工程，有任何问题我们负责……"

"哦……问题嘛小小的,感谢你们来!"

很朴实的话语,却让人感动,这种夏不防晒,冬不抗寒的房子,尽管比他们的冬窝子好一点,但离舒适、宽敞、方便还差得很远,就这样牧民兄弟已经很满足了,他们的要求真的很低……

我们走了一圈,拍了照片,做了记录,问题都不严重,倒塌的都是废弃的棚圈和一部分土坯围墙。几个点走下来,情况都差不多,按刘工所说,新建房屋的结构没有受损,出现的问题都是小问题。我拨通了李县长的电话,把情况汇报了一下,他说那拉提下面的村庄受损比较严重,部队已经调过来了,准备搭建帐篷,我们指挥组近期组织一次灾区慰问。我说我有个建议,能否让"疆苏情"摄制组提前来新源,我们是离震中最近的县,这样可以拍摄我们抗震救灾的画面。李非常赞成,让我抓紧准备。

联系了摄制组,说明了情况,发出了邀请,摄制组觉得机会难得,决定明天上午就赶过来。我详细列了一个拍摄计划:

第一天下午:
援疆女医生吴新萍事迹(新生儿科的诞生)
代建制在援疆工程中所发挥的作用(资料展示)

第二天上午:
扬州援疆干部友谊林
基层阵地建设项目——光明路社区
则克台新开工安(定)居项目
工业园区单晶硅项目工地
采访产业转移项目——那拉提新能源公司

第二天下午：
阿热玛勒乡基层阵地建设项目
那拉提阿拉善游牧民定居点及那拉提景区拍摄

第三天上午：
赴那拉提跟踪拍摄扬州援疆指挥组灾区慰问实况（时间待定）
扬州援疆人才水利专家沈圩加在抗震一线

第三天下午：
新源中医院项目现场（全伊犁州四个文明工地之一）
新源二中项目现场（江苏特级施工企业）

第四天上午：
肖尔布拉克牧民定居点（采访施处长）
考察西域酒文化博物馆
新源镇集中安居点

第四天下午：
援疆医生手术镜头（采访胡翰生院长或庄远岭院长）
援疆教师讲课镜头（采访成校长）
援疆楼办公室、宿舍拍摄
采访李县长
后方补拍：病床批阅文件镜头（陈书记）
增加拍摄：援疆干部业余生活镜头

"周处，您记住一点，你们忙你们的，就当我们不存在，您只要把我们带到指定的地方，我们就知道该怎么做了。"几位年过半百的摄影大师，自己背着背包，扛着器材，跪着、蹲着、趴着，用他们的镜头，记录一个个精彩的瞬间。

尽管我再三跟他们说镜头对准援疆领导，对准援疆医生，可有位摄影师觉得说什么也要给我这个鞍前马后为他们服务的人来张特写。照片出来以后，不知道谁加了段图片说明，这段官样文字让我第一次享受到"领导"待遇：

7月2日下午，也就是发生"新源6·30地震"的第三天，新源碧空如洗、阳光灿烂，扬州到新源援疆的四位老师在前方指挥组周处长的带领下，带着扬州人民的深情厚谊，带着援疆人的无私情怀，顶着烈日先后对那拉提镇、直属二队、哈拉苏村的四位同学进行了走访慰问。这四位同学现都就读于新源县第二中学，是援疆教师们目前工作的学校。在这场地震中，四位同学的家里都不同程度地受到了影响：墙体裂缝、大梁偏移、棚圈倒塌。周处长鼓励孩子们在灾难面前要学会坚强，更要重振信心，要与家人一道共渡难关，相信有党和人民的关心支持，没有什么困难是不可战胜的。同时，他还鼓励孩子们要好好学习，不能耽误期末考试，以优异的成绩回报社会、回报人民、回报所有关心他们的人。

在那拉提阿拉善牧民定居点，不仅建筑有特色，还正好面对那拉提景区，两个老头执意要上房顶，我到处找，找了个临时绑扎的短梯子，可是还差一截，眼看暴雨要来了，我说先躲一会儿雨，正好想办法把梯子加长一点。老头说不行，这时候的云和光变幻无穷，是最好的拍摄时机。我和另个老头半蹲着，把梯子脚搁在大腿上，一个近60的人就这样倔强地爬了上去……

这让我想起了去年夏天接待的一位省级机关的领导。光陪同人员就有自治区对口部门领导、州对口部门领导、省指挥部领导、县领导、县对口部门领导、扬州援疆指挥组领导、那拉提景区管委会领导,及他的随从、各级领导的随从和各类后勤保障人员。

这位领导是个摄影达人,新源县城都没进,当晚直接住进了景区最好的宾馆。次日凌晨5点半,走廊就有人喊起床了,大家在楼下集中以后,领导被一群人簇拥着走了出来。众人上去问候问好问饥饱,我说了一句大家想说又不敢说的实话:"现在是6点,相当于内地4点还不到!"这哥们好像听到了,说:"我们还是早点去吧,那拉提的日出是很有意义的。"陈书记对领导笑完,瞪了我一眼,这种表情转换特有意思。

浩浩荡荡的车队在警车的引导下,沿着蜿蜒的山路一会儿就到了一个山口。景区领导说这里是拍日出最好的地方。月黑风高,周遭漆黑一片,领导下车后缩了缩脖子,说了句人话"好像是来得有点早啊"。众人连忙说:"外面风大,领导回车上吧。"领导没搭理,说:"就先架在这儿吧。"后面一行抱着长枪短炮三脚架折叠椅的随从一通忙乎,领导回到了车上。我在李县长的车里观察,李是第一个钻进车里的,有三个人始终站在外面,任凭风吹露打。

我这不是作,是受,受想行识

"今天如果出太阳,我名字倒着写。"我跟李说。

"别瞎说,赶紧出,让他拍完早点走。"

"如果花钱能买日出,这三个人肯定愿意。"

后来,果真被我言中,太阳就没赏脸。

地震发生以后,李县长利用晚上时间连续开了两次会议,会上通报了地震的情况,通报了市委姜书记亲自打电话问候,钱市长代表扬州市政府发来慰问信,常务副市长、组织部长通过短信表达关心和慰问。通报了前两天刚发生的劫机事件,2012年6月29日,由新疆和田飞往乌鲁木齐的GS7554航班于12:25分起飞，12：35分飞机上有6名歹徒暴力劫持飞机，随后被机组人员和乘客制服，飞机随即返航和田机场并安全着陆，6名歹徒被公安机关抓获。通报了单晶硅工地发生打斗的情况。通报了正在拍摄中的"疆苏情"摄制组的相关情况……会上，还就《扬州日报》采访团在新源的有关活动，以及援疆指挥组慰问灾区的具体事项进行了安排部署。

晚上开完会才回到宿舍，传达室邹师傅拎了两个邮包上来了，说有一个纸箱破了，你回头看看东西有没有少。他走后，我给小汐打了个电话。

"你的两个包裹到了，有个箱子破了，不知道丢东西没有？"

"啊！那……那……你打开看看吧，我等一会儿打过来。"

我打开箱子惊呆了。被子、床单、被套、毛衣、秋衣、裙子、裤子，还有两个包包，一个小布包打开是镜子、相框、闹钟、雨伞、扎头发的各种皮筋……我又打开另外一个纸箱，里面全是各种衣服。

"哈喽哈喽，你报一下，我看看少什么？"

"我挨个报，你听着……"

"对的呀，应该没少。"

"我问你，你来玩几天，至于这样吗？"

"不一定哦，要是好玩我就住段时间，嘻嘻。"

"我感觉你像嫁过来一样，这些都是嫁妆吧。"

"哈哈哈……那你布置个新房给我吧。"

……

地震的余波很快就过去了，我们又转入了正常工作状态。李县长的精力已不可能专注于某一件事了，所有的事他都必须过问，必须给出最终的意见。

中医院工地发生了一件由内讧引起的重大安全事件。门厅立柱扎钢筋以后,模板放不到位,班组长擅自把钢筋割了,质检员知道了这件事,不但没有及时纠正,还刻意隐瞒了。不久,质检员腰受伤了,一时半会好不了,就回老家休养了。工地负责人认为,你在前方休养工资全发,你回家休养工资只能发一半,就为这事,闹起来了,质检员以工程质量有隐患为要挟,要求公司满足他的要求,否则就告发。

这件事性质非常恶劣,李在会上要求,施工单位做出深刻反省,拿出处理意见,在媒体监督下现场返工,对相关人员进行责任追究,代建、监理公司查找自身原因,写出书面汇报,其他施工单位引以为戒。

会后,我们几个在办公室闲聊,我说"交钥匙"的初心是好的,但效果真的不尽人意。光是前期手续的办理就累死我们了,因为要协调县里州里好多部门,短短几个月时间确实很难做到……

唐:琉璃瓦在新疆冬天会挂冰凌,搞不好会砸死人,结果怎么除冰不知道;木格窗造型好看,怎么保温他不管;通透式走廊节约成本,怎么防滑没交代。暖气管道不知道怎么布,更别说屋檐除冰、落水管防冻了……

施:施工队伍是七拼八凑的,全部用老家的工人,成本太高,只能就近招募,水平差,管理难,矛盾多。施工机械过不来,只能租,有的还租不到。材料不知道在哪进,定制钢化玻璃要跑到乌鲁木齐,这个成本不得了……

夏:省指是按工程节点拨款,施工班组完成任务就要结账,总包单位就要垫资,每次都要闹矛盾。还有材料价格,全新疆同时开工,所有主材辅材价格飞涨,再加上现钱现货,总包单位的资金压力肯定大……

张:当地人还有闲话"扬州人把援疆的钱又挣回去了"。话很难听哎,你们的工程你们做,有事别找我……

我：交钥匙还有一个风险就是资金要兜底，我们要量体裁衣，他们是能好则好，我们不管交到什么程度，都很难满足对方的要求，更何况我们资金本来就不够……

夏：真是吃力不讨好，有的指挥组全部交支票，人家天天潇洒得很，玩了好多地方了……

施：我们就几个人，就算全部管工程，也不如人家县里那么多部门呀，协调解决矛盾更需要他们的支持，我们等于成天在求人，彻底倒过来了……

牢骚归牢骚，工作还得做。李县长带上我和小施，三个工地挨个巡查，现场解决问题，他有句名言"我是你们可用的资源，你们需要我做什么，你们说"。

我另外还有个任务，就是援疆楼的布置美化。什么位置放画，什么位置挂字，放什么内容，尺寸多大。我想办法找到了伊犁图片社的电话，并把他们请到了援疆楼。老板说，用我们的图片可以，但要交版权费。我给他看了电脑里江苏摄影家的作品，他不吭声了。我说版权费我们财务不可能给支，但是制作费是可以的，我除了食堂、会议室、办公室以外，每个宿舍再挂一个，这单生意如果你不做，肯定有人抢着做。谈得很顺利，量了尺寸回去了。第二天中午给我发来了上百张图片，我在一张张选的时候，小汐电话来了：

"哈喽哈喽，我下午5点飞，50分钟就到了。"

"你在乌鲁木齐？"

"对呀，我昨天晚上就到乌鲁木齐了，上午逛了大巴扎。不说了我要退房了。"

从机场接到以后，两个人的心理活动是这样的……

我：一个双肩包，一个拉杆箱，挺利索。怎么光脚穿运动鞋？

汐："个子真挺高，不如穿军装的时候挺拔了。"

我：有点瘦，胸不够丰满。

汐："咦，刚才过去的那个是不是你博客里发的什么基层阵地啊？"

我：声音挺好听，清脆没有杂质。

汐："啊！这么快就到了？院子好小哦。"

我：现实很骨感，就像她的身材。

汐："这个三楼就是你们领导住的吧？"

我："叔叔住他上面。"有必要提醒她一下。

汐："哇！我的闺房好温馨啊！"

我："给你买了三个盆，三条毛巾，够了吧？"

汐："哈哈哈……你就认准这一种颜色了？怎么分啊？"

我：也是，光想到数量了，没想到不同功能。"我有胶带纸。"

汐："洗手间没锁啊？"

我："灯亮为信号。"

汐："哈哈哈……真受不了你们这样的。"

我："你是我盐城大哥的女儿，在扬州上学，住在我们家……"

汐："记住了。"

我："前任婶子是你老师，扬州奶奶今年77岁，扬州弟弟比你小5岁，在上大学……"

汐："嗯呐。"

我："弟弟今年暑假不来新疆，你来玩几天。"

汐："就几天啊？"

我："现在跟我去食堂，多笑少言。"

汐："好吧……有点像《潜伏》里的感觉，好刺激。"

晚饭吃的很成功，饭后我带她到周边转了一圈。走到嵘玉轩门口，她立马发现这三个字是我写的。老板张港招呼我们坐下，专门泡了壶普洱。

"周处，你侄女好俊呀，一点不像你。"

"就你这说话水平生意还能好？"

"我山东人，说的都是实话。你还别说，上次你看到的那个一大一小两个乌龟，小乌龟趴在大乌龟背上的，你忘了？上好的和田籽料，玉雕大师雕的……我没文化，就给起了个名叫'双龟'，标4万，两三年也没人买。有一天，你们指挥部请了个教授来咱县里上课，他转到我店里来了，一眼就看上这龟了，他说双龟不就是双规嘛，谁买谁倒霉啊。"

"哈哈哈……太有意思了！"小汐笑得一颤一颤的。

"我一想对呀，这太不吉利了，就让他给起个名。他说这应该叫福寿双全啊。你看看你看看，有文化没文化就是不一样，我把名改了，标6万，没到一个月，51800成交。喝茶喝茶……闺女，你看中啥拿走，你叔不掏钱就当我送你的。"

"要不店归我，丫头归你吧。"

"哈哈哈……你个坏叔叔！我第一天来就把我卖了……"

本想带她去那拉提空中草原玩的，可她说了句饱含哲理的话"最好的留到最后吧"。我给郑书记打了个电话，听说侄女来了，他说来来来，我来安排。

赶在午饭前，我们到了喀拉布拉镇。饭店上的"海鱼"，海边长大的小汐表示不可理解，后来告诉她是恰普其海，嚷嚷着就要去。郑书记说今天不去，苇湖湿地那边已经准备好了。

因为尚未开发，进苇湖要走过长长的滩涂。在松松软软，沼泽连片，蒿草丛生的小路上，准确地说，不是路，是一串串留下的脚印，小汐明显走得比我们轻松。郑书记一路都在夸，这个丫头好，不怕晒，不娇气，不像上次来的几个空姐，让我们徐镇长不知道怎么伺候了。跟在后面的女镇长徐娅丽说："哦，你们可不知道，鞋子上稍微有点泥嘛，马上要擦掉，阳伞不够嘛，我就把外套脱下来给她们挡着，走起来嘛，歪歪倒倒，我嘛还得扶着……"

7月的新疆，烈日当头，盛夏的苇湖，凉风扑面。船上就我们四个人，一个老乡在船尾撑着长篙，静悄悄的周遭，只有芦苇刮着船帮的声音。穿过曲曲折折的河荡，突然噗噗噗飞起一排大雁，盘旋了两圈似乎舍不得这片宝地，纷纷又落回到芦苇滩里。

"呀！好漂亮！快把相机给我。"小汐一站起来，船晃了一下，徐镇长赶紧抱着她。湖面开阔起来，天上一朵朵的白云，湖上一湾湾的芦苇，倒映在湖中成了一幅带广角的画面。轻摆微晃的水草就在我们手边，清澈的湖底偶尔有鱼游过，不知名的鸟儿从远处传来一两声脆鸣……

"14000公顷啊，新疆最大的湿地。我们没开发，没宣传，没利用。芦苇是越砍长得越多的植物，如果像这样不收割，就会腐烂在水里，渐渐地水体就不行了。"

"上次我们老领导来看了以后，一直惦记着呢。我跟宣纸厂联系了，芦苇做宣纸不行，因为纤维短，做的宣纸没有韧性，换句话说就是墨滴上去纸就烂了。我现在手上事太多，出不去，一定要走出去才有机会。"

我和郑在后面聊，两个女孩在前面聊。小汐始终在问萨哈学校的事，听说徐镇长就分管文教卫，高兴得手舞足蹈。郑书记说，里面太大了咱就不往里去了，时间还早，咱们去萨哈吧。

坐着郑书记开的牧马人，一会儿工夫到了上次来的山庄。聂总问去哪？郑皓说：周处来了，带他去看看你的移动宾馆。小汐说我知道呢，那里是一片果园，萨哈小学离那很近。这次连郑创都感到诧异了:"你怎么对那个学校这么感兴趣?"小汐说:"我叔在博客上发的照片,我被那些小孩萌到了,太可爱了!"徐镇长笑着说:"我们这嘛,民族娃娃都漂亮得很,像洋娃娃一样。""丽丽姐,带我去看看吧。"我说:"这么快就丽丽姐了,这明显是套近乎。"丽丽姐给她浇了盆冷水:"可能放假了。"

郑书记善解人意,直接先开到了学校。遗憾的是一个人都没有,全都锁门了,校长两口子也回家了。小汐踮着脚一个一个窗户看过去,直到喊她上车。

"生意怎么样?"到果园以后,郑书记一边走一边问。

聂总说:"周处这个创意真好,现在大大小小20个帐篷都租出去了,苹果肯定是摘不了,要到九十月份,骑马、烤肉、毡房体验、篝火晚会好得很!"

"这里除了苹果,没有桃树杏树吗?"我问聂总。

"也有,这一片少。现在嘛,我们一箱一箱拉过来卖,好卖得很。那个果树认养老百姓不感兴趣,和学校娃娃互动也弄不了,正好放假了。"

郑书记说:"光是现在这几个项目和别的地方没啥区别啊,还得动动脑子,开发一些新的项目,把新源、巩留的人也吸引过来。走,去树王那看看去。"

到了山垭口,已是夕阳晚照,苍翠的云杉,金黄的牧道,火烧的云朵,暮霭的远山。小汐用手窝成喇叭状对着群山高喊:"啊……我要留下来!"山谷回音"……留……下……来!"

聂总找来一匹马,丽丽姐坐后面握着缰绳,两人骑着上山了。我们找了个地方坐下,点了根烟。"郑书记,从现在来看,山下客房入住率不如帐篷高,下山住的一般是年龄大的,或者比较讲究的,年轻人和小朋友都愿意住帐篷,但第二天早餐是个问题。"

"你这一说提醒我了,我们可以做早市啊。"郑皓确实是个敏感性很强的人。他说:"把我们的包尔沙克、油饼、面片、汤面、奶茶、馕、奶疙瘩都给摆出来,顺带弄点马肉、马肠子啥的给他们带着,周处行不行?"

"我看行,越土越有市场,可做的文章多了。有一点你们一定要考虑,就是卫生,环境要卫生,东西更要卫生。"

"移动厕所到了吗?"郑问道。

"还没有,现在临时搭了个简易的。"聂又递了一圈烟。

"等一会儿她们到了以后,我们一起参加晚上的篝火晚会,你先去准备一下。"

"丽丽姐,我这个烤熟了吗?"

"马肉太香了!"

"这个啤酒你们为什么叫夺命大乌苏啊?"

"叔叔,这个小哥哥弹的是不是冬不拉啊?"

"卡拉角勒哈就是黑走马的意思吗?"

"郑书记你怎么什么舞都会跳啊?你教教我麦西来甫嘛……"

"哇,篝火拍出来好漂亮!"

"他们都有帐篷啊?我也想住帐篷……"

疯到曲终人散,丫头提了这么个要求。聂总说还有一个小的,在那个边边上。郑书记说要不就住山庄吧,聂总都预留好了。小汐当然不干了,明天还想看日出呢。我说行吧,正好体验一下,你们回吧。

帐篷搭在果园的边上,靠近一条小路,小路那边是一片森林。聂总说,这个帐篷是他们工作人员临时休息用的,比较简陋,配了两个应急灯,一个喇叭,这些棍棒铁叉是预防野生动物用的,你们凑合一下吧。说完,简单收拾了一下,留了几瓶矿泉水,开车走了。

"天呐，还有野生动物啊？会不会有蛇呀？"小汐的声音有点不清脆了。

"这个帐篷靠近森林边缘，他们搭在这儿是有道理的。就相当于前哨阵地了，野猪、蛇、果子狸、狐狸、老鼠什么的肯定会有……"我打开帐篷门，才准备钻进去，小汐拉了我一下，"我想……方便一下……你陪我去吧。""好。"我拿了个应急灯，小汐拿了包纸巾，顺手又拿了瓶水。

新疆的夜空是繁华的，满天的星星仿佛宫殿里的吊灯，有的挂得很低，有的吊得很高，有亮的，有暗的，还有一闪一闪的，在下弦月还没升起的时候，大地一片漆黑。小汐拽着我的胳膊，走到路边，让我把灯放在地上，站着别动，她往前又走了几步，蹲下了……

进了帐篷才发现，是那种情侣睡袋改的，小汐一点也没觉得尴尬，她脱了外套垫在枕头上，就钻进去了。"你怎么不进来？"

我说："要么饿死，要么撑死，千万不能被馋死。"

"哈哈哈……男人满脑子都想啥呢，能不能简单点啊，过来把外套脱了，给我……"

"你把我衣服塞睡袋里干吗？"

"躺好，把身子转过来，别装柳下惠似的……对，正常点……"

"哦……用我衣服把下面隔开了……"

"拍电影都这样的……你第一次挨着小女生睡觉吧？"

"我……"

"你把灯熄了，我跟你说个事。"

"好……你说吧。"

"我不是来玩的，我要留下来……"

"这不已经留下来了吗？"

"不是，我要留在这里，做个老师。"

"好了,别闹了,赶紧睡吧。"

"我是当真的,我把工作辞了,把穿的用的都寄过来了,我要在这儿支教。"

"在哪儿?在萨哈?在这个小学校?"

"嗯……"

"你疯了吧!"我一下坐了起来。

"这里是好,但好的是风景,是一天足以赏完的风景。你一旦住下来就知道,这里是与世隔绝的,没有朋友,没有网络,没有交通,没有超市,没有快递,什么都没有,更没有你想要的发展空间和成长平台。这里的孩子都想走出大山,你却要长住这里,你醒醒吧!你今年多大了?要不要恋爱?要不要结婚?再说,你能听懂这里的话吗?能吃惯这里的饭吗?你遇到蛇虫怎么办?被人欺负怎么办?想洗个澡理个发怎么办?头疼脑热怎么办?不行!绝对不行!"

寂静,静得能听到呼吸。小汐拿出睡袋里的衣服,披在我身上,衣服上还留有她的体温。"我八岁那年,就没爸了,我妈给我换了几个叔叔……知道我为什么愿意用小汐这个名字吗?因为周恬虽然活着,但没有她可回的家,没有她想要的爱,小汐虽然死了,但她有个永远宝贝她的爸爸,这种父爱让小汐两个字很温暖,我不想让这个名字刻在冰冷的石碑上,我没有办法让她复活,我可以让小汐这两个字活着……"

黑暗中,我仿佛看到一只孤零零的羔羊。

"我不像别的女孩有各种奢望,我要得很少,就这很少的一点点,都是靠我自己去拼去抢……当我看到你小说里,星星很小就离开父母,自己剪指甲,你夜里帮他一个个修圆的时候,我大哭一场,因为我小时候也是这样,剪不圆的指甲成了野孩子的标志,也成了我反抗的利器……彩霞带着点点离开你的时候,点点死活要带上的小盒子被她妈妈打掉了，里面是她一根根给你剪的白头发……星星因为听到你们为钱吵架，第二天捡了一大袋塑料瓶回来……我眼泪把书都打湿了……我知道你肯定懂我，懂什么是无助，什么是乖巧……"

我用手擦去她满脸的泪，这一刻我更懂她的调皮和任性。

"我是看着你的书，一点点爱上你的……文字让你彻底裸露了，开始我有种偷窥的感觉，后来，是相拥而眠的甜蜜……你可以不接受，我一定要说出来，不要跟我说年龄，我就要这样的年龄差，我不是花盆里的花，我是草，草是属于大地的……"

我呆呆地坐着，一头长发靠在我身上。

中国式奶奶

回到援疆楼,小汐第一件事是洗澡。我大概排了个计划,准备带她先在北疆转一转,喀纳斯、可可托海、五彩滩、吐鲁番、天池,这一圈下来估计要一周左右,以后有时间再去南疆,伊犁附近的景点想什么时候去都可以。

"哈哈哈……你太可爱了,盆上标签是你贴的吧?哈哈哈……还上、中、下!"

"你过来,新疆太大了,我准备带你把北疆几个景点先玩一下。"

"哇,全是有名的地方,玩一下要花多少钱?"

"问这干吗?"

"你告诉我嘛。"

"咱们在乌鲁木齐包个车,一天800,再加上吃饭住宿购物,一天大概1500左右,算上那拉提到乌鲁木齐的机票,总共14000左右吧。"

小汐瞪大了一双本来就大的眼睛,转了一下黑眼珠说:"其实这些地方到跟前看,还不如看照片呢,再说了,咱暂时不是不走嘛,你看这样行不行,咱不去了,我给你省10000,你把那4000能不能给我呀……"

"专款专用,你要钱我另外给。"

"我不用，我想拿这钱给学校添点东西。"

"我跟你再说一遍，去哪里支教不是你说了算的，我要报指挥组领导，然后还要教育局同意，估计还要参加培训，没那么简单。"

"那你赶紧跟县长报告呀，去呀去呀……"这句话连续几天在我耳边嗡嗡，并不是李县长忙，也不是见不到他，是我还没想好。

每月一次的经济口工作例会不管怎么择日，从未间断。我发言的时候，提了几条建议：一、随着地震的影响，来的人少了，我们要加大走出去的频率；二、抓住新源开发区升格为自治区级的契机，加快与维扬开发区和江都开发区的合作；三、利用当地天然资源，启动生物制药项目招商的前期工作；四、高质量包装几个项目，利用扬州发改委的渠道，向上争取资金。

李县长听了，大加肯定，他同意我的几条建议，在问到"向上争取"的项目时，我说："我在开发区挂职，为开发区做了好多事，虽没在招商局挂职，但我帮他们做了不少事。发改委是我的对口单位，也应该算经济口的重要部门，我让他们带着课题做了一些前期调研，现在十个项目已经报给我了，我准备挑选四个，好好包装一下，请扬州发改委吴主任出马，向国家发改委申报……"

散会以后，我到李县长办公室，把小汐想留下来支教的事跟他报告了一下。他跟我一样，很惊讶，连问是不是真的？我说我已经尽力了，但劝不了她。李很快从惊讶变成了兴奋："这是好事啊！前所未有的，我们要大力宣传啊！"

"可她毕竟是女孩子，而且要去最偏远的一个学校，开车要两个小时，在萨哈原始风光带那里。"

"老周哎，这个不怕，我找教育局领导，把她安排到县城哪个学校不就行了嘛，不管她在哪里支教，这种精神就足以大书特书了。"

"这倒是个办法，既满足了她的愿望，又能够得着，但你先别宣传，我心里没底。"

"你把她简历拿一份给我，我先跟教育局通一下。"

"好的，另外我想请几天假，带她到附近的景点玩一下。"

"好好好，注意安全。"

赛里木湖开车进去的人不多，转一圈约100公里，在大门外看到的景色和进去以后看到的景色几乎没有区别，空空的湖面，习习的风，光秃秃的山顶，蓝蓝的天。躺在湖边草地上，小汐盖着我的衣服，枕着我的胳膊，屈曲着两条美腿，在太阳下把自己摆成了一件任我欣赏的艺术品。

"其实女人都挺贪的，贪男人的帅，男人的高，男人的学历，男人的地位，男人的收入，贪房子，车子，家产，未来……我也贪，可我跟她们贪的不一样，你知道我贪什么？"

又长又密的睫毛，又黑又亮的双眸，瞳孔里映着蓝天白云……

"每个小女生都想有个疼爱自己的爸爸，有个让自己成长的老师，有个引领自己的上级，有个保护自己的哥哥，更想有个陪伴自己的老公……她们最后都找了个老公。我比她们贪，我要找五个……这五个还要长得一模一样，身份可以随时切换的……"

"同学，你回答得不够完整，还要有一个似是而非的叔叔！"

"哈哈哈哈哈哈……就喜欢你这样有道理的不正经。"

"正经的来了，请听好，李县长代表指挥组同意你的请求，你可以留下来了。等一会儿激动，还有，以后指挥组报销你一年两次往返的机票，从这次开始。等一会儿，还有，你的事迹将作为援疆工作的一个创举，要广泛宣传和报道。还有，经教育局慎重研究，将你安排在新源镇中心小学任教。"

小汐的笑容消失了,她盯着我看了半天,问"你说的都是真的吗?"确认过眼神以后,她不干了,"我不是组织派来的援疆老师,我不要他们管,更不要他们把我留在条件好的地方,有本事他们把萨哈学校也建好呀,有本事让援疆的老师去那儿呀,就因为那里缺老师,条件差,我才来的,就想让那些孩子受到一样的教育,一样的重视……机票我也不报,大不了少回去几次,宣传报道更别扯,我不沾他们的光,他们也别沾我的光,就不能正常点吗,你要敢让记者采访我,我就实话实说!"

"你说啥?"

"我……我就说有头老牛向往自由,从扬州溜达到了新疆,在新疆久了,想吃家乡的嫩草,嫩草来了他怕别的牛偷吃,把嫩草藏到老远老远的地方……哈哈哈……老牛你能撵上我就让你吃个够……"

短短的三日游,算是欢迎也算是补偿,过段时间我可能要出差,小汐说,你忙你的,我先到城里的中心小学,了解一下他们的课程,然后找丽丽姐办具体的事,我自己能行。

晚上我又列了一个急办事宜表:

1. 尽快完成申报国家发改委的四个项目
2. 结清援疆楼美化的所有费用
3. 完成小说的章节标题并定稿
4. 到永丰余谈芦苇开发项目
5. 包装乌头草、动物脏器、野苹果、弱碱水等项目
6. 到北京联系小说出版的事
7. 找郑皓安排小汐的事
8. 城南公园改名的事

小汐洗完澡，在身后走来走去晾衣服，她看了一会儿问我啥是乌头草。我打开电脑里的相册，给她看了几张照片，"每年夏天，新源的干部都要上山拔毒草，我开始也不理解，后来询问了当地人才知道，乌头草具有局部麻醉的药用价值，牲畜食用过量会直接导致死亡，所以聪明的牛羊会绕开它。没有牛羊吃它，就没有了天敌，再加上它的根系发达，繁殖速度极快，吸收了益草的养分，久而久之，草场就会退化。那么我们透过这个现象，就会发现乌头草有它的药用功能。如果有一个药厂能以它为原料，在当地大量收购，岂不变废为宝一举两得吗？"

"这个时候你就是周老师。我去切西瓜，等我一下。"

我把房间改造以后实用多了，原来的主卧变成了书房，一张书桌一张椅子，两边是绿植、打印机和书，后面是一排原来放在客厅的沙发，这样去阳台晾衣服就不用从床上翻了。小汐端着一盆切好的西瓜过来，她坐在沙发上，我坐在椅子上，就着中间的盆吐瓜子。

"嗯，好香！"

"好甜！怎么会好香呢？"

"我说你身上。"

"又不像老师了……对了，书上说嗅觉记忆是最长久的，可以达到几十年，视觉记忆只有几小时最多几天，是不是这样的呀？"

"也许吧……最初让我喜欢上书本的不是书的内容，而是书里的油墨味，那种味道让我在打开书的瞬间，就想把脸埋进去。还有一种味道只有在当年街头巷尾才能闻到，它香得让人饿、让人馋，老婆在怀孕的时候只有吃它才不吐，嘿嘿，烤红薯。还有一种就是划火柴的味道，这个味道能刺激我的嗅觉，唤起我的灵感，到现在我都喜欢用火柴，可惜买不到了。"

"没了?"

"还有一种嘛就是某个小女生身上的味道……"

"哈哈哈……你在套路我,这种套路你在小说里已经用过了……"

"是吗,老师就是想通过这个案例让你学会举一反三……"

"额的个天呐,你咋跟徐老师一样的口吻,你快说说,你俩为啥离的?"

"真想听啊?估计让你失望了,她把职业病带到家里,天天叨叨叨,我把军人作风带到家里,天天训训训,两者合一起变成天天吵吵吵,最后分分分。"

"没了?唉,你们吵吵吵,我们最倒霉,你知道我们班男生背后说啥嘛,徐老虎的老公快回来吧,让她变回女人吧……哈哈哈……"

"我想最近找她聊聊,顺带问问周恬同学的情况,然后告诉她,恬恬现在在我这儿,请她放心……"

丫头狠狠瞪了我一眼,气得回屋了。

从十个项目里挑选四个,挑哪四个?我电话中跟仓建主任再次沟通了一下,他没有给出具体的答复,只是大概说了一个方向。一个县直接给国家发改委报送项目,这是有讲究的,我们有两块牌子可以扛,一个是新疆,一个是援疆。既然是给国家发改委报,项目就要有区域代表性和影响力,就要有其他地区无法替代的独特性,还要有自治区无法立项、援疆规划无法覆盖的理由。项目预算金额不宜过少,也不宜过多;项目名称必须一目了然,吸人眼球;项目介绍的文字还不能太长,一个项目最多一页半纸,如果厚厚一沓,领导说,好,先放着吧,那就不知放到哪一天了。

本着这几条原则,我把县发改委收集整理的十个项目逐一过了一遍，重新选定了四个，然后开始修改。

《新疆伊犁州哈萨克民俗风情园项目》：新源哈萨克族人口约 14.12 万人，占全国哈萨克族总人口的十分之一，是世界哈萨克族人口最聚集的县。项目选址于新源县那拉提镇阿拉善"哈萨克第一村"以西，距那拉提 5A 级景区东大门约 3 公里，与那拉提景区观景台遥遥相望。总用地面积 700 亩，总建筑面积 19500 平方米。其中：室外互动区、哈萨克赛马场 12000 平方米，哈萨克饮食文化、哈萨克歌舞表演大厅、图片展示馆 3500 平方米，哈萨克民居参访、放映厅 3000 平方米，哈萨克手工艺制作与展示 60000 平方米，宾馆等其他管理配套用房 1000 平方米，停车场 3000 平方米。项目总投资 3985 万元，其中争取国家项目资金支持 2000 万元，自治区配套 1000 万元，地方配套资金 985 万元。

《伊犁河谷野生植物标本陈列馆建设项目》：新源拥有亚洲第一、世界第二大的 10 万亩原始野生果林，新疆野苹果共有 84 个类型，而野果林改良场分布区内就有 67 个类型，上世纪 80 年代，当地野苹果已被列为国家具有生物多样性国际意义的优先保护物种，并被载入《中国植物红皮书》。新源野果林是我国保存野苹果的天然基因库，也是世界苹果基因库的重要组成部分，科学研究价值极高。为保护好原始野果林物种资源及物种的多样性，使天山原始野生果林这一人类历史上自然资源的宝贵财富和巨大遗产不致丧失殆尽，拟建一个旨在恢复、监测、保护和综合开发利用相结合的野生植物陈列馆。项目总投资 3000 万元，其中申请中央投资 2000 万元，地方配套 1000 万元。

《哈萨克医学博物馆及哈医培训中心项目》：哈萨克是个勤劳的游牧民族，生活习惯与其他民族不同，主要居住于山地、牧区，易引发牧区常见风湿性、类风湿性关节炎、骨质增生、椎间盘突出，皮肤病，遗传疾病等，是高血压、中风的多发区。此类疾病大多为慢性病，多以保守治疗为主。几个世纪以来，哈萨克民间医生对各种疾病运用中医药进行治疗，总结出很多有效治疗方法，形成世代相传、遗落民间的秘方、偏方，其疗法奇特，效果显著，为世人信服，受牧民赞誉。哈萨克古老的传统疗法，是我国医学遗产的重要组成部分，挖掘、开发、研究、发展哈医使之成为一个完整的医学分支，是历史的责任，也是造福人类的一项宏伟工程，不仅具有现实的经济效益，更有长远的社会效益。总建筑面积4000平方米，项目总投资1720万元。

还有一个是《唐加勒克博物馆项目》，还没改完，觉得眼睛发胀，躺在沙发上想歇一会儿，竟不知不觉睡着了……外面悄悄落下了鹅毛大雪，所有的路都被覆盖了，白茫茫一片，我在山路上一步一步吃力地走着……雪越来越深，那四间房子越来越近，我看到一个姑娘在向我爬行……我想跨过去，可脚拔不上来，我能感觉到身体在下沉，就在雪快没顶的那一刻，我大喊一声：别过来……

"你做梦了？"

我坐起来一看，身上盖了条毛毯，丫头坐在沙发边上，我两条腿被她压在身后……我把刚才梦到的情景跟她描述了一遍，"你还是别去了，我真担心万一……"小汐一把捂住我的嘴，又给我按躺下了。她穿了件肥肥大大的睡衣，里面空空的，往我身上一趴，就像调皮的孩子。

"你这么在乎我呀？"她揪着我鼻子问。

"我不能让你出一点问题，必须完完整整带你回去。"鼻子被一捏一松，说的话呜呜噜噜的，显得滑稽又可笑。

"这个时候不要你像老爸……"

"你不睡觉，起来干吗的？"

"你怎么又像老妈了……"

"问你呢，什么爸啊妈的。"

"你骂人？人家吃那么多西瓜不起来憋死啊……好心好意关心你，给你盖上毯子，发现你脚在动，我就压住你的脚，后来发现，还有个地方在动……"

"那……男人睡着了都这样的吧……"我有点脸红。

"什么呀，我说你的嘴也在动……"

"咱们说话能不大喘气吗？能讲究点连贯性吗？"

"哈哈哈……"

城南公园位于恰普河大桥的东北侧，援疆友谊林的正对面，紧邻已经封顶的中医院。郝局带我走了一圈，这个江苏籍的建设局局长把亭台楼阁的建造手法全都用上了，一处占地不大的公园，被打造得西情东韵，南秀北雄。他说曾书记每天早上散步都要过来看一遍，他让我们重新起个名字。周处，拜托拜托了……

我再次想到了那句"即墨不再寂寞"，于是我用"新源"的谐音，取名为"馨园"，温馨的家园！也有援疆人的一种祝福和感受在里面吧。郝局电话里告诉我，曾书记从五个名字里面一眼就看中了这个。建设局准备了一块巨石，请我把这两个字写出来，他要刻好立在岔路口最显眼的地方。

这次我有经验了，先去看了石头，拍了照片，晚上写了十几幅不同字体、不同风格的"馨园"，也拍成照片，准备第二天找家广告公司，出个效果图看看。小汐说，你是不是以为我只会吃饭睡觉啊，这种事小 case 了！

她下载了 PS 软件以后，按我说的将照片里的字包括落款印章全部抠出来，然后将字变成红色，放在"石头"上，这样整个效果就看出来了。她在修图的时候，非让我写个"萨哈小学"，我觉得这丫头真的铁了心了，我也不想再劝她了。

北京月坛南街38号就是号称"小国务院"的国家发改委所在地，吴主任专门从扬州赶过来与我们汇合，领着我们进了这座象征着权力的大楼。

司长跟我们一一握手，吴介绍了我和宋主任。简单说明来意后，他递上了我们申报的四个项目简介。司长戴上眼镜，从头到尾认认真真看了一遍，然后拿着材料问："这是谁写的？"这突如其来不知何意的一问，我们都有点懵，我赶紧作了检讨："司长，是我写的，可能援疆时间比较短，情况了解得不够，材料比较粗糙……"

"我一看就不是新疆人写的，实话说，你这四个项目都很好，我都不忍心否决任何一项。"我一听是肯定的意思，连忙改口："其实这几个项目都是我们宋主任一手抓的……"

"但是，"真要命，司长又开始转折了……

"我们今年对楼堂馆所项目不开口子，去年还可以，你们报晚了。而且新疆的项目统一由自治区发改委扎口，必须由他们报上来。"

吴主任开始拉起了家常，宋主任吐起了苦水，趁司长一脸同情之际，我请求领导为我们指一条路，在可以松动的区间里，我们靠船下篙，重新申报。

"你这样，回去以后把第一个《新疆伊犁州哈萨克民俗风情园项目》改成与那拉提有关的基础设施项目，从自治区发改委报上来，这个项目还是有可能的。"司长最后一句话让我们看到了一线希望。

第二天，我单独去拜访了老蒲头。一见面他就提到了喀拉布拉芦苇的事，问有没有什么进展。我说这次到北京出差，回头就准备去扬州永丰余造纸，看看他们有没有意向。他认为造纸项目不能上，环保还是要放在第一位。他很赞同我开发利用当地可再生资源的思路，对不可再生资源他再三叮嘱要保护好。

我在北京的朋友很多，每次只能见几个，但有个朋友是每次必见的，他就是夏翻。小说里的迪哥写的就是他。一个在北京的内蒙人，一个有故事的人。听说我来了，他提前订了个地方，我拉上吴主任宋主任一起过去了。

夏总是做会展的，扬州在京的几次大型活动都是他们公司承接的，后来活动不搞了，我们的联系从未间断。见面的地方是一家福建茶坊，门脸不大，进去以后庭院深深，茶语花香。两位着旗袍的女子静候堂前，堂内设一血檀明式书案，笔墨纸砚一应俱全。茶过三泡，挥毫落纸，一幅"我醉君复乐，陶然共忘机"为大家助兴……

第三天，经朋友介绍，我去了一趟某出版社。一层一级以后，真正管事的是个叫陈曦的女孩。我大概讲了一下小说的内容，她认为还是先在网络上发比较好，其一，年轻人现在习惯在网上阅读，我这本书又适合年轻人；其二，先在网上发，看看读者的反映，然后再修改出版。她给了我一份《数字版权合作协议》。

"您的小说属于官场职场板块，这个板块一直就很热，如果您的点击率高，稿酬也高，一年下来，把管理费、印刷费挣回来是没问题的。您自己拿主意吧。"

我把协议签了，留下了联系电话和新疆特产，再三拜托她，我是第一次写，第一次发，编审中如果有什么问题，我及时修改，请多多关照。

从出版社出来，我一路溜达拐进了一家大商场，准备给儿子买双篮球鞋，给小汐选个礼物。男孩子东西好买，记得他说过JORDAN，直接过去一问，44码的有，开票、付款、打包、走人。到了二楼傻眼了，花花绿绿，形形色色，似乎每件都很漂亮，每样都很可爱。

"先生给太太挑件睡裙吧，我们家睡裙款式是最多的。"服务员这么一说，我想起了小汐那身又肥又大的睡衣，就在我犹豫的时候，服务员拿了件样品过来，我一看，连连摆手，"不行不行，太露了。"服务员说，睡裙是在家穿的，性感一点没什么呀。我说不是给太太买，给一个女孩买的。服务员推荐了一个套装，睡袍、吊带裙、荷叶边内裤，颜色是杏色的，我看着挺满意。身高体重，三围知道吗？我看看她，又左右扫了一圈，"就像那边那个穿黄色连衣裙的。"服务员说，这么瘦 M 号就够了，L 号肯定肥了。

出了商场，心情大好。女人喜欢购物是有道理的，好东西捎带着取悦别人，主要取悦自己，每换一件衣服，等于看到一个全新的我，占有欲得到了满足，审美观有了安放，一个不一样的自己即将闪亮登场，艳羡与赞赏就在不远的地方。

作为赠送者，如果人家收下了，这是最基本的认可；如果人家很喜欢，这是充分的认可；如果让人家爱不释手，那才是绝对的认可。因为这里面有你的用心和真诚，从揣摩到解读，从遴选到决定，无不体现专属定制的尊贵，万里挑一的稀罕。

当我把这套理论跟宋主任讲了以后，他问我："我们去看陈书记不能空手啊，你看买点啥能让他很喜欢？"

"啥都别买，精神安慰比什么都好。"

"那不行……"

进了陈书记家里才知道什么叫一尘不染。两口子热情地招呼我们，又是沏茶又是削水果。陈书记精神很好，只是整个人瘦了一圈，他把前前后后治疗的经过跟我们讲了一番，看来他已经知道自己的真实病情了。不过他很乐观，说再休息一段时间就可以重返前线了。宋主任说了很多宽慰的话，我把前方的情况大致做了一个汇报，并请他放心，我们一个人都当几个人用，各方面工作都不会拖后腿的。临走的时候，我们每人拿出一个红包，他太太一再推辞，最后总算收下了。看得出来，陈对宋主任代表县发改委来看他是很满意的。

儿子对我送他的鞋也很满意。他们一帮同学从千岛湖、西递、九华山到黄山、婺源玩了一圈，还在歙县给我买了个"其质坚丽，呵气生云，贮水不涸"的金星歙砚。老太太见面就问地震的事，我把经历的震感跟她描述了一番，儿子关心的是劫机的事，问我有没有内部消息，我说传达了一份情况通报，还有一些小道消息。

"当时这六个劫机分子是分开登机的，有一个人假扮成残疾人，拄着双拐，安检的时候过了两遍没有发现异常，其实拐杖拆开后就是钢管。飞机起飞十分钟左右，有三个暴徒用钢管冲击驾驶舱门，有一个暴徒试图在机舱放火，他们没想到的是，每架飞机上都有两个安全员，而这架飞机上还有五个出差的警察，尽管彼此都不认识，但遇到突发事件，他们全站出来了，还有一个自治区粮食局的副局长也加入了战斗。有个警察喊：大家不要怕，他们人少，如果不把他们办掉，我们都会死！……小道消息说，虽然有六个暴徒，真正参与行动的只有四个人，另外坐在后排的两个一直站不起来，安全带不会解……"

"哈哈哈……老子，真的假的，太好玩了……"

"还好玩呢，把人吓死了，赶快家来吧，太危险了。"老太不淡定了。

晚上吃过饭，陪老太下楼散了一会儿步，走到幼儿园门口，一个跳广场舞的大妈跟老太拉起了家常。我点了根烟，坐在台阶上看着这群身材早已变形，没有一点乐感，更没有一点美感的大妈们。在大家都很厌烦她们的今天，我倒想替她们说几句公道话。

她们在家里一般是被需要，老头子需要她们照顾，儿女需要她们做饭，孙子孙女需要她们带，而她们的"需要"往往被家人忽视了，这是其一。其二，这个年龄的老人都是从单位退休的，她们对有组织的活动有一种认同感、归属感、荣誉感。其三，广场舞的动作难度小，这对那些以前跳过忠字舞的大妈们来说，很容易学会，于是她们找到了一种成就感。其四，以健身为目的，时间合适，地点合适，人群合适，所以家人都不会反对。其五，大妈再老也是女人，是女人就有表现欲、展露欲，她们也想被欣赏、被赞美，但是以这个身段、这个年龄段谈何容易，广场舞给了她们抱团显摆的机会。

晚上在外面吃饭，小汐电话来了，停电了，好无聊。我告诉她应急灯在我房间电视柜上。她说，郑书记帮她找了一位实小的老师，她已经提前拿到课本和教学参考书了，针对萨哈小学合班上课的情况，一位学长答应用运筹学帮她数学建模，她现在找不到萨哈的校长，拿不到他们相关数据。我说不急，等我回来再说……

通过开发区办公室，约好了永丰余（扬州）纸业的主管，他带着我一边参观一边讲解。其实永丰余的情况我还比较了解，我直接问他现在用什么方法制浆。他告诉我，面对全球林木资源紧缺的状况，永丰余把秸秆作为造纸原料，用生物制程，既节省了大量投资环保设备的成本，又甩掉了造纸是污染业的帽子。另外，他们主动转型，全力开拓电子纸领域，永丰余子公司元太科技已经占领了全球电子纸95%以上的市场。

我问他生物制程的生产效率怎么样？他告诉我，他们培育出了能快速大量生产且高活性的酵素，在同样时间同样能耗下，酵母生产的浓度大幅提升，使得秸秆分解的时间大幅缩短。现在，他们秸秆分解时间只需一个小时。去年，他们的生物纸浆已经有了买家，一直在研制创新包装材料的戴尔就是其中之一。戴尔采用永丰余秸秆生产出来的纸浆，在中国生产笔记本电脑包装箱。这比传统的化学纸浆制造节省40%的能源，90%的用水量。

我问他原料有保障吗？他说永丰余从农民那里收购的价格是350元左右一吨，包括采购、包装、运输的费用。现在他们正在各地推行机械化的秸秆收购，到时可以降到150—200元/吨的秸秆成本。这比1900元/吨的废纸要便宜多了，而且秸秆通过生物制程生产的纸的强度比废纸作原料的纸要高20%—30%。

我听了特振奋。我们走到车间外面的空地上，我把新源芦苇资源的情况以及开发利用的构想跟他聊了一下，他觉得芦苇比秸秆还要好，而且生物制浆的原理和流程是一样的。在谈到是否有合作意向时，他说这个事情要跟他们的台湾老板谈，他爱莫能助。

临走的那天中午，老太太做了好多菜，她给儿子孙子盛了两碗饭，自己从厨房盛了一碗早晨剩的粥。孙子说给我也来一碗吧，她把粥给了孙子，然后去厨房忙乎了一会儿，端出两个昨天剩的包子，孙子帮她吃了一个，她转身又进厨房，拿出前天剩的两个山芋……

"奶……奶……你究竟还有多少存货啊？"

"哈哈哈……这就是中国式奶奶！"我一阵狂笑。

"老子，山芋有营养呢，你来一个撒。"

"老子不能吃。"

"你为什么不吃剩的？"

"我要坐飞机，机舱空气要保持清新。"

"给我吃，我在家里没事。"老太拿了个空碗坐下了。

"奶奶，怎么没事啊，我也在家里，你想把孙子熏死了？"

哈哈哈……一家三口，老中青三代，其乐融融，其情融融也。

"我天呐，699块钱买套睡衣啊！你太奢侈了吧！"

"你试试,如果喜欢,多少钱都值。"

小汐关上门换衣服去了,我把箱子里出差的东西都拿出来放回到原来的地方。十几天没在家,家里收拾得干干净净,桌上还放了好多水果。

"好看吗?"

我一回头,小汐像换了一个人。睡袍的杏色把皮肤衬托得越发润白,腰带随便地一系,多了一份婀娜,手掩领口,添了两分羞涩,一头秀发散落在胸前,增了三分妩媚……简直太完美了!小汐自己又到洗脸池跟前照了照,她按了一下领口,背着手,转过身,对我做了个鬼脸说:"这个价钱可以在淘宝上买十件呢。"我说:"你更配这样的衣服。""我从来没穿过这么好的睡衣,谢谢你……"

援疆干部的家属小孩都到了,援疆楼热闹了起来。一天吃过晚饭,家属们在大门口空地上带孩子玩,一只松鼠从墙根窜到了树上,小汐眼快,赶紧喊施淙闺女看,小姑娘一个劲儿问在哪里在哪里,小汐说就在桑树上面,树叶挡住了。正说着,松鼠跳到房顶上跑了。

"桑树?"我以为小汐瞎说呢,门卫老邹说:"没错,还是白桑,结果子的时候你们还没搬过来。"我心里咯噔了一下,"前不种桑,后不种柳,中间不种鬼拍手",这已不是风水问题了,是基本常识啊!老邹说:"当时想挖掉,书记说树是后面一家当地人种的,不要影响民族感情。"其他家属听了不愿意了,"那他们为什么不照顾我们的感情?""自己的地盘,自己说了还不算?""风水是有道理的!"

散步的时候,小汐问我,你刚才讲的什么桑啊柳的,我没听懂。我说:"风水先生经常讲房子前面不能种桑树,桑树丧主;房子后面不能种柳树,财运会流走;庭院中间不能种槐树,因为槐树招阴，对家人身体不好。其实现在也有讲究，比如窗户打开不要对着大烟囱或者铁塔什么的，寺庙前面不要住，医院周边不要住……你们年轻人不讲究这些，但要懂一点这方面的常识。"

"你出差的时候，我听他们讲，你和陈书记差点干起来，是真的吗？"

"在一起工作，有摩擦是正常的。每个人都有自己的底线，有的人视不同的对方能调整自己的底线，甚至可以无底线，这种人就很世故圆滑。还有一种人的底线是不变的，无任谁触碰到都会反弹，这种人就相对耿直有个性。官场喜欢前面一种人。"

"你就是那种比较操蛋的吧……哈哈哈。"

"请把'比较'两个字直接拿掉。"

"哈哈哈……"

"我喜欢观察领导，比如说领导的两只手，在部下面前是背着的，到了基层两只手是在腰上叉着的，上了主席台两只手是扬着的，面对镜头两只手是在前面交叉叠着的，见了大领导两只手是在裤边垂着的，见着老百姓两只手是合着的，见了老婆两只手是摊着的……"

"哈哈哈哈哈哈……不能笑了，我要回去上厕所了。"

"你慢点，周恬同学，从今晚开始，我要给你上课，第一课是哈萨克的历史……"

满是斑痕的夜空

13名援疆的专业技术人员陆陆续续都回去了,他们一届任期是一年半,然后进行轮换。新源召开了"扬州市对口支援新源县专业技术人才援疆工作期满表彰大会",授予他们集体三等功。莫拉力县长高升了,接替他的是年轻的多里坤县长。

第二批专业技术人才很快就到了,5名老师分别是翟元国、孙为民、严亮、张德胜、陈玉霞,5名医生是陶玉平、叶东升、赵明俊、刘军、张燕萍。3名专业技术人员中,袁文华任县畜牧兽医站副站长,李军民任县农业局菜篮子办公室副主任,魏军任县水利局总工程师。援疆楼一下多了好多生面孔,他们对一切都还感到新鲜,就像我们当初刚来的时候一样。

夏天是我们的接待旺季,水利局、监察局、农委、交通局、建设局、中院、扬大、审计局等单位纷纷组团来慰问、调研、检查、指导、考核我们的各项工作。两个交钥匙项目在赶工期,几个交支票项目进入收尾阶段,招商引资已开工项目正在全力推进,我们白天在工地,晚上在毡房,接待也是工作,而且是重要的工作。

喀拉布拉郑书记听说我回来了,特地到房子来看看我。他给我带了一箱印有地理认证标志的喀拉布拉桃子,小汐还是第一次看到这么大的水蜜桃,拿了几个去洗了。我把在扬州永丰余了解到的情况跟他汇报了一下,我们俩看法是一致的,无污染的生物制浆技术完全适合新源的情况，永丰余的事请县委曾书记下次去扬州时，会作为一个重点项目去谈，如果永丰余不来，我们就找有同样技术的企业，总之，这个项目是有可能的。

然后，我跟他谈了小沙支教的事。他表了个态，我们非常欢迎，并尽最大可能照顾好她。他准备先把那间教师办公室隔出一半来给她当宿舍，再给学校添置点教具，吃饭的话先在校长家代伙，不知道她习不习惯哈萨克族的饭菜，伙食费由镇里出。小沙说，不用，她自己出，她准备带个电磁炉，有时间就自己做饭。郑皓看着小沙再次问她："能不能吃得了这个苦？"小沙说："书记放心吧，我本来就是个苦孩子。"

这个回答没有一点虚假和做作，爸爸妈妈对她来说仅仅是个存在，是个可以追根溯源的产权人，这一路走来，没有护佑，没有遮挡，正如她所说，她是草，在哪儿都能活的草。

天地人陈军已经成了新源的常客，单晶硅工地正热火朝天地施工，他又抛出了一个"综合建材大市场"的宏大构想。"……大市场里面有金属、地材、电器材料（桥架）、木材、水暖（涵管、PVC）、外墙装饰，下一步再上食品大市场、装饰精品店。考虑到感情因素、地价成本、综合优势，如果招商力度能达到，大市场不仅仅是伊犁州的建材集散地，将来会成为全疆最大的批发市场。我大概算了一下，建材大市场、副食品城、农贸产品及特产批发三大部分再加上电子商务，总面积约3000亩，配套商务用地15—20%，酒店、餐饮、娱乐、医疗、成品交易立马就有税收。一期4—5万平米，用地200亩左右，政府负责水、电、气、有线电视到位，负责地勘、立项、土地指标、土地转让、环评等，钢结构项目与大市场项目同步启动，钢结构两年到位，先做轻钢，投入2个亿，三年产出达到5个亿……"后来，明宽告诉我陈军看上了一块2000亩的地，500亩做钢结构，1000亩做建材市场，还有500亩作为商住用地,特别强调是配套的商住,要零地价给他,而且所有配套由新源负责……

李县长对他这个"龙大虎大"的项目少了以往的激情,他关心的是另外一件事。在去中医院工地的路上,他问我:"老周啊,你这次回扬州有没有听发改委领导讲,市里什么时候来人啊?"

"来人?"

"唉,上次地震以后,扬州一分钱都没出,光是打个电话,发个短信问候了一下,人家徐州给了新源100万。我们来之前不是徐州对口支援的新源嘛,徐州人还是很讲感情的,行动比我们快,扬州太被动了。"

"没听说有领导要来。"

"这个钱迟早要给的,拖了有什么意思呢?如果给的不多,要早给,给晚了就不能太少,这是最基本的人情世故啊!"

"你现在难做人了吧?"

"昨天下午,老曾专门搞了个受捐仪式,把徐州夸了又夸,新源二百多个干部在场,我坐在主席台上什么感受啊,唉……"

晚上参加完接待回到家,房间里黑乎乎的,打开灯一看,小汐已经睡了。这才几点啊?我摸了摸她的头,不烫,一问才知道来例假了,再一问晚饭也没吃。我出去买了点手撕面包、巧克力什么的,回来以后发现家里有现成的红枣、枸杞、山楂等各种干果,我每样配了一点,炖上了。

洗了个澡出来,小汐已经起来了,在吃巧克力呢。看我洗好了,赶紧进了厕所。我在红枣汤里又打了两个荷包蛋,给她盛了一碗。

"太好喝了,酸酸甜甜的,你尝尝。"

"我怕酸,你吃吧。"

"老男人真好!"

"我问你，如果这要是在萨哈怎么办？"

"就是肚子隐隐地疼，头有点晕，可能是量多吧，不说这个，没事的。"

"一直这样吗？"

"嗯，第三天就好了。"

"本来准备接着上课呢，算了。"

"上上上，涨知识呢。"

"要想在牧区待下去，就要和哈萨克人融为一体，要想真正融合，就要了解和尊重哈萨克人的风俗习惯……"小汐一边拿个本子记着，一边拿着一个装满热水的塑料壶放在肚子上。

"如果遇到有人非要你喝酒，你怎么办？用我们李县长教的办法，不要说不会喝，不要说从来不喝，就说我今天不宜喝。男人听到这句话就不会再闹你了。"

"就像我今天这样，不宜喝……哈哈哈，李县长好聪明哦！"

陈书记回去以后，指挥组的会并没有减少，会议时间比以前缩短了，会议形式变化了，更多的是专题会和现场会，有针对性地解决一个个出现的问题。在中医院项目现场会上，李县长要求力争9月底土建结束，年底交付；在二中项目现场会上，李提出8月底三幢教学楼外墙及综合楼外墙要完工，风雨操场主体要完成，食堂基本结束，内部装饰材料尽快确定并预订；在援疆工程推进会上，他特别提到了形象标识的问题，曾书记对四个安定居工程放扬州援建的标识是反对的，陈书记电话指示只要有援疆资金投入的，不管投入多少都要有扬州援建的标识。这个问题交给周处去考虑，基层阵地建设的统一标识就是一个亮点，寓意也好，各级领导看了以后评价很高，认为有专业艺术水准……

在指挥组内部会议上，李县长听取了各口的工作汇报，财务审计处老夏特别强调了一点，随时随地接受陈书记的电话问询，每月按时向陈书记汇报财务资金情况……李在讲评时强调，陈书记没有将财务审批权交给我之前，所有报销单上我只能签"属实"，陈书记如果重返工作岗位，由他补签，如果他来不了了，再说。

会后，小施跟我讲："老李骨里蛮难受的，老陈把签字权死死抓住，老李就必须事事汇报，狠呢！"

我说："老夏这个坏怂，看上去是如实汇报，实际上是一种提醒。"

"周处啊，陈这个样子还能不能回来了？"

"我去看他的时候，他特地强调，恢复得很好，休息一段时间就可以正常上班了。"

"隆嘎的，老李就是个临时代办哦。"

"不知道上面怎么考虑的……"

临开学前，徐镇长带小汐去报了个到，见到了哈丽恰校长。小汐回来说，郑书记让人把宿舍隔好了，里面东西都是丽丽姐给买的，连被子、床单都买了，还给配了办公桌椅。哈校长说，每个教室都粉刷了，沾我的光了……我说9月2日乌鲁木齐有个亚欧博览会，我可能要提前走，明天去给你买东西，如果我送不了你，就请郑书记派车来接你。

果不其然，通知我30号出发。29号晚上，我找了4个大纸箱，边收拾边跟她交代：

"新疆温差很大，厚衣服要带一点……"

"米面油还有各种调料都放这个箱子，餐具也放一块了……"

"这两包打印纸带着，肯定用得着，投影仪也放里面了，投影幕单独拿着……"

"电饭锅和电磁炉不要同时用，可能会跳闸……"

"方便面都带着，一天最多吃一次，不能每顿都吃，这些零食都给你放一起了……"

"给你买这种尖头的雨伞是考虑到可以防身……"

"这个手电筒是强光的,可以瞬间致盲,用的是相机电池……"

"这个便盆给你晚上用,夜里千万不要出去上厕所……"

"停电是经常的事,应急灯要随时充满……"

"我给你新手机充了500元话费,一定不要关机,夜里如果害怕就给我打电话……"

"我已经跟徐镇长交代了,星期五下午和星期一上午不排你的课,你星期五下午就可以回来,星期一上午再去……"

"如果实在熬不下去,别硬撑,毕竟你也是个孩子……"

小汐猛地往我背上一趴,紧紧抱着我,咬着我的肩头,"你对我这么好干吗!干吗!干吗!"一行热泪滴洒在我脖颈上……

2012年9月2日第二届中国—亚欧博览会在新疆乌鲁木齐盛大举办。世界六大洲7个国际组织,55个国家(地区)企业和代表不远万里汇聚乌市,寻找贸易往来和区域合作新机遇。温家宝总理在开幕式上说:"乌洽会"升格为中国—亚欧博览会,在亚欧大陆架设起一座友谊与合作的新桥梁,铺设了一条中国向西开放的新通道,新疆成为中国与亚欧各国特别是周边邻国开展互利合作的桥头堡。

博览会有7项活动,分别是中国—亚欧博览会发展合作论坛、上海合作组织商务日活动、中国—亚欧博览会媒体论坛、2012亚欧国家投资促进机构圆桌会议、上海合作组织成员国青年友好交流活动、中外文化展示周、"开放兵团、合作共赢"主题活动。此外,联合国工业发展组织举办了"绿色丝绸之路工业项目启动会",联合国亚太经社理事会也举办了"东北亚中亚能源效益论坛",吉尔吉斯斯坦举办了主宾国活动,俄罗斯、法国、意大利、荷兰、乌拉圭等国举办了专场推介活动。伊犁州为新源县举行了专场项目签约仪式,总投资15.45亿元的六个项目成功签约。

  小汐是9月1号去的萨哈,9月3号正式开学。我每天晚上都跟她通个电话,她负责教大龄班的英语、汉语和两个班的艺术、综合实践,校长负责小龄班的汉语和两个班的民语、道德与法制,校长丈夫负责教大龄班的科学和两个班的数学、体育。他们以前英语、艺术和综合实践三门课都没开……每天吃饭就瞎凑合,早上跟校长他们吃馕喝奶茶,中午吃面条,晚上自己做点米饭……她说他们不吃猪肉,我也吃不到,菜都是他们帮我带的……好想洗澡洗头,身上都有味儿了……我周五下午回来,丽丽姐帮我找顺风车……

  我是5号回到新源的。食堂小罗跟我讲,刚开始你说是你侄女,他们背后说什么的都有,后来听说丫头去萨哈支教了,所有人都佩服得不得了,那里太苦了,全是当地人,侄女能习惯吗?我给了小罗一百块钱,请她帮我买只鸡,买点排骨,周末给丫头补补。

  经信委的刘瀛主任比我年龄稍长,我一直称她姐。她跟我一北京战友很熟,战友听说我援疆在新源,打电话给刘瀛请她多关照,所以我一到新源,第一个来看我的人就是刘姐。刘姐朋友在新源开了一家左岸咖啡,里面有咖啡有西餐,已经试营业了,她请我去看了以后,提了个要求,让我帮她朋友写篇软文,推广一下。我说行,没问题,星期六我带着软文,带着侄女来。刘姐说,好好好!我备好红酒、西餐等!

  一幢典雅的小楼,一曲低缓的乐章,配一抹夕阳,飘一缕清香……

这里是友人的温馨岛，情侣的伊甸园，商贾的公务舱……甘醇的咖啡清清的茶，简约的西餐浅浅的酒，让你微醉的欧洲风，一种精神的奢华。

左岸以一种最不招摇张扬的姿态，静静地等候在我们相约的地方……

"我回来了，你怎么没上班啊？"

"炉子上炖着鸡汤呢，我看看小美女脏成啥样了……"

"哇，鸡汤，馋死我了……我先洗个澡，太难受了。"

我打开锅盖，把上面厚厚的鸡油撇出一些，把泡好的羊肚菌放进去，又加了两粒红枣和一点枸杞，盖上锅盖，小火继续炖着。排骨提前做好了，马上弄个糖醋排骨，再炒个土豆丝就OK了。就在这个时候，唐主任打电话来了，晚上接待副省长，全体人员参加。

才放下电话，小汐在里面喊："大叔，没热水了怎么办？"

"你洗时间长了，电热水器容量小，热水用完了。"

"那怎么办？我才洗一半。"

"穿衣服出来，过半小时再洗。你先喝鸡汤，等我回来做饭。"

"你去哪？"

"晚上有接待，我先走了。"

等我回到宿舍，小汐早就吃完了，自己炒的土豆丝，排骨没弄，一个人吃了半只鸡。阳台上挂满了洗的衣服，她又穿上了我买的睡袍，说美给自己看看，顺带也给我看看。我认真仔细打量了一番，除了有点黑其他还好，她说，其实变化可大了，你看不出来。

"你知道我一个星期时间过了几关吗？我给你说说哦，第一关，记名字。维吾尔族、哈萨克族小孩的名字太长了，根本记不住，你猜我想的什么办法？我给大龄班的孩子每人起了一个英文名，既调动了他们学英语的热情，又省了我的事，然后我下工夫把小龄班孩子的名字都记住了。上次你发到博客上的三个女孩，一个叫古丽达娜，一个叫努尔尼莎，还有一个叫阿依古丽，好听吧……第二关，上课。教英语字母从他们常见的 TV、CHN、CEO、UN 这些英文缩写开始，艺术课从作品欣赏开始，投影仪派大用场了。综合实践课准备跟聂总他们游客互动的，结果一开学就没什么游客了，然后就带他们做智力游戏……第三关，吃饭。从不习惯到慢慢接受，从瞎对付到自己动手，说不定过段时间，我的厨艺会超过你……第四关，寂寞。每到天黑就不敢出去了，把下载的连续剧都看完了，逼着自己早睡早起……第五关，没水。天呐，没有自来水，是叶尔纳尔老师拉回来的山泉水，怎么舍得洗衣服哦，所以我连内衣内裤都带回来洗了嘻嘻……"

我又好好打量了一番眼前这个瘦而不弱的丫头，打心眼里佩服！打心眼里喜欢！

出版社终于有消息了，陈曦编辑给我发了一份邮件，提出了21处需要删除或修改的地方。我看了一下，前后无关联的有6处，修改起来相对容易，前后关联比较大的有15处，可谓牵一发而动全身。我用了两个星期的晚上才修改完，总共删除近16000字，增补4000多字，然后又通读两遍，感觉没什么问题了，这才发给她。

辉能拿到泉水开发权以后，组织了一班人马，领头的是小向总。他们重新检测了水质，做了地勘，听说还在荷兰预订了设备，现在正在到处挖人，进展虽然不快，但毕竟开始动了。

那拉提新能源的张总是小股东，常驻新源，统领整个单晶硅项目。明宽说这个人不错，比较好打交道，有时我们还去他宿舍喝两杯。有天，他跟我讲，"新能源 新源能"这个广告语大股东看了非常满意,特地包了个红包,以表谢意。我觉得这是对我劳动成果的一种认可,便笑纳了。

"馨园"已经修缮完毕,刻字的大石头也吊装到位了,郝局找来张港,由他负责刻,我在现场指挥。刻字最重要的是将写好的字放大到合适的尺寸,然后将字样粘贴在石头上。天然的大石头,表面是不平的,有凹凸,有斜度,字样并不是直接粘上就OK了,还要根据石头表面的情况,对有些笔画调整距离和角度,确保远看不变形,近看合法度,这就需要书写者现场进行微调。调好以后固定字样,石匠用电砂轮先按笔画的边缘磨出轮廓,遇到飞白是最头疼的,只能小心翼翼地多次划磨,力求原汁原味。刻的水平怎么样,还要看刻的深度,太浅则易风蚀易剥脱,不生动无力道,太深则费时费力……那天现场围了好多人,这是新源最大的一块碑石,又是现场刻凿,围观的人一边看一边问,找谁写的?郝局说,坐在椅子上那位就是我们的援疆书法家。

北京回来以后,我和宋主任按领导的意思重新包装了一个《那拉提景区配套基础设施项目》。他专程去了趟自治区发改委,回来以后说挨批了。因为越过他们直接到了国家发改委,他们不仅心里接受不了,程序规矩也容忍不了。我说这是支援方的渠道,出发点只要是好的,都可以理解吧。不行!在新疆就是不行!我说既然这样就非让它行。(补记:这件事一直拖到2014年,扬州第八批援疆领导经再三争取终于拿到了1000万。)

李县长有了曾书记的支持,手脚更放得开,劲头更来得猛,在他的主导下,新源县招商引资、项目推进、园区建设专题会议如期召开,参加对象是全县所有单位。会上由招商局刘云恺局长汇报1—8月份招商引资情况,经信委刘瀛主任汇报1—8月份重大项目推进情况,开发区主任刘明宽汇报园区建设情况。喀拉布拉镇郑书记、国土局于局、那拉提新能源公司阚总、福润德项目邓总做了交流发言。卫生局局长、科技局书记做了表态发言。

李在发言时强调，要进一步认清形势，进一步明确要求，进一步加大力度，要做到项目精细化、行动经常化、活动区域化、项目责任化……明年定为园区提升年，加快标准化厂房建设，提升项目建设层次，制订更优惠的政策，比照内地的激励机制，一切围绕项目，一切为了企业，抢抓机遇，迎难而上……

曾书记最后发表了讲话。他说新源今年难事多，大事多，他到任一年半时间，两次地震，两次塌方……新源信息平台建设是落后的，规划编制在全州是倒数的，融资机制建立是滞后的……我们不要管企业，要服务企业，要敢于担当，有所作为，思想不解放，新源没希望。他最后提出新源要打造那拉提国家公园，要打造国际机场，要建高端酒店，用优美的环境，便捷的交通，周到的服务，拴心留人，同时把旅游业做大做强。

曾书记到了新源以后，新源的变化很大。新城区开发的规划已经完成，大开发的框架已经拉开，融资平台已经建立，四季通航已经实现，来新源的客商多了，落地的项目多了，干部升迁的也多了……李与曾的沟通更顺畅，更及时，更融洽。曾书记对援疆项目的关注度，对援疆干部的关心度都比原来要高，援疆干部与当地干部之间的融合比以前更好。

曾书记有次吃饭时主动问我，"怎么样，我给你在伊宁介绍个对象吧，做个新疆女婿。"我说哪有倒插门的，带走还差不多。众人一起起哄，书记想让你留下来，你听不出来啊？我当然能听出来，曾书记对我真心不错。

伊犁州直新型工业化及民生建设和社会事业发展观摩会的第一站是新源。经过精心的准备，活动一定会圆满成功。前期所有筹备工作在领导车队到达的那一刻即告完成，第一个单晶硅项目看完以后，我也跟着上了车，太累了，就想在车上歇一会儿。

八辆考斯特拉着州四大班子领导、州相关部门主要负责人、各县市主要领导到达了第二个观摩点。按照惯例，每个车上安排了一个女解说员，领导下车以后，美女们聚在了一起，叽叽喳喳，嘻嘻哈哈，八个丫头绿鬓红颜，花容月貌，八条马尾，十六条美腿，发现车上还有一位"领导"未下车，几个姑娘马上换了一副"迎宾脸"，我怕她们拘谨，连忙说自己是个记者，于是笑声再起。

一通神侃，姑娘们已不把我当外人，我开启撩的模式："你们的睫毛都是假的吧？"

姑娘们互相看看，然后互相一笑，说："你们男人不就喜欢假的吗？"

我说："怎么会呢，天生丽质总比涂脂抹粉好。"

姑娘们又一笑，说："真的，不一定就是美的，美的就算假，也讨人喜欢。"

我还想辩解，一个姑娘拿着解说词晃了晃："这就讨人喜欢……嘻嘻嘻……"

我心里一怔，赶紧转移话题："为什么90后的女孩拍照老是喜欢嘟个嘴呀……"

姑娘们齐声大笑："那叫卖萌！"

"卖萌？"我一下没反应过来，因为这个词很生疏，就在几个丫头笑我老土的时候，一个女孩指着窗外看展板的一群领导说："你们看到那个穿西服的领导没有？他好像是个二把手，你看他后面跟了一群人，他背着手，这就是卖萌。"

我往外一看，几十个领导分了两拨，前面一拨跟着一把手，后面一拨跟着二把手。二把手背着手，走走停停，像是在做指示，旁边有人在忙着记录，其余的一起在频频点头……这时，前面一拨人突然让出了一条道，原来一把手在喊二把手。只见二把手连忙跑过去，站在一把手旁边，双手自然下垂，放在裤腿两侧……

"哈哈哈,这才叫卖萌呢!"不知道哪个姑娘来了这么一句。

国庆节前,就在大家计划着什么时候回家,去哪里旅游的时候,扬州市委常委、组织部申部长来到了新源。我们安排了实地检查援疆项目和基层阵地交付仪式,在扬州市对口支援新源县工作汇报会上,申部长代表扬州市委、市政府向新源县捐赠100万元。我们都知道这是地震的灾后慰问,但会上就没提,领导的水平就是高,如果提地震,人家就会挑礼送晚了,送少了,如果不提,则无所谓早晚,无所谓多少。

会上县委薛书记汇报了新源的情况,李县长汇报了援疆工作情况,在申部长作重要讲话时,李是听得最认真的。"……下面我讲三点:一、肯定成绩,坚定信心,认识对口支援的重要意义。我们前两年已打开了新局面,开局良好,达伟书记向大家问好,铭川同志全面挑起了重任,援疆工作有序开展……二、咬定目标,努力进取,争取扬州援疆工作走在全省前列。进一步实施对口支援的专项规划,加大产业合作力度,加大培训力度,进一步发挥专业人才的作用,继续抓好指挥组自身建设……三、统筹兼顾,突出重点……"

申部长走了以后,指挥组的弟兄们都想问"他来的目的是什么?"大家关心的是陈书记有病的情况下,李是不是全面主持工作?还是另派总指挥?还是陈重返前线?时间耽误不起,工作耽误不起。

有句话叫"盖着盒子摇",大概意思就是不挑明,不公开,在模糊状态下维持延续。这一定是另有隐情,如果谁急于想打开盖子,这个人就已经输了。

我突然冒出一个走了题的念头,用一种方式过一辈子,再好都不值。五十以后的年龄在机关就是忽略不计的余数,但在人的一生中是最宝贵的黄金时光,是积淀以后自我价值实现的最佳档期，与其等着撞天花板，不如换个新空间……

国庆节前一天，大部分人都回扬州了，专家人才有的去疆内旅游了，我和小汐约好，晚一点过来接她。

等我开到学校，天已经擦黑了。学校房子的山墙上我写的"萨哈小学"几个字已经用油漆描上去了，上面还加了一排哈萨克文。我去厕所解了个手，厕所的墙矮矮的，都能看到那一边，蹲坑上面的雨棚已是千疮百孔，一股骚味弥漫着。

我从车上把砖茶、清油、水果拿着，小汐笑盈盈地跑了过来。"来就来呗，还带什么礼物呀。"

"送你们校长的，你成天在人家蹭饭。"

"哈哈，非常不巧，我们校长回去过节了，刚走一会儿。"

"就剩你一个人？"

"嗯嗯。"

满是斑痕的夜空

我还是第一次进她宿舍，外面一半放了两张破旧的桌子，墙角边是她做饭的地方，里面房间有床，有桌椅，有沙发，桌子上放着她的相架、小闹钟、笔记本电脑，还有一摞作业本。"睡觉冷不冷？""冷。我上次来的时候，把我房间的垫子带来了，还是冷。"我掀起床单一看，就一个垫子加一床薄褥子。"供暖前是最难熬的时候，他们怎么取暖？""哈校长说教室都有炉子，我和他们家中间的墙是火墙，他们这次回来也给我带个铁炉子，我就可以烤红薯烤土豆了……"

我无语凝噎，转过身去，拉开窗帘，外面已漆黑一片……

回来的路上，说到学校厕所的事，我想起了一个故事。有一次去一户农家乐吃饭，院子里的简易厕所一边写的汉字"女"，一边写的哈萨克文，我们几个援疆人看不懂，当地一个领导说，那个哈萨克文就是"男"的意思。尿完以后，我跟这个领导说，为什么不统一起来呢？要么都是汉字，要么都是哈萨克文。领导觉得我说的有道理，于是就问老板，老板是个汉族人，说不会写哈萨克文的"女"。我说，很简单，你在女厕外面也用哈萨克文写个"男"，然后用括号括起来。

"……啊！哈哈哈……你太坏了……哈哈哈……"

回到县城，已是万家灯火，我带她到宏远餐厅点了一份红烧牛腩，一份韭菜炒豆芽，要了几张饼，两碗小米粥，从她狼吞虎咽的吃相就能想象，平时一个人是怎么瞎对付的。

晚上，我给老的小的都打了个电话，儿子搞完活动才回宿舍，明天上午和同学约好去张家界。

小汐拿出带回来的脏衣服才准备洗，我说：指挥组考虑到你已决定留下来了，让办公室专门给了你一间宿舍，房间设施用品刚配齐，我们去看看吧。

小汐哭笑不得地说："组织上考虑得太周到了……他们咋知道我把褥子带到学校去了？"

"组织无所不能，而且能预料到今晚你床上没褥子……"

我领着她到了隔壁一个单元的五楼，里面东西一应俱全，我试了一下水压，晚上还可以，不知道白天会怎样。在她忙着擦拭的时候，我下楼叫上门卫老邹，搬了两趟就搞定了。

"我发现你一个秘密，嘻嘻，要不要我揭发？"

"不要。"我打开窗户，点了根烟。

"你一点都不好玩，你说要嘛。"

"不要。"

"嘿嘿，你心虚了……你电脑里有个网址，打开以后是那些东西……"

两唇相合，四目相融。满是斑痕的夜空，露出月亮的脸。这一天正好是壬辰中秋。

坏女人生动，好女人生厌

我的长篇小说《脱色》终于在国庆前上线了，出版社小陈给我发了三个链接，中国电信的，中国移动的，中国联通的。小汐教我怎么在手机上看，怎么在电脑上看，她说一定要让人知道有这本书，知道这本书的大概内容，这样才有点击率。我按她说的，在两个博客上发了小说梗概，下面加了三条链接，又在QQ上发了同样的内容，然后用短信点对点推送，她也帮我转发她的同学和同事，两天时间，我们猫在家就忙这事了。

新源好多朋友知道我过节没回家，纷纷约饭，小汐跟着我从汉餐吃到民餐，从火锅吃到烧烤，从饭店吃到家宴，他们都很惊讶还有一个自己来支教的女孩，不少人还第一次听说有个萨哈小学。小汐像主人一样，介绍起这所不为人知的学校，描述着萨哈的自然风光，临别还不忘留下电话号码，热情邀请他们去玩。

"蒸羊排好好吃哦，我下次还要吃……"她抱着一个垫子，坐在沙发上，撑得一动都不想动。我泡了杯红茶，让她也喝点去去味去去油，她突然想到了什么，让我坐下，闭上眼睛，就听"嚓——"的一声，是火柴！她吃饭的时候跟农家乐老板要的。我嗅着这让人灵光一现的味道，给她讲了个哈萨克族段子：

领导下去视察，见一哈萨克族盲人老大爷，领导很关心，问：

"大爷，你眼睛怎么了？"大爷用手指了指左边那只，"哦，抽烟嘛，火柴一划，就看不见了嘛。"大爷自己一比划，领导明白了。又问："另外一只呢？""哦，我嘛捂着那只眼睛去找巴克纳尔，我们这里的兽医。他说划火柴嘛，不能往里划，要往外，像这样……他对着我，嚓一下，这个眼睛嘛也瞎了。"

"哈哈哈哈哈哈……"小汐笑得在沙发上打滚。

坎苏乡的干部配置与所有的乡镇都不一样，书记是哈萨克族，乡长是汉族。所以他们的乡长是"汉语讲得最好的乡长"，他们的书记是"哈萨克语讲得最好的书记"。白威去坎苏当了乡长以后，一直邀请我去看看，正好国庆放假有时间，他接上我和小汐来到了这个新源最穷的地方。

在坎苏乡以北30公里的阿吾那热山山谷，有一个叫坎苏沟的地方，地貌特征与新源其他地方完全不同，峭壁悬崖，溪流湍急，深黄葱绿，鸟语花香。这里与那拉提山遥遥相望，是一处尚不为人知的原始仙境。小汐拿着相机一直不停地拍着，白乡长告诉我，河滩里的大石头，经水流冲刷，光滑平整，是上好的刻石，"馨园"两个字用的石头就是从这里拉过去的。

从坎苏沟出来，车子开上了坡度较缓的鱼儿山。山下一条蜿蜒曲折的河流，如丝带萦绕，似蛟龙盘卧，清澈的泉水终年流淌，湍湍不息。这山，这水，这资源如何利用，又如何开发？上千亩的中草药种植园尤为壮观，从整片整块到房前屋后，有藁本、留兰香、贝母、金银花等几十个品种，这些又将如何发挥更大的效应？

三个多小时转下来，我们才在一个农家乐落脚，乡书记和其他班子成员已等候在此。羊肉还在炖着，吃了水果，我知道该我发表讲话了。

坏女人生动，好女人生厌

"坎苏和喀拉布拉有个共同点，没有援疆建设项目，没有援疆产业项目，也没有援疆扶贫项目，这两个地方我格外关注，但我个人的力量是有限的，无限的只能是创意和创新。以前调研来过两次，一经而过有无数次，今天白乡长又领着我们转了几个以前没去过的地方，有点感触，我随便一说，你们随便一听。"

我点了根烟。"先说旅游。坎苏沟的景色是很美，但没有美到成为旅游目的地的程度，更何况坎苏紧靠那拉提，与其争必死，与其补则活。我们要瞄准自驾游一族，他们有钱有时间，更有较大的活动半径。那拉提山下的空地已基本用完，建一个自驾游营地是他们无法做而你们完全可以做的。避开人满为患的景区宾馆，花更少的钱，享受更好的服务，花很少的时间，享受更好的环境，这是你们的卖点。自驾游营地怎么做呢？"

大家都等着我的下文，小汐比谁都认真，估计这个时候我又成周老师了。"免费的露天电影，齐全的民族餐食，收费的篝火晚会，配套的汽修服务，自选的住宿方式，丰富的特产市场。要解释的就是自选的住宿方式，除了建几幢别墅式酒店，一定要有体验式毡房，就选在鱼儿山南侧，然后沿鱼儿泉两岸搭一些帐篷出租，同时推出咱们坎苏特产——草药鸡。"

书记给我点了根烟。"这就是我想说的第二个问题，产业。中草药种植是我们的特色，那我们就往大了做，怎么做？我们不能自己种了去卖，要联系大的中成药药厂或老字号的连锁药店，把坎苏变成他们的种植基地，按他们的要求种，然后由他们收。顺带建个初加工基地，这样运输成本下来了，你们的税收上去了。"

"第三个问题，产品。新源所有的乡镇都在马牛羊畜牧业上做文章，你们可以错位发展，搞林下经济，在鸡鸭鹅身上下工夫，你们具备这样的自然环境，有这方面的养殖经验，具体来说，在中草药种植园里养鸡，鸡吃的是草药，拉的是有机肥，然后找内地师傅来做成制成品，每只鸡里放几个羊肚菌，包装上写上'草药鸡'。同时在鱼儿泉里养鸭，做成'泉水鸭'，铺货到各个机场、商店，广告词我都替你们想好了，朱明瑛唱遍大江南北的'左手一只鸡，右手一只鸭'如此一来，坎苏不富都不可能……"

所有人像听说书一样，还没走出来。小汐说，羊肉好香哦。白乡长赶紧起来说我看看好了没有……

"你今天是有准备的还是临场发挥的？"回来的路上，小汐问我。

"准备啥，说容易，真正做起来难，要市场调研，数据分析，策划包装，招商引资。"

"太牛了！他们都听懵逼了……你讲的时候，我就在脑补你描绘的画面……其实你这些金点子白白给他们亏死了，你成立一个策划公司吧，收策划费。"

"你说得不错，创意是最高级的劳动，完全可以收费。但现在不行，我的身份是援疆干部，来就是支援他们的，最多算是做好事吧。"

10月的新疆已百花凋零，落叶满地。三个工地在抢抓最后的时间，争取完成预定的目标。二中工地反映，他们招来的施工班组被单晶硅工地挖走了，我们来拉个架；单晶硅预计11月1日投产的，看来又泡汤了，我们来排个表；二中项目，代建与监理是一套人马，多次强调，没有改观，我们来上个劲；跟踪审计认为合同要服从招标文件，始终在"付"与"付至"这两个词的定义上较劲，不肯提前支付，我们来了个断；中医院在现场管理上漏洞太多，作业班组虚报工时，冒领工钱，我们来办个案……

小施是我们队伍里最年轻的，现在一天两包烟，两年老了十岁，成天焦躁不安，疲惫不堪。唐主任自从陈书记回去以后，要再适应李县长，以前陈散步慢慢悠悠，他也慢慢悠悠，现在李玩快走,他跟着大步流星,太难了,我们几个都很同情他。老夏的疙瘩眉从来没有舒展过,老婆身体时好时坏,儿子又不听妈妈的话,他在电话里一会儿苦口婆心,一会儿暴跳如雷,只要听不到他声音了,肯定拿着手机看小说了。只有张骏一直那样,有事自己忙,没事帮人忙,哼着小调把事都做了。小蒋说起来属于指挥组成员,基本见不到,三天两头到局里值班,新疆经常一级战备,公安是最辛苦的。

李县长说过一句真心话,以后就算提拔了绝不跟建筑口沾边。他被几个工地搞得焦头烂额,人家用专业术语汇报情况,他似懂非懂;他慷慨陈词,人家文文莫莫,这不是他喜欢的一帮人,也不是他喜欢的一摊事。李县长夫人夏老师长他一岁,在家把他照顾得好好的,援疆以后洗衣服成了他的一大难题;以前在扬州最大的镇当一把手,从来不用自己摸电脑,现在办公自动化成了他的第二大难题;秘书小黄把他这两个难题都解决了,他一直不理解为什么新疆人吃饭不爱喝汤,小黄隔三岔五帮他炖鸡汤,他写东西一直用稿纸勾勾画画,小黄打印出来给他改。小黄成了指挥组的一员,保障有力的后盾。

有一天,李县长在打牌的时候问我们,说有人微信聊完以后喜欢发个"88",什么意思啊?我问他咋回人家的,他说我一般都回个"99"。小施说,你发过去以后没人再回了吧?估计跟我们一样都懵了……哈哈哈哈哈哈……

两年运转下来,每个人该干啥,不该干啥,善于干啥,不善于干啥,个个心里都清清楚楚,朝夕相处,日日月月,互相照应着,互相谦让着,互相提醒着,互相陪衬着,一个集体就这样深深浅浅,快快慢慢,磕磕碰碰,真真正正地闯出了一条扬州援疆的特色之路,打开了扬州对口支援的新局面。

一天晚上,我在宿舍洗澡,就听李县长一边砸门一边喊"小唐小唐！"，声音大得整栋楼都能听到。等我穿上衣服下去，弟兄们都已到了，小唐房间里满是浓烟，一股焦糊味弥漫着。李县长说他从外面回来，走进楼道就闻到了，小唐宿舍的门缝往外冒着烟，要是没人发现就出大事了。原来他煮了个鸡蛋，自己躺沙发上睡着了，燃气灶一直烧着……

这件事以后，李县长每天睡觉前都要到处看一遍，张骏负责打电话给专业人才的三个组长，询问每个人是否归队，爱喝酒的几个人成了关注的重点。在古尔邦节放假前的全体人员会议上，李特别强调了各方面的安全，对专业人才前期存在的问题，毫不留情地作了批评，并讲出了"如果再犯，指挥组有权退回原单位"的话。

古尔邦节是穆斯林的盛大节日，相当于我们的春节，新疆统一放假五天。按惯例，指挥组全体要给相关民族领导拜年，人大跃主任、多县长、政协夏主席、县总工会马主席，还有我们经常接触的组织部赛副部长、招商局哈书记等。每到一家，都要吃肉喝酒，家家餐台上都摆满了油馓子、奶疙瘩、水果、马肠子、马肉、干果等，马主席是回族人，他们家的粉汤至今都让人难忘。

就在这天，扬州传来不好的消息，25号凌晨辉能家电发生特大火灾，大火烧了几个小时，早晨7点才完全扑灭。从二楼到六楼全部烧毁，损失惨重。这个突发事件不知会不会影响到辉能在新源的泉水开发项目，李说没事，我觉得未必。

小汐是第一次过古尔邦节，上了半个月的课，又放五天，她还挺怀念房间里的大铁炉子的，特地带了几个烤红薯给我。到了晚上，暖气一热，她才真正感受到北方冬天的惬意。我们坐在窗户边的藤条椅上，品茗听雪。

"你今天可以给我讲讲故事里的故事了吧？"

"我这本书从头到尾都是一个个小故事，没有什么心理描写和人生哲学，因为我觉得再隐匿的心理都会从人的行为、语言、表情等显露出来，成为一个个场景，我只要准确地白描，更深层次的挖掘留给读者。"

"你书里彩霞是真的，溪溪也是真的。因为，一个被你扒了底裤，一个连口罩都没摘，你保全了一个你想得而没有得到的梦中情人，剥开了一个你得到但并不喜欢的枕边夫人，你别瞪我，是不是这样的？"

"是也不是，不是也是……"

"一个女人只有经历了不同的男人，才能发现不为自己所知的另一面，这样的女人也成了别人唾弃的坏女人，女人要用'坏'的代价去认清这个世界，用'坏'的代价换来新生，那是不是说坏女人才活得明白……我觉得这句话挺有道理。你们男人怎么看女人的好坏？"

"我喜欢有未来的男人和有过去的女人。王尔德说的。"

"我要你自己说。"

"坏女人生动，好女人生厌。"

"嘻嘻，我喜欢这两句话。你怎么想到用不同的颜色做每节小标题的？"

"我不知道你有没有这种情况，当你打开一本哲学书，眼睛一扫，就有种云里雾里，昏昏欲睡的感觉，这里面一个个字词合在一起成了一种颜色，我把这类的书和文章划为灰色。法律文书就是黑色，非常分明。而散文里的字词就很优美，句式也多变，扫一眼，欣欣然，我给划为绿色……这实际上就给不同类型的字词进行了分色，那么不同的情节，同一类的字词一多，自然就有了特定的底色，所以……"

"所以，脱色也有还原的意思，白描的意思……"

"小脑瓜子真厉害!我的故事都在书里了,说说你吧。"

"男人有故事那是阅历,女孩有故事那叫杂乱,你不想有个纯纯的小汐吗?"

"不管你以前经历过什么,边疆的泉水会让你变得又清又纯……知道这首歌吗?"

"好老哦,我给你唱一首吧!"

你曾对我说
相逢是首歌
眼睛是春天的海
青春是绿色的河
相逢是首歌
同行是你和我
心儿是年轻的太阳
真诚也活泼
……

轻轻的小女生的声音,配上摇晃着飘落的雪花和升腾着热气的普洱,一个温暖诗意的雪夜……

进入冬季的新疆犹如停摆的钟,几场大雪一盖,淹没了道路草场,也淹没了生机活力。哈萨克族人自己也这么说,一到冬天就是喝酒、吃肉、生娃。我们没这个福气,最后的抢工还在进行,指挥组一直在运转。16个基层阵地已全部完工,除了有统一的标识,还要有统一的"扬州援建"的牌子,做什么样的牌子?什么样的形式既不张扬,又很醒目,还很独特?中医院要在年底前交付,门头的字怎么摆?扬州援建的标志怎么显示?石刻上面写什么字?放在哪里合适?李县长全交给了我。

小汐到哪里都愿跟着我，中医院贾院长领着我们看了他弄来的大石头，石头没有"馨园"的那块大，但正面很平整，我拍了几张照片，估算了一下尺寸，我说只能写"中医院"三个字。贾院长本来想写"新源县中医医院"，我说写可以写，七个字会很小很挤，比例不好看。贾有点遗憾，我说完整的院名不是写在石头上，是用黑体字挂在主楼的北墙上。然后我大概跟他讲了我的想法，他很兴奋，告诉我还有一块石头。我说回去以后，我让侄女做一套效果图，两天以后给你看。

我给张港打了个电话，让他带上卷尺，开上车一起去阿勒玛勒基层阵地去看看。这哥们知道又有活了，我一根烟没抽完他车就到了。

在现场，我没有选择门廊的立柱，而是选择了大门两侧的立柱，一来避免日晒雨淋，二来留出单位挂牌的地方。我说有没有一种石材，最好是清灰色，不要太厚，刻字还不能破裂，他们都不知道我的意思，我说我想用汉印的形式，刻四个字"扬州援建"，下面是建成时间，这样所有的援疆工程都可以用，仅仅时间不同而已……现场描述的样子，晚上已在电脑上生成了。

我做了很多这种装点门面的事，难怪陈书记不太舒服。一幢楼建了好长时间，就像一个姑娘梳洗打扮半天，最后的口红是我给抹的，这画龙点睛之笔应该由领导来，但领导哪有时间管这些事。为确保这种面子以最不费事的方式存在，人们想了个办法，再牛逼的大家题的字都用一块红布挡上，然后让领导来"掀盖头"。

小汐只要听到我这种很认真的扯淡就傻笑，笑完跟我说：她忙完我的事要准备课件和动画片，还要下载好多电影，如果周末雪大就回不来了，他们提前把课上完，争取早点放假。

"那洗澡怎么办？"

坏女人生动，好女人生厌

"校长说山上的雪很干净，用脸盆化雪烧开。"

"后悔去那么偏的地方吗？"

"开始挺不适应的，同学们不接纳我，后来把他们都搞定了。现在一天看不到我，他们肯定疯了一样……我每次下载的动画片、科幻片、成语故事，他们可爱看啦，情绪好的时候把我喜欢的几个小女生留下来，给她们零食吃，她们不要太开心哦。我现在会骑马了，有的孩子骑马来上课，我就让他们教我，那感觉酷毙了……"

"明天我们去超市多买点零食带着。"

"我想借你相机用几天，做活动的时候拍点照片，录个像，然后给他们每人做个成长袋，有照片，有成绩，有同学们的祝福，有身高体重的变化，有老师的勉励，反正有的是办法，我要让我们的同学眼界比原来宽，心胸比原来大，成绩比原来好，还有……欢乐比原来多。"

"好吧，看来我的担心多余了，你什么时候想回来给我打电话，我派车去接你。我估计 11 月份要出去招商，我走之前做几个菜放冰箱里，你回来以后吃着，带着。"

"嗯。我喜欢吃你做的糖醋排骨，还有你一直说一直没做的狮子头。"

"好，给你做。我出差回来给你带大衣、帽子、墨镜，雪后阳光下一定要戴墨镜，防止雪盲症，你还想要啥？"

"……还想要你……早点回来。"

"停顿的不是地方嘛。"

"哈哈哈……"

从新疆飞到上海，干冷变成了湿冷，空旷变成了稠密，一种强烈的商业气息扑面而来，这是个没时间扯淡的城市，每个人都在自己的轨道上往返、运行。高澳接上我，直接去了他们公司。

上海外经贸广告曾参与扬州第一届烟花三月经贸旅游节大型展会的布展投标。我当时是评委之一，他们汇报完设计方案后，我非常认同，并追到外面走廊，要了高总的名片。其他公司的设计理念老是跳不出扬州园林，扬州古城，扬州历史这些元素的窠臼，他们忽视了三点，一、这是新书记来了以后第一次举办这么大规模的节庆活动，而且明确了"文化搭台，经贸唱戏"的原则，领导就是想通过这样一场活动，向世界各地的客商展示扬州融合、接轨、开放、崛起的信号，所以布展设计一定是现代的，前卫的，新潮的；二、为了这场活动，用90天时间建成了扬州国际会展中心，在这种现代感很强的建筑里，搭建古香古色的展厅是不协调的；三、最关键的一点是，真正的景点就在旁边，再做个假的五亭桥有意义吗？扬州本地人真的都不想看，别说假的；外地人肯定想看真的，没人愿看假的，所以仿古的方案我是不赞成的。正因为敢放炮，轰得准，我的意见得到了大多数评委的赞同，最终这家与我素昧平生的上海外经贸广告成功中标。

高总领着我感受了一下他们的3D视频片子，世界各地的旅游景点他们大部分都拍了。现在公司转型成立了上海三砥文化传媒，是国内领先的3D业务整合供应商，中央电视台3D频道的合作伙伴，他们正全力打造一档全新概念的电视旅游节目——《3D看天下》（CCTV-3D频道周播）。我把扬州援疆的情况，以及新源的自然风光和旅游资源做了一个介绍，同时也表达了我们援疆指挥组欢迎他们去新源拍片的愿望。

高总当即表态，没问题。用3D形式拍摄旅游风光片在新疆估计都没有第二家，他们可以将新源不同的旅游景点分几集搬上3D荧屏，从策划、拍摄、制作到播放全由他们负责，并同意将援疆元素涵盖在内。

他说我的介绍里信息量很大，明天约一下上海汇宁投资的朋友见面聊一下。汇宁投资主要从事高新技术产业和金融及现代服务业领域的股权投资及管理工作，已投资的项目涉及信息产业、生物医药、新能源、环保与新材料、金融服务、现代服务业等领域，对外投资规模已超百亿元。如果汇宁能去，那就等于引了一艘航母过去。我说行，晚上别管我了，我自己出去溜达溜达。

霓虹闪烁，车来人往的淮海路是上海最有腔调的商业街。上次逛淮海路好像是八十年代末，当时是来置办结婚用品的，我记得买了礼服、床品、首饰，还买了盏可升降的吊灯，这在当时可是新鲜玩意。一晃二十多年过去了，这回可不是办新婚用品的，不是吗？不是，不是？是吗？自己跟自己对话，有点搞笑。

美美百货让我的购物很开心。我发现真正好的服务，不是把顾客当上帝，那是忽悠，而是适时变换最贴切的身份，让你觉得她（服务员）就像陪你一起来逛街的家人一样。比如说，你给孩子挑衣服，她就像孩子妈妈一样；你给夫人买衣服，她就像你妹妹一样；你给自己买东西，她就像你情人一样；你给情人买东西，她就像你同党一样。而且她会帮你算账，怎样才划算，尤其在搞活动的时候，这种服务最让人暖心，也让人省事。

我看中一件长款的羽绒大衣，服务员有点胖，她特地拉来一个瘦高的服务员，穿起来让我看，两个人一番吴侬软语，验证了那条铁律：只要有两个上海人在场，必然要说上海话，以区分上海伶和乡窝伶。

"哇嘿路（淮海路）卖小姑娘格衣裳，美美最来塞。"

"穿起来萨伊。"

"勿推板，勿推板。"

"穿上去老时髦老好看额。"

……

"好哦，好哦？"

"侬还有啥个事体要我帮忙哦？"

"勿搭界格。"

……

上海人用精细、精巧、精明、精心铺就了城市的底色，孕育而生了她今天的精彩，扬州也在推进"创新扬州 精致扬州 幸福扬州"的建设，我倒是觉得"创新"是发展的必然要素，"幸福"是发展的必然结果，这两个词都可以不提，因为放在任何一个城市都适用，唯独"精致"二字非常有地域特色，明确明晰，可见可期。

回到扬州就感觉到冷，站着要开空调，坐着要开取暖器，躺着要开电热毯，在北方生活惯了，扬州的冬天真不好过。对口支援处的刘处看我又回来了，"这趟回来是？"我把上海三砥文化传媒准备将那拉提搬上央视的事，上海汇宁准备去考察四零泉的事，跟他做了一个汇报。我问他，上个月的大火对辉能的影响大不大？没头没脑的一句话把他问懵了，我说，我们在新源的时间还剩下三分之一了，辉能拿到泉水开发权以后一直没有大的进展，如果他们无心顾及，我就要另想办法了，按兵不动肯定不行。

老刘是个谨小慎微的人，笑而不语，我说明天我去找向总聊聊。他起身关上门，压低声音跟我说：

"上次组织部申部长去新源，你知道为什么没有宣布让李总负责？"

这确实是我们都不理解的事，也是老李很郁闷的事。"为啥？"

"我跟你说，你不要跟别人讲哦。本来就是为这事去的，临走前一天晚上，陈书记两口子专门去找他，陈做了一个表态，我很快就可以康复，完全胜任总指挥的工作，我会尽快重返前线，请领导和组织相信我，即使有什么问题，我倒都要倒在我的岗位上……他这么一说，申部长还能说啥，行程都安排好了，只能按计划走，按变化说了。"

"原来是这样啊……"

"唉，不说了……扬州这边有什么事需要我帮忙的？"

"除了辉能的事，还有扬州花木盆景公司联合建筑设计院想在新源投一个公司，提升当地绿化造景的水平，我要进一步靠实一下。另外，再去拜访一下永丰余，看看芦苇生物法造纸项目能不能在新源建一个。我过几天就走，年底中医院要交付，省指要来考核，招商项目要重新编制，事多呢……"

晚上给小汐打了个电话，她已经睡了，她说狮子头真好吃，一点都不油，尤其里面掺的马蹄丁，有种清香，脆脆甜甜的……山里下雪了，她骑马去了趟山垭口，拍了好多照片……光棍节不回县上了，到镇上陪丽丽姐值班，正好可以在网上抢东西……你什么时候回来呀？我说估计在15号以前吧，还要去趟北京，想我没有啊？小丫头学着新疆话说："你悄悄滴！好好滴！乖乖滴！再不回来就滚的远远滴！哈哈哈……"尼玛，这是我以前给她讲的段子，说新疆丈夫教育媳妇：你看人家南方女孩，说话就是好听，后面都是重叠字，吃饭饭，睡觉觉，举高高，求抱抱，听着多舒服！他老婆白了他一眼说：你悄悄滴！好好滴！乖乖滴！再逼逼叨叨就滚的远远滴！

从伊宁机场出来，顶着寒风，踩着积雪，忽然想到了东坡的一句诗，"人生到处何似，应似飞鸿踏雪泥。"这两年多，来来回回飞了多少趟已经记不清了，只记得匆匆地走，匆匆地回，一趟趟的奔波，一次次的辛劳，化成了援疆的一个个音符，把我们所有人的合在一起就是一篇援疆的乐章。

如果说我们是一个小合唱团，李洺川就是指挥，他的指挥棒不停地往上扬,我们一直在高音区嘶吼,就等着他的胳膊落下来,让我们喘口气。

"……最后到的北京,一家做教育投资的机构对合作开办中等职业教育非常有兴趣,他们想依托两个钢厂,有针对性地设置专业,同时兼顾水电维护、汽车修理、餐饮服务等开设学有所用的课程。学费可分三部分,用人单位出一点,县教育部门出一点,个人出一点。具体合作方法请县里先拿出意见。"在李县长办公室,我把这趟招商的情况做了一个汇报。

"上海三砥公司来拍片子我们非常欢迎,你排个计划,拍哪些地方,让他们报个预算,价格太高就玩不起来了。辉能既然不松口,汇宁暂时先缓缓,人家毕竟捐了40万呢。永丰余的事等曾书记去扬州,由他来提,你们最好另外再想办法,我就不相信只有他们一家有这种技术。花木公司的事我跟那拉提管委会了解一下,职校的事我跟曾书记单独汇报,这是个非常好的项目,解决就业问题,也就解决了脱贫的问题……你在扬州可听说上次申部长来新源的事啊?"

"你已经知道了?"

"看来你也知道了,老周啊,于公于私我对他都不差,他有病以后我已经去看了三次了,所有重大的事情我都电话跟他沟通,他个人的事情我都替他办得好好的,让我来主持工作,不会加我一官半职,但工作就顺了,现在他躺在扬州,现场所有的事他都不知道,我在现场又不能拍板,给他打电话还要看时间,电话跟他汇报又说不清,太误事了!"

"我当参谋的时候,体会最深的是24个字,先斩后奏,先奏后斩,斩而不奏,奏而不斩,边斩边奏,不奏不斩。你完全可以灵活运用,更何况还有一句,将在外,君命有所不受嘛。"

中医院贾院长听说我回来了,拿着上次给他做好的刻石及外挂字效果图找到我,他已拿到了少数民族语言文字工作委员会翻译的"新源中医医院""门诊"的哈萨克文译稿,他不知道具体怎么制作,时间已经很紧了。我说"中医院"大石头放在大门与门诊楼的中间,周围用花草围起来;汉印"扬州援建"大石头放在花园里,作为一种景观;"新源中医医院"及哈萨克文做成内发光黑体字,自上而下安装在主楼北墙上;"门诊"两个字也做成内发光黑体字,架在门廊上方……算了,你别管了,我下午去现场量好尺寸,安排项目部的人去定做。

周五下午,小汐天黑才回到援疆楼。她说她太累了,不想爬楼了,我就拿着给她买的衣服到她房间。进了门,她给我一个熊抱,我发现她已经好长时间没洗头了。"快试试我给你买的衣服。"

镜前,小汐一件黑色高领衫,一条紧身牛仔裤,一双半高腰的靴子。她的脖颈白白润润的,还有些婴儿般的绒毛,耳朵像半透明的一样,细细的血管清晰可见。一双含笑的眼,将爱意投射在镜子里,折回到我心里。我想起那句诗:你的眼睛,是我永生不会再遇的海。

第二天一早,她就打电话来了,"带我去拍照,带我去拍照!"

一上午从南山拍到馨园,各种造型,各种姿势,就是不肯趴在雪地上,怕把新羽绒大衣弄脏。她超级喜欢那副墨镜,超超级喜欢那两个帽子,超超超级喜欢那件大衣,她把我冻红的手塞进她大衣里,放在她身体最柔软的地方。

"暖和吗?"

"像火墙……上面挂了个锅……"

"什么呀,我问你羽绒服暖和吗,让你坏……让你坏……"

"周处啊,大冷天咋跑这来了?"郝局长不知什么时候从对面晃过来了。

"带小侄女出来拍雪景,嫌我拍得不好,来来来,请郝局给我们合个影。"小汐赶紧把相机递了过去。

"你星期六不休息还来巡查啊?"

"哎呦,我怕雪把刚补栽的雪松压坏了,行了,你们拍吧,我去那边转转。"老郝一走,小汐吓得吐了下舌头,"他没看见吧?"

"怎么没看见,不是还跟我打招呼了嘛。"

"不是,他没看见你的咸猪手吧?"

"我天呐,我去找他去。"

"找他干吗?"

"我得告诉他,是女方主动的,责任不在男方。"

"你,你……来人啦,有人非礼啊……哈哈哈……"

这样的欢乐总是很短暂,常常分开以后会回味很久,然后再等着下一次的团圆。

我们一家，都是人嘛！

2012年11月，党的十八大在北京胜利召开，十八届一中全会选出了以习近平同志为核心的新一届中央领导集体，中国进入了一个崭新的时代。远在新疆的肖尔布拉克酒业为庆祝这次盛会，特制了一批限量版疆茅酒，酒瓶上还印有"为党干杯"四个字。等我们知道这个消息再想订购，早已被一抢而空了。我是用一幅字跟人家换了一瓶，这种有时代印记的限量版产品，值得永久收藏。

到了11月下旬，所有工地都停了，李县长召开了一次二中项目推进协调会，用他的话说，就关键问题在关键时期召集关键人开的一次关键会议。会上，项目部负责人吴总汇报了工程进展情况、需要协调解决的问题及下一步的工作安排；监理公司重点提出明年的材料要提前进场，施工队伍要在今年确定；代建公司列出了近一年来存在的问题，尤其是对农民工和材料价格上涨估计不足，提出要尽快落实好锅炉、地砖等问题，该送检的材料今年要送出，需定价材料如幕墙要先确定小样，明年3·15复工的可能性不大，不能太乐观，停水、停电的问题要充分考虑；跟踪审计提出支付到85%不可变更，省指已明确，支付比例的调整要放在明年，今年不行，明年按80%比例支付1800万，但要完成4000万工作量。

施淙特别提醒，竣工前有一个月左右的收尾期，工程交付没有阶梯性，材料的组织要上报阶段进展，项目部与跟踪审计统计的完成工作量有很大出入。明年5月份左右资金会比较紧张，要调配计划好，代建公司要主动驾驭，为业主分忧。

夏处说明年7月份市审计局来，单体决算价可提前做。调差材料方面可以动动脑子，减少资金方面的压力，超概的问题要提前考虑。

兴通集团卞总在发言时，一连串的感谢，再三的恳求，希望资金能及时拨付，他们保证没有群访，保证计划工期。

李县长最后提了要求，第一是高度重视，二中项目是扬州新一轮援疆开始的第一个大体量民生项目，是我们一直抓在手里的交钥匙项目，是开工比较晚的项目，是矛盾相对集中的项目，也是我们这一批援疆人出形象的项目，我们一定要从政治层面去认识它的重要性；第二是客观分析，新疆市场的特殊性，请兴通要充分把握；第三是科学安排，计划书的可操作性至关重要，请你们修改以后三天内上报，方案一定要细化；第四是通力合作，鉴于明年工期很紧，任务繁重，请代建公司的潘总、项目部的吴总坐镇指挥，我本人以二中项目为主。同时请审计部门大力配合，对事要开诚布公，对人要心胸宽广；第五是严肃责任……第六是统一口径，对内6月底完工，对外确保合同工期。

两天以后，指挥组与县教育局就二中项目进行对接。会上我们提出，希望教育局领导要熟悉图纸，不要等建成了再提意见；由于教育局是签约单位，工作中我们和二中对接不畅；请教育局现场派驻一名代表，具体负责；我们将采取分期交付的形式，便于你们二次施工；剩余的415万专项资金明年要尽快到账……

教育局书记显然对我们提的问题是不满的，他说，按目前进度你们能完成吗？能保证我9月份开学用吗？你们减少一幢宿舍楼，王县长是不同意的，扬州教育局盖章的变更我认，其余一概不认……信息化我们要提，而且还要适度超前……

李县长最后说：工期问题是由于拆迁征地矛盾没有及时得到解决，导致我们晚了半年进场，现在我们想尽办法确保7.24交付；变更与调整的问题，要看资金是否允许，时间是否允许，所有调整变更截止到今年年底；内部设施要同步穿插施工，双方要协调好，组织好；教育局在现场要派一个全权代表，尽快到位；415万专项资金明年复工就要到账，不能延误；二中外部环境的打造要跟上，道路首先要通；严肃责任，强化督查，哪个环节出问题，哪个领导担责。

那段时间，我经常不由自主地哼"站在天平的两端一样的为难，唯一的答案，做一个人好难"。后来张骏跟我说，不是做一个人好难，是爱一个人好难。我说还能谈爱吗？

在招商项目编制预备会上，李召集他分管的几个部门负责人，再次重申了摸家底的重要性，上次向国家发改委申报项目可以看出，项目编制和包装非常重要，既摸了真实的家底，又有了理性的分析，更有了招商的方向。

李提出分几大板块，钢铁产业、旅游产业、生物制药、太阳能光伏、农业产业化。他有个观点非常正确，就是向周边企业传递信息，将我们现有的，产能过剩或者开工不足的企业，纳入大产业链之中，成为其他企业的上游或下游产业。他要求招商局立足十二五规划，结合国家的产业政策，结合本地的资源，结合几个大企业的发展规划，在摸清家底的前提下，进行产业定位，并请专家予以指导，尽快完成项目编制，出台配套措施，制定差别化的优惠政策。他让招商局三天拿出草案，我们都认为时间来不及，最后按我的建议春节放假前完成。

曾书记到了新源以后，新源一下子就活起来了，经全力争取，伊犁第七届"雪之恋"冰雪旅游文化节暨2012—2013国际越野滑雪中国巡回赛（那拉提站）花落新源。为全力办好新源历史上第一次国际赛事，县委县政府成立了几个工作组，市场运作组组长是李洺川，我是副组长。我的任务也很明确，12月16日前，完成吉祥物和会徽的初稿设计方案，12月18日，吉祥物和会徽定稿，并开始定制，12月25日，制作完毕。

　　小汐听说我又要出差，一脸的羡慕。她不能理解我为什么那么痛苦。我是个到哪儿都行，到哪儿都不想动的人，一趟五六个小时的飞机，让人难受得要发疯。

　　"我以为你放不下我呢。"小汐跟我翻了个白眼。

　　"尤其身边有个孩子，更走不了了。"

　　"切，后说的不算。"她削了个苹果递给我。

　　"你相信一见钟情吗？"她问我。

　　"相信。一见钟情是最美的感觉，没有任何犹豫地想占为己有，这种自私是爱的极端表现，在理性没有战胜情感之前，靠浅表性相互吸引走进婚姻，然后靠深层次相互了解走向一个岔路口，一边是无怨无悔，一边是悔不当初。"

　　"我从看你博客就喜欢上你了！最纠结的是看你小说，有时想得心痒痒，有时恨得牙痒痒……我曾对你有不同的称呼，那是我的心理角色不同，因为女人也有各种莫名的需求，但真正让我们彼此不能分开的是不同的时候，不同的样子，不同样的爱。"

　　她这番话，反让我很内疚，"我愿看到你自然生长，而不是像盆景一样。"

　　"你从来没有绑扎我，扭曲我，我已经够肆虐了，想来就来了，想留就留了，想去萨哈就去了，你成全了我所有的任性……真的像爸爸一样，做你女儿真好！"

我们一家，都是人嘛！

"那么，那么，这个时候我该说啥？"

"哈哈哈哈哈哈……你应该摸着我的头问我，闺女，晚上想吃啥？"

"哦，闺女，晚上想吃啥？"

"我想吃小火锅，然后我们一起去看电影。"

"啥电影？"

"《泰囧》。"

三天后，我带着构思好的冰雪节 LOGO 草图飞到了北京。夏总的会展公司有很好的设计师，除了能将我设计的草图绘成标准化制图，还能设计出有国际范的吉祥物图案。会上我介绍了冰雪节的大概情况、组委会的相关要求，提出了我的设想和时间表，夏总做了分工，然后他请我去了一家茶吧。

"我老婆你见过吧，失踪了……"

"怎么回事？"

"吵了几句，拿着东西就走了。"

"走几天了？"

"快半年了。我们俩早先是离了，但还在一起，平时挺好，就是不肯给老子生孩子，说是她妈不让她生……我一内蒙人来北京打拼几年，有房有车有公司，待她也不差，凭啥啊……走前桌上留一条，说是去四川大山里支教了，让我别找她，找也找不到，这叫什么事啊！"

"别要了，换一个吧。"

"是啊，眼瞅着世界末日快到了，要是还活着，我得赶紧找一个，我都 39 了，耽误不起啊。这回打死我也不找北京女人了，太难伺候了。"

"你到新疆来，我给你介绍，对上眼了你带走。"

"真的？我可真去啊，世界末日我上你那去。"

这时电话来了，李县长让我赶紧报送设计方案，留出制作徽章的时间。会上刚刚确定要做 5000 个印有 LOGO 的徽章，吉祥物来不及做实物了，邀请函和海报急需用。

"你咋还用这种手机？现在都换智能手机了，赶明儿我给你拿一个。"

"你赶紧帮我了解一下，北京有没有做徽章的地方。"

夏总一通电话打下来，所有人都说到一个地方，昆山。

经过多次修改，第三天上午，我把制作好的 LOGO 和吉祥物图案发给了黄秘书，请他尽快打印出来报组委会。新疆的中午也就是北京的下午，新源反馈消息，会议一致通过，请马上找厂家定制，务必于 12 月 25 号前运到新源。我算了一下时间，生产最快要 3 天，物流要 7 天，加起来就是 10 天，今天是 14 号，晚上必须赶到昆山。

上了高铁，我打开夏总送的三星智能手机，几张图都存在里面。冰雪节的标识是用新源两个字的拼音首写字母"X""Y"夸张变形成一个腾飞的滑雪健将，然后将这些元素融入到一个动感的"7"数字里，寓为第七届冰雪旅游文化节。吉祥物出自一位女设计师之手，一只穿着滑雪板、戴着滑雪镜的小山羊，欢腾跳跃而来，取名为"源源"。

到了昆山已是晚上 9 点了，让出租车带我到了一个夜市，吃了碗奥灶面。其实这种面原来叫红油面，同行看她生意好心生嫉妒，便用当地土话称其"懊糟面"，就是邋遢不干净的意思。后来一个书生帮女老板改成同音不同字的"奥灶面"，从此红遍江南。这有点"歪名好养活"的感觉。

第二天上午坐了快一个小时的出租车，在一个村庄里见到了苟老板。他从一个布袋里倒出了各式各样的徽章几百个，都是大单位大企业在他这里定做的。看了样稿，定了样式，报了价格，感觉挺公道，但工期加运输要15天，每提前一天加总价的2%。我说不行，重谈。生产与运输分开谈，不走物流，空运价格另算，OK，我联系了组委会负责财务的人，先汇定金过来，然后……老板看我用的是智能手机，说加个微信吧。一切全部搞定，老板用车送我到大路边，我随即往上海赶，我要跟高总见个面，敲定3D拍摄的事。

"你啥时候回啊？要不我们在乌鲁木齐汇合吧，你从上海飞，我从北京飞，行吗？那我订票了，咱们乌鲁木齐见。"夏总这个电话让我突然有了种使命感，答应给人介绍对象的，介绍谁呢？

在机场见到他的时候，我能确定这是个心情烦躁，六神无主，又有点玩世不恭的主。哥们戴了个红黑相间的美国帽子，套了件咖色发旧的美国夹克，绿格的裤子下面是一双土黄高帮的美国大头鞋，一派嘻哈风。飞到伊宁机场，接我们的司机看了又看，想不到我有这样另类的朋友。

到了新源，我把他安顿在小汐原来住的房间，又想办法借了个床垫。他好奇怎么侄女也来援疆了？我烧了一壶水，泡上两杯茶，给他讲了另一个支教的故事。

上午，我去组委会把有关情况汇报了一下，李又给我布置了一些其他的事。回到办公室，我给小满打了个电话。

"大忙人怎么想起来给我打电话了？"

"恭喜你找到男朋友了。"

"男朋友？我哪来的男朋友呀？"

"眼看就到世界末日了，万一要是真的，你说你多遗憾啊，一辈子都没有个男朋友……唉。"

"哈哈哈，不可能吧，要照你这么说我们还剩4天啦。"

"所以我们都要把这4天过好，让生命在最后的时刻放出绚丽的光芒……"

"艾玛，你的意思是我请你好好搓一顿呗？"

"你请我搓两次了，今晚我请你，顺带让你见个北京小伙子，一心就想找新疆姑娘的小伙子，专门飞过来的。"

"哇，不会吧……究竟啥情况？"

"我大概跟你透露一下……"

晚上，吃了饭，见了面，喝了茶，趁他去厕所的时候，满姑娘委婉地说：我不想去那么远的地方。回到宿舍，我又发了条信息给满，让她再考虑考虑。她回复：北京那么多好女孩，他为什么不要？

如果就介绍这一个，显得我办事不力，人缘不好，于是，我又想到了广电局的长腿美女。一通电话，人家终于同意见面了。我跟我哥们说：咱能不能换条裤子，换双鞋子，国产化程度高一点。

晚上，吃了饭，见了面，喝了茶，趁他去厕所的时候，那姑娘委婉地说：我就想找一个普普通通过日子的人。回到宿舍，我又发了条信息给那姑娘，让她再考虑考虑。她回复：一个开公司，开保时捷的老板，为啥想找个村姑？

我是个夜猫子，早上实在爬不起来。夏翻不一样，早睡早起，生活规律。每天早上在雪地里跑完步，还带上早点回来，然后煮点小米粥，叫我起床，一起吃早饭。他跟我说，外面空气真好，比他老家内蒙还好，以后每年来度个假，这儿房价怎么样？我说，很多我们认为好的地方，基本都是一生一次，你对它的赞美也好怀念也好，都是一种阅卷行为，优秀、良好、及格，以后与你再无关系。新疆对一般人来说，一辈子来一趟足矣，更何况新源乎？他呵呵呵傻笑了半天，没再提买房的事。

小汐电话里听说来了个北京朋友，周五一起来接她，特高兴，说正愁没车回呢。

号称世界末日的晚上，我订了个回民农家乐，叫上指挥组所有弟兄们吃了顿蒸羊排，也是小汐最爱吃的。李县长有接待来不了，没有领导的聚会大家更放得开。小施说：我敬一下北京来的客人，然后我讲个哈萨克段子，你再敬我们大家。夏翮没明白啥意思，小施说：领导到牧区调研，问一老大爷，你进过城吗？大爷很不屑地看看他，说大城市都去了，三个嘛，北京、上海、伊犁。领导挺高兴，问他北京怎么样？大爷说，北京嘛，好得很，就是太偏了。

"你说你那么偏的地方来的，要不要敬我们中心城市的一杯？"

哈哈哈……夏翮站起来说：弄半天我是支边的，今儿回到心脏了，我敬大家！

到了9点，隔壁房间传来重播新闻联播的声音，我说在惜字如金的《新闻联播》里我独爱抒情八字，我学一学哦："4月的海南，阳光璀璨，万物葱茏。""盛夏季节，中原大地满目葱绿，生机勃发。""初冬的江苏，艳阳高照，草木成绿。""新年伊始，巴渝大地山清水碧，寒尽春来。"……

我给大家斟满酒，举起杯，"寒冬的新源，冰封雪飘，酒醇情浓。来来来，夏翮，小汐加入我们这个集体，我们就是一家人了。"我话音刚落，指挥组的弟兄们齐声高呼："我们一家，都是人嘛！"哈哈哈……

"靠，这是什么哏？"回来的路上，小汐问我。"这叫哈式汉语倒装句！"夏翮听了又一阵傻笑。第二天安排指挥组的车送他去机场，下楼的时候，夏还在感慨，我就想找个边疆的朴实的纯情的女人，为啥没人信？

"女人找老公绝对不会要弯腰捡的，不会要伸手随便抓的，也不会要举手就能够着的，她们会选择跳起来能摸到的。你是属于那种跳起来也够不着，突然自己掉下来的。天上掉馅饼对一个女孩来说同样是不靠谱的。"兄弟释然，挥手道别。

我到办公室处理了一点事情，回到宿舍，小汐已经帮我把沙发套洗了，家里收拾得窗明几净。"他条件固然不错，但女人都想嫁个踏实，他的一切与我无关的时候，再好也没用，当他的所有都与我有关的时候，便没有了好丑，那才是爱情。我说的对不对啊……对不对……唔……唔……一股烟味……"

"我来求你办事呢。"

"不用求，直接吩咐。"

"态度不错！我们班 Andrew 腿摔了，在镇上看了，到现在都没好，能不能请援疆医生帮他看一下啊？"

"好，找陶院长，我拨通电话你跟他讲……"

到了年底，似乎更忙了。12月30日中医院要交付，1月2日冰雪旅游文化节要开幕，24日李县长打电话给我，国际在线城市频道有个记者要来采访，让我先跟他聊，他要处理施工单位与农民工的工资纠纷。

"你想听点啥，我啥都敢说，你不一定啥都敢写，所以你问你能写的吧。"

眼镜记者估计第一次遇到这种开场白，他笑了笑说："您应该去当记者。"

"我不喜欢套路，我喜欢挑战。"

"那好，我想了解一下我们在招商引资方面究竟有哪些与众不同的做法。"

"没有。我们都是为了完成指标，让我们的总结报告好看一点。"

"好吧，就算是为了指标，你们用了哪些方法？"

"抢，哄，骗，拉什么办法都用了。"

"呵呵,您这么说我还真的不敢写。"

"你就这么写,保证没事。抢项目其实抢的是机遇,靠的是眼光。看准了才能抢,有机会才能抢,有坚决拿下的决心才能抢,这就要看县委县政府领导的魄力了,比如单晶硅项目……"

"那哄呢?"

"哄就是服务。之所以用哄,是因为服务要贴身,要及时,要上心。一事一议就是量身订做的保姆式服务,硬件不够软件凑,让客商从啥都没有的感觉转变为要啥有啥的信心。"

"牛!那骗这个字是纯贬义词,您又怎么解释?"

"骗就是骗,我们不骗客商,骗自己。大家都觉得不现实的,我们骗自己不试怎么知道,大家都觉得没希望的,我们骗自己再谈一次看看,这种骗是一种执著,一个信念,一股精神,只有不断地给自己鼓劲加油,才能硬着头皮往上冲。"

"哦,厉害得很!还有一个拉……"

"招商就像谈恋爱,老是客客气气不行,老是羞羞答答也不行,关键时刻必须拉一下。这活一般都是领导干,因为他的话有分量,他只要一松口,客商就倒他怀里了,如果不松口,给个承诺,客商也会欲拒还迎。最后这一拉的工夫,就看领导能不能点中客商的穴位了。"

"哦,真老道!您是不是提前准备了?知道我们要来?"

"刚接到电话,不过一年前就准备好了。我们有四个'早',早签约、早动工、早投产、早见效;有四个'一',一着不让抓项目前期准备,一丝不苟抓项目工程建设,一以贯之抓服务质量提升,一如既往抓招商项目储备;我们还有四个'真',捧出真心,献出真情,拿出真功,援出真效……"

"哎呦……周处,您太哪个啥了,我哪个啥……"

"后面说的四个四个的你别记,以下午领导说的为准,如果你笑了，那你不够意思。"

"哈哈哈……"

"现在笑没事。"

2012年12月28日国际在线城市频道以"十八大精神推动产业援疆新进程——招商引资助力新疆伊犁州新源县造血功能"为题，报道了扬州援疆指挥组在产业援疆方面所做出的成绩。上、下、前、后都很满意。

昆山做的冰雪节徽章运到了，比预计的时间晚了一天。组委会领导试戴了一下，一个字"很好"。明宽问我，为啥是一个字？我说，曾经有位老红军到我们部队作报告，看了我们的操练，他很激动，激动了半天没说话，下面鸦雀无声在等着。"我就讲一个字：很好！"然后是雷鸣般的掌声。后来我们在谈心得体会的时候，有一哥们说："我的体会就两个字：非常好！"哈哈哈……

中医院临近交付的前一天，小施打电话给我："周处你能到现场来一下吗，来了个副县长，她好像对挂的字不满意。"我放下电话就过去了。

"你是负责的吗？"

我说："字是我负责的，我姓周，请问你是谁？"

"我是副县长。你们的字挂得不对。"

"哪里不对？"

"我们的文字嘛要放在你们的上面。"她加了个"你们"让在场的人很不舒服。

"听我跟你解释……"

"你不要解释，快快的改。"

"副县长，汉字是中国的通用文字。把少数民族文字放在汉字上面是对当地的一种尊重，但尊重是相互的啊。最起码你要问一下事情的来龙去脉。"

政府办的、卫生局的、中医院的、项目部的都打起了圆场。

"哎，知道你们辛苦得很，知道是援疆工程呢，我们也有规定放着呢。"

"首先门诊两个字只能挂在这里，其他地方都不合适，而这个几十米宽的门厅上面只有'门诊'两个字，如果把哈萨克文字再放到汉字的上面，就会比较稀松，不美观。我现在把哈萨克文放在门诊两个汉字的中间，既是对当地的尊重，也是考虑到两个民族书写习惯的不同嘛。汉字是从左至右排序，哈萨克文是从右至左排序，如果把哈萨克文放在对应的汉字上面，不好排啊。这个方案是我们反复权衡以后确定的，是经过县委县政府主要领导同意的，我这样解释你满意吗？"

"那就先这样吧。"

12月30日，中医院比原计划提前半年交付，这是扬州交付的首个"交钥匙"工程，也是江苏援建伊犁第一个完工交付的医院。自2011年5月与陈书记吵架为标志性开工事件，至2012年12月与副县长交锋为标志性交付事件，历时一年半，援疆指挥组与县卫生局、县中医院及各参建单位、支援单位紧密配合，齐心协力，克服了停电停水、严寒酷暑、劳动力紧缺、原材料上涨、地震等不利因素，提前半年完成建设任务，同时获得自治区建设工程"文明工地"的称号。

交付仪式刚结束，中医院董院长就悄悄跟我说："周处，电梯又出毛病了，昨天把一个人关里面，弄了半天才出来。"

"不是让他们来更换配件了吗？"

"唉，搞不成搞不成，万一出了大事可就晚了。"

"今天是吉日，先不谈这事，我了解一下。"

晚上吃饭碰到在县人民医院上班的陶院长，他跟我说："萨哈牧区的那个小孩需要住院做个小手术，问题不大。小孩父母是哈萨克牧民，没有那么多钱，你侄女给垫的。你找找我们医院马院长，看看能不能把床位费给免了，别让你侄女又帮着找人，又忙着照顾，还要自己贴钱。她来支教，本身就没有收入，太难为她了……"他的一番话食堂吃饭的人都听到了，老夏说，以后小周老师在食堂吃饭不要再交伙食费了。李县长说，不容易啊！太感人了！我给马院长打电话，能免的都免，不能免的指挥组出。她人呢？

我给小汐打了个电话，她在路上，给他们母子俩买了点吃的送过去，等一会儿就回来。食堂小罗说，哦，这丫头真好，经常来食堂帮我摘菜洗碗，还给我儿子补外语。唐主任说，有次碰到她从中巴车上下来，她跟我说路上开了两个多小时，这还不算萨哈到喀拉布拉镇那段山路……

"不得了不得了……老周啊，这些事你知道吗？"李县长问我。

"我不知道，每次她都说搭便车回来的……"

小罗说："那个地方没有自来水，全是拉的山泉，她每个星期只能回来洗澡。"

援疆的女医生说："有段时间你出差了，她找我拿药，我一看心疼死了，她练骑马把屁股全磨破了……"

小施说："有次她到办公室找我要点复印纸给学生画画，她说他们那边经常停电，天一黑就不敢出去了，一个人在宿舍发呆……"

"不得了不得了，这姑娘我们要大力宣传，小唐你记住，以后每个星期指挥组派车接送，她在食堂吃饭伙食费全免，老周你找个时间我要跟你去一趟，我都不知道这个地方。"

我听了眼圈发红，这些事我真的不知道，没想到她做得这么好，没想到大家都记得她的好，她用了半年的时间，默默地在扎根，扎得那么艰难，扎得那么顽强，一直扎到大家的心里。

大家吃完陆陆续续都走了，我让小罗早点回去，我在这儿等。小罗不肯，她让我打电话问问她还有多长时间，她要给她热菜。电话响了两下掐了，小汐气喘吁吁地进了食堂。"怕罗姐等，我跑回来的。"小罗进了厨房间，一会儿端出来六个菜。

"丫头，多吃点，这是昨天烧的排骨，这是前天烧的鸡腿，这个狮子头还是跟你叔叔学的，我都给你留了放冰箱了，快吃吧，都瘦了……"小汐说："谢谢罗姐，你想把我喂成个大胖子呀……"我点了根烟在旁边默默地看着。罗姐把刚才大家聊的话都学给小汐听了，小汐看看我，伸了下舌头，"我叔每次借人家车都欠人家人情，我就自己坐线路车回来呗，就是车里的味道太难闻了，嘻嘻……"

"说吧，还有啥事瞒着我。"出了食堂我把脸一拉，小汐还真有点怕怕的。

"我开始不愿坐线路车，又破又慢，我都是在路边拦车。有次我拦一辆小车，小车没停，后面一辆大货停了，我留意了一下牌照，是陕西的，就驾驶员一个人，我就上去了……路上他开始不老实了，说些荤段子，然后说打火机掉他座位底下了，让我帮他找一下，我才弯腰准备找，他就伸手摸我，无论我怎么喊，他都不怕，我只好打110了，他听我报出了他的车号，报出了具体的地点，才把我赶下去……后来……我坐警车回来的。警察知道我是来支教的，特别客气，让我千万一个人不要拦车，老老实实坐线路车……我以后不敢了。"

"还有什么事？"

"没有了。骑马的事我跟你说了，我现在会骑了，我还骑马去买菜呢。"

"小汐你给我记住了，任何时候任何事，孰轻孰重要分清，在人身安全面前,人情算个屁!更何况我还在两个单位任职,我让发改委和开发区的车送你一下有什么不可以?我让项目部的车,朋友的车接你一下要什么紧?你不是去玩的,你是去支教的,一个女孩子接送一下是应该的,指挥组也有车。规定是死的,人是活的,你打个电话,他们肯定不会不管的。万一遇到危险,这个代价多大你知道吗?你不能因为怕麻烦我们,最后给我们找大麻烦,我早就说过你离开新疆的时候一根汗毛都不能少,现在呢?"

"没少呀,好好的呀。"

"那你找人家张医生拿药干什么的?"

"啊,不会吧,她怎么连这个都说呀?羞死了……"

"赶紧上去洗洗吧,明天下午带你去滑雪。"

"哇!太棒了……"

我们一家,都是人嘛!

有奖竞猜式取款

1月2日，新年第二天，伊犁州第七届"雪之恋"冰雪旅游文化节暨2012—2013国际雪联越野滑雪中国巡回赛拉开序幕。在滑雪场搭建的主席台背景板上是"'江南'舞冬韵 雪恋那拉提"几个大字，背景板左侧是LOGO，右侧是吉祥物"源源"，冰雪节标识制作成巨大的气模，固定在主席台两边。"这个是你设计的，我见证了。"小汐裹得像个粽子，说话声音从围巾里发出来，还带着热气。

县委曾书记在致辞中说："本次活动由自治区旅游局和伊犁哈萨克自治州人民政府主办，新源县人民政府、伊犁州旅游局等单位承办。此次旅游文化节包括滑雪表演、马拉松长跑、冰雪趣味娱乐活动、社火狂欢、元宵灯会、焰火晚会等内容。作为第七届冰雪旅游文化节活动的重要环节，国际雪联越野滑雪中国巡回赛那拉提站比赛将在1月10日至11日举行。作为国际冰雪赛事，来自全球的滑雪爱好者将齐聚那拉提滑雪场……这个冬天，新源不再冷，这个冬天，新源不再远，欢迎国内外各地的嘉宾友人，滑雪健将，释放你们的激情吧！与那拉提的雪花一起起舞，舞出冬之韵，奏响雪之恋！"

满山遍野近万人发出欢呼，小汐拉着我往滑雪练习场跑。"我上次学得差不多了，今天再滑一会儿就OK了，快点，马上人多了。"

由于冰雪节放了两天假,周末就不放了,小汐买了好多菜带着,唐主任派了辆车送她回学校了。援疆指挥组开了年终总结会,李县长在会上点评了各处室的工作,布置了放假前的任务,提出了明年工作的重点。初步定于1月15日放假,2月27日返回。

单晶硅项目尽管一赶再赶,还是未能如期投产,而且距离投产还有很长的一段路。1号车间不具备安装条件,空气清洁度不够,污水处理设备未安装,环评未批,土建还需要一周,照明电未通,生活用水未接,380,220电缆未到位……那拉提新能源公司几个股东一起赶到新源,与县委县政府领导再次碰头,研判上一段的问题,共商下一步的方案。最后曾书记很严肃地提了四点:"第一,我们是协助你们融资,不是义务,你们的融资资料要完备;第二,这次要把2000万的借款从金三鼎新能源转到那拉提新能源公司名下;第三,现在不要去追究谁的责任,要研究如何加速向前推进;第四,与施工队之间不要再发生冲突,上次的事件影响很坏。"

忙完单晶硅的事,再理二中的事。为了确保明年按时完工,按期交付,我们与二中项目协调小组进行了座谈。李直接提出了四个问题:配合度不高,协调性不强,计划性不周,目的性不详。从交付到投入使用需要多少资金?资金构成如何?工作进度制订了没有?任务分工细化没有?其实交付以后的事主要由教育局和二中完成,资金也不是我们出,但交了以后用不起来等于没用。我们不是多管闲事,而是友情提醒,我们提前交付的可能性几乎没有,所以他们内部设施的完善要与我们穿插进行。

省指年终前分组到各个县检查考核了一圈,回去以后开了个总结大会,李县长回来传达了会议精神。他说:南京援疆指挥组研发了社区管理模块;江宁开设了援建特克斯网页,江宁电视台播了46集援疆题材的新闻特写；南通上了《人民日报》，报道了一个教师，还有他们先进的教育模式；盐城指挥组的小援疆；泰州的援疆医疗队；镇江100万科技扶持资金创几何效率；还有感动农四师的十大先进人物，建立现代警务机制等等。兄弟市的援疆指挥组利用自身的特色优势，做出了不同凡响的成绩，尤其在宣传报道上比我们好得多，这一点值得我们反思，今年是我们援疆的收官之年，我们要好好总结，加强宣传报道，办公室这方面要多请教老周，把我们的典型树起来，把我们的事迹传出去……

会后，我找小施了解了一下中医院电梯的事。施淙欲言又止，很模糊地说供应商是州里一个什么部门什么领导的什么人，上面好像专门给领导打了电话。我说该照顾的关系可以照顾，但如果质量出现问题，造成严重后果，我们必须追根溯源。

因为要等小汐放假，我订了18号的机票。指挥组其他人都走了，我到银行准备取点钱。我们援疆的第一年新疆没有给我们任何补助，好像是从第二年开始的。老夏给我们每人办了一张工行卡，平时我们基本不取，年底一次性取完。

拿着VIP金卡排了半个多小时，终于挪到了窗口，我一脸笑容对着大玻璃里面的眼镜男说：麻烦看一下卡上多少钱，我都取了。不料里面丢出一句话：我怎么能看到你卡上有多少钱，那不是泄露客户机密吗？我说没事，我输密码你告诉我还有多少。眼镜男一脸不屑，鼻子里一哼："你在银行干过吗？哪个银行能看到客户的余额？"

靠！遇到奇葩了！"你是不应该看到，但是我输了密码就等于授权了，你不就看到了吗？我不知道卡上有多少钱，怎么知道取多少？"这时，大堂经理过来了，他解释说，客户要先到柜员机上查询余额，然后再过来取。我说好吧，我知道该怎么做了。

"你给我取1万。"

"取了。"

"再取1万。"

"没有。"

"9900。"

"没有。"

"9800。"

"没有。"

"9700。"

"没有。"

"9500。"

"有了。"

……取了。

"再来,90。"

"没有。"

"80。"

"没有。"

……"20。"

"有了。"

有奖竞猜式取款

这个地方有意思,取钱像有奖竞猜,猜对了比中奖还高兴。

小汐和我一起到了扬州,她要和同学、朋友玩几天,然后再回盐城陪妈妈过年。

我回来以后,老太太一个劲叨叨老房子没有人住,白蚁把柱子都蛀空了,屋顶有几处漏雨了,天井也被人家占了……她说好多危房人家都申请什么置换啊,我们要不要申请啊?你一年到头在外面也没时间去问问,我现在年龄大了,爬你这个六楼已经费劲了,要是能申请到解危房,你们给我换个二楼的我自己住。确实是的,我不在家好多事都耽误了,在外尽忠,回来尽孝,老太放心吧,这几天我就去办。

儿子比我晚了几天放假,这次跟以往不同,强烈要求学开车,他们几个大学同学商量好了,初五就回学校,一起报名学车,他想先感受一下。我找了个没人的地方,跟他讲了一下基本要领,他就开始起步了。我教别人书法的时候,只要看一眼他(她)下笔,就能判断这个人"笔"感怎么样。同样,儿子一起步,我就能感觉他的"车"感很好,学起来应该很快。

我跟他讲了两点最关键的,第一,只要动方向盘必须先看相应一侧的倒车镜;第二,脚跟不动,脚掌在刹车和油门之间视情况提前转换。一个多小时练下来,我问他是不是在哪儿学过,他说我开的时候,他在旁边看看就差不多会了。牛吹完没一会儿,练倒车的时候,车屁股撞到了树上。我把树当成站着的老头,告诉他怎么固定现场,怎么拍照取证,怎么报警处理……这比训斥发火好多了,他知道一点小小的事故,会带来怎样大大的麻烦,冷静不是靠嘴上说说,而是遇事以后有成熟的预案。

陈达伟书记病榻之上仍心心念念前方的一切,25号回到后方的前方指挥组在建筑设计院召开了援疆"交钥匙"项目推进督查会,陈书记亲自到会,亲自讲话。他说:"非常想念大家,这段时间我一直在积极治疗,目前正在康复中,春节后我一定去新源与你们一起打好收官之战。我把你们带过去的,我还要把你们带回来。"小唐可能长时间没有和陈书记在一起了,该鼓掌的时候,他忘了。

会议按照中跃城建、兴通集团、代建公司、建筑设计院潘院长、施淙、夏鸣、唐乐、周弈的顺序作汇报发言,陈书记作重要指示:

"两个交钥匙项目是援疆工作的重中之重,从大家的发言来看总体可控,总体良好。下面我讲几点意见:一、准备工作要立足于'早'。人、材、资金要准备好,把施工班组靠实,工程要进行量化，要有预案，尤其要备齐、备足、备好材料……按进度拨资金，资金不要停留在总公司，更不能挪用……二、工程进度要立足于'快'。春节后要抢进度，要排到每个单体……三、工程质量要立足于'优'。确保安全，确保万无一失，创天山杯的奖励政策不变……四、工程扫尾要立足于'紧'。用竣工验收的时间倒逼工程进度，力争6月底二中主体交付，决算审计，档案移交等工作提前计划好……拜托李县长全权代表我负责全盘工作……"

  李最后点评了两个项目2012年存在的不足：一线队伍不足不强，资金筹措不充分不及时，质量把关不细不严，计划编制不实不透，矛盾处理不及时不到位，一线管理人员责任心不强……他希望三位不在一线的老总要有清醒的认识，抓住会后节前的时间，有所动作，有所进展。

  散会以后，我到潘院长办公室，想请教一下老太太说的解危房的事怎么操作。老潘听完以后直接拿起电话跟主管部门领导说明了情况，并请他予以关心。领导通情达理，一二三告诉我需要什么手续，什么程序，到哪哪哪，找谁谁谁。

  我用了两天时间就把手续办齐了，儿子说这么高效的政府，怎么还有人说懒政呢？我心想小屁孩说了你又不懂。开车去领了一箱组织慰问的包子，然后又被拉去教他学车了。

  儿子最喜欢吃扬州的三丁包，结果让他大失所望。我尝了一个，确实难吃，包子竟然是机器做的。晚上，我写了篇博文《论扬州包子的正确性》。

  ……

  机器生产的包子，长的一模一样，皮上的褶是模具压出来的，假得像工笔画里的光芒。包子皮没有弹性更没有韧劲，筷子一夹，皮就破了，吃到嘴里如蘸了水的面包。包子大小看上去还算正常，咬一口以后，里面是空的，馅心在包子皮里如同鹌鹑蛋在大锅里，那种空旷正好能塞进大家的埋怨。

包子吃的是烟火味，市井相。面是要反复揉的，皮是要使劲压的，馅是要填满塞的，褶是要慢慢捏的。考究一点的，还要讲究一口下去以后皮与馅的比例，皮与馅的咸淡中和度，还要讲究出笼的看相，汤汁的多少，细糯的程度……

正因为有了这么多的讲究，所以才有花园的菜包，怡园的肉包，冶春的蒸饺等各不一样的强项，人们可品尝到同一品种不同味道的扬州早点。这种各家承传的配方用得着标准化吗？这种心手相应的技艺机械化行吗？

扬州包子是扬州的一张名片，规模可以扩大，市场可以做大，但一定要让人吃上正宗的手工包子。做人要厚道，做事要地道，扬州包子应拒绝工厂化、机械化、标准化、规模化！

儿子看我还在玩博客，问我为什么不发微信朋友圈，他教我怎么从博客"搬家"到微信……然后"语重心长"一番：老子啊，要想不老，一定要能玩转最新的电子产品。

2013年除夕拜年是微信与短信共存的一年，微信的优势已愈发明显，短信因好多人未换智能手机而残存于世。因厌倦了春晚的套路，我们父子俩将声音调到最小，来了一次长谈。

"来，谈谈你对未来的规划，比如考研的问题，将来就业的问题，找对象的问题……"

"老子，你放心，都没有问题。"

"那就说说为什么没有问题，哪来的自信？"

"首先我成绩没问题，都是90分以上。能力你放心，我是优秀学生干部，组织了那么多的大活动……现在是预备党员，嘿嘿，好像比你入党还早一年吧。身体更没问题，每天一场篮球，每天健身一个小时……我不想考研,不是我考不上,我觉得一般院校的研究生,还不如我们985的本科生吃香呢。"

"我承认,研究生不一定水平就高哪去,可现在成了就业的杠杆。相对于本科生来说,研究生将来的就业机会、薪资报酬、上升空间都会多一些,高一些,大一些。"

"不一定。老子,我跟好多学长都聊过了,用他们读研的三年时间,如果在单位好好干,前途不比他们差。你要晓得,我们在学校学的东西到单位用不了多少,就看谁适应得快,学新东西快,融合得好。"

"我觉得研究生还是要考,考不上再就业。就业方向你考虑了没有?"

"我想到姚明的公司。"

"喂,你喜欢篮球不错,但爱好与职业不一样,职业是饭碗,是技能,是实现人生价值的平台,也可以说是未来自己创业的训练场。哎,你怎么没有考虑当公务员呢?"

"老子,你走的路我都不想走,你自己都觉得很失败,为什么还让我继续?我肯定不去那种靠开后门,找关系的单位,我就去那种凭自己本事干的地方……"

"我的个乖乖哎,哪有这种地方啊?你想当作家啊?"

"反正我不当公务员,不去部队,不想留校……"

"这个问题暂时先不讨论,我想跟你说,你现在大三了,可以找对象了,不一定要同学,学妹也可以,不一定扬州的,外地的也可以,不一定一次就成,多谈几个也可以,你什么时候正式谈了,每个月除了生活费,我还给你另外一笔恋爱经费。"

"嘿嘿,老子,你说话算数啊?"

"一言既出驷马难追。"

"好,我有照片为证。"

"哈哈,不错不错,笑靥如花,明眸皓齿,说说具体情况。"

"我们同学,湖南妹子……"

"你大二就谈了?我说怎么没时间给我打电话呢。去黄山有她吧,一起学车有她吧,挺好,如果你们谈成了,以后不要回扬州,不要留湖南,四个大城市选一个……"

"北京、广州我肯定不去,上海、深圳我们俩都蛮喜欢的。"

"那就努力吧,我先发个大红包,祝贺你们!"

"耶!老子像个老子呢……"

新年钟声敲响前,我给小汐也发了个红包,果然,钟声和电话铃声同时响起:

"哈喽哈喽……祝大叔财源广进!祝老爸快乐健康!祝哥哥身强体壮!祝领导步步高升!祝老师著作等身!祝老宝贝……嗯……恩爱一生!"

"哈哈哈……想骗6个红包,门都没有。"

"红包有了,还差一句话。"

"我现在特不愿过年。"

"怎么了?"

"因为见不到你。"

"嘻嘻……"

"我特不愿听到你的声音。"

"为啥?"

"听到就想去见你。"

"哈哈哈……"

"我又害怕见到你。"

"咋了?"

"见到就不想离开你。"

……

春节过后，北京老蒲头来了个电话，他终于打听到了山东有一家用秸秆做快餐盒的公司，他们是国内外唯一得到正式应用的以清洁制浆为核心的农作物综合利用技术群项目，他已帮我们联系好，近期可过去面谈。李县长建议带上新源经信委和喀拉布拉镇的人一起去。

当刘瀛主任和郑皓书记赶到扬州的时候，援疆指挥组的人已经出发去机场了，小汐从盐城直接到机场与他们汇合。我带着两位专程绕道来扬州的客人，去看望了一直在家休养的陈书记。下午我和郑皓去了趟永丰余，刘瀛去拜会扬州对口部门的领导。

晚上吃饭是对口支援处刘军处长安排的。刘瀛阴沉着脸说："我已经把他从手机里删了，什么玩意！"然后她讲了一通某领导是怎么摆谱的，怎么打官腔的，怎么敷衍的……"我是代表县里部门来的，上面要求对口结对，还没让他帮扶呢，感觉穷亲戚上门了，打发我像打发要饭的，没见过眼皮这么浅的人，这种人要是在新疆，都活不到这么大岁数。"

我伸出十个手指头，刘瀛掰回九个，留了个小拇指，我就这么竖着，一直到大家笑完。

到了山东邹平，看我战友又是接站，又是宴请，刘瀛很是纳闷，你怎么到哪都有朋友？听明宽说上次到烟台也是你朋友接待的，两个美女。郑皓说，这次你来了，周处安排帅哥接待你。席间，我战友端起酒杯，"来，没有一杯酒暖不过来的心，没有一瓶酒忘不掉的事，干了！"

从邹平市区到台子镇工业园区还有二三十公里的路，正常情况下半个小时就能赶到，可第二天早上浓雾，能见度只有五米。这个距离不是天气预报报的，是用生命量出来的。几次差一点追尾，五米远才发现前面有车，刹住时只剩一米了。

海利源的宋总、陈总接待了我们。陈总在用PPT介绍时讲

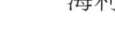

到了当初上这个项目的驱动因素：1. 改善环境的要求；2. 饮食安全的重视；3. 包装市场的巨大需求；4. 人均用纸量只占世界平均用量的1/3；5. 利益的驱动（200亿美元/年进口浆的缺口）；6. 碳排放税的实施；7. 土壤的修复需求……他们是一家中外合资股份制企业，成立于2010年，注册资本4500万元。公司目前有一条5万吨草浆原料生产线，3条可降解一次性餐饮具生产线，年产一次性餐饮具2400吨。

他们之所以称为"技术专利集成的技术群"，是因为用了秸秆机械法制浆技术、生产线的工艺设计和建设、废水资源性回用技术及废水处理系统、秸秆纤维的应用技术、秸秆营养富集物的应用技术以及上述各项技术的核心设备和生产工艺等配套技术。陈总当场拿了两个10寸的盘子，放上一大瓶可乐，他们的机械浆盘子可以一只手端着，没有任何问题，而市场上买的化学浆盘子要两只手端着，盘子中间已弯曲变形了。

之所以有这种硬度，宋总领我们去看了他们的"宝贝"，一台利用木质素变性理论研发的秸秆拉抻机，这个名字是我给起的，他们不是"粉碎"秸秆，而是靠"拉抻"将秸秆的纤维保存下来，这样就可以满足餐具的韧性和硬度。他们不漂白，就是本色，而且最大的好处是可降解。

郑书记看了赞叹不已，他介绍了喀拉布拉野生芦苇的情况，以及秸秆利用的现状，刘主任介绍了新源经济社会发展的情况和政府招商引资的一系列优惠政策，我介绍了各地援疆的情况，以及内地人对新疆的感受，我们共同表达了希望他们去新源投资的愿望。

宋总说，海利源第二个基地已经在建了，我们的合作模式是技术、设备由我们提供，技术人员、管理人员我们派遣，适当也投一部分资金，包产品销售，但我们必须要和当地的大企业合作，哪怕让他们占大股都可以，否则我们不敢去。

回到新源以后，我们跟李县长做了专题汇报。李认为没问题，他来找肖尔布拉克酒业的王总，他们不是要用纸箱装酒嘛，正好可以一起合作。

李洺川的理想很丰满，但现实很骨感。辉能（扬州）的泉水开发项目，因为一把大火加上负责新源项目的小向总的离职而宣告搁浅；天地人的钢结构项目无疾而终；单晶硅项目的投产日期一推再推；肖尔布拉克酒业无意投资陌生的领域，芦苇开发项目只能先等一等。

是暖气太热了，衣服穿少了，还是在工地上受凉了，就感觉咽东西的时候嗓子疼，还有点怕冷。拖了两天更严重了，到了中医院找医生一看，发烧39.5度，扁桃体化脓、肿大。院里领导很重视，建议住院观察两天。贾院长一边让人腾个单间，一边让我先去护士办公室做雾化。

嘴里塞上雾化器以后，我四周打量了一下。一张上下铺的铁架双人床，估计是护士晚上值班用的。两张很旧的办公桌，桌子上面压了块玻璃，玻璃下面垫了块旧窗帘布，桌子边角的漆早就没了，斑驳的地方已磨得发亮。两张椅子的靠背和座位原来是皮革的，常年磨损后座位上的皮革已开裂，有的地方已脱落，露出了里面的海绵，护士们用胶带纸横七竖八地缠了一道又一道，这种沧桑感犹如在博物馆。我们援建的这家医院，虽然有了个漂亮的外壳，其内设竟是如此简陋甚至寒酸，这不能说与我们一点关系都没有吧。

小汐电话里听说我住院了，请了假直接赶过来了。问我晚上想吃啥，护士说最好喝粥，她赶紧回去做了。下班时间，李县长和唐主任来了，他们直接到的病房，我已经躺着挂水了。老李四周看了看，觉得挺好，他不知道这是贾院长特意给安排的，医生护士的各种感谢感恩让他很受用。

迷迷糊糊听到有人讲话，眼睛一睁天已黑，小汐说，你出了好多汗，已经退烧了，起来吃点粥吧。她把床摇起来，给我擦了把脸，要喂我，我说我有左手，她说她有爱心。被喂的感觉让我觉得像猫狗，她说，你再说我就把碗放地上……哈哈哈……咳咳咳……笑呛着了，笑得要尿尿。到了厕所，她让我自己举着瓶子，我说我有左手，她说她有好奇心……我能感觉尿得不够完美，心手不一，初速度和抛物线原理没掌握好，她笑得蹲在地上。

第二瓶水挂完已经快 11 点了，让她赶紧回去睡觉，她说现在一切要听她的，让我乖乖躺着。她把我汗湿的衣服全部脱了，然后用热水替我上上下下擦了一遍，那种清爽和惬意让我蓦然一醒，"不行，我比你大太多了，以后老了会拖累你……""你用现在对我的好，换我以后对你的好不就得了，一个大男人别计较这些，睡吧。"

小汐在我脚边躺下睡了，我侧过身，把她两只冰冷的脚搂在怀里，眼睛望着漆黑的窗外。

第二天挂完水我要回家，贾院长说床位给你留着，挂水的时候用，回吧。中医院离援疆楼不远，小汐陪着我往回走，我说早晨我在几个病区转了一圈，你知道为什么我不想住院了？小汐问为啥？

"我悟出来一个道理，你听听对不对。首先，医院通过繁琐的检验，找出你所有的毛病，让你在焦虑后强化你是个病人的概念；然后通过并不准确的定性，摧毁你任何的侥幸，实施利润最大化的治疗；第三步，通过毒副作用很大的药物，以治病的名义彻底紊乱你的生理功能，用药物取代自身的天然抵抗力和免疫力，并逐步让你产生依赖；第四步，长时间的卧床，让你运动机能丧失，全身发软，四肢无力，促使你默认自己病入膏肓；第五，通过病员间不良情绪的传染，再罩上一阵阵紧张气氛，让你隐隐嗅到死亡的气息；最后，手术后遗症及药物综合征开始显现，巨额的医药费和长期的拖累让病人开始绝望，让家人失去信心，此时出现两种情况，一种人接到了病危通知书，不久便挂了；还有一种人卷起铺盖回家，不久却好了。"

"你真没良心，人家医院对你那么好……"

"不是。看到几个牧民求着医生要出院，心里不是滋味。"

"嗯，上次要不是李县长打电话，我们班 Andrew 不知道要花多少钱呢。"

"现在好了吗？"

"好了，他爸还给援疆医生送了一面锦旗呢。"

3月12日，指挥组在全面复工前开了一次会。会上再次明确，3月15日全面复工，3月30日实质性复工，9月底完工，所有任务结束时间为10月底。在各处室梳理年度工作时，我将一长溜的工作计划报了一遍。

1. 督查那拉提新能源公司单晶硅投产准备；
2. 四零泉项目开发的接续；
3. 芦苇利用项目的合作伙伴物色；
4. 首钢余热余压余温发电项目的再次确认；
5. 生物质塑料项目、娱乐城项目的实地考察；
6. 西洽会的项目准备；
7. 新源党政代表团赴扬的相关准备；
8. 扬州经济技术开发区工作访问团的接待、参观、洽谈；
9. 台湾、伊朗客商的接待；
10. 国家发改委争取项目资金的后续工作；
11. 上海三砥公司来新源拍摄旅游宣传片的所有事务；

12. 邀请岳大经济贸易学院院长来新源讲课的事；
13. 新源发改委选派 10 人到扬州对口学习的事；
14. 《新源县 2013 年绩效考评方案》的修改建议；
15. 党校授课；
16. 工程项目上与我有关的事。

李让我把需要高层推动的事单列一张表，他要向曾书记汇报。最后他通报了两件事，财审处夏鸣同志因家庭困难无法克服，经原单位同意，提前返回，他的工作由陈捷同志接替。代建公司李总因工作需要调离新源，由阙总接替他的工作。老夏能坚持到第三年我没想到，李总没能坚持到底我也没想到。我只是多多少少能感觉到李总资格比较老，性格比较倔，小施在工作上与他沟通不畅。

2013 年注定是忙碌的一年，如果仅满足于按期交付，平安撤回，我所列的那些工作可以不做，但要想增光添彩，走在江苏援疆的前列，我的那些工作就尤为重要。规定动作是正步走，所有的援疆指挥组都在一个排面，而自选动作是跑步走，看谁能跑在前面。我就像指挥组别动队一样，没有特殊任务的时候，在工地泡着，一旦有情况，立马前出。

对建筑很外行的人在工地能干什么？还别说，就是不一样。只要你别乱说话，没人知道你不懂，只要你脸绷着，没人敢糊弄你，只要你一根接一根不停地抽烟，你就能跟那帮人打成一片。没事的时候，一会儿单独跟张三聊聊，一会儿单独跟李四聊聊，记住，一定要单独，这样王五、赵六心里就发毛，不知道你在打探什么，其实你就拉了拉家常。如果王五、赵六问起来，张三李四说没聊啥，就拉家常了。鬼才相信呢……待上几天，他们在忙啥你就知道了，他们在琢磨啥你也知道了，内部有什么矛盾、有什么问题基本就清楚了。

开复工前后，基本是一天一个活动。传达完省指"改进工作作风 做好安全工作"的通知后，召开了二中项目援受双方对接会议；欢送完72名赴扬州轮训的县乡村三级干部后，指挥组与县援疆办召开了援疆项目对接会；二中全面复工仪式后，参加了由扬州援疆指挥组与县人社局牵头，县职业技术学校具体实施的"新源县抗震安居房建设砌筑工培训班"结业仪式；欢送完县发改委赴扬州发改委学习培训的10名业务骨干后，抽查了灾后重建项目完成情况和定居兴牧项目开工准备情况；参加完"扬州－新源 我与祖国共奋进 融情系列活动"启动仪式后，召开了2013年援疆基本建设项目专题会……

3月22日，我再次登上县委党校的讲台，为中青班学员做了《择善而从 投袂而起 顺势而为 借力而上》的专题讲座。

首先我讲了个故事。为什么《新疆日报》的"疆"字没有左边的偏旁？我到新疆以后听到各种版本的解释。其实"疆"的真正含义是在自己的田地周围堆上土堆，由弓箭手把守，不容外人的入侵。把"疆"写成"畺"不是错字，也不是谁的发明，长沙马王堆出土的帛书里就是"畺"，这纯属书法范畴的探讨。

我鼓励大家多读"无用的书"，这个"无用"是指课外或专业之外的，所谓的"闲书"。其实看似闲书，实则不闲，因为闲书不仅是闲暇的消遣，兴致的驱使，更是拓展的预设，延伸的布点。不知在什么时候，这些知识会为我们带来意想不到的益处。闲书没有作业，没有考试，没有必须要学的压制，没有必须学好的逼迫，完全是兴趣使然，喜好所至，这样的书为什么不多读一些呢！

在讲到大家都头疼的招商引资时，我说招商引资就好比谈对象，谈对象大家都会吧，无师自通。招商引资也一样，只要把握这么几个关键点："看得清""摸得准""粘得上""降得住""恋得深""结得快"……在说到"摸得准"的时候,下面男的在坏笑,女的憋着不好意思笑……

我说"摸得准"是指摸清情况,一般在赴约之前,你肯定知道她的职业了。比如说"你们护士的大夜班小夜班是怎么分的?""几点到几点……""那你爸爸肯定很辛苦了,每天要接送你。""不要啊,我一般都自己回去……"就这样在不知不觉中,你会了解好多的信息,下次你就准备当护花使者吧。

其实招商引资也是一样,"摸得准"是指对县里重点招商项目的把握;对产业板块、产业链以及循环经济的理解;对所跟踪项目进行背景分析、优势比较和可行性论证;掌握一些与项目相关的知识、信息,打有准备之仗;还要有职业敏感性,信息到处都有,关键你是否抓得住。

援疆三年来我的感触是咱们不缺资源缺发现,不缺项目缺包装,不缺优惠缺智慧,不缺想法缺做法,不缺胆量缺胆识,不缺正常缺超常。我们喊破嗓子,不如甩开膀子;甩开膀子,必先用足脑子!

我们在座的无论谁都想把工作干好,"干好"的最大的奥秘是什么?给自己留出最大的空间!这个空间需要向上挤,向下压,向左右寻租。接到一项任务首先要表明力争完成的决心,但一定要陈述其如何艰巨如何紧迫,困难如何之多,下调领导的期望值,争取更多的理解和支持。而向下布置的时候,要提高标准,缩短时间,同时明确自己的思路,不让下属猜谜语,不让下属走弯路,一切以高效高质为出发点。同时沟通联系友邻单位和平行部门,不要用领导去压他们,而是让他们参与进来,在合作的名义下为他们争取该得的利益,要有把军功章掰一半给他们的气度,这样你才能调度得当,气定神闲,这样你才能进退自如,游刃有余。

其实我也讨厌这么一句话"正确理解领导意图。"你是什么意图？为什么不说清楚？是不会说，还是不想说，还是不敢说？何为正确理解？你自己都说不清还要人家理解正确？正确的标准是什么？如果只有你知道标准答案为什么还让大家去猜？如果大家都懒得去猜你咋办？如果全猜错了你咋办？那你迟早还得明说，与其这样你早不说干啥？如果我们每个人弄一句话让你去理解，就能弄死你！

　　长时间的掌声……看来是说到大家心里去了……我最近一直在思考，生命的意义究竟是什么？我觉得，在于有需要并被需要着！生命的价值是什么？是需要与被需要的实现！就这么简单，一点都不深奥。

　　最后我劝各位，在体制内工作，物质上可以不富有，但精神上必须富有。看轻一切属于别人的东西，看淡一切属于你的东西，而永远不要让别人看轻你。

　　再次热烈的掌声……拍得我端着茶杯给大家鞠躬，茶也洒了。

有奖竞猜式取款

你不是你,我不是我

周五,小汐从喀拉布拉带回两小袋红米,说郑书记晚上会打电话给我。我看了一下,一袋比较杂,有板栗红的,有麦粒黄的,有青豆绿的,另一袋比较纯,基本都是红的,闻一闻还有一股稻米香,我大概能猜到郑皓又想琢磨啥了。

晚上吃过饭,小汐正跟我聊学校的事,郑皓电话到了,他本来今天要回县城的,通知明天州里有人要去镇上检查工作,他就先电话说了:

"我们喀拉布拉是县里水稻主产区,水稻种植面积约2.5万亩。多年来,始终根除不净杂生在普通稻米中的野生红米,已经影响了正常稻米品质的提升,制约了当地稻米产业的发展。为这事,我专门请了自治区粮食学校的专家来出谋划策,他们看了以后,认为我们喀镇的野生红米极具商业价值,我这几天专门查了相关资料,哦,红米的价值太高了!我给你念念哦……

"一、红米具有降血压、降血脂的作用;二、红米含有丰富的淀粉与植物蛋白质,可补充消耗的体力及维持身体正常体温;三、红米富含众多的营养素,其中以铁质最为丰富,故有补血及预防贫血的功效;四、红米内含丰富的磷,维生素A、B群……所以啊,我在想与其除不尽,不如顺其自然,任它长,我们加工的时候把它分拣出来,我让侄女带过来的两袋你看了吧,一

袋杂的是机器分的,一袋纯的是手工分的……我们镇上一年可产1000吨野生红米,如果能检测一下,确实有营养价值,我们就卖红米,老百姓致富不又多了一条路吗?"

"想法很好,需要我做什么?"我问郑。

"四零泉的水你让他们检测以后才知道是好东西,咱这红米能不能麻烦你找家权威机构给检测一下,如果确实是好东西,咱吃喝起来也有底气呀。"

"过几天我去西安参加西洽会,争取到北京绕一下,权威机构不都在北京嘛。"

"太好了!费用我们出,那就拜托你了!"

"我不在家,侄女就拜托你了!"

"放心吧。"

放下电话,小汐撅着嘴问:"你又要出差啊?"

看着她古怪的表情,觉得她好像有什么事要说。

"杏花节是什么时间啊?"

"每年都不一样,今年是4月10号左右,想去看吗?"

"嗯……你还记得我有次跟你打了很长时间电话,有个男的他爱人和女儿出车祸的那个人,他要来新源拍野杏花。"

"你不是一直躲着他吗?他怎么知道你在这里?"

"春节前,我不是在扬州玩了几天吗,有一天突然就想到他了,就想看看他现在究竟怎么样了,我一个人不敢去,就拉上我闺蜜一起去了。到了他家一敲门,出来个女的,我当时一阵恍惚,再一问,他搬家了。后来打了电话,约在咖啡馆见了个面。"

"你继续。"

"你别这么严肃撒……他已经完全正常了,换了个新环境,学了摄影,就是还没再婚。我闺蜜怕他对我再有啥想法,顺嘴来了一句,周恪已经结婚了,嫁到新疆去了。闺蜜肯定想,这么远他可以死心了。哪知道他特兴奋，问在新疆哪里，我只好说新源。他一听高兴死了，说早就想去新源了，那拉提草原，吐尔根杏花都是摄影人最向往的地方……"

"然后你们就约好了时间……"

"你别这么说话嘛……我闺蜜是好心帮我的，没想到正合他意……怎么办啊？"

"你先告诉我，你对他究竟有没有感情，他对你究竟有什么想法，你怎么界定将来你们之间的关系？"

"我对他就是同情，这次真的因为好奇……他对我开始没什么想法，后来追了我一段时间是真的，将来也不可能有什么关系……"

"好。他问了你老公的情况吗？"

"没有，他什么都不知道。"

"好吧，你这么跟他说，就说我老公知道了，不许我见你。但你这么远过来，我要是不请你吃个饭，挺过意不去的，你来了再联系吧。"

"嗯，好吧。"

"记住了，不许到援疆楼来，不许到萨哈去，不许进他房间，我会派辆车给你，驾驶员会知道他是对你有企图的客人，他会保护你的。"

"哼，分明是监视我的，你对我就不信任！"

"我是男人，我比你更了解男人。"

"就当我什么都没说。我自己会处理。"

这是小汐第一次冲我生气。在她夺门而出的时候，那既孩子气又女人范的做派，挺有"老婆"的味道。我躺在床上，写了段话发到朋友圈。

无论哪个男人在结婚前都会给他的女人画一个饼,画一条线。饼是未来,是诺言,是带香味的;线是管束,是原则,是带电的。女人也很聪明,结婚以后给男人嘴里塞了一块饼,这块饼不仅是一日三餐,更是家庭和责任。然后再用线把男人捆死,这根线有三股,一股是爱情,一股是亲情,还有一股是敌情!

第十七届中国东西部合作与投资贸易洽谈会4月5日在西安隆重举行。这类活动参加多了就知道基本套路了,首先是特装搭建,调试摆台,然后是领导验收,清馆。大领导宣布开幕,剪彩,展馆于第二天变成特色产品大卖场。各项活动转移到各宾馆举办,推介、致辞、签约、酒会。第三天拿着纪念品各奔东西。

我与其他人不一样,对琳琅满目的商品没有兴趣,倒是各省展厅搭建的风格让我看了又看,拍了又拍。山西的古城墙元素,重庆的火锅造型,深圳的邓小平长幅喷绘,安徽的徽派建筑符号等都极有特色,新疆是一个倒立的旋舞的裙摆展台,江苏是一个时空隧道的抽象设计。江苏馆正面顶端超长显示屏上是一句只有"苏大强"才敢说的话:"创业创新创优,争先领先率先,把江苏的明天建设的更好,率先全面建成小康社会。"

展馆里美女如云,有讲解的,引导的,表演的,走台的,每个厅都使出浑身解数,吸人眼球,争取让参观者能定睛、留步、入脑。新疆民族姑娘最大气,遇到有人想合影,面带笑容,展开裙裾。我突然想到了小汐……

我临走那天,在她门缝里塞了张纸条,她下次回家一定会看到的。

参加完"第十七届中国东西部合作与投资贸易洽谈会新疆日活动新疆维吾尔自治区伊犁哈萨克自治州投资项目推介会暨签约仪式"后,我和招商局云恺局长赶到了扬州。在去看望陈书记的路上，云恺说："陈书记好像对你不怎么样嘛，你咋老惦记着让我们来看他？"

"对你好就行。"

"哎，拉倒吧！对我更不怎么样。"

"那就更应该来看，你代表了一个部门。"

"啥都不买，光给钱？"

"对，这个时候正是用钱的时候。"

"回去咋走账呢？"

"修车费。"

"你连这都替我想好了？"

"那你还能写修人啊？"

路上的话和进门的话完全两样了，陈书记对刘局长代表招商局来看他非常高兴，我发现陈书记又瘦了一圈，我由衷地劝他别去新源了，路上太折腾吃不消，他把眼一瞪："我把你们带过去的，一定要把你们带回来！"我心想，我们都认路呢……云恺出来以后笑了一路。

"你不让他去啥意思？"

"我那是关心他的客气话。"

"哦，我看他对你一点没客气。"

其实我是这么想的，尽管我不喜欢他，他也不喜欢我，可他毕竟是个病人，正值壮年得此绝症，我们到扬州了理当探视慰问，物质上能帮一点是一点，精神上的安慰更重要。以前工作上的不愉快，在我心里已彻底化解，没有什么在一个人病重后还值得去计较。

第二天，我和云恺一起去杭集看了一家牙刷厂。杭集家家户户都生产酒店用品，全国酒店的各种消耗品有95%来自这里。老板是我同学的亲戚，曾去过新源，所以见面很熟，那次玩嗨了，喝大了,说,我回去动员几家一起过来。当云恺再提起这事,老板面露难色。

"我回来就跟几个老板提了,他们骂我想发财想疯了,那个地方能去吗,……我是想去呢,后来一想不行啊,他们是我的上下游啊,少一家也玩不起来。再说了,我这里招个熟手,也就发条信息的事,到了你们那里怎么可能呢……"

这叫"想当然"式招商,坐在办公室,脑袋一拍,牙刷谁不要用啊,新源离霍尔果斯口岸这么近,还有中欧班列,往欧洲、西亚、中亚运,物流成本还省不少呢,而且新源有大量的富余劳动力,牧民一到冬天就没什么事做,这不是致富的一条捷径吗?然后脑袋再一拍,扬州不是长毛绒玩具之乡吗,那玩意又不是什么高科技,一学就会,带回家都可以加工,少数民族女同胞心灵手巧,地毯都能绣出来,一个长毛绒玩具岂能难住她们。于是,我和云恺又来到了扬州五亭龙玩具城。

老板斜着眼等我们说完,然后劈头盖脸把我们教导了一顿:

"你们觉得这个小东西不起眼是吧?你们好好看看这个布娃娃,帽子、袖子、裙子、裤子就四种布料,小靴子是一家专门定做的,小眼镜是一家,眼珠子是一家,拉链是一家,头发又是一家……我们要设计、出样、裁剪、缝合、填充、包装、邮寄……还新疆呢,想你话说呢,我少个纽扣都要跑回来做,除非你们把所有的厂都搬过去,你们是干部吧?"

两个招商干部灰溜溜地走了。我想起网上流行的一句话:"连官都不会做,你还能做什么?"其实体制外的人根本不了解体制内的人,那种内敛、恪守、谨慎、玲珑绝非一般人能做到。我非常佩服那些认真做官的人,他们认真到每天晚上要反刍领导的讲话,要琢磨同事的每一句玩笑,要牢记每个潜在竞争者的简历,要留意领导们不同的爱好和习惯,要推演各种可能的人事变动图,要研究错综复杂的关系网……"干一行爱一行",我完全没有投身其中,貌似清高,实则就不入围,人家官是越来越大,咱是越做越小,难怪儿子看到我这样认为官场没有前途。事不在干多干少,要入领导的眼;话不在说多说少,要入领导的耳,人不在有才无才,要入领导的心,我这种"三不沾"怎么可能进步呢?转念一想,既然已经这样,还是做原来的我吧,把事做好,把人做好,积蓄力量寻找新的用武之地吧。

云恺去高邮了,为石英坩埚项目,我从扬州赶到北京,一是上次去山东谈的芦苇开发项目,请老蒲头想想办法,能不能换一种合作模式。另外一件事就是请吴主任再找找国家发改委有关司领导,2000万那拉提景区旅游基础设施项目因自治区发改委以新源未列入十二五规划为名,没有上报,下一步该怎么操作。当然,还有郑皓拜托的红米检测的事,这两袋米已经跟了我几千公里了。

检测红米的事交给夏总肯定妥妥的,我们俩在宾馆见了面。夏翻满面春风,他告诉我,相亲成功了!原来,从新疆回来以后,他在征婚网站上相中了一个湖南妹子。女孩比他小十几岁,未婚,机关公务员。他开始有点犹豫,不会有诈吧?结果,想不到是那么好,想不到是那么顺,见了女孩,见了女孩的父母,现在已经谈婚论嫁了,女孩辞了工作准备到北京来。

正聊着呢,微信提示音响了,小沙把我留的纸条拍成照片发过来了,接着是一串大哭的表情,一串敲头的表情,然后是一串猪头,"傻瓜,谁能抢得过你?""我要留着这张纸条,一辈子!一辈子!"我看着笑着,笑着看着……夏翻很是好奇,我决定让他也分享我的幸福,于是我给他讲了支教背后的故事……

"我靠!牛逼啊哥们,小你二十啊?!"

"爱情是两个人的事,没说是两个同龄人的事。"

"你咋给哄好的？留了个啥纸条？"

我拿出手机，点开小汐发的那张照片，夏翾接过去，念道：

我无奈曾经的你是你，我是我；
我珍惜现在的你不是你，我不是我；
我奢想未来的我就是你，你就是我……

北京到沧州有了高铁后可谓咫尺之遥，毒草的药用开发是我一直想做的事，不仅为了保护草原，更可以变废为宝，物尽其用。沧州中医药产业发展迅猛，规模庞大，大小中医药企业有100多家。小说里的自力是我战友，也是开发区的官员，他提前帮我联系了几家企业，赫赫有名的万岁药业就是其中的一家。

万岁药业曾以505神功元气袋产品打下一片江山。有关毒草制药的事经商谈，他们认为从分析认证、动物试验到临床应用需4—8年的时间，企业一般不会做这么长周期的投入。建议我们联系药物研究所或医科大学作为新药进行开发，其他几家中成药制药厂也是同样的看法。

晚上，回到宾馆，自力说他不回去了，陪我聊聊。这一聊就是一个通宵。我们一人躺一张床，一根接一根抽着烟，开始我还能陪他抽，后来实在是抽不动了，我看着他吧嗒着嘴，光吐烟，不说话，在我昏昏欲睡的时候，他才开了腔：

"我看了你网上发的小说，已经20多万点击率了，拿了多少钱了？"

"第一个月1800，第二个月2000多，现在正常在4000左右吧。"

"我自己就看了好几遍了……其实真正的故事比你写的还要精彩，小燕死了以后我就没再找过女人，看谁都没她好，她走了，把我的爱也带走了。每到清明和她的生日，我就做几个她喜欢吃的菜，到墓地陪她待上半天……她也不喝酒，我就自己喝……我能听到她说话，她说下面都是老人，她没有朋友，他们经常在一起打麻将，她就自己在旁边看，她不敢一个人在家，好多男人打她的主意……她晚上一个人睡很冷，以前都是我帮她捂热了才回家，我以前喜欢闻她的小脚，她现在还是每天洗两次……她身上又出疹子了，以前都是我给她抹药，可我上次忘带了……下面没有阳光，要跨过几道门才能见到光亮，可她爬不过去，那些看门的小鬼要她脱光衣服才让她过……我用纸折成宝剑烧给她，她说不用了，她会乖乖在黑屋里待着，等我……等我一起去看日出，就像从前一样……"

自力流着泪，吧嗒着嘴，一口接一口吸着烟，断断续续地更像是自言自语。我坐起来，陪他又点了根烟，想问问他夫人女儿现在怎么样，他似乎还没走出来。

"我现在天天练字，她喜欢我的毛笔字……我把想跟她说的话全写在宣纸上，我在墨里掺上她以前用的香水，然后把写好的宣纸折成衣服，裙子，帽子，锁在办公室柜子里，下次烧给她……你肯定觉得我有点不正常吧，其实你没有真正爱过，当生命在延续时，爱是稀释的，当我们想把爱浓缩时，爱的人已经等不到了……"

我本来还要多待一天，可不管他怎么留我，我都坚决要走，我要赶紧见到我的小汐。

辗转三十多个小时，赶到萨哈已是深夜，周遭没有一点灯火，树木在风中打着冷颤，我敲了敲小汐的门，里面没有一点声响。我又轻轻敲了两声，"谁？"带着颤抖的声音在问。"我，开门。""谁？""大叔来看你了。"门里一阵搬东西的声音……

推开门我看到一个退了好远，手里拿着手电的小汐。

我放下行李，门旁边有张椅子，估计是夜里用来顶门的，我按了一下电灯开关，停电了。她依然站在原地一动没动。我过去想抱抱她，被她一把给推开了……

"自己看吧，我这儿没藏男人。"

"你？"

"你突然袭击，不就这意思吗？"

"不是，你想哪儿去了……"

"你还在怀疑我，以为人家没走，被我藏在这儿了，所以你提前回来，想逮个正着。"

"住嘴！你怎么变得这么……"

"你还会说我想你了，所以提前回来了，对不？"

"对，我是想你了，我连续三十多个小时马不停蹄往这儿赶，就是想给你个惊喜，就是想早点见到你……"

"你就不会重编个理由吗？"

"小汐，如果不爱了，请不要伤害，我没有做错任何事，要错就错在我以为你还是原来那个小汐，那个需要一个爸爸，需要一个哥哥，需要一个爱人的小汐……"

我拿过手电筒，打开行李箱，取出从北京给她买的一件风衣和一盒烤鸭，还有两本上课用的寓言故事……就在我准备离开的时候，她双手抱在胸前，拦在门口。

"你今天别想走，你走我就喊！"

昏暗的门后，幽怨的眼神，起伏的胸膛，粗而不匀的鼻息……我托起她有点僵硬有点抗拒的身体，直接扔到了床上……

急促的喘息渐渐平息下来，两个大汗淋漓的人相拥着，仿佛翻腾的云跌落成了雨，浸湿了干涸的地……她揉了揉我被她咬出血印的肩胛，问：

"疼吗？"

"遇到狗了有啥办法。"

"你疼咋不叫呢？"

"哦，夜深人静的，你嘴里含块肉，让我叫……"

"那你也咬我呀……"

"咱俩中间对齐了，两头就不齐了，我咬啥……"

"哈哈哈哈哈哈……不行了……笑死了……"

我问她，如果我的生命还有两天，你怎么爱我？她说，我……我会拉上窗帘，点上好多蜡烛，把地上撒满玫瑰花瓣，然后像现在这样躺在你怀里，让你亲个够……

你为什么问这个？要是我还剩两天呢？我说，我会背着你去你平时喜欢去的地方，在每个地方让你留个印记，将来我会每天重走一遍……

小汐看看我，一把将我搂得紧紧的……

"你为什么不问我那个来拍照的人？"

"往前走的人回头看一眼就看一眼吧。"

"你真的这么大度吗？"

"不是大度，是胜利者的姿态。"

"我要是没你想的那么好呢……"

"你所有的错在我这里就一句，下次注意。"

"你不怕把我惯坏了？"

"坏女人才生动。"

"那我就使劲坏使劲坏……"

……

回来没待几天，县里召集几个部门的人开会，党政代表团准备25号到扬州，与往年一样，小分队先打头阵。

"你们一到过节就回扬州了，还假装是工作，哼！都有意安排好的。"小汐听说我又要走，不高兴了。我跟她解释，市对口支援办公室设在发改委，我肯定要回去帮着协调一些事情……"不听不听不听……"我想起微信里的一句话，没有什么事情是一顿火锅解决不了的……"不吃不吃不吃……"我又想起了对付女人的通用绝招："包"治百病，"不要不要不要……"

"小汐同学，给你最后一次机会，你可以提任何要求。"

"陪我去洗头，我头痒死了。"

艾玛，我以为啥呢，就这要求。到了理发店，排了好多人，周末生意特好。我拉着她到家乡好超市买了洗发水和护发素，又买了一推车的零食。回到家，我脱去外套，挽起袖子，"你帮我洗啊？""咱先说好，就洗这一次，不能上瘾哦。"

脱了外面衣服，小汐头冲外，躺在了床上。给她盖好被子，用小毛巾遮住她的眼睛，用大毛巾垫在她脖子下面，我先帮她松了松肩，按摩了一会儿脖颈，将手伸到她后背下面，沿着脊椎做了几个来回的托顶，然后在她胸廓上沿轻轻按揉了几下……我能听到一声惬意的呻吟。

用木梳梳理了她的长发，抹上洗发液，滴上温开水，从中间往四周，从发根到发梢，用指尖压，用指肚揉，将两手插入头发根部，用指缝夹住头发，轻轻地提……洗到耳后的时候，能听到她喉咙里咕噜着浑浊的声音……热水清洗完以后，我用大毛巾帮她搓干，用棉签清理了她粉润的耳朵，又给她按了按头部，小汐早已去了甜美的梦乡……

"沾衣欲湿杏花雨，吹面不寒杨柳风。"烟花三月的扬州迎来了远方的客人，市委姜书记在迎宾馆接见了新源党政代表团一行，曾书记在座谈时说："扬州的援疆干部在伊犁州是一流的，州委李书记对扬州援疆工作是满意的……年初，陈达伟被评为州道德模范，去年底李洺川在县领导班子考核中与薛书记并列第一，这是很少见的，说明洺川的工作得到了大家的认可……"

姜书记说："援疆工作是一项政治任务，工作上取得的每一点成绩都是县委县政府支持的结果……很欣慰听了曾书记的介绍，援疆指挥组以项目的实绩取信于民，我们的干部得到了锻炼，得到了成长。达伟同志大病一场，仍心系前方，铭川同志主持工作，高标准，严要求，我们没有听到援疆干部不好的反映……我们要超前谋划下届的援疆人员，干部要配得更强，资金确保安排到位，产业上尽我们的力量，我们体量小，但我们要努力，要发挥新源的比较优势，选派专业干部可与两个区协商……新疆的三股势力还很猖獗，希望大家注意安全，平安归来。"

在与组织部申部长工作会谈中，曾书记再次为援疆干部呼吁："建议给回来的援疆干部一个好的交代，好的安置。另外我不赞成整建制地撤回，不利于工作的衔接，个别援疆干部可留任1—2年……下届援疆干部的选派能否做一些调整，懂信息化管理的干部，懂项目编制的干部我们欢迎。教师和医生可增加一些人，我们非常需要。带队的领导很重要，要选好，我们更欢迎能抓经济工作的……产业援疆我们再与开发区、发改委对接，同时争取两个区的支持。"

申部长对曾书记提出的请求逐一予以回复："县委对援疆干部的评价非常好，两地政府对援疆的认识都很高，我们派去的干部，除了在指挥组任职还担任了其他职务，县委县政府给了他们一个很好的平台……我们对在外工作的同志都会高看一眼，他们付出了很多，请曾书记放心，我们会考虑的。新一届援疆干部的委派，我们会尽早研究配备，不比第一届差。人员结构安排作相应调整，园林、城市信息化等方面增加名额，改变一年半为期限的规定，可进行短期轮换。干部留任的问题，先征求个人意见，我们再考虑，愿意留的我们鼓励支持。专业干部我们可以适当增加，县市区的选派与市里的相结合，区里可自行协调增派……"

曾书记提到留任的事，我不知道指挥组其他人有什么想法，有次和李县长出差，他说曾书记希望他再留一届，在疆期间可以解决正处，回去后更好安排，李说，我不回可以，你也别走，曾便没再提及。曾书记第二个想留的人应该就是我了，一次在开会的时候，曾说，周弈你一个光棍着急回去干啥，在哪儿不是待着。还有一次在他办公室，曾书记很认真地说，周弈，你副处职扬州不给你我给你，你留下。我没有像李县长那样婉拒，因为他回去肯定是要提拔的，而我是不可能的，我对扬州来说就是一个游子，回去也是被"深埋"，回去干啥？对口支援处的老刘快60了，还在痴心不改地"排队"，我是不会这么"顽强"的，因为我有限的生命不会一直顽强。

曾书记说给我个副处职，我相信他能做到，但扬州组织部是不承认的，因为我的组织关系在扬州，提拔任命权在扬州组织部，除非我把组织关系转到新源来。转业的时候我就是副处级了，为了一个"副处职"做这种事，吃相太难看了，绝不是我的风格。真的留下，就等于再援一届，继续做个被领导者，继续我没有做完的事，仅此而已。

这事放在以前，我一口就答应了，可现在有了小汐，如果我留任，她怎么办？回扬州？估计不可能；继续在萨哈支教？我不忍心；调到县城来？她不会同意，我也觉得不妥……再说，两个人的关系迟早要明确，一旦公之于众，她就成了以支教为名，行女爱之真，而我则成了以留任之虚，行男欢之实……如果是这个结局，还不如见好就收，打道回府。

因为又要出差，《2011—2015年援疆综合规划》中期评估工作又不能耽误，临走前，我结合我分管的工作，以及规划执行

中发现的若干问题，写了一份《援疆五年规划中期评估的有关建议》

1. 援疆规划要与当地十二五发展规划相衔接，同时结合援疆的实际情况，提出地方十二五规划的中期调整意见。两个规划相互协调，互为补充，同时充分考虑支援地的优势资源和产业特色，充分调研受援地的所需所求以及发展愿景，使援疆规划更合当地实情，更贴两地实际。

2. 援疆规划项目与当地各部门的规划项目要合理错位。充分调研哪些项目有哪些专项经费，哪些项目可以申请国拨资金，哪些项目可以采用BT方式等等，使有限的援疆资金用在最合理的地方。

3. 建议省指与自治州、自治区充分沟通协调，在资金捆绑使用问题上给予明确表态，不能人为造成障碍（自治区专项资金的使用考核问题）。

4. 列入规划的项目资金额度需经专业机构进行认证，不能凭空想象，不能做简单的数字平衡，同时要充分考虑年度价格上涨的因素，避免超支超概，避免捉襟见肘。

5. 在富民安居、牧民定居做到一定数量的时候，适时调整援疆资金的投向，不宜用50%的比例限死，这需要结合各县不同的情况，区别对待。

6. 建议每年的援疆资金给各指挥组留有一定比例的自主支配权，所使用的方向及具体项目可上报省指和支援地后方备案，以用活用好为原则，让援疆资金发挥撬动作用。

……

回到新源，由扬州援疆指挥组牵头，援疆医生赵明俊、叶东升具体实施的伊犁州直"居马泰式"乡村医生眼耳鼻喉科专业培训班已圆满结束。指挥组向全州乡村医生捐赠专业器材和书籍达数万元，共培训州直乡村医生160多名。

居马泰·俄白克是伊犁州特克斯县包扎墩牧区哈萨克族乡村医生，包扎墩牧区最高海拔超过4000米，牧道奇险，每年都有牧民或马匹不慎摔下送命。居马泰20多年来奔走在大山里，巡回医疗20万公里，用精湛医术救死扶伤，做牧民生命健康的"守护神"，荣获全国"最美医生"称号。

工程项目是我们当下工作的重中之重，李县长恨不得拿着鞭子天天站在工地上，但各种疑难杂症终须一一攻克。回到新源后我们规划建设处用了五天时间，来了一次巡诊。从别斯托别乡设施农业项目的扫尾，到县工业园区基础设施配套建设项目的推进；从约谈二中、中医院项目现场负责人，到商谈项目推进与结算审核情况；从与教育局共商二中、四中新建项目场地衔接问题，到二中、四中新建项目专题会议……剖析工程推进中的肠梗阻问题，优化解决方案，协调相关部门，合力攻关，共同推进。

5月10号周五晚上，小汐回到援疆楼正赶上开饭，食堂罗姐问她："丫头是不是回家过五一了？咋又瘦了？"小汐冲她眨眼，已经晚了，我全听到了。丫头端着餐盘，躲进了厨房间。

我跟着她到了宿舍，她像个犯错的孩子，自己拿了衣服洗澡去了。她放在洗衣机上的牛仔裤裤腿上全是水泥……这个不省心的小东西肯定有什么事瞒着我。

"我们学校连块水泥地都没有，做个户外活动也没地方，下雨下雪教室里都是泥巴。"

"然后呢？"

"正好聂总他们在做露营营地的硬化，我就跟校长商量帮我们学校也做一下……"

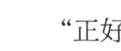

"然后呢？"

"做工程的量了一下，240个平方，60块钱一个平方，要14400块钱，学校没这么多钱，后来聂总让工程队给我们优惠了，还差5千多，我就给出了。"

"然后呢？"

"五一正好学生放假，你又出差了，我就没回援疆楼，跟他们一起把活干完了。你不知道学生来了以后看到水泥场可高兴了……"

"站好！你给我听着……"我这一喊，真把她给吓一跳，"以后遇到这种事……一定要算我一份！"小汐愣了一下，回过神来抱着我脖子缠在我身上。

否定之否定

陈书记在他夫人和维扬区政府办秘书的陪同下,终于回到了心心念念的前方。一个180斤的壮汉瘦成了120斤的小老头,所有人见了除了心疼就是叹服,这是一种什么样的意志力在支撑着他!

到新源的第二天,陈书记就到了工地。在所有施工单位负责人参加的会议上,李县长开场白特地点明"陈书记返回新源的第一个工作日就来到二中工地,说明工程的重要性……下面请陈书记做指示。"

陈深情地扫视了一圈,讲了自己的身体状况,讲了各单位对自己的关心和问候,讲了怎么想念大家的,怎么牵挂前方的,最后他提出:"我还是那句话,只有努力才会改变,只有努力才能改变!从现在开始明确一个总的目标,确保9月份二中能正式使用,两方面共同推进,采用倒逼法,按每周每天来排计划,相关工程同步完成。抓进度要确保,抓质量要确保,抓安全要确保……"

两天后,伊犁州电视台突然要来录制一个援疆指挥组会议现场的视频,陈书记说要拍就拍真的,我们就正儿八经开会。在镜头对准他以后,他开始讲话:"前期工作在李县长的带领下取得了很好的成绩,我是满意的……下周六我们正式开会,小施谈工程类项目推进情况,老周谈援疆以来的产业援疆情况,小张谈专业技术人才的发挥,干部人才的交流情况,小陈谈资金的使用情况,唐主任通报重大活动的情况,年终我们要刻个光盘,还要做个PPT,小蒋平时在公安局上班就不要发言了,李县长主持一下,我最后作一些指示。"

小施后来跟我讲,老李早就让小唐联系电视台了,要加强宣传,加强报道,人家一直没过来。陈书记一回来,人家就到了,天意啊!

我搞不懂的是为什么陈书记的事迹没有好好包装一下,电视台应该大张旗鼓地宣传他,而不是像这种巧合。李县长的专访没有问题,19号上海三砥影视公司就要来拍新源旅游风光片,给补一个就是了。

县里对这次3D拍摄非常重视,薛书记专门开了协调会,由我统领,宣传部郑部长负责对接协调,哈萨克族的塔部长全程陪同,县歌舞团全程配合,县广电局派人一边学习一边同步拍摄。第一天安排在那拉提和阿拉善哈萨克第一村,主要拍摄叼羊、姑娘追、迎亲仪式,空中草原日落、日出,牧民新居、零公里、巩乃斯河。

在机场接到高总他们的时候,我与公函上的名单一一对上了号。胡编导是个个头不高的小帅哥,周伟是主摄像,一看就是技术型人才,又高又大的方成是辅摄像,戴着帽子扎着马尾的美女便是主持人刘艺了。听高总介绍,刘艺可是名人,去过好多国家,做过好多节目,2006年,她主创策划并主持的《看东方·杜邦东游记》将东方卫视《看东方》的收视率推上历史最高水平。我在百度上一搜果不其然。

第二天正式开工。在国道217与218交汇处,即"零公里"附近,我们的车队被转场的羊群挡了道,他们几位像有感应一样,几乎同时下车，各就各位，抓拍了这计划外的一幕，收获了一份意外的惊喜。因为没有准备，刘艺在镜头中没有出现，她利用这个时间问我什么叫转场，我告诉她：哈萨克是游牧民族，由于地势、海拔、气候、温度的不同，牧草生长的情况也不一样，他们分春秋牧场、夏牧场、冬牧场，哈萨克人"逐水草而居"，这个季节他们转到高海拔的夏牧场，入秋以后下雪之前，他们又赶着牲畜转到春秋牧场，并备好入冬的草料，冬牧场也叫"冬窝子"，就是相对避风、温暖的盆地，牛羊在那里过冬。

刘艺一边听一边记，由于离得近，我发现她的手也很漂亮。"腕白肤红玉笋芽，调琴抽线露尖斜"，手是女人的第二张脸，无法化妆的脸，纤细柔软，白皙圆润，三指节线平滑，指长于掌才称得上纤纤玉手。美就是让人欣赏的，关键要懂得欣赏。

巩乃斯河是当地哈萨克牧民的"阿纳苏"，是新源的母亲河，也是一条由东向西的逆流河。我们跳下路肩，漫步河滩，一阵清凉扫去了疲惫，静静流淌的巩乃斯河将崇山峻岭的倒影印成一幅长卷，向西铺展得好长好长。在胡导忙着说戏，摄像忙着固定机位的时候，我拿着单反想偷拍几张美女主持，又怕吃相难看，于是假假的先给三位男士拍了几张工作照。当我把镜头对准刘艺时，她很配合地给了我一个职业微笑，这种微笑就是含着筷子练出来的，露几颗牙都有规定的那种。但一开机，她立马进入了角色，一会儿蹲着嬉水，一会儿坐着冥想，自然随意，毫无做作之感，我真的很佩服视镜头而不顾的演员，只有入戏才能忘我，这一入一出一般人是无法企及的。

拍摄一次成功，大家准备收工转移的时候，刘艺从远处向我们走来，她可能怕鞋子粘上土，踩着河边的鹅卵石，张开双臂，小心翼翼地跨一步停一下，突然，脚下一滑，她一个趔趄，"啊……"的一声，我眼疾手快按下了连拍快门。

就这一会儿工夫，我拍到了三个刘艺，一个是训练有素的职业女性，一个是出神入化的实力女星，一个是云娇雨怯的邻家女孩。

因为第二天要起早拍红花，我陪着摄制组一行住在了则克台。晚上唐主任给我打了个电话，扬州经济开发区党组成员、出口加工区副主任丁晓东率开发区考察团已经到了新源，问我明天是不是在铁木里克，考察团也想去看红花。我说没问题，丁主任我熟悉，我来陪。才准备挂电话，唐主任说，"哥哥，还有件事跟你商量商量……"

唐乐的声音开始变低，我预感到不是什么好事。"别客气，你吩咐就是了。"

"书记在扬期间他的车子没人用，每个星期接送一下小周老师不是问题，现在书记回来了，哥哥看这样行不行，让小周老师坐线路车回来，车票我给她报……"

"你不用说，我也想到了，我会另外安排车子接送的，还有事吗？"

"没了没了，哥哥，你多担待。"

红花也称野罂粟，露水打湿的时候开得最盛，太阳一出来便开始萎靡凋落。摄制组早早来到了铁木里克村，宣传部的二位部长，电视台新闻部的张蕴，还有配合拍摄的歌舞团的一帮人也都陆续赶到了。胡导分别在给他们说戏，我借这机会跟张蕴聊了一会儿。

我和她应该算是很熟悉了，只要有大型活动，我们就会在一起，我负责策划，她负责摄像。姑娘个高腿长，穿上紧身牛仔裤，那曲线令人遐想。最特别的是她的黄眼珠，问了几次她都说是汉族，也没戴美瞳，但就是黄的，而且黄得既别致又漂亮。我跟她说上次来新源的北京小夏已经找到对象了，生活有时候就像是开玩笑，玩笑里藏着不能言说的真，而正经八本里说不定有着不可告人的假。

"就算他是天上掉的馅饼，砸的也不是我，我也不会让他砸到。我还是喜欢路边的馍馍，好了就买，不好就换一家。"黄眼珠瞟了我一眼，自己笑了。

"馍馍买到了吗？"

"急啥，我又不饿……"捂着嘴又笑了。

"我看看，还真是，眼睛没绿……"

"哈哈哈……你哪像个领导呀，成天没个正形儿。我给你拍个照吧，没见过红花吧？"

"要拍就跟电视台的台花拍，那才叫稀罕。"一句话说得张蕴笑靥如花，"来呀。"郑部长拍完以后给我看，万花丛中两人半蹲着，前两张她两手相握放在左腿外侧，后几张还摆了个剪刀手，挨得好近，笑得好甜……

正式拍摄刚开始，开发区丁主任一行10人就到了。我介绍了在场的两位副部长，歌舞团团长，还有上海的高总和电视台的张蕴。领导们不适合蹲着，个个昂首挺胸与脚边的红花来了个相隔一人高的合影。高总领着他们介绍了3D拍摄的特点，塔部长教他们骑了一会儿马，团长让几个着哈萨克盛装的女演员与他们一起合了个影。

因为天气原因，拍摄计划做了调整，重头戏"叼羊"和"姑娘追"改在了一个晴好的中午。摄制组提前请塔部长讲了"叼羊"的来历。这项运动起源于5世纪的突厥汗国时期，哈萨克语"叼羊"就是"灰狼"的意思，这可能是突厥人崇拜狼的原因。狼对于游牧生产的人来说危害最大，游牧部落十分痛恨恶狼。因此，打狼是游牧民族的一项重大任务。每当打死或者捕获狼时，为表示庆贺，人们就兴高采烈地将狼驮于马背上奔跑，大家都会不约而同地争相抢夺，这就是最初的叼狼。后来逐渐发展成一项专门的娱乐活动，叼狼逐渐被叼羊所替代，因为在需要的时候，找到狼并不是件容易的事。所以他们就用羊代替了狼。叼羊有分队和不分队两种形式，大家骑马争夺一只割去头的小羊，有时为了方便也用一张羊皮代替，以最后夺到羊并放到指定地点者为胜。这项运动争夺激烈，对抗性强，最后的胜利者就是儿子娃娃。

我们找了当地老百姓充当观众，没想到自发组织过来的人更多。刘艺身边坐着一位哈萨克长老和一位会讲汉语的哈萨克族女干部，镜头在赛场和观众之间切换，通过刘艺的问，他们的答，讲述赛场上激烈的争夺场景。眼看一个小伙子成了获胜者，刘艺一下子冲进了场地，她一边奔跑，一边高喊，"等等我……我想吃烤全羊……"这时从马队中闪出一匹白马，风驰电掣般从获胜者手中抢走了羊，所有的赛手策马扬鞭，紧逼追赶，一时间马蹄声急，尘土飞扬……刘艺吓得花容失色，撒腿就跑……

第一次听说"姑娘追"的时候我以为是倒装句，这次亲眼一见，才知道真是"姑娘追"不是"追姑娘"。一男一女两匹马，由姑娘先挑，然后先并辔慢行，小伙子这时可任意笑谑或求爱，姑娘不能生气。到返程的时候，小伙子要快马加鞭，姑娘则紧追不舍，如果姑娘看上了小伙子，追上后马鞭虚晃，只举不落。如果看不上，则鞭下无情，一顿抽打……塔部长亲自上阵，结果被姑娘抽掉了帽子。活动结束以后，刘艺翻身上马，对着镜头说："本姑娘骑了一匹特别乖的马，虽说我不会策马扬鞭，但是上马还是会的嘛……"正说着呢，公马开始撒尿了，这泡尿让刘艺红着脸干等了半天……

连续几天，摄制组拍了加吾尔山，拍了野果林、冷水鱼，拍了岩画和摔跤，我提议请开发区主任刘明宽唱一首哈萨克民歌《故乡》，作为插曲或者终曲，摄制组同意了我的想法。我们一拨人来到南山，机位架好，才准备开始，胡导说山上没有牛羊，可惜了。明宽说这都不是事，我一唱，马啊牛啊羊啊都来了。没人信他的话，我说没有就没有吧，开始吧，等一会儿还要给李县长做专访呢。

两台机同时对准了这个不是歌手的歌手，明宽用哈语一开唱，他们全都惊呆了，没有任何扩音设备，空气在震动，没有任何阻挡，歌声在回荡，没有任何人赶放，牛羊在聚拢……

谁不热爱自己的故乡和母亲
您的儿子日夜都在思念着你
您就像那一盏明灯把我照耀
我永远都依偎在您的怀抱……

一种旋律可以代表一方水土的特性，可以与自然相得益彰，抑或是一个故事的凝练，一个时空的截屏，抑或是一种意识的表达，一种心绪的升华。这首歌我们集体学唱了几遍，就是没有"天苍苍，野茫茫"的豁达，没有"父生我，母鞠我"的真挚。

摄制组最后拍了刚刚落成的援疆工程。在"馨园"石刻前，李县长接受了刘艺的专访。他用带有磁性的声音介绍了新源，介绍了新源的旅游资源，介绍了援疆给新源带来的变化，并向全国旅游爱好者发出了邀请，欢迎他们到新源来走一走看一看，最后他引用石刻上的两个字深情地说：新源是我们援疆人温馨的家园，也是所有新源贵宾温馨的家园！

很圆满！在我精心安排下，美女主持热情邀请李县长合个影，李县长愉快地接受了邀请。我又热情邀请美女主持合个影，美女大方地接受了我的邀请。

"好漂亮的小姐姐……为什么不去我们萨哈拍？"当小汐无

意中说出"我们萨哈"的时候,我心里一怔,我不知道萨哈人有没有把她称为"我们的小沙",也不知道陈书记会不会说"哪个小沙",她不要任何回报,但她应该得到认可。

"我今天去看过陈书记了。"

"啊?空手去的?"

"怎么会呢?我带了奶疙瘩,水果,还有风干牛肉。"

"挺好。"

"我说我来的时候您已经回扬州了,一直没时间向您报告,还让您费心了解我的情况,晚辈失礼了,然后我汇报了萨哈小学的一些情况。"

"他咋说的?"

"我要是在,不会同意你去那么远那么偏的地方,你这种精神是好的,但做法不妥,万一出点事不得了。你虽然不是组织派遣的,但我们要向组织报备。我已经批评唐主任了,指挥组多了一个编外人员我怎么不知道?你好自为之吧,出了事我拿你叔叔是问。"

"你有何感想?"

"好书记,好领导,呵呵。"

那拉提单晶硅项目因种种原因一直没有投产,陈书记本来对这个项目就颇有微词,这次回来以后多次旁敲侧击,李和我背负了很大的压力。我们会同县经信委、开发区主要领导,专门与那拉提单晶硅公司负责人就投产事宜进行了磋商,并将华盛天龙、华尔光伏两位董事长及相关高管再次约到新源,县里专门召开圆桌会议,曾书记亲自主持。会上他首先向大家通报了几个好消息:

"前几天我们有幸邀请到了香港亚太资源开发投资有限公司董事长,位列福布斯 400 中国富豪榜 77 位的郑建明先生来新源考察。郑先生将构建绿色城市时代为事业愿景,近年在能源开发、能源储存、能源应用三个垂直领域急速扩张，至今已初步建立了涵盖无锡尚德、挪宝新能源、陆地方舟、晶能光电、Boston Power等在内的近十家中外杰出新能源企业。在新源考察以后，他有意将江西光阳全部转移过来。另外，他对四零泉的开发利用很感兴趣，由他们来投，全套法国设备他们拉过来……"

这是我盼望已久的好消息，辉能的退出也属意料之中，扬州有些企业离"走出去"还差一点气度和魄力，还缺一点实力和底气。"……再给大家透露个消息，经过10年的努力，目前地质工作者在我县境内发现一处特大型金矿——卡特巴阿苏金矿，中期可提交金资源量53吨，远期有望超百吨，这将是西天山地区最大的金矿……"曾书记接二连三的好消息让所有与会者群情激昂，讲话中没有一句提到单晶硅项目，更没有催促的意思，但逼人的形势，大好的局面让几位企业家坐不住了，冯董事长表态："一、7.18确保一个车间开工；二、陈董事长留下全权协调指挥；三、2000万贷款先还，再作设备抵押；四、以天龙公司名义参与新源矿业开发。"

会议结束后，李县长让我等一下，他和曾书记单独聊了两句以后，我们俩一起往贵宾馆走，路上他告诉我，昨天省指于总陪省里一个重要部门的领导来那拉提，打电话让我提前去安排好，他们可能很晚才能到，还特地强调不要让陈达伟过来，让他好好休息。我跟陈书记汇报的时候很委婉地传达了于总的意思。陈一听，坚决要去。晚上那拉提多冷啊，可怜，他还站在车外等。于总下了车，一看到他，很恼火，一点面子没给，"谁让你来的？铭川没跟你说清楚吗？赶紧回去！"连宾馆大门都没让他进……老周啊，你说这是何苦啊！什么事都要看淡一点，看开一点，你说他那天跟人家审计局的女孩子拍桌子，把人家气哭了，就有点太过了。我本来想说说小汐的事的，想想又咽回去了。

郑皓找到我的时候,我正跟小施谈中医院项目竣工验收的事。郑书记把北京夏翮寄来的红米检测报告放在了我桌上,我从头到尾看了一遍没看出什么道道,他从包里拿出了一份普通大米的检测参考值。我对比以后发现,红米微量元素钾是普通大米的4倍,纳是3倍,锌是10倍,铜是11倍,镁是50倍……

"我天呐!这是不是说极具营养价值?"

"那肯定的呀。这还是机选的红米,人工精选的比机选的还好。"

"太好了,太好了,商机来了,你准备怎么弄?"我问他。

"联系大型超市,小包装卖。"

"我觉得进了超市就成大路货了。"

"特供?咱没这个路子呀。"

"不急不急,慢慢来,咱先找个营养学家了解一下,这些微量元素对人体有什么好处,适合哪些人吃,一次吃多少,然后攻这种特定人群,最后再定价。"

"那我们分头找,主要还靠你帮忙。"

"愿意效劳!"

6月7号,陈书记召集了扬州援疆指挥组全体人员(扩大)会议。会议由李县长主持,各处室先进行工作交流,最后陈书记发表重要讲话:

"我对全面工作是满意的,下面我分两个部分讲,第一部分是对前期工作的评价,第一部分的第一点是建设项目全面推进。中医院项目提前交付使用,一年半时间,很不容易。二中项目总体可控,工地热火朝天,项目部抓得紧、抓得实,进度可控、质量可控、投资可控。其他项目全面展开,按序时进度完成……

"二,招商引资成效明显,实现了四个一。洽谈了一批项目意向,签约了一批项目,开工了一批项目,尤其是州直工业观摩会在我们项目现场。建成了一批项目,做出了一批实实在在的贡献,效果十分明显……

"三,人才作用的发挥。与上一批比有三个不同,第一继承与创新做得很好……第二示范带动作用明显……第三理念和技术上的发挥……

"四,财务管理严格规范。融管理于服务之中,灵活与原则是有度的……五,日常管理规范高效。办公室主任很不容易……第二部分当前与下一阶段的工作安排。收好官,保平安,树形象……一,抓住重点。1,工程扫尾。交钥匙工程是重中之重工程,二中项目的压力非常大,三保一创要确保……听说审计出多计工程款760万,代建单位你们是如何控制投资的?

"2,二中问题解决的好否,直接关系到援疆工程的形象。从现在起,三股力量推进,施淙总体负责二中项目;质量监督由唐乐负责,代表我进行督查项目;财务审计口既要按制度,又要按实际办,从工程进度出发,加强服务。

"3,产业援疆。主要侧重于在实际效果上要突出一下,要提出拉动经济的贡献率,税收,就业率,老百姓的创业与就业。4,人才作用的发挥。直接的作用,间接的作用都要发挥好。

"第二部分的第二个问题,保住节点。1,工程的竣工、验收、决算、审计等十月份前完成,审计决算绝不允许出现中医院的情况。2,非建设类项目尽快全部到位。3,提前做好年度总结。一张光盘,一本画册,一份书面总结,一个PPT。

"第三,放大亮点。工程要创优,产业要创收,人才要创新,团队要创牌。放大亮点,人无我有,人有我优,打造影响力。

"最后,我通报三件事,一,本人于10号要返回扬州,7月10号再回新源。二,我不在新源期间由李县长全盘负责指挥组工作。三，指挥组财务审批由李县长代行。"

回到办公室，小施一脚把门给踹上了。"周处啊，我不想干了。"

"我想干已经不让我干了。"

"老陈什么意思啊？让唐乐代表他督查项目，我们规划建设处从头忙到尾，来没有他去没有他，到快交付了，让他来摘桃子，太欺负人了吧！"

"别气别气，主要是冲我来的。"

"他临走前等于把你规划建设处处长给撸了，他的意图很明显，小唐是指挥组二把手，不就这个意思吗？"

"革命尚未成功，同志仍须努力，加油！我回去歇歇了。"

"我找李县长去，他有本事让他来！什么玩意！"

陈书记在夫人、前秘书、现秘书的陪同下，拖着羸弱的身体回扬州了。几天以后，李县长召集全体援疆人员开了个同样的会。从来没有看他这么严肃过，都不知道他要讲什么。

"陈书记临走前的讲话引发我的思考，如果是放心不下才返新源，就值得我们反思了。在他有病离开的一年时间里，我们援疆干部、技术人才在各自的工作岗位上做出了优异的成绩，有人身兼数职，有人夜以继日，有人抱病坚守，大家不计名利，不计得失，指挥组空前团结，上下左右关系融洽，我们既完成了省指的规定动作，又创造性地完成了自选动作，省指领导对我们的工作高度评价，县委县政府对我们援疆干部和技术人才充分肯定，陈书记没有理由放心不下。"

会场里寂静无声，这样的讲话超出了所有人的预料。

"在最后冲刺的关键时刻，陈书记重返前线，对我们应该是鞭策，是激励，如果他的到来给大家带来了无所适从，矛盾重重，我相信陈书记自己也不愿意。现在我对可能引起误解的问题作进一步明确：周处原两项分工不变，关键时期，责无旁贷，宏观把控，协调为主；施潦具体负责二中项目的扫尾工作，善始善终，确保如期交付；唐主任帮忙不添乱，主要是做好服务。

"关于陈书记这段时间提出的工程上的具体问题，经多方协商，县委主要领导认可，我在此作一明确：中医院花格墙维持现状，不再作任何改动；陈书记提出的二中另外一幢宿舍楼同步建完的问题，维持后来协商的结果，我们这一任期不建；陈书记提出的装修从简，黑板都免的提议，引起教育局和学校的强烈不满，我们少建一幢宿舍楼，就是为了保证装修的质量和效果，黑板必须要有，该省的地方省，不该省的绝对不能省；关于二中环境配套工程给中跃城建做的想法，以后不要再提，兴通总包就由兴通完成，我们不要人为制造矛盾。

"今天开这个会，主要是统一思想，消除误解，重新形成合力，夺取最后的胜利。会上所做的决定由我直接跟陈书记汇报，大家遵照执行，责任我负。散会！"

新疆的春秋天很短，从脱棉衣到穿短袖只需要一个多月。真正的万里无云，烈日当头只有到了新疆才能深切地感受到，在内地有云遮着，霾罩着，树荫着，而这里只有裸晒，无处可躲，无处可藏。二中工地尽管时间紧任务重，每到中午都要让出几个小时，防止工人中暑。由于新疆日照时间长，与内地有两个小时的时差，工人一般每天早上7点上工，12点休息，下午5点上工，晚上10点收工。

李县长只要有时间就到工地来转一圈，任何问题都不能积压，各种矛盾需要及时化解。小施跟我说，有的援疆指挥组所有工程都完工了，人家开始到处旅游了，我们还战高温斗严寒呢……我说拍脑袋规划出来的，拍屁股是跑不了的。

"按道理你是发改委的，规划应该你来做，怎么……"

"规划就是领导的想法,是施政的宏图,哪个领导上任不先改规划,订规划?具体执行人只要为他的想法编出英明的理由,合他的意就 OK 了,我不是那个人。"

"隆嘎的,现在好了,一桌钱非要办两桌。"

"其实换谁都没用,关键是决策人,如果我接手,最多提提意见,唱唱反调,决定权还在领导。"

"老李这次发飙了,全盘推翻,按既定方针办。"

"这一年多发生了多少变化,陈应该先了解一下,为什么我们要这么改,什么道理,情况摸清楚再发表意见,他中间断片了,我们可是连续剧啊。"

"听说你侄女又要坐线路车了?"

"你不说我都忘了,今天星期五,我打个电话问问。"

"马后炮,我已经到塔纳德了。"我让小汐在恰普河大桥下,我开车去接她。

小汐比任何一次都显得疲惫,我送她上楼后她直接倒在了床上。我帮她脱了鞋,用热毛巾给她擦了把脸,她的头发上有股馊味,脖子上汗津津的。问她怎么了,也不说话,两眼看着天花板,游离而又茫然。我让她去洗个澡,她摇了摇头,给她拿了个冰激凌,她又摇了摇头。

"我猜猜哦,如果猜对了你就点个头……和校长闹意见了?……家长对你有意见?……学生惹你生气了?……车上跟人吵架了?……被人吃豆腐了?……那个拍杏花的人死了?……"

"你才死了呢。"

"开口说话就好,尽管说的不好听,但基本排除了自闭症和抑郁症。"

"我妈癌症。"

"啊?"

"宫颈癌，在盐城查出来的，过几天去上海复查。"

"没事的，现在妇科癌症的治愈率非常高，别担心。"

"我……害怕我也会得……"

"你是心理作用……要不要我在上海帮她找医生？你什么时候回去？"

"我放暑假回去陪她，你认识哪个医院的医生？"

"华山医院、长征医院都有关系。"

"你帮我联系一下吧……如果……我是说如果哦，我要是得了，你会嫌弃我吗？"

我看着她，很认真地说："如果你得了，我也陪你一起得。"

"你个老头子哪来的宫颈，你这个骗子，掐死你掐死你……"小汐翻身骑在我身上。

"那你也不许得，我们都要好好地！"

"嗯嗯……你帮我洗头好吗……你洗得好舒服……好不好呀？"

"恩准。"

"耶！我去打水。"

身在异乡，最幸福的事是"娘家人"来看望慰问。董主任率扬州发改委代表团来到新源，同行的还有高邮市副市长，他也是扬州对口支援青海贵南县的领队。我陪他们考察了援疆工程，董主任一行到援疆楼看望了所有援疆干部，并给每个人发了慰问金。晚上在哈萨克大毡房，县委县政府举行欢迎晚宴，曾书记亲自主持烤全羊开羊仪式。

董主任和徐市长揭开烤全羊的盖头，哈丽玛领着哈萨克姑娘就把美酒献上了，董主任的酒量我是知道的，一饮而尽，徐用的大杯喝的啤酒。曾书记给了他们一人一把刀，请他们在羊背上先划个十字，表示十全十美，然后每人先切一块尝尝。品尝完以后，曾书记问他们味道怎么样？一个说"呱呱叫！"一个说"非常棒！"，哈丽玛又开始使坏了，一个字一杯酒，没想到二位领导再次一饮而尽。曾书记邀请每位成员上来品尝一块……开席时作为东道主，曾书记已经提了三个酒，薛书记、李县长各提了两个，接替张常务的苏县长又提了一个。开羊仪式后，县发改委宋主任，发改委书记居马努尔，以及几位副主任又纷纷敬酒，换一般人早就倒了，董主任依然谈笑风生，并时时地问：我们可以回敬了吗？

第二天上午，李县长主持了捐赠仪式，董主任代表扬州发改委向新源发改委捐赠人民币10万元，宋主任代表新源方接受捐赠。随后双方进行了座谈，苏县长最后致答谢词。整个行程一天半时间，既紧凑又高效又实在。

应援疆指挥组邀请，江苏省委党校的倪洪兰、胡宗仁教授来到新源，就《青年干部的心理健康与心理调适》《卓越组织力与领导力》两个课题，为新源两百多党政干部授课。我听了以后受到启发，我跟李县长建议，邀请岳大经贸学院的院长来讲一课。另外最好以县政府的名义，聘请他为新源经济发展顾问，这样就可以利用他的影响和关系，助推新源的经济发展。李县长一听大加赞赏，好主意！我说我先写封邮件试试，看看人家有没有兴趣。

我先问儿子有没有院长的电话，儿子非让我先说什么事，我说了，他给了，看来小子混得还行。我先跟韩院长通了个电话，院长非常客气，当即答应了我的邀请。我说具体情况我发邮件给您。

尊敬的韩院长：
　　能邀请到您这样的专家来我们新源讲课，是我们全县人民的一件幸事，在此首先表达我们的敬意，并道一声谢谢了！

根据国家新疆工作会议的决定，新一轮援疆由江苏省对口支援伊犁州，扬州市对口支援新源县。新一轮援疆定为十年，我们是第一批，从2011年到2013年。扬州市级财政每年要拿出一个亿支援受援地，主要帮助当地建设一些民生工程、游牧民定居点、城镇规划编制以及干部人才的培训。在"输血"的同时，我们还要培育他们的"造血"功能，于是产业援疆和招商引资也是我们一项重要的任务。

新源在整个伊犁州直八县两市中，经济总量处于八县之首，这里有新疆四个5A级景区之一的那拉提，有中世纪遗留下来的10万亩野果林，有近20万亩的苇湖湿地。新源是新疆86个县市中自然环境最好的县；是全世界哈萨克人口最多的县（有15万哈萨克人）；是中国最西部的钢城（有首钢、伊钢两个钢厂）；是新疆产酒最多的县（伊力特和肖尔布拉克）；也是地理位置最好的县（东联西出，南来北往，以新源为圆心，500公里半径覆盖新疆近一半的人口）……这里民风淳朴，社会稳定，是天山北麓，伊犁河畔的一颗明珠。

根据省指挥部的要求，各地要开展"名家引智"活动，最近我们邀请了江苏省委党校的两位教授讲了有关社会人文方面的内容，反响很好。我们想请您就"西部大开发和对口支援背景下，如何发展新源县域经济"以及"新源新型工业化发展之探索""跻身西部百强县之思考"等课题进行讲授。具体内容由您拟定，只要能结合当地实际，给县领导以启发，给所有干部学员以启迪即可。授课时间为半天，可以留一点时间给学员提问。

……

大城市嘛，三个：北京、上海、伊犁

为放大新源钢铁产业的优势，拉长产业链，打造增长极，提升知名度，县委县政府决定依托中国冶金工业规划研究院，于8月底在北京举办新源钢铁配套产业招商推介会。6月26日由李洺川率相关人员赴北京进行前期对接，我、明宽、云恺就是相关人员。

拜访冶金工业规划研究院的目的就是明确分工，他们负责什么，我们负责什么，一场活动能否成功就看四个方面，一邀客的质量，二会场的布置，三媒体的宣传，四零差错。至于议程安排、讲话稿、食宿、礼品、表演等都是次要的。我已是老马识途，看了新世纪日航酒店会场以后，我自己留了下来，一边通知会展公司的夏总赶过来，一边跟会议接待的经理了解了相关情况。会场正常情况下可以坐几排，一排多少人，几条通道，宾客的进出路线，领导的休息室，物品存放室，签到台的位置，演员更衣室，茶歇放几个在什么位置，吸烟处有没有，停车位能否预留，带舞蹈节目的舞台最小面积是多少，会场翻台改宴会厅的可能性及时间控制，A、B套餐菜单，会议价房费标准（含早），接待用餐的包厢环境，酒店免费提供的服务，总费用的折扣率……

美女经理再次确认："您是新疆来的吗？"我说："我是新疆来的，但从江苏去的。"我给了她一张名片，"周主任能否请您下楼喝杯咖啡,稍坐片刻,我去请我们老总来。"

晚上小汐打来电话,妈妈已经去过上海了,我同学帮她找了妇科专家,确诊是宫颈癌,幸亏发现得早,医生说会尽快安排手术。她已经订好机票了,后天直接飞上海。我说过几天我正好要去上海,3D片后期配音已经结束了,我要去审片。

北京活动一结束,李县长和相关人员就回新疆了,我等夏总公司预算出来,先回了趟扬州。老太太说孙子来过电话了,暑假不回来了,要到外国城市打篮球。老年人根本不懂小朋友的事,我给儿子打了个电话,"奶奶说你要到外国城市打篮球,咋回事?"

"哈哈哈,奶奶真是人才,是'NBA篮球国度'球迷互动巡游活动要在几个城市举办。"

"这么长一段话让奶奶听,她肯定记主要的,NBA代表外国,城市,篮球,没错啊?"

"哈哈哈……额的亲老子,你说我该怎么说撒?"

"你就说,奶奶我暑假要实习,不回来了。"

"我就这样说的,奶奶问呢,到哪块实习啊?"

"你就说一个打篮球的公司。"

"哈哈哈,奶奶说我活嚼大头蛆,从来没听说过哪个公司是打篮球的……"

"那你就实话实说……哦,确实说不清楚。我问你,你去做什么?"

"我负责志愿者培训。"

"你直接说去晒太阳不就得了。"

"老子,我太难了,一个听不懂,一个装不懂。我不跟你说了,我明天去上海跟他们汇合……拜拜,我和同学撸串去了。"

老太太看看我,"怎么说的?打篮球就说打篮球,还骗我说实习。"

我说:"明天我去上海,看看他究竟在干啥。"

老太太还在叨咕,"实习不是在厂里就是在银行这些地方,还有打篮球的公司,我从来没听说过……"

为了给小汐一个惊喜,我没告诉她什么时候到,带了点特产,直接找到了我同学。同学说他们已经回老家了。不是说要做手术吗?女的老公嫌上海这边费用太高了,说回盐城方便一些。她女儿呢?女孩来的前一天他们就出院走了。

我拨通了小汐的电话。"……不是我没给你打电话,我想回来把我妈再接过去,上海医院怎么说也比我们这儿好多了……我问那个叔叔,是我妈重要还是钱重要,我妈说是她自己要回来的,这个手术盐城能做就没必要非在上海,她不想让那个叔叔为他花很多钱,她悄悄跟我讲,他们还没打结婚证,人家能这样就不错了……"我放下电话给她转了两万块钱,同时给她发了一条信息:先救急,务必收下,不够再说。

高总开车把我接到了他们公司,公司里好多人都很面熟,一一打了招呼,然后到审片室从头到尾看了一个多小时片子。看完以后我提了几个建议,纠正了一些表述不准的画外音,增加了一些美的镜头。我跟高总说,8月底我们在北京要开一个钢铁配套产业招商推介会,能不能把修改好的2D的片子在现场播放,另外,中央电视台3D频道播出的时间提前告知我们,高总说没问题,你在上海玩两天,我就可以让你带个样片回去。听说我儿子正好在上海,他让我打电话叫他一起吃饭,儿子听说我来了,以为我在逗他,高澳电话里跟他说话,他才相信。不过他今天来不了,晚上要开会,明天晚上可以。

上海金茂大厦是一个能让人思想高度统一的地方,站在88层俯瞰脚下,不管你是商人还是军人,不管你是官员还是职员,不管你是小姐还是大妈，只有一个想法，挣钱。如果还有第二个想法，就是挣更多的钱。这种流光溢彩会让人心旌摇曳，这种灯红酒绿会让人纸醉金迷。一个援疆干部带着一个在校大学生坐在这里，权当是高总的慰问吧。

"儿子，我挺佩服你的，你是怎么混进 NBA 中国的？"

"老子，怎么叫混呢？6 月份'NBA 篮球国度'第二站到了长沙，在贺龙体育中心搞了几天的活动，我是学生会的体育部长，带队去了，然后就认识他们带队的了。"

"牛！见到哪个球星了？"

"达拉斯小牛队后卫 O.J. 梅奥，说了你又不认识。"

"上海是第几站？"

"第六站。西安、成都、武汉三站我没去，忙考试呢，从上海开始还有七站，我都可以参加了。"

"人家愿意让你跟着吗？"

"领队喜欢我呢，实习完还要发我一万块钱工资呢。"

"哈哈，可以，见了大牌球星，玩七个城市，混几套球衣，要好多签名，最后还能拿一万块钱，顺带也算实习了，我看你天天傻了吧唧的，脑子挺够用的，真是我亲生的，来干一个！"

我看儿子吃饱喝足了，把在心里翻腾了好几回，在嘴里咀嚼了好几遍的话吐出来了："儿子，中国有句古话，知子莫若父，我是最了解你的。当然，你也了解我，但你了解的不够全面，比如我的感情生活……"

"老子，你想干吗？"

"你妈跟我分开好长时间了，我不能一辈子打光棍吧，如果哪一天遇到一个正合适的，人家也觉得我是对的那一个，我不能错过吧……"

"那就结婚呀，这有什么。"

"太好了！还是儿子理解我……你觉得你爸找个什么样的比较好？"

"只要在一起别天天吵架的就行。"

"好！我保证。年龄上面你觉得多大你才能接受？"

"反正你再怎么找也不会找个比我小比奶奶老的吧？"

"那肯定不会，怎么说也比你大一点，其实只要大一点就可以了，对不？"

"老子，你是不是已经找到了？"

"你预祝我一下，我加把劲，哦，对了，我的事别跟你妈说，让她集中精力干好工作吧。"

"哈哈哈，老子，你想多了，我妈听到我提你都嫌烦。"

"哎，太好了，你妈给了我一个广阔天地，我要大有作为！来，干一个"

带着三砥公司重新编辑的样片，我从上海直飞乌市，从乌市飞伊宁，当夜赶回了新源。李县长电话里说，洪书记大后天来新源，让我抓紧时间写一幅书法作品，代表援疆指挥组送给他。

洪锦华书记是第五批江苏援疆总领队，2015年7月至2018年7月，三年的时间，他带领江苏55名援疆干部为伊犁州提供无偿援助资金4亿元，招商引资总计18亿元，在伊犁州建设了162个民生项目，130家农村基层阵地，20所希望小学，1家敬老院，培训了2100名各族干部……"成功打响了江苏援疆品牌，他们以自己出色的工作赢得了伊犁各族干部群众的赞誉，作为总领队的洪锦华功不可没。"这是伊犁州委书记李湘林的评价。

在民间还有一段这样的传说。2006年的一天，《伊犁日报》刊登了一则消息，伊宁市三中学生郑丽身患心脏病，需要手术治疗，但家庭困难无力承担手术及医疗费。看到这条消息后，洪书记去医院看望了郑丽，先后四次捐款 8000 元，并鼓励郑丽和她的家人，勇于面对困难，并战胜困难。他又组织发动全体援疆干部为郑丽捐助 5 万元，使郑丽成功进行了两次心脏手术，得以重返课堂。洪书记三年资助了 10 个少数民族学生，一个学生一学年的费用为 1000 元，三年就是 3 万元。2006 年，洪锦华荣获了"感动伊犁十大人物"称号，伊犁人民亲切地称他为"爱心大使"。

洪书记可谓扬州援疆干部的楷模，其口碑之好，功劳之大，用情之深，影响之广，是我们无法企及的，我该书写怎样的内容以表达我们第七批援疆干部的崇敬之情……

7 月 8 日，阔别伊犁五年之久的洪书记，以扬州市政协主席的身份率团抵达新源。在援疆楼会议室的欢迎仪式上，当李县长打开装裱好的书法作品时，洪书记笑了，他说："我看到了，用我名字开头的，谢谢你们的用心！"

那天我查阅了洪书记的资料，他出生在长江边的南通如皋，又在新疆伊犁援疆三年，于是我撰写了一幅条幅："锦云江上升，华月塞外恒"，将他名字"锦华"二字嵌入句首，这份特殊的礼物让洪书记非常开心。

通过这件事，小施发现我不缺拍马屁的潜质，而且技术含量比较高。我说关键是不能生硬，痕迹要浅，印象要深。

晚上，我到小汐宿舍帮她把晾在阳台的衣服收了回来，又把她房间和衣柜整理了一下。我发现她的内衣都已经穿很久了，旧旧的，我把尺码都记了下来，在天猫上帮她选了三套内衣，两套居家服，然后拨通了她的电话。

"我不要，旧的穿着舒服。"

"我不太懂，所以就挑贵的买，有一套名字特好听，叫维多利亚的秘密……"

"我都没听说过,真有你的……别瞎花钱,穿在里面谁看呀……"

"我看,我是为了我的审美买的好了吧,你等一会儿把地址发给我……你妈怎么样了?"

"妈妈手术安排在12号,主刀医生已经打过招呼了。"

"我明天再给你转点钱。"

"不要,真的不要,妈妈有医保,还有叔叔,我自己还有私房钱。"

"好吧,自己注意身体,吃好点。"

"嗯……我想你了……想和你在一起。"

"什么时候你妈妈不用你照顾了,你就回来,我带你去玩,新疆好多地方你还没去呢。"

"嗯……等我……"

放下电话,我在幻想一个场景,一个躺在病床上的女人,一边站着她爱的男人,一边站着她爱的女儿,而这个男人和她女儿是陌生的,这两个陌生的人将合力照顾好对他们都很重要的人。更有意思的是对她们母女而言,这个男人是外人,而有情人在,女儿则是多余的人,只有另外一个人不在的时候,爱的形式才能单纯,爱的表达才能自然。

二中大门顶部圆弧梁的颜色怎么定?综合楼北立面用什么颜色?校名石刻基座的方案用哪种?消防环保的验收怎么进行?还有篮球场的改造提升,室内吊顶,天然气管道的施工等等,一堆实实在在刻不容缓的事等着我们确认敲定。按道理这些都是专业人员的事,但实际上,最"专业"的是领导,因为只有他们可以否定任何专业的方案。李还算开明,能听进不同的意见,也能放手放权,但下面已经习惯了一切由领导定夺,在这种决策机制的惯性下,不亲力亲为都不行。

7月26日,岳大经贸学院的韩院长和谷副院长如期抵达新源。我带着他们先调研了几家当地的企业,参观了已经建成和正在建设中的援疆工程,考察了新源的旅游资源,并和有关乡镇干部和机关干部进行了座谈。在大致了解了新源基本情况后,29号上午在党校多功能厅,两位院长分别以《产业发展与结构调整》《县域经济的内向与外向发展》为题,为240多名干部进行授课。县委常委、副县长、扬州援疆指挥组副总指挥李洺川在欢迎词中介绍了韩院长一长串的荣誉和头衔:

……经济学博士,教授,博士生导师,享受国务院特殊津贴专家,国家"万人计划"高层次人才特殊支持计划领军人才,"芙蓉学者"、"岳麓学者"特聘教授。入选中共中央宣传部文化名家暨"四个一批"人才工程。全国高校国际贸易学科协作组会议副秘书长、全国世界经济学会常务理事、国务院学位办国际商务专业硕士教学指导委员会委员……

授完课以后,曾书记代表新源县委县政府授予韩院长"新源县经济发展顾问",并颁发了新源县001号经济发展顾问聘书,全场响起长时间的掌声。人大跃主任对我说,这个主意好!来过那拉提的名人太多了,走了就走了,我们就是要留下这样有本事的人,新源才会发展得更好!

在所有地方都在为人才引进犯愁的时候,新源根本不用愁。那拉提既是5A级景区,也可以是名家名人的度假区,在这里可以偷得一片清闲,享受一份恬静,谁都要有喘息的时间,谁都想有个世外桃源,新源只要发一份邀请,盖几间小木屋,自然会有栖息的"金凤凰"飞来。我们不要跟内地一样,出台这样那样的优惠条件,把那拉提拿出来,给他十天半个月,世上还有比这更好的礼物吗?

在送两位院长去机场的路上,我问到我儿子的情况,韩院长

大城市嘛,三个:北京、上海、伊犁

说小伙子非常优秀,成绩好,能力强,长得也帅,上个学年被评为优秀学生干部,这次又评上了年度国家奖学金……谷院长说,在这届学生中他是第一批入党的……听到别人夸儿子,比夸自己要开心十倍。韩院长问我,"小孩子下一步有什么打算啊?"我说我希望他考研,就是不知道他怎么想的。

"儿子,你想不想考研啊?"送走他们以后,我联系了儿子。

"就算我考上了,研究生毕业以后干什么?"

"找工作呀。"

"就是啊,不还得工作嘛。"

"你啥意思?"

"好多考研的是对自己找好工作没有信心,不敢跨入社会,想提升自己的学历,增加一点砝码,老子,你儿子还需要这样吗?"

"好!你牛!自己的路自己走,希望研究生学历不要成了挡你的门槛。"

"放心吧,我心里有数呢。"

小兔崽子挺硬气,自己选择的路再崎岖再艰难,至少可以欣赏到父辈欣赏不到的风景。

一天晚上,坎苏乡的白乡长打电话给我,请我到张港的嵘玉轩喝茶。我去了以后,环顾一圈大大小小的石头,发现没什么新货,最合意的还是那块三峡石。论石质,光润坚硬;论石型,完整无缺;论石纹,疏畅合理;论石彩,红白反差;论石图,一点即明;论石意,一幅完整的恐龙迁徙图。我跟张港说,要不是怕你店里再无上等好货,这块石头我早就搬走了。张港说,哥哥我马上给你搬过去,你跟这石头有缘,又懂石意,你拿最合适了。白威说,算我送大哥的,张港你服务好,送到位。

"无功不受禄,这么客气干吗?"我喝了口张港新泡的生普,

金黄通透，甘爽清香。白威拿出一本打印的资料，我一看，是他们乡招商引资的画册。他说，能不能帮他们想一句口号，能让人记得住，忘不了的，他们准备去江苏招商。按我上次说的，坎苏想缩减马牛羊的规模，增加鸡鸭鹅产量，大力发展林下经济。我点了根烟，我从头到尾把他们的资料看了五六遍，跟张港要了一支笔，在纸上写了八个字：坎苏无坎，援伊有苏。

月底，李县长召开钢铁产业北京推介会筹备会议，会上明确了8月31日在北京新日航酒店召开，人员分工如下：周弈负责会场布置，刘瀛负责歌舞演出，徐海洋客房餐饮，刘云恺礼仪签到，孙松林文稿外宣，刘明宽后勤账务，张蕴摄影摄像，王心波负责领导与贵宾的服务。让我15号提前到北京，所有北京方面的事由我总协调，邀客的事由他牵头，各部门具体分工。筹备组大队人马8月27日抵京，他希望这次活动要比中钢协的更有水准，拿出扬州水平，办出新疆特色。

郑皓听说我要去北京，到办公室找到我，再次聊到芦苇和红米的事。我说，现在有两个问题，一个是山东海利源提出的与当地大企业合作办厂的事落实不了，另一个就是老院长提出的，工厂一旦建好，老百姓无序砍伐，占滩为王，坐地涨价怎么办？其实这两个问题都是投资者缺乏安全感。我一直在想，能不能把湿地周边的农民组织起来，成立合作社，以合作社入股，由镇政府主导，统一收割，统一收购，年底分红，不知道是否可行。

"不是不行，关键是湿地不全在喀拉布拉，周边其他乡镇都有各自管辖权。老院长分析是对的，现在砍伐的人很少，没有利益之争，一旦大量收购，可以卖钱，农民肯定会一哄而上，先是抢夺资源，然后坐地涨价。唉，搞不成……"

"你一个镇很难协调，要县里来主导。这个事等你当了县领

大城市嘛，三个：北京、上海、伊犁

导再说吧。不过红米的事是可以操作的,扬州有家台资企业生产的亲亲八宝粥全国有名,超市都可以买到。我们可以与他们共同开发新疆红米粥,把红米运过去,他们负责加工,根据红米微量元素的不同,还可以开发系列养生滋补粥,这比你直接卖红米的附加值要高多了。"

"哎呀,你说得太对了,我们本来产量就少,正愁不够卖呢,这个办法好,你能不能联系到他们老板?"

"我和开发区、台办的领导都熟,但这件事不能用私人关系,一定要上升到产业援疆、优势互补、合作共赢、精准扶贫的高度,你以喀拉布拉镇的名义给县里和指挥组同时写份报告,把这个项目好好包装一下,作为一个示范项目,弄点动静出来,动静越大,成功的概率就越高。"

郑书记非常认可我的想法,他是个有办法的基层带头人。如果每个乡镇有个这样的干部,上面别用各种检查、评比、学习、会议填满他们的时间,新疆的基层将充满活力,新疆的百姓一定能过上更好的生活。

8月4至5日,扬州市钱市长率在扬部分全国人大代表到新源检查指导扬州援疆工作,并出席了二中项目主体工程援受双方交接仪式。之所以叫"项目主体工程"是因为其他配套工程仍在施工中,离真正交付还有一段时间。

用李县长事后的总结说,通过钱市长来的系列活动,援疆工作已基本告一段落。这次活动接待非常周到,考察点特色明显,干部人才精神面貌好,钱市长对此行非常满意。他在碰头会上通报了陈书记的病情,7月11日,陈书记在北京301接受了第三次手术,癌细胞已经扩散,情况非常不好。在各处室汇报完各自的工作后,李用"硬任务""软任务""新任务"归类了当前及下一个阶段的工作内容,提出"工作激情不能减,思考创新不能放，自我要求不能松，大局意识不能弱"的要求。最后他特地提到，周处从上海带回来的 3D 宣传片样片，县里已审核通过，县委县政府领导给予高度评价。他还加了一句：整个拍摄人家公司只象征性收了我们 5 万元，都是老周的面子，这种有影响的自选动作越多越好。

8 号晚上，我正在外面参加接待，手机响了。

"我在机场，你能来接我一下吗？"

"你回来了？怎么不早点告诉我？"

"飞机晚点了……"

我开车赶到机场的时候，乘客都走了，小汐一个人孤零零地站在停车场。我一下车，她就扑了过来，抱着我号啕大哭……我心一沉。一路上我都在安慰她，别怕，有我呢……没有过不去的坎……人死不能复生……你一定要好好活着，让你妈，不，是咱妈在九泉之下能睡个安稳觉……以后我既给你当爹又给你当妈……噗嗤一声，她笑了，"谁跟你说我妈死了？"

"残酷的现实，我们都不愿接受，都以为是做梦……"

"我妈没死！已经出院了！"

"那你哭啥？"

"我看到叔叔和妈妈在一起的时候……我就是个外人……我再也不要离开你了……"

临去北京的前一天，《新疆卫视》记者就有关产业援疆话题对我进行了专访。他们将采访现场设在"馨园"石刻前的草坪上，一个人用架好的摄像机对着我，一个人用加长的话筒对着我，我一看这个架势，不敢胡扯了，脑子里在搜索接受采访的标准样式，嘴上在问"我应该怎么说？"记者笑了，"听说你特别能侃，我们就随便聊，万一侃过头了，我们回去剪掉就行了。"有这句话垫底，我就不怕了。

"我在指挥组的分工与别人不一样，一手硬，一手软。硬是指工程建设，软是说产业援疆。产业援疆开始不在我们援疆范围之内，后来省指强调了又强调，我们才重视起来。有三个人的三句话对我触动很大，第一句话是省指于总说的，招商引资3年全州100个亿，每个指挥组10个亿必须完成；第二句话是我们陈书记说的，项目从洽谈到落地需要漫长的过程，真正成功的概率极低；第三句话是李县长说的，县域工业的发展就是靠一个个实实在在的项目来支撑的，大项目大变化，小项目小变化，无项目无变化……"

"目标，困难，压力都有了，但这些都不能变成实实在在的项目。我就问自己，新源有什么？缺什么？适合什么？经过调研，我们发现新源有矿石有钢厂，缺下游产业链配套企业，所以我们月底在北京搞专场招商推介会；新源有四零泉，缺检测和开发，所以我们扬州辉能来了，郑建明先生来了；新疆大工业电价是内地的三分之一，缺大用电量企业，所以单晶硅项目落户了；新源有14000公顷新疆最大的湿地，有取之不尽用之不竭的芦苇资源，缺生物发酵的纸品企业，所以我们找到了山东海利源；新源有满山遍野的乌头草，缺药理分析和药用开发，所以我们找到了万岁药业、天成药业，还准备找药物研究所……"

"周处，您能不能具体讲讲四零泉这个项目。"

"开始仅仅是对四零泉村这个名字感兴趣，后来到村里一走访，这个村基本没有劳动力，年轻人绝大部分都考上了大学，这个现象在新疆是不多见的。一方水土养一方人，我们对泉水进行了检测，发现PH值是7.7，天然弱碱水，而且还含有微量元素锶……新疆不缺资源缺发现，不缺项目缺包装。我们还以泉水来说，如果包装成一般的矿泉水就没有意义了，如果我们包装成有灵性的天山水，价格就可以超过西藏5100冰川矿泉水。"

"除了这些，你们在招商引资方面还有其他什么好的做法？"

"靠我们几个人招商是远远不够的，县委曾书记大胆使用援疆干部，让李洺川县长直接分管工业经济，兼新源经济开发区党工委书记，同时把最优秀的干部选调到经济口，我们每个月开一次经济口工作例会，组织编印了《四海新源人》，召开了新源工业经济发展大会，组织了几次专业论坛和专题招商，大幅度增加了招商引资在年度考核中的权重，制定了一套完整的招商引资政策和制度，我和李县长多次在党校以招商引资为题给中青班和乡科班学员授课，另外，我还干了点私活……"

"能不能谈谈你所谓的私活。"

"私活就是下面乡镇单独找我，去解决一个个具体的问题。比如坎苏的草药鸡、泉水鸭，喀拉布拉的红米，度假村的移动宾馆，单晶硅企业的广告语……"

"能具体讲讲吗？"

"不会超时吧……那好，我跟你们聊聊……"

夏总在机场接到我的时候愣了一下，他没想到后面还跟了个小秘书。小汐问他女朋友在北京吗？他说已经怀上了，送美国去了。我说，你这一下就把失去的时间给夺回来了。他把我们送到他公司附近的宾馆，约好晚上6点来接我们去吃饭，然后就去忙了。

小汐在大床上打了个滚，然后傻傻的看着我，撅着嘴说："我还是别去见弟弟了，我不好意思。"本来说好的17号下午去工人体育场，"NBA篮球国度"在中国的最后一场表演，我跟儿子已经联系好了。

"他要是跟徐老师讲，我怎么办啊……想想都怕……求求你了，我不去了……"

"那你去哪？"

"我找我室友去。"

"好吧，带你出来就是休假的，你自己安排，没人陪的时候我陪。"

第二天我把所有提前需要准备的会议事项列了张表，给相关联系人打了电话，约好了不同的见面时间，晚上叫上夏总，小汐约上她的室友，到大董吃了顿烤鸭。两个女孩几年没见了，说不完的话，她室友现在在一家很有名的培训公司做培训师，一年能挣20多万。小汐好像一点也不羡慕，当她说在新疆支教时，她室友一脸的惊讶，桌上就说好了，这几天住她那里，她来约在京的同学，好好聚一聚。

17号下午，当我赶到工体北门广场的时候，那里早已人山人海，北京站活动是"2013NBA篮球国度"的收官之站，这个暑假，已经有30余万球迷在大江南北见证并体验了原汁原味的NBA篮球盛宴，在球迷眼里我儿子是最令人羡慕的，亲历了大半的赛程，跟随了七个城市，见到了NBA顶级球星……可在我眼里，儿子是最辛苦的，提前几个小时就要到现场培训志愿者，一直在烈日下暴晒，衣服汗湿了又晒干了，半个月下来，皮肤已成了栗色。

他让我站在一处阴凉的地方，给了我一瓶水就又去忙了。当波特兰开拓者队全明星大前锋拉马库斯－阿尔德里奇携手纽约尼克斯啦啦队、夏洛特山猫队花式篮球表演队以及NBA总冠军奖杯拉里－奥布莱恩杯登场时，工体北广场成了欢乐的海洋……我的冷静和茫然在人群里是那么不搭，我身边有尖叫的，有哭喊的，有挥舞着双臂的，有原地发疯一样蹦跳的，要不是警察和志愿者的人墙，我怀疑那些姑娘会冲上按倒阿尔德里奇……我突然在想，如果这场活动放在养老院，不知道会咋样。

现场是不允许和球星合影的，表演完以后，所有人排队从一个通道进入一间专门设计好的房间，阿尔德里奇坐在一个桌子后面，桌子上有一摞他的海报，进来一个，他签个名，然后抬一下头，球迷拿着海报和他合个影，再下一个……在儿子的关照下，我也从通道走了一遍。

本以为晚上可以和儿子一起吃个饭，聊点事，哪知道他根本没有时间，晚上他们要聚餐，明天要陪他们游览，后天要欢送，大后天要回去陪妈妈和奶奶了。在儿子眼里，爸爸是不需要关心、陪伴、照顾的，男人就该是活血满满、永不疲惫的物种。

大城市嘛，三个：北京、上海、伊犁

按照排好的计划，我先把准备周期比较长的两件事做了。一件是将凤凰卫视等四家拍的新源的有关视频合成一张光盘，去刻录封装，开会的时候每个礼品袋里都要放一个。另外一件事是刚刚通知我的，歌舞表演不用新源本地的演员，在北京找，还要有新疆民族特色。

这件事本来不难，只要花钱就能找到，但领导说了，歌舞表演+主持人+迎宾，总共控制在2万元以内。我想到了学生，想到了中央民族学院的学生，没想到学生放假了。晚上，小汐听我念叨，来了一句：你们不是8月31号才开会吗？学生基本都返校了。这句话提醒了我，我有办法了。

主背景板、签到处背景板、八块展板、招商项目册、资料袋都设计完了，我松了口气，晚上带小汐去了三里屯后街。"KOKOMO""兰桂坊""58SWING""男孩女孩"……在这"疯"得要命的地方，我提出了一个老少皆宜的想法，看钢管舞。结果，被掐着屁股拽出来了。坐在路边的开放座位上，小汐说不许看人家，只许看我！她穿了件文化衫，下面一条短短的牛仔裤，背上搭着我的外套，两只袖子在胸前挽了个结，手上拿着个忘了要勺子的冰激凌，过一会儿舔一口，鼻尖上还沾着奶油……突然她做了个鬼脸，不过不是冲着我，我转头一看，一个长头发长胡子拿着单反的街拍男，在跟她竖大拇指。

男人才准备走，我给叫住了，"拍完就完了？"男人有点尴尬地朝我笑笑。"来，我看看你水平怎么样。"说实话，拍得真不错，我让他留了个号码，回头给我发过来，男人对我的认可感到特荣幸。我问他，"这妞怎么样？"

"大哥，我这可不是瞎说，来回溜达好几趟了，这条街最生动的女人！"

小汐笑了。我说："你走吧，别打搅我泡妞。"话才说完，腿上又被掐了一把。

"你真是个护食狗。"

"你不让我看钢管舞，自己还让人拍，里外里赔大了。"

"哈哈哈……我吃点亏不要紧，占便宜的事咱别干……嘻嘻。"

"这几天和室友玩得开心吗？"

"嗯，不过，我一点都不羡慕她……合租的房子一点点小，相互之间关系那么紧张，早上还抢厕所，每天来回上班路上要花3个小时，他们几个同学高不成低不就，到现在都还单着呢……"

"但他们融入了这个城市，与时代搅拌得很匀，并且有了立足的基础，你有没有一种被拉开的恐慌？"

"没有。我觉得人活得好的最低标准是安身安家，最高标准是安心安神。我知道你带我来北京不仅是散散心，更主要的是担心我的未来……我只能这么说，将来你老了，我会像你现在对我这样对你，我有这个能力。"

我再次扭过头看着她，冰激凌快舔完了，霓虹灯在她眸子里闪烁，生动的女人不能只看眉眼，更要看眉眼之间。

27号,筹备组大队人马在李县长率领下到了北京,我将手头的事一一交给了具体分管的人,负责歌舞表演的刘瀛心里还不踏实,因为联系好的学生有的还在老家没有动身。联系人雪儿说,没关系,票都订好了,她们不用彩排,直接上。小汐本来准备回新疆了,大家一致表示让她留下来,签到处就交给她了。

在两次预备会上,李都重申,这是新源第一次在北京举办这么大规模的活动,也是八项规定以后我们举办的第一次活动,我们要低调,但一定是有水准的低调。他细到签到处名单上有没有把桌号打上去、主持人的主持词和串词写好没有、报到时放什么片子、临开始前放什么片子、中场休息翻台时放什么、主桌人员的替补方案出来没有、席卡有没有准备、记者需要的文字材料是不是要准备几份……逐一落实,分工限时。

大城市嘛,三个:北京、上海、伊犁

当所有方案一谋再谋,准备工作一细再细,活动必定是完美的,成功的。李县长推介完,一句"大美新源欢迎你!转型新源期待你!平安新源祝福你!",激起场下热烈的掌声。要说美中不足的恐怕就是嘉宾与演员在台上载歌载舞,曾书记拿着话筒即兴答谢后,东北籍主持人气喘吁吁地说:"咱上半场就算完事了,请各位领导和嘉宾在茶歇稍事休息,完了咱整下半场——欢迎晚宴。"这东北口音的大白话把所有人都逗笑了,小姑娘吐着舌头,自己也不好意思了。事后,我问她,写好的串词呢?她说,场面太嗨了,她也跟着蹦啊跳啊,跳忘词了……

小汐挽着发髻,一身素花旗袍,盈盈秋水,亭亭玉立。签到处的活一结束,就让云恺给拉到贵宾室帮忙去了。曾书记还是第一次见到她,更是第一次知道还有一个默默无闻的支教小姑娘。

那天晚上我发了一条朋友圈,何为女人的古典美——

盘在发髻的端庄，
扬于眉梢的和悦，
闪在眸里的聪慧，
启于齿间的柔绵，
拈在指间的灵巧，
踩在脚下的轻盈，
藏于腹中的诗书，
植于心底的善美。

萨哈的小汐

回到新源,见到了第八批援疆领队龚书记。根据省指的统一要求,第七批援疆干部2013年底撤出新疆,第八批2014年元旦前进驻。考虑到工作的连续性,各地第八批总领队提前进疆,边熟悉了解情况,边谋划2014—2016年援疆项目实施方案。

龚是从仪征纪委书记任上选拔来援疆的,看上去面目清秀,态度谦和,甚至还有点腼腆,用其他援友的话说,少了点让腐败分子吓破胆的煞气。在他宿舍,我们有了第一次接触。

"你的情况曾书记和李县长都跟我说了,你是人才,更是功臣,为新源做了好多事,县里领导对你评价非常高,你能留任,我举双手欢迎……"他很客气地为我沏了茶。

"龚书记,你太客气了,我们一个人一摊事,每个人都挺拼的,我只是用自己的特长做了点分外的事而已。李县长已经找我谈过话了,让我全力配合你的工作,从现在起,以第八批的工作为主,有什么事你尽管吩咐。"

相互客套完,龚进入了正题,他想了解的事很多,我只能大概地跟他介绍了一下,详细情况留着以后再慢慢聊了。那几天我的心情是很复杂的,其他援友的工作已开始收尾,大家都变得轻松起来,离回家的日子越来越近了,他们在倒计时,而我每天陪着龚书记一个个乡镇调研,等于重新计时。未来三年不是想象中的延续,而是重新开始,新的团队,新的任务,新的分工……一想到这些,心里就有了留级生的灰暗。

白天的时间是属于第八批的,第七批的总结只能晚上写了。产业援疆是各指挥组的自选动作,也是我们扬州援疆指挥组的加分项,这项工作是李县长直接抓的,也是我具体负责实施的,当然会高度重视。当我用三个晚上拿出这份总结的时候,李说,六个"一""心"呱呱叫!

我分六个部分对产业援疆工作进行了回顾总结,用六"心"对每个部分进行了概括提炼:

一、潜心调研,出台一整套规章制度;

二、精心包装,发现一大批特色项目;

三、用心策划,采取一系列宣传方式;

四、全心投入,破解一道道招商难题;

五、匠心运作,举办一个个大型活动;

六、尽心履职,收获一连串丰硕成果。

三千多字的总结汇集了扬州援疆指挥组三年来在产业援疆方面做出的点点滴滴,凝聚了扬州人为新源产业发展付出的许许多多,凸显了扬州援疆在自选动作方面的明明赫赫。

经过密集的调研,龚书记召开了"第八批援疆重大项目安排及明年工作打算的吹风会"。县里相关领导及部门负责人参加了会议。会上我就有关2014—2016年重大援疆项目预安排做了说明。

2014—2016援疆资金总额为39260万元。2014年12093万元,2015年13061万元,2016年14106万元。援疆资金的分配如下:工业园区基础设施建设三年总计13000万元;民生类项目三年总计9500万元；旅游类项目三年总计5600万元；招商引资经费900万元；教育类项目1300万元；人才培训类项目2400万元；党建类项目2000万元；城市基础设施4300万元；重大活动专项经费260万元。

根据新源的实际情况以及第七批援疆项目的实施情况，结合省指的要求，2014—2016年援疆资金主要投向是产业、民生、旅游三个方面。重点项目一、工业园区基础设施13000万元；二、新源文化广场含青少年活动中心、老年大学、科普基地、文化馆、图书馆等，两年完成，总投资4500万元；三、湿地公园道路建设4000万元。

这个会非常重要，未来三年什么项目能进笼子，如果错过了包装申报，这个会不能再错过。从各家发言的情况看，基本都没有准备，只知道要钱，说不出理由。每个人都拿着本子，里面没有自己要说的话，全是记着别人说的话。

招商局说：坎苏的项目不宜上，因为坎苏沟发现了大型矿山；产业打造要纳入扬州市的发展框架。

旅游局说：规划编制和节庆活动的钱能不能给给（注：当地人说话喜欢叠字。"给给"即"给"的意思，但更接地气）我们一点。

教育局说：二中缺了一幢宿舍楼要补上，球场要铺塑胶；新源缺22所幼儿园；八中教师周转房要尽快解决；4个乡镇，30座以上的校车还没有。

组织部：干部人才培训大楼要建；三年2300万有1300万用在大学生培训上，挂职人数少，天数也少。

基层办：每个乡镇基层阵地要达到200平米，阵地建设缺43个，资金缺6000多万。

文广局：文物保护要增加投入。

老干局：老干部活动中心要赶紧建。

卫生局：派来的专家医生少了。

县援疆办：富民安居要继续做……

通过这个会，我能看出有部分单位对第七批援疆干部是不满的，主要是援疆资金没有投向他们的一亩三分田或者嫌投入的不够。这种没有大局观的单位，别看现在对第八批的龚书记笑脸相迎，一旦不能如愿，也会说三道四。轮到我发言的时候，我没客气。

"各位，我在新源待了三年，很多情况我是了解的，要说第七批有什么地方做得不好的话，我只接受一条，我们想用有限的资金做更多的事，以至于都不够完美。其他意见我都不接受！援疆资金尽管每年按4%递增，但总归是个定数，落到项目上就要定数量、定标准、定规模、定预算。今天没有一家就某个项目拿出一套完整的汇报方案，最起码你要说明，为什么要上这个项目？理由是什么？依据是什么？上面怎么要求的？兄弟县市怎么做的？同时，你要说明为什么要用援疆资金，而不是国拨资金和专项资金？你提出的项目与援疆资金的用途符不符合？这个项目有没有经过调研，必要性和紧迫性如何？示范引领作用和社会经济效益又如何？有没有具体的预算？就算第七批没有把你项目列进去是个失误，那么这三年你有没有想过其他办法，做了哪些工作？三年下来了，你连一份有说服力的材料都没有，你说这项目重要吗？"

说这番话的时候，我想到了陈书记，现在我能理解当初在项目遴选时的那种纠结，也理解了他相对比较强硬的工作方式，身临其境则身不由己。

针对了解到的情况，我们反复权衡，多次调研，项目表改了一稿又一稿，在临近上报前，我吸取第七批的教训，建议龚书记继续延用代建公司，并请他们对建设类项目进行科学测算，充分考虑建材价格的波动，考虑室内外的装修，考虑室内设施的配套及室外的美化、绿化、亮化，争取做一个成一个，成一个用一个，用一个夸一个，彻底扭转第七批捉襟见肘的窘迫相，打造几个援疆精品工程。龚赞同我的想法，不求多，但求精。

龚考虑的是如何拉开序幕，李关心的是怎样完美谢幕。在查点完各口的工作后，李县长盘点了所剩的资金，他请新源政协牵头编一本《新源文史资料》之援疆专辑《情满新源》；还要出一本援疆大事记；邀请县人大代表视察援疆工程；去挂钩点、示范点、挂职单位最后一次走访；到11个乡镇告别……他说，扬州审计局进驻以后，还有一个大活动，9月24日单晶硅投产仪式，请周处再辛苦一下，拿个具体的方案。10月下旬，市委组织部来考察，请你们高度重视，提前写好高质量的个人总结，指挥组的总结在各处室总结的基础上要提炼升华，办公室唐主任吃点辛苦，好好谋划一下。工程的收尾工作由施淙善始善终，尤其注意农民工工资问题，不能发生上访事件。审计和工程决算由财审处牵头，规建处配合，搞好团结，大局为重。科技人才处绝大部分工作都已完成，就剩最后一批"小援疆"的医生、老师，张骏注意跟踪，直到11月份安全返回。小蒋在公安站好最后一班岗，同时兼顾援疆楼的安保，不能有丝毫的松懈和麻痹，有时间的话协助办公室做一些事情……

星期六，难得睡个懒觉，小唐电话来了，"哥哥，你还没起啊？李县长准备去喀拉布拉慰问一下他的对口扶贫村，听说小周老师周末没回来，他准备去萨哈看一下，你看……"

"你们去吧，我再睡一会儿，她在学校排练节目呢。"

"老周，起来起来，我们等你。"李县长在旁边催了。

郑书记的车等在路口，慰问完，两辆车一起向萨哈驶去。李县长和唐主任都是第一次到这么远的行政村，一路上，遮天蔽日的云杉，飞流直下的瀑布，崎岖盘旋的山路，一望无际的向日葵，雄伟延绵的沃尔托托山……李问我，这么偏的地方你侄女是怎么知道的？我说都是一张照片惹的"祸"……

到了学校，哈丽恰校长迎了上来，郑书记刚介绍完，哈丽恰握着李的手说：哦，谢谢县长来看我们，谢谢你们给我们学校派来这么好的老师！到房子坐一哈嘛？李县长说不用了，我们就在外面坐一会儿吧。

哈校长回屋沏茶的时候，我们走到教室门口，小汐正在教孩子们英文歌，她一声"Stand up"，同学们都站了起来，鼓掌欢迎。郑书记作了简短的介绍，然后请李县长讲话。

"同学们，很高兴来看望你们，我没想到在这么偏僻的山区还有一所小学，没想到小周老师从那么远来这里支教，没想到大山里的孩子还能学上英语，没想到你们是那么阳光、可爱、健康、幸福！下面我问大家几个问题好吗？"

"好！"

"今天是周末，你们为什么不放假呀？"

所有小孩都举起了手，李县长找了一个小男孩，小汐在旁边说："大家发言的时候要先自我介绍哦。"

"Welcome to Saha primary school, My name is Martin. 我们在排练节目，国庆节的时候去县上演出。"

"非常好！那位小朋友你是什么民族啊？"

"我是维吾尔族，我叫古丽达娜。"

"你们喜欢周老师吗？"

"喜欢！"小朋友异口同声。

"谁能说说周老师哪里好？"

同学们高高地举起手,一人一句,真实而又感人……

"周老师给我们建了水泥场,我们可以做游戏了。"

"上个学期,周老师还帮我交了书本费。"

"周老师会讲好多好多故事,还给我们看动画片看投影。"

"我腿摔断了是周老师带我去县上找的医生。"

"周老师经常从县上给我们带好吃的零食。"

"我们班每个同学都有一个成长袋,是周老师帮我们做的。"

"周老师可漂亮了。"

"嗯嗯,周老师刚来的时候,一个人不敢睡觉,我留下来陪她的。"

"我教周老师骑马,她摔哭了还骑,可勇敢了。"

"周老师来了,我们萨哈小学就不是最后一名了。"

"周老师还帮我们家在网上卖桃子呢。"

"还有还有,周老师还带我们跟游客一起玩,我们还和口里小朋友结亲了。"

"还有……"

李县长被孩子们的话深深感染了,他说:谢谢你们!周老师很棒,你们也很棒,我让报社和电视台的记者来采访你们,到时候你们把周老师的故事讲给记者听,好吗?

"好!"孩子们欢呼起来。

走出教室,哈丽恰校长和她丈夫叶尔纳尔在水泥乒乓球台上放了水果和奶茶,大家围着球台坐成一圈,郑书记问校长,现在这里手机信号有了吧?

"有,开春的时候有的。"

"水电呢?"

"电有,水还是没有,都是叶尔纳尔用马车去拉的山泉。"

"刚才有个小孩说在网上卖桃子什么意思?"李县长不会网

购,所以也搞不太懂。唐主任大概跟他解释了一下。郑书记让校长把周老师请来,他说这是个好办法,我们要推广。

小汐听说让她介绍经验,不好意思了。她说,我晚上一个人闲得无聊,就跟我们同学聊天,他们听说我这儿桃子特好吃,还有地理认证标志,就让我寄,我一琢磨,那不如在淘宝上卖呢。正好班上有个同学家承包了一片果园,他们也愁销路,我们一拍即合。巧的是我们这里有信号了,一切都变得有可能了……走了几单以后发现,不好做,没人知道,运费也高,还有破损……我们就跟快递公司签协议,价格压到最低,换泡沫箱减轻重量,现在我们改做微商,嘻嘻……你们可能都不知道,最新的一种网销模式,主要靠引流,销量一下子就上来了,晚熟的一批桃子正好赶上。

围了一圈人,估计听明白的不多,但不影响领导的判断。李县长说,这是个新业态,你们要好好研究。唐主任说,我们给你报道一下,销路不就有了吗?郑书记说,过几天我派车把你接到镇上,你给我们好好讲讲,我把镇上集体销售的那部分让你来管。

小汐开心地笑了,她说,真正能打动消费者的是我支教的身份。我经常发一些我们这里的风景和果园的图片,后来发现,他们和我当初一样,被我们班少数民族的娃娃给萌到了,我就发一些他们上课的照片,孩子们吃桃子的照片,移动宾馆内地游客的评价……越真实越有说服力,所以,没人怀疑我们桃子的产地和质量,然后就……没啦。

"移动宾馆是什么?"李县长没想到在这么偏僻的地方,听到了这么多新名词。小汐说,"那是我叔的杰作,郑书记带你们去吧,我进去教歌了。"

那天回来的路上,李县长就给广电局的书记打了电话,让小唐联系了《伊犁日报》的记者,"老周啊,这么好的素材你怎么从来没跟我说过?"

"不瞒你说,我也才知道。"

"我们要大书特书!"

由指挥组牵头引荐的新疆那拉提新能源单晶硅项目经一年的基础设施建设和半年多的人员培训、设备安装调试及场地原料准备,已具备开工投产条件,9月24日正式点火投产。自治区、自治州领导,州相关部门领导,县四套班子领导,县相关职能部门领导,县工业园区全体工作人员,乡镇、街道部分市民代表,县相关企业、参建单位、合作单位代表以及厂方特邀嘉宾共300多人出席了点火投产仪式,《新疆日报》《新疆经济报》《伊犁日报》《伊犁晚报》,以及州电视台、县电视台分别进行了报道。

好事多磨的单晶硅项目,在几方都已为之心力交瘁之时,终于修成正果,水到渠成。对第七批来说最后的这场大活动,给三年援疆画上了圆满的句号。

9月底的新源已是"渐一番风,一番雨,一番凉"。人民广场华灯齐放,亮如白昼,临时搭建的美食一条街,飘来诱人的烧烤香,悬挂着条幅的氢气球在微风中摇晃,舞台下面的嘉宾区已座无虚席,跳广场舞的大妈,玩气模城堡的孩子,滑旱冰的青年,这一刻都聚了过来。"新源县庆祝中华人民共和国成立64周年文艺演出现在开始……"我拿着相机站在舞台的一侧,先拍了一张在第一排就坐的领导,薛书记朝我招手,指了指他身后的空位。

"一位美丽的扬州姑娘因为被牧区娃娃的照片萌到了,一个人来到了离县城最远的小学,当起了支教老师,报社对她进行了专访,标题就是《我们萨哈的小汐》。今天她和她的学生为大家献上两个别样的节目,有请小汐老师。"

小汐一袭长裙，手执指挥棒，鞠躬后转身站定，二十多个高矮不一的孩子，白衬衣、红领结，男孩背带裤，女孩蓝格裙……

Ten little Indian
One little,
two little,
three little Indians;
Four little,
five little,
six little Indians ...

"英文歌？"薛书记回头问我。"是的，英文儿歌，《十个小印第安人》。"

Come on everybody, let's have fun
It's time to say "hello"
We'll be so happy everyone, until it's time to go
Let's sing (la la la), let's dance (cha cha cha)
Let's talk in English till we've done ...

两首儿歌用了轮声、领唱、合唱的方法，宛转悠扬，浑然天成，赢得场下观众长时间的掌声。主持人深情地说："小汐老师的到来，让山里娃娃看到了诗和远方，娃娃们则教会了小汐老师骑马、劈柴、跳舞。下面请欣赏支教老师周恬为大家带来的新疆舞——掀起你的盖头来。"

小汐一身维吾尔姑娘装扮，随着音乐声起，扬眉弄目，移颈摆首，拍掌弹指，挺胸立腰，一招一式无不透着浓浓的西域味，新疆情。观众没想到会这么地道，这么娴熟，舒展优美的舞姿，引来一阵阵掌声和口哨声，政协主席夏依扎提说：好好好！我见过的汉族人里跳得最好的！

回到援疆楼已经很晚了，黑灯瞎火，一片寂静，援疆人都回去过节了。小汐像换了一个人，疲软地趴在我身上，我背上她，上楼，打开她宿舍的门。

"香汗薄衫凉，凉衫薄汗香"，换上睡衣，她直接倒在沙发上，我要烧点水她不让，就让我陪着她，还给我留出躺的地方。

"抱紧我……再紧点……那种不能呼吸的紧……哦……"

她像个隔着衣服就要喝奶的婴儿，两个绞缠在一起身体，宛如树与藤，她的脖子，额头，手臂都是汗……

"就这样……让我感受你的跳动……"

她的头埋在我的胸口，我的脸埋在她的长发里……

"我喜欢这样……在你怀里慢慢变软……"

她的身子已不像刚才紧紧地缠着，而是软软的贴着，一种任由摆布的松弛……

"妈妈出院后不久……那个男人就要同房，妈妈不忍心老是拒绝，只好随他了……结果大出血……妈妈一直没告诉我，直到前两天和那个男人分开……她跟我说，一定要找个会疼你的，把你的身子当他自己身子一样爱惜的男人……我说，妈，女儿已经找到了……"

小汐用一种很平静的声音讲述了这一切，然后再次搂紧我，把她脸上的胭脂、口红全都蹭在了我的脸上……

"哎，我们明天玩过家家吧？就当你老了，不能下床了，我照顾你一天，从早上买早点开始，然后给你洗脸刷牙喂饭……中午我给你做饭，下午读书给你听，晚上帮你擦身子，洗脚……好不好呀？"

"好呀，不要太幸福哦！"

"不过第二天就该我躺着了，我可不是老得不能动了，就当是……崴着脚了，换成你伺候我，哇，太有意思了！"这个眼睛发亮的丫头，用青春气息感染了我，我们爬起来还专门做了一张服务评分表，两个人为即将开始的游戏兴奋了一晚上。

第二天一早，她就到我宿舍来了。我看着她呜呜噜噜一通，她不知道我说的什么。我又呜呜噜噜了一通，她赶紧去书房拿了纸笔。我在纸上写道：要上厕所。她把眼一瞪，"昨天你没说不能说话呀！"我又写了一句：失语+失聪。"哈哈哈，好啊，你给我增加难度是吧，看我明天怎么治你。"她把我架到厕所，然后去忙了……

躺在床上，看着她进进出出，忙里忙外，我有种恶搞的快感，当她一边吹，一边喂，一边帮我擦嘴的时候，我心里突然一暖，我不再是个没人管没人问的人，从此会有个知冷知热，相伴左右的人陪我终生，她是我这辈子最大的福分……洗衣机停了，她买菜回来了，她在给我泡茶，她去晾衣服了，她在拖地，她在洗菜做饭……刚刚才有的幸福感消逝了，随之而来的是满满的愧疚，我到暮年，她尚年轻，我的拖累会让她荒了事业，老了容颜，然后半道丢下她，离她而去，让她独自面对所有的艰难，承受所有的重压，抵挡各种的侵扰，吞咽各种的苦涩……这是何等的残忍……

"你怎么了？"她替我擦去眼角的泪。我在纸板上写道：我舍不得你！她笑了，"傻啊，让你享受，怎么还伤感了，明天好好待我不就得了……"

是的，我一定好好待她，第二天我给她煮了红枣小米粥，给她切了果盘，给她煨了鸡汤……下午，我一边帮她按摩，一边给她讲故事……

1981年夏天，军校录取通知书收到后的一天，父亲带我到了当时的"中百一店"，他执意要买一块手表给我。

那个年代，手表不仅是昂贵的奢侈品，更像是一种成人礼，戴上手表意味着长大了，出息了！我留意过一些到我们家来的"混得好"的人，他们似乎都有块手表，锃亮的表链有意调得松松的，手表在不经意间时不时滑落在手腕上，在抬起手一抖或者用右手往上一撸的瞬间，能汇聚多少羡慕嫉妒的目光，这动作是七八十年代男人牛逼的象征！

柜台里的手表也就那么几种，父亲让营业员拿出了一块国产的"解放"表，我说："爸，我不喜欢戴手表。"父亲轻轻地把表放下，然后指了指旁边的"上海"表，他想让我试试工薪阶层的顶配，我推开了……因为我知道，家里没这么多钱。营业员将上海表收好，又拿出一块进口的，"这是法国野马，我们这儿最好的表！"父亲拿在手里看了又看，我独自走到一边去了。

在我临出发前的一天，父亲从包里拿出一个精致漂亮的小盒子，我打开一看YEMA，￥120元。他说："从小到大没给你买过什么好东西，家里条件就这样。到了部队要有时间观念，别误事，来，戴上。"我戴着这块沉甸甸的表走进了军校，三年未到我戴着这块沉甸甸的表送走了送我表的人……

父亲去世后，我妈告诉我："你爸是用打会的钱给你买的表，钱才还完，他人就走了……"

你不是问我为什么不给自己买块表吗？从那以后我就再也没戴过手表，那块野马放在盒子里，一直珍藏着，时间调到了我爸离世的那一刻。

小汐红着眼圈，拉着我的手问："什么是打会？""打会就是筹款救急，比如我们家需要100元，我拉10家人组成一个组，每家出10元，我拿去先用。然后第二个月每家还是10元，按抓阉排序，轮流拿钱，没有利息这一说。"

"你爸走的那年你多大？"

"21。"

"男孩没有了爸爸，是不是自己会变得很强大？"

"站在灵柩前的那一刻，男孩已成了男人。"

"我想做个乖女儿，可我没爸了……"

换个活法

放假回扬的援友们陆陆续续都返回了，他们回扬的主要任务就是打探援疆结束后单位怎么安排，有没有一点"说法"，毕竟没有功劳有苦劳，离家三年，原来的位置被别人占了，回去以后组织上会不会提一下，或者换个好一点的岗位。我能从他们的言谈话语里感觉到都有了满意的归宿，从内心来讲，我挺羡慕。

在他们忙着各种扫尾的时候，我陪着龚书记在做第八批人员进驻前的各种准备，处室设置、人员分工、宿舍安排、办公室分配，以及哪些设施要更新、哪些房间要改造、哪个地方要种树、哪个地方要摆块石头……

晚上静下来以后，回顾三年的点点滴滴，按统一要求，以"该同志"第三人称写了份个人总结。我写官样文章最怕的是第一段，就像唱歌一样，一上来就是高音。写总结也是，因为关乎"站位"，第一段就要高上去，写得脸都红。

"该同志个人修养好，党性原则强，政治立场坚定，政治意识清醒，在思想上、行动上始终与党中央保持高度一致，识大体，顾大局，在坚持维护祖国统一和民族团结，反对民族分裂，打击'三股势力'等大是大非问题上，旗帜鲜明，始终如一。平时能坚持理论学习，紧跟形势，紧贴实际，善于分析，善于总结，围绕真情援疆、科学援疆、持续援疆的总要求，预见性地提出合理化建议,创造性地开展各项工作。三年来,该同志真正做到了'心为业所系,责为公所尽,技为民所用,廉为誉而生'。在完成指挥组内部'规定动作'的同时,还圆满完成了一系列的'自选动作'"。

这种程式化的开头我称其为"大盖帽"。往下我将几年来做的工作分为"项目援疆""产业援疆""文化援疆""持续援疆"四个部分,分别以"项目援疆——份内之责,责重于山""产业援疆——额外之业,业精于勤""文化援疆——业余之好,好谋于心""持续援疆——份外之事,事关于民"为题,将三年所做的事串在了一起。

第一部分我写道:2011—2013年,援疆项目中基本建设项目共14个,共安排援疆资金2.6亿元,占三年援疆资金总量的84%。三年来,以"交钥匙"形式,投入1.5亿元,完成了新源县第二中学和新源县中医院项目。以"交支票"形式,投入1.1亿元,新建富民安居示范点4个,村(社区)基层组织阵地16个,以及工业园区道路和援疆楼项目。目前所有项目已基本完成,投资量最大的新源二中工程已进入扫尾阶段。按照内部分工,由该同志主导完成了援建基本建设项目的一系列前期工作。从项目的先期调研到反复论证,从合同的起草到协议的谈判,从招投标代理到前后方编标,从代理监理招标到设计施工招标,从项目立项批文到三证一书办理,从初设评审的组织到初设评审批复,从地方配套资金使用原则的谈判到专家评审意见的汇总,从限额设计的控制到建材涨价的应对,从项目开工现场的组织到参建单位的日常管理,做了大量前期工作。

在项目建设管理上能深入一线,大胆管理,理顺关系,破解难题,预见性地发现问题,创造性地解决问题,化解了多次农民工上访闹事事件,使援疆项目得以顺利健康快速地推进。

第三部分,我特地提到了在援疆期间,"该同志用一年半的业余时间创作了 24 万余字的长篇小说，目前已在中国移动、中国联通、中国电信手机阅读平台同时推出，截止目前，点击率已达 60 余万次。"

第四部分我写道：在没有明确该同志是否留任的交替之际，出于对援疆工作的高度负责，出于对新源发展的持续关注，在第七批收尾工作非常繁忙的节点上，按照第八批总领队的要求，该同志又以满腔的热忱投入到下一批援疆规划的前期调研之中。在充分领悟上级精神的前提下，总结第七批援疆的经验教训，结合新源的实际情况，经过近一个月的摸底调研，几十次的碰头磋商，七易其稿，完成了《2014—2016 年度扬州援疆项目预安排》，所列 30 多个项目，五个重点工程获得县委县政府领导的充分肯定，得到部门及乡镇的充分认可。

写完以后，自己读了一遍，觉得还行，三年不是混过来的，也不是来镀金的，做的都是实实在在的事，最起码回答了省指于总当初提的三问：为什么而来？来干什么？留下什么？

10 月 28 日，市委组织部考察组一行抵达新源，比预定时间晚了几天。我能明显感觉到，每个人的精神面貌不一样了，姿态放低了，笑容多起来了。按规定流程，组织部工作人员要找每个人谈话，听听对领导的意见，谈谈援疆的感受，提提自己的要求。正好在这一天，中医院的电梯又出事了。

李县长悄悄把我叫到旁边，要我去全权处理，千万不要节外生枝，不能造成任何不良影响。我问他"组织部不是要召集我们开会吗？"他拍着我的肩膀，"这个老大难问题，只有你能处理好。辛苦一下，辛苦一下！"我说我不知道事情的来龙去脉，还是你亲自出马吧。他悄悄跟我耳语了一番，并再三叮嘱不要乱说。

到了现场，贾院长把我拉到一边，讲述了事情发生的经过。

"这几个电梯，唉，不能提，出了好几次事了，陈书记、李县长、施处长都知道,开了几次会了,人家只答应修,修了还是不行。今天早上我们一个护士从4楼上电梯,结果电梯直接从4楼掉到了1楼……唉,吓得住院了,不知道脊椎有没有影响。"

"这几部电梯的招投标过程合法吗?"

"合法合法。"

"有没有领导打过招呼?"

"这个……具体我也不太清楚。"

"那等你搞清楚我再来吧,要不然,我就公事公办?"

"不要不要……我想想哦……好像是那个谁……的关系,你知道就行了。"

"这个领导又是通过谁具体办的呢?"

"这个我真不知道,我可不敢瞎说。"

"这家公司的人呢?"

"在路上,该到了。"

我到病房看望了受惊吓的小护士,感觉并无大碍,我跟她说:"姑娘让你受惊了!我一定给你报仇!"旁边人都笑了,以为我在逗她开心。院长说他们公司人到了,我们去会议室谈吧。我说不用了,就在大厅现场。

一个堆着一脸笑的女人给我递了张名片,我说免了吧,以后我不会再麻烦你来回跑了。女人收起了笑容,眼里露出一种挑战的目光。我说:

"几部电梯,几次出事,几个领导,几次开会,就是解决不了。好,我们不麻烦你了,错的不是你,不是我们,不是医院,更不是乘电梯的人。但出了问题,总要有人负责吧,我们只能找介绍你来的领导!"医院大厅里,所有人都听到了,女人脸色很难看,却不得不尬笑着,看着我。

"你别以为我会去找,或者让哪个领导去找,你想多了!只

要再出事，我会把这个领导的姓名、电话贴在墙上，自然有人会找。我说到就能做到，你可以试试。"说完，我扭头就走。

"周奕，你好！你的总结我们看了，你的作品在新源也很多，领导和同事对你的评价也不错，你在完成本职工作的同时，做了大量受当地领导和群众欢迎的事，这一点非常好。援疆三年快结束了，你能不能客观地评价一下指挥组的两位领导……"大会议桌的对面坐着组织部的两位处长，他们面带笑容，和蔼可亲。

"我们指挥组是一个临时性的集体，在这么短的时间能磨合成现在这样，非常不容易。我们来自不同的部门，每个人有不同的个性，领导在考察下属的时候，我们也在审视领导，因为每个人都被不同的领导领导过。"

"能不能具体一点呢？"

"我们所有人都在超负荷工作，有的是刚性的，必须完成的；有的是弹性的，靠一种情怀或者说一种精神自觉担负的。我们所取得的成绩离不开两位领导，最终也归功于两位领导，他们是扬州援疆精神的缩写，也是扬州干部形象的代表。"

"……听说你想再留一届？这对援疆工作的延续性是有益的，但是我们会综合考虑，全面衡量，包括个人表现、当地领导和任职部门的意见、原单位的意见、家属的意见以及干部选拔任用的相关规定。这么跟你说吧，想留的人不止你一个，我们想听听你的真实想法。"

说实话，我有点懵，从来没听说还有谁想留。"我不仅是一名党员，还是一个老兵，我服从组织决定，这一点请你们放心。体制内的人没有不想提拔的，我到这个年龄了，想也没用，与其回去混日子等退休，不如在新源做点实实在在的事，我相信我有这个能力，你们定吧。"两位处长交换了一下眼神，微笑着结束了这次谈话。

回到办公室，小施在给代建公司的人开会，房间里烟雾缭绕。阚总给我递了根烟，他说："你从中医院走了以后，那女的骂了你半天，料你也不敢怎么样，不想耳视你……"我们跟她说，你可以打听一下大门上面挂字的事……哈哈哈……后来一个人到旁边打电话了，让电梯厂家麻溜地来换件，别特么修了。

我说关键是你们讲的故事起作用了，神助攻啊！让她深信不疑我就是个二杆子，哈哈哈哈哈哈……

他们散了以后，我问小施有没有听说还有谁也想留下来？小施听了一脸懵逼，他说不可能的，这是组织上在考验你……

想想也对，我一个老党员差一点没经住考验……

周六晚，指挥组在外面订了一家农家乐，请组织部的人尝尝小山羊。席间，小沙来电话，"不好不好，我被人认出来了……"这没头没脑的一句话害得我羊汤也没喝上，只顾往回赶。

原来，她食堂吃完饭往外走，一个女人正好推门进来，两个人四目相对，都不敢相信自己的眼睛。

"周恬？"

"曹老师！"

"你怎么在这儿？"

"您怎么在这儿？"

"我是来援疆的。"

"我也是来援疆的……"

"我们属于小援疆，三个月。"

"我是自愿来的。"

"你自愿来的？"

"曹老师您先吃饭吧，我们改天再聊……"

……

"她跟别人会怎么说呀？"小沙的担忧从眼睛里能看出来。

"她能说什么呢？有什么好怕的？"

"她肯定会说周恬是我学生，然后她会问周恬怎么自己来援疆了？食堂里的人肯定会说她叔叔在这儿，然后她会很疑惑，他们会说她叔叔是周奕，然后她会惊掉下巴，周奕老婆徐老师是她同事呀，怎么成她婶了然后……天呐……这可怎么办啊……"

被她这一说，我也感到有点不妙，这是瞒不住的，这样的新闻将以冲击波的威力震晕每个人。我点了根烟坐在沙发上，想捋捋思路，可根本就没有了思路，这突如其来的一击，仿佛电影的结尾，男主角被不知哪来的冷枪一枪毙命，他至多还有最后几句话的时间……

"如果真的要死了，我会说点啥呢？……请组织……相信我……我是……说到这赶紧死，要不然说啥都不对……"噗嗤一声，我自己没憋住，小汐一看我笑了，使劲捶我，"你还笑！你还笑！"

我让她坐下，把刚才的一闪念跟她叨叨了一番，小汐说："他们肯定会传得有鼻子有眼，再加点油添点醋，还不知道把我们说成啥呢……你应该恨我恨我……我闯了大祸……"说着说着，眼泪出来了。

我说我可以想象每个人听到这个消息后都是怎样的表情……李县长会严厉地跟咬耳朵的人说，这种事没有弄清楚之前不要到处说！那个曹老师在哪？让她到我办公室来……小施一听肯定会说，隆嘎的，还有一个月就结束了，这个曹老师不讨喜……小唐肯定会一脸懵懂，有这事吗？真的假的？周处就是有本事……陈书记会火冒三丈，我就说嘛，一个女孩子无缘无故会来支教……

"你说的不错，既然不是叔侄关系，一男一女住在一起，这个想象空间就大了，我们总不能见谁都说，我们是楚河汉界，泾渭分明，谁信啊？"

"我们要是死不承认，他们会怎样？"

"除非我们天各一方,再无瓜葛,这不是你想要的,也不是我想要的。"

"那我们要是承认了呢?"

"所有的辛劳全部清零,也许还有更严重的后果,但从此气定神闲。"

"那代价太大了,我承受不起内心的责备。"

"这就是爱的代价。"

"凭什么?爱情和事业就不能兼得吗?"

"可以兼得,但我们的路径不对,所有人都觉得被我们骗了,尽管我们不是有意而为之,但我们有口难辩啊!"

"都是我的错……"

"你没错,我没错,两个没错的在一起就是错……"

第二天早上,我在食堂没见到那个曹老师,小罗说她好像在一所乡镇中学支教,昨天晚上是到援疆楼来找其他几个支教老师玩的。

看食堂人都走了,小罗跟我说:"周处,你就说周恬是你侄女,你们俩啥事都没有,要不然可就说不清了……"我问她昨晚都有谁在场?她说昨晚你们出去吃饭了,医生老师可都在呀。今天吃早饭的时候,我看他们都在嘀嘀咕咕,恐怕都传开了。

我给李县长打了个电话,他说有事晚上再说,他现在在外面。

到了办公室,张骏和小施在聊天,看我进来了,小张想笑又笑不出来,想说又不知道说啥,打了个招呼说他还有事就先走了。施淙给我递了根烟,说去工地转转,到最后了别出什么事。这话倒像是说给我听的……

我关上门,点上烟,躺在沙发上,看着墙上挂的"见微知显"四个字,这是我当初针对规划建设处工作特点而写的,没想到现在用在我身上是那么贴切。从所有人对我的微妙变化看,他们可能都知道了。

"小唐呢?"李县长的声音。

"县长什么吩咐?"

"那个什么曹老师来了没有?"

"马上就到。"

"来了以后,你带她到我办公室。"

"好的,我再催一下。"

我听到李上楼的声音。真和我想象的一样啊,我不禁一阵酸楚。

"唐主任,我听说小周老师不是周处的侄女啊……"小蒋的声音。

"啊?有这事吗?我怎么不知道?"唐主任果真"不知道"。

"好像是他前妻的学生……"他们不知道我在隔壁。

"靠,这不是欺骗组织嘛?"

"如果人家两个人啥事没有,也无所谓,就算两个人是情侣,一个未嫁,一个未娶,你情我愿,也不犯法。"

晚上有接待,没人通知我。我在小汐宿舍泡了两碗方便面,她吃着吃着,眼泪又下来了,"都怪我……让你这么难堪……我去找李县长说清楚。"

我拍拍她,"别幼稚,没人会相信我们。我本想做点挽救工作,但已经晚了,我估计县里领导都知道了。随它去吧。"

晚上10点多钟,李县长让我到他宿舍。一进门一股中药味,感觉像进了中医院。

"这个小周跟你究竟是什么关系?"李县长单刀直入,一脸的怀疑。

"她是我前妻的学生,当初她只是说来新疆旅游,一个女孩单独来找我,我怕你们想歪了,就说是我侄女。没想到,她要留

下来支教，我不能再改口吧，侄女就侄女吧，这样也方便照顾。更想不到的是，后来我们之间有了感情，这就尴尬了，只能将错就错……本想秘而不宣，以后再说，结果曹老师从天而降，一语道破天机……唉。"

"老周啊，你跟我在这说书啊，你当写小说啊，这事可大可小，真要追究起来，你是有责任的啊！"

"李县长，听起来确实像故事，可我说的都是实话，没有任何隐瞒。"

"你们两个究竟有没有那种关系？想好了再说！"

"我要是说没有，我会瞧不起我自己。"

"曹老师只不过是陈述了一个事实，小周曾经是她学生，其他话没讲。"

"那我公开一个事实，小周是我恋人。"

"你何苦要现在公开呢？"

"因为这个时候我必须站出来。"

"老周啊，县里马上要开总结表彰大会，平心而论，你这三年贡献确实不小，论功行赏理应有你，这个节骨眼上，你弄这么一档事，提你就不好服众了，好在你继续留任，还有机会，立功受奖就算了。你和小周的事我先压一压，过段时间自然就风平浪静了，你看怎么样？"

"我只能说谢谢了！"

小汐已经几天没去学校了，也不愿下楼。我本来应该是最忙的，第七批的各种交接和告别，第八批的各种调研和会议，结果李县长很客气地跟我说，你以第八批工作为主。龚书记更客气，让我参加第七批的活动，第八批的事暂时先放一放。

尽管表面一切都很正常，该上班上班，该外出外出，也没人主动跟我提起这事，但我能感觉到大家跟我像隔了一层，没有定论前的猜测藏在各自的心里,而我又何尝不是呢。

一天,我下楼看到李县长宿舍的门开着,我进去一看,小黄秘书在打扫卫生,他说李去省指开会了,指挥组的人好像都去了。我一时不知道该说啥,小黄可能感觉到了我的尴尬,他说,你进来坐一会儿吧。

"小黄,现在外面啥情况,领导啥态度,我是一无所知……"

他看看我,欲言又止。我说不要为难,不方便说就算了。

"周处,你是老大哥,我本来不该说的,但我也觉得这样对你不公,我就实话实说了。你和你侄女的事,大家都觉得你没说实话,后来知道真相了,都觉得很正常,好多人还为你叫好,就是年龄悬殊了一点。李县长是真关心你,他跟指挥组每个人都沟通了,跟县里领导也解释了,不知道陈书记是怎么知道的,电话里发了好大的火,要你作深刻的检讨,还要给你处分……"

"我料到了……"

"李县长把小唐训了一顿,小唐不承认是他告诉陈的。县长在电话里跟陈书记做了解释,讲了你们俩的各种好,陈说一码归一码,功不抵过。李县长把真实情况向县委曾书记做了汇报,曾书记当即给陈打电话,请他慎重考虑,老周、小周都是对新源有贡献的人,我们处分一个人很容易,但会影响人家一生,对援疆人我们要善待,尤其要对人家的政治生命负责……陈书记这才没再坚持。"

"没想到惊动了这么多领导,惭愧!"

"周处,有句话我不知该不该说……你别留了,年底就走吧,我只能说到这儿了……"

"我懂了,感谢你还把我当大哥,我会记得的!"

新源的第一场大雪尽管来得有点迟,终于还是来了。我站在窗边,抽着烟,看着漫天乱舞的雪花将大地一层一层覆盖,丰彩的世界只剩下了白与黑。我拨通了小汐的电话：

"如果盐城、扬州、新源让你选，你会选择哪里？"

"萨哈。"

"为什么？"

"那里的孩子需要我，我更需要他们。你体会不到，每当他们放学走了以后，我整个身心都空了，校长两口子常出去串门，我一个人在屋里发呆，有时一坐就是几个小时，我能认出经常飞来的乌鸦……"

"你离幸福只差一个——陪你一起发呆的人。"

"你！"

挂了电话，我来到书房，手机有两条未读信息，一条是扬州某部门领导发来的，"听说下届副总指挥换人了……"还有一条是小施发来的，"老领导，立功受奖名单出来了，你三年白干了……替你可惜！"

三年，一个人一生有十个有效的三年，十分之一白干了。但我不这么认为，这三年我学了很多东西，交了很多朋友，做了很多事情，最大的成就是收获了爱情。即使是受了处分，那也享受了纪律以外的放任，也许到了耄耋之年，这偶尔的放任会成为最精彩的回忆。人是一个个鲜活的个体，就像装箱的苹果，我是模块套不住的那个，这又能怎样，我还是苹果，不是一个模子里的苹果而已。

记得曾经为一位台湾老板书写的条幅，"不是路已走到尽头，而是该拐弯了。"在一种环境里循环往复了这么多年，练就了顺从，最后该顺从一下自己的内心了！

我打开电脑，敲出一行字：申请提前退休的报告。

当我再次见到李县长的时候，他的笑容有点尬。大办公桌外面放了两张椅子，是专门留给汇报工作的人坐的，他从桌上烟盒里给我拿了一支烟，然后重重地叹了一口气，"老周啊，世事难料啊，当时你留任是曾书记点名的，他甚至跟我说，把周奕留下来，他的副处职扬州不给，我们给……一个主要领导说出这种话，让人暖心啊！我还跟他建议，发挥你的强项，给你一个新的任命——宣传部副部长……没想到啊，你突然出了这么个豁子。曾书记在处理你的问题上起了决定性作用，这是个好领导！难怪都愿意为他卖命！具体情况我就不说了。另外，下一届接我位置的副总指挥换人了，换的这个人你肯定想不到……老周啊，世事难料啊！"

我从口袋拿出一张纸，展开了放在他桌上。老李眼珠差一点瞪掉了。

"你要提前退休？你不是开玩笑吧？你怎么想的？"

"感谢你们的关照！我想换个活法。"

托运完所有东西，我和小汐把援疆楼两个宿舍的钥匙给了唐主任，就来了萨哈。孩子们好多天没有看到小周老师了，他们围上来问东问西，努尔尼莎哭着说，周老师，你是不是不要我们了？小汐替她擦了擦脸，"同学们，我给你们带回来一个老周老师，以后周末老师也不回新源啦！"同学们一起欢呼起来。

我提前退休，提前退房，提前撤离的消息在新源传开了。电话、短信、微信一个接一个，我听着、看着，眼睛湿润了……

哈别克："哥哥你在哪？我来看你。"

刘瀛："兄弟，你走这一步，不说别的，光收入上就少了好多啊……"

施淙："老领导，你又让我想不到！"

董院长："太可惜了，咱中医院人把你佩服得不行……"

二中唐书记："临走前一定给我们二中留个时间，为你们俩送行！"

崔曼曼："牛逼有牛逼的底气！"

范映雪："你是儿子娃娃！"
郑皓："你们俩是真心援疆的！"
白威："啥时候走？我带一个车队送你们……"
云恺："曾书记连退路都帮你们想好了，见面再说！"
张港："哥哥，我要送小嫂子一块好玉……"
宋主任："出发前一定告诉我，发改委全体给你们送行！"
明宽："你狗东西不能悄悄地走！必须轰轰烈烈！"
……
晚上，我给所有问候的朋友回复了同样的信息：

三年援疆，犯了一个大错，把爱我的姑娘称为侄女；三年援疆，纠了一个大错，把我爱的"侄女"变成恋人。我们没有活成可敬的样子，也没有活成可怜的样子，终究还是活成了可爱的样子。感谢关心！感谢厚爱！未来的路不管多难，我有她，她有我，我还有你！

门开了，寒风裹着雪花一下钻进了屋里，小汐抱着个雪球站在门口。
"快把床下的脸盆拿出来！"
"干吗？"
"烧水呀。"
……

2019.11.05 起笔于伊犁
2020.09.20 搁笔于扬州
2021.12.10 修改于扬州

后 记

新源是伊犁州比较偏远的一个县，2010年至2015年我在那里援疆五年。那片"新开垦之原野"的大气象、小故事一直留存在我脑海里，经过岁月的消磨，时间的沉淀，模糊了该模糊的，清晰了该清晰的，《西出》便自然而然出世了。

创作的本身不是复原，而是再创造，创造一个"我"感悟的心界，"你"感应的意界。这是一本纪实中带有虚构的小说。我认为，如果仅仅写一个人的正面，也许会是高、大、全的楷模，而一旦写了他的侧面和背面，再深入到他的"里面"，那他就是个有血有肉、有情有欲、有功有过的凡人，我们援疆指挥组就是一群这样的凡人，值得大书特书的是这个群体所做的不凡的事。

从2019年5月份准备写，到11月份开始动笔，我足足酝酿了半年。如何真实地反映这段历史，而又有启迪与借鉴之效；如何客观地描述过往的事，而又有反省与审视之心，如何形象地刻画身边的人，而又有象征与归纳之意……唯恐拿捏不准，遭人挑剔。

顾虑重重，无从下笔，直到我再次回到大雪纷飞的新源。近一个月的采风，我又重逢了新疆人的豪迈，重振了援疆人的豪情。2020年初，疫情凶猛，病毒肆虐，借此管控之际，闭门不出，夙夜匪懈，用了近十个月的时间，完成了这部22万字的援疆题材长篇纪实小说。在此提前致歉，书中如有不尽、不到、不恭之处，还望海涵！

在构思、采风、创作、出版中得到以下领导和朋友的大力支持和鼎力相助，他们是：（排名不分先后）洪锦华、贾伊生、丁捷、谢锦、仲衍书、李桂山、孟德和、陆志林、居勇、刘瑞江、康凯、郑创、陈军、高嵘、许敏、素素、施伟、解正高、李寿林、刘侠、宋建文、哈为民、崔玉玲、范小青、张成、董全忠、李志勇、张港、徐改丽、罗丽敏、王洁、徐永华等，在此深表感谢！

特别鸣谢，扬州第十批援疆指挥组和江苏天地人集团给予的出版资助！

2021年是中国共产党建党100周年，也是新一轮援疆10周年，谨以此拙作，表达一个援疆人的不忘之心，难舍之情。

是为后记。

老 云
2021.5.15 于扬州

图书在版编目（CIP）数据

西出/老云著．-- 上海：上海文艺出版社，2022
ISBN 978-7-5321-8313-5
Ⅰ．①西… Ⅱ．①老… Ⅲ．①长篇小说－中国－当代
Ⅳ．①I247.5
中国版本图书馆CIP数据核字(2022)第103268号

特别鸣谢"扬州市对口支援新源县前方指挥组"

发 行 人：毕　胜
责任编辑：陈　蕾
装帧设计：丁旭东

书　　名：	西　出
作　　者：	老　云
出　　版：	上海世纪出版集团　上海文艺出版社
地　　址：	上海市闵行区号景路159弄A座2楼　201101
发　　行：	上海文艺出版社发行中心
	上海市闵行区号景路159弄A座2楼206室　201101　www.ewen.co
印　　刷：	启东市人民印刷有限公司
开　　本：	720×1000　1/16
印　　张：	22.25
插　　页：	2
字　　数：	269,000
印　　次：	2022年7月第1版　2022年7月第1次印刷
ＩＳＢＮ：	978-7-5321-8313-5/I・6563
定　　价：	69.00元
告 读 者：	如发现本书有质量问题请与印刷厂质量科联系　T：0513-53201888